U0118066

本书属于湖南省社会科学评审委员会课题"魏晋南北朝赋与儒学关系的生成及演变研究"（XSP21YBC244）

赋与经典

儒学视域下的先唐赋考察

张家国 著

人民出版社

序

　　"赋与经典"，是一个很有意义的题目。既一语破的，切中肯綮；又蕴涵深厚，意味绵长。

　　若从赋的创作方面而言，可谓自其产生之日起就与经典结下了不解之缘。最早以"赋"名篇的赋家、战国后期尊经隆礼的儒家学者荀况，或者就是从"不学《诗》无以言"、"不学《礼》无以立"的儒家教化和春秋士人"赋《诗》言志"的文化传统中得到启示，一开始作赋就赋写经典之义。他在初创的《礼》、《知》、《云》、《蚕》、《箴》等五赋中，以主客问对及"隐语"的形式，书写"礼乐以成，贵贱以分"、"匹夫隆之则为圣人，诸侯隆之则一四海，致明而约，甚顺而体，请归之礼"等经典话语，给后人树立范例。稍后，楚国赋家宋玉，创作《高唐》、《神女》及《登徒子好色赋》诸赋，继续赋写"开圣贤，辅不逮"、"目欲其颜，心顾其义，扬诗守礼，终不过差"的儒家礼义。降及汉代，深受"罢黜百家、独尊儒术"政治思想文化影响的汉赋作家，顺流而作，"京、殿、苑、猎，述行、序志，并体国经野，义尚广大"。魏晋六朝，虽称"儒学中衰"，然赋家大多服膺儒学，如曹植《神龟赋》"体《乾》《坤》之自然，嗟禄运之《屯》《蹇》"、《临观赋》"叹《东山》之愿勤，歌《式微》以诉归"，均引经而据典；潘岳《藉田赋》、傅玄《辟雍乡饮酒赋》、王沈《正会赋》、萧衍《孝思赋》、张渊《观象赋》等，多依经而立言。再至唐、宋、元、明、清时代，各个时期的经学发展或有盛衰变化之异，但赋写经典的传统则从未中断。不必说李白《大猎赋》、《明堂赋》，杜甫"三大礼赋"等煌煌名作，即便从《文苑英华》、《历代赋汇》、《赋海大观》等大型文学总集所录数量众多的"帝德"、"朝会"、"禋祀"、"讽喻"、"儒学"、"治道"、"典礼"、"祯祥"、"性道"诸类赋篇作品，历来读者即可窥其宗经尊典、赋颂美刺而作之一斑。

再就赋论的角度而言，自汉代史家司马迁提出，相如《子虚》、《上林》"虽多虚辞滥说，然其要归引之节俭，此与《诗》之讽谏何异？"又《汉志·诗赋略》谓"大儒孙卿及楚臣屈原离谗忧国，皆作赋以讽，咸有恻隐古诗之义"，班固《两都赋序》曰"赋者古诗之流"、"抑亦《雅》《颂》之亚"；梁刘勰《诠赋》云"赋自《诗》出"、"荀况《礼》、《智》，宋玉《风》、《钓》，爰锡名号，与诗画境，六义附庸，蔚成大国"；唐白居易《赋赋》曰"赋者《雅》之列，《颂》之俦"；元祝尧《古赋辨体》辨"赋家专取《诗》中赋之一义以为赋"；清陈元龙《历代赋汇·进呈表》说赋"本为六艺之笙簧，终作《五经》之鼓吹"，刘熙载《赋概》谓"言情之赋本于《风》，陈义之赋本于《雅》、述德之赋本于《颂》"；直至近代评论家刘师培，其《论文杂记》谓："赋体既淆，斯包函愈广，故《六经》之体，罔不相兼。贾生《鹏赋》，其原出于《易经》；班固《两都》，其原出于《书经》；及潘岳之徒为之，《藉田》一赋，义典言弘，亦《典》、《诰》之遗音也；相如《上林》、枚乘《七发》，其原出于《春秋》；及荀卿《赋篇》，其原出于《礼经》"。如此等等，连篇累牍。古今论赋者，或从渊源上判断"赋者古《诗》之流"，"赋自《诗》出"，赋原出《六经》，赋"本于经术"；或揭示赋"本为六艺之笙簧，终作《五经》之鼓吹"的品质特性；或说明赋篇"抒下情而通讽谕、宣上德而尽忠孝"的功用目的，都是在强调赋与经典、经义的关系，都是将赋与儒家经典联系起来，同时也运用儒家经典的思想理论、文学标准来评论赋家赋作。

显然，这是古代思想史、文学史上源远流长的重要现象，也是古代赋学史上意义深远的重要课题。对此，当代的研究者应该会有兴趣、有责任去考察探讨，去研究总结。但是，到目前为止这方面的专门研究成果并不多见；因此，张家国博士这本题为《赋与经典：儒学视域下的先唐赋考察》的新著问世，的确令人高兴，值得祝贺。

近十年前，家国从湖南湘西一所高校考入湖北大学文学院攻读古代文学专业博士学位。和导师讨论博士论文选题时，就确定了"赋与经典"这个题目。拟从赋与经典的角度，对两汉至唐代赋与儒家经典的关系作初步的历史考察。由于选题范围比较广，所论述的内容比较多，篇幅也多达三四十万字。2018年5月，家国完成博士学位论文，并通过论文答辩，获得了博士学位。

现在呈现出来的这部著作，是在其博士论文"先唐"部分的基础上修订而成。此著在《绪论》界说"经"及"经典"概念，并概述"赋家赋作与儒家经典的关联"等问题之后，正文分设四章十七节展开，以赋史发展的先后顺序，依次考察了先秦、两汉、魏晋南北朝赋与儒家经典的相互关系。其中，第一章是先秦赋的考察，重点考察了荀况以"赋"名篇与儒家礼学、宋玉辞赋"扬《诗》守《礼》"之讽等问题，认为荀况赋具有明确的礼学追求，宋玉赋则严守赋之"讽颂"家法，发挥其美刺功能；第二章以两汉京殿苑猎赋为考察对象，包括枚乘《七发》、司马相如《子虚赋》和《上林赋》、扬雄四赋、班固《两都赋》、张衡《二京赋》等，较为详细地论述了这些大赋所具有的美颂与讽喻意识；第三章以两汉失志与不遇、纪行与玄思、情爱与乐舞、抒情与咏物等赋为对象，考察其与儒家思想的关系，尤其是言志抒情赋的用世情怀；第四章以魏晋六朝赋为对象，考察"儒学中衰"背景下赋作对于儒家经典的书写，通过对此期所作天象、京殿、典礼题材以及抒情咏物等赋的详细解读，得出魏晋六朝赋仍然具有较为浓厚的儒家思想和经典意识的结论。

纵观此著，可知作者对于儒家经典与先唐赋文本俱有较为系统的学习、把握和精细的解读。全书资料翔实，论析深入，颇具己见新意。凡所议论，均依据文本实际展开，做到持之有故、言之成理，不作虚浮妄断之语，体现了客观、踏实的良好学风。其论述内容、结构思路，以年代先后结撰，自战国荀宋而下，历前、后两汉，以至于魏晋南北朝时期，能够呈现不同时期赋文本与儒家经典的离合及其疏密关系，既具有较清晰的"赋史"意识，也对不同时期、不同类别、不同赋家的具体作品的思想艺术成就，有比较仔细的阐述辨析。当然，本书也存在一些不足之处，例如，对于先唐赋书写儒家经典的思想文化背景、原因及其总体特征的宏观分析与论述，尚有疏略；对于儒家之外其他诸家经典（比如道家）与先唐赋的关系及影响，也不够深入。

家国是个谦谦君子，为人温和谨慎。但读书治学，却刻苦努力，用功勤勉，孜孜以求，具有坚韧不拔的毅力和韧性。他喜欢读书，对于"四书五经"等儒家典籍尤其热爱，始终诵读不倦，也颇有心得体会。还特别喜欢购书，家中藏书甚富，这也是难能可贵的。在湖北大学读博四年，还要在原来的学校担任教学工作，屡屡奔波往来于湘鄂两地，但对于学业课程和论文写作从不懈怠。家国读博期间发表了《曹植的经典意识与辞赋创作》、《汉赋称引孔子考论》等学术论文，撰写博士论文时常常是通宵达旦，却也兴趣盎然。我相信，家国继续努力，一定还可以陆续推出"赋与经典"的后续论著，逐步完成赋与道家、佛家等诸家思想的离合关系考察，以形成较为完整的研究体系。另外，本书作者考察赋与儒家经典的关系还可以接续魏晋六朝继续向唐宋以后延伸。

是所期待。

何新文

2023 年 11 月 25 日于武昌寓所

目　录

1

绪　论

赋作为古代文学史上最具有民族特色的文学样式，自其产生之初起就与儒家经典结下了不解之缘。战国末期，儒学大师荀况以"赋"名篇，首开赋写《礼》《智》之先，并品论"君子""小人"之"性"，后代儒生赞其"作赋以风，咸有恻隐古《诗》之义"。降及两汉，赋家顺应"罢黜百家、独尊儒术"的时代潮流，乘势而作，赋乃成为"一代之文学"；中经魏晋六朝的承传演变，再至唐代"兴化崇儒"、尊经重礼，朝廷"令天下传习"《五经》的文化氛围中，赋的创作更成为赋史上的"发展高峰"。自此之后，由宋元而明清，赋的创作伴随着"经学"盛衰、科举兴废的变化而变化，直至赋史上的最后一位作者章太炎（1869—1936）感叹"李白赋《明堂》、杜甫赋《三大礼》"以后，"世无作者"，"故小学亡而赋不作"[1]。可以说，一部绵延 2000余年的古代赋史，几乎是一部与古代经学如影随形的"关系史"。

当然，这部"关系史"中，"汉唐"是最引人瞩目的段落。由汉至唐，不仅是两千年赋文学史兴盛辉煌的前半段，也是古代经学史上号称"极盛"以至"统一"[2]的重要时期。自汉至唐 1100 余年（前 206—960）的历史进程中，赋的创作、赋的内容及艺术表现、赋史的发展与经典呈现着怎样的关联？不同时期的这种关联又有着怎样不同的特征状貌？乃至赋在接受经典的

---

① （清）章炳麟：《国故论衡·辨诗》，载孙福轩、韩泉欣编：《历代赋论汇编》，人民文学出版社 2016 年版，第 915 页；参阅马积高《赋史》（上海古籍出版社 1987 年版，第 640 页）批评章氏并借此"来评价他的赋"。

② （清）皮锡瑞：《经学历史》，中华书局 2008 年版，第 101、193 页。

过程中对于经典本身又有着怎样的作用、意义或影响？如此等等，正是本书的关注所在和试图探讨的主要内容。

一、"经"及"经典"

"经"及"经典"，是两个内涵丰富且呈动态变化的概念。在自汉至清的古代封建社会里，却常常作为儒家经典的专称出现在历代帝王、朝臣、儒士的言论和各类文献的记载中，并与"赋"体文学的发生、发展有着千丝万缕的联系。

（一）战国学人始以"经"或"六经"之名总称儒家经书

"经"字始见于金文，写作"巠"或"經"等。许慎《说文解字》云："经，织。从丝也。从糸，巠声。"段玉裁注曰："织之纵丝谓之经。必先有经而后有纬，是故三纲五常六艺谓之天地之常经。"①据此，可知"经"字的本义大约与织帛有关。以后又逐渐演变有"常""法"之义。如《尚书·大禹谟》云"与其杀不辜，宁失不经"，《孔氏传》解释说："经，常。……宁失不常之罪，不枉不辜之善"②；又《左传·宣公十二年》记载晋楚郒之战中，晋随武子对楚人说："见可而进，知难而退，军之善政也；兼弱攻昧，武之善经也"，杜预注曰"经，法也"③。

而用"经"来指称儒家经书，则晚至战国之世。此前尚未有以"经"称儒家书籍的记载，例如《左传·僖公二十七年》，记载赵衰曰："《诗》《书》，义之府也；礼、乐，德之则也"④；《论语·述而》记载"子所雅言，《诗》《书》、执礼，皆雅言也"⑤，《论语·泰伯》又载孔子曰"兴于《诗》，立于礼，成于

---

① （汉）许慎撰，（清）段玉裁注：《说文解字注》，上海古籍出版社1988年影印版，第644页。
② （清）阮元校刻：《十三经注疏·尚书正义》，上海古籍出版社1997年版，第135页。
③ （晋）杜预：《春秋左传集解》，上海人民出版社1977年版，第585、592页。
④ （晋）杜预：《春秋左传集解》，上海人民出版社1977年版，第365页。
⑤ （宋）朱熹：《四书章句集注·论语集注》，中华书局1983年版，第97页。

乐"①。这些都说明，春秋时人称引儒家典籍时均直接称其书名而不冠之以
"经"。到了战国时期的庄子，才始以"六经"之名指称儒家经书，如《庄
子·天运》云：

> 孔子谓老聃曰：丘治《诗》《书》《礼》《乐》《易》《春秋》六
> 经，自以为久矣。……老子曰：夫六经，先王之陈迹也，岂其所以
> 迹哉？②。

《庄子·天下》篇还对这"六经"加以解释说："《诗》以道志，《书》以道事，
《礼》以道行，《乐》以道和，《易》以道阴阳，《春秋》以道名分。"③当然，《庄
子》一书中，也有以"经"称非儒家之书的例子，如其《天下》篇记载：

> 相里勤之弟子五侯之徒，南方之墨者苦获、已齿、邓陵子之
> 属，俱诵《墨经》，而倍谲不同，相谓别墨。④

《庄子》而外还有《荀子》，如《荀子·劝学》篇谓："学恶乎始？恶乎终？曰：
其数则始乎诵《经》，终乎读《礼》……故《书》者，政事之纪也；《诗》者，
中声之所止也；《礼》者，法之大分，类之纲纪也，故学至乎《礼》而止矣。
夫是之谓道德之极。"《荀子·大略》篇曰："礼以顺人心为本，故亡于《礼经》
而顺人心者，皆礼也。"⑤

　　到了汉代，"经"开始指称儒家书籍。汉代儒生习用"六艺""六经"或"五
经"的名称总称儒家典籍，如贾谊《新书·六术》谓："以《诗》《书》《易》《春秋》

---

① （宋）朱熹：《四书章句集注·论语集注》，中华书局 1983 年版，第 104—105 页。
② （清）郭庆藩：《庄子集释》，中华书局 2004 年版，第 531—532 页。
③ （清）郭庆藩：《庄子集释》，中华书局 2004 年版，第 1067 页。
④ （清）郭庆藩：《庄子集释》，中华书局 2004 年版，第 1079 页。
⑤ （清）王先谦：《荀子集解》，中华书局 1988 年版，第 11—12、490 页。

《礼》《乐》六者之术以为大义，谓之六艺。"①《汉书·艺文志》首列"六艺略"，专论儒家六经。如其《六义略叙》说："六艺之文，《乐》以和神，仁之表也；《诗》以正言，义之用也；《礼》以明体，明者著见，故无训也；《书》以广听，知之术也；《春秋》以断事，信之符也。五者，盖五常之道，相须而备，而《易》为之原。"并且以"经"字冠以书名直接著录儒家六经等经书，如《易经》《尚书古文经》《诗经》《礼古经》《春秋古经》等②。班固所编《白虎通义·五经》篇，则用"五经"指称包括已亡佚的《乐经》在内的儒家经书，如说"经所以有五何？经，常也。有五常之道，故曰五经。《乐》仁，《书》义，《礼》礼，《易》智，《诗》信也"③。

（二）两汉以后常以"经典"之名专称儒家典籍

与"经"相关的还有"典"，《说文解字》云："典，五帝之书也。从册，在丌上，尊阁之也"④，作为文字学家的许慎的解释，"典"也是与"经"相近的帝王之书了。

较早将"经"与"典"相联系在一起的，可能是春秋时代著名的晋国卿相叔向。据《左传·昭公十五年》记载，晋叔向在大夫籍谈被周王斥责"数典而忘其祖"之后曰："言以考典，典以志经。忘经而多言举典，将焉用之？"⑤ 这是现知最先将"经"与"典"相联系之例，但叔向说的只是言语与举例典实、举例典实与记载礼经的关系，"经"与"典"两个单音节字也没有合成为一个词语。

最终将"经"与"典"合称为一个双音节词语，并且以"经典"专称儒家典籍的是后来的汉代儒生。如《汉书·孙宝传》记载：西汉成帝时以"明经"即通晓经术为郡吏，而后在汉平帝时为大司农的孙宝（字子严），曾反对太

① （汉）贾谊：《贾谊集》，上海人民出版社 1976 年版，第 140 页。

② （汉）班固：《汉书》，中华书局 1962 年版，第 1703—1723 页。

③ （清）陈立：《白虎通疏证》，中华书局 1994 年版，第 166 页。

④ （汉）许慎撰，（清）段玉裁：《说文解字注》，上海古籍出版社 1988 年版，第 200 页。

⑤ （晋）杜预：《春秋左传集解》，上海人民出版社 1977 年版，第 1404 页。

师孔光等称颂王莽功德比拟周公而曰：

> 周公上圣，召公大贤，尚犹有不相说，著于经典，两不相损。①

颜师古注释说："《周书·君奭》之序曰'召公为保，周公为师，相成王为左右。召公不说，周公作《君奭》'是也。两不相损者，言俱有令名也。"② 由此可知，孙宝所说的"经典"就是指的儒家"六经"之一的《尚书》。

再如《后汉书·皇后纪上·和熹邓皇后传》记载，汉和帝皇后邓绥（81—121）年少时就"志在典籍"，史家称她：

> 六岁能《史书》，十二通《诗》《论语》。诸兄每读经传，辄下意难问。志在典籍，不问居家之事。母常非之曰："汝不习女工以供衣服，乃更务学，宁当举博士邪？"后重违母言，昼修妇业，暮诵经典，家人号曰"诸生"③。

邓绥所诵读的"经典"，明显是指《诗经》《论语》等儒家经传。又如《后汉书·孔奋传》记载，孔奋"少从刘歆受《春秋左氏传》"，其弟孔奇也"博通经典，作《春秋左氏删》。奋晚有子嘉，官至城门校尉，作《左氏说》"④。这里的"经典"当然也是指《春秋左氏传》等儒家经典著作。

史籍之外，赋家作品也是如此。如东汉赋家班昭《东征赋》曰：

> 唯令德为不朽兮，身既没而名存。惟经典之所美兮，贵道德与

---

①　（汉）班固：《汉书》，中华书局 1962 年版，第 3263 页。
②　（汉）班固：《汉书》，中华书局 1962 年版，第 3263 页。
③　（南朝·宋）范晔：《后汉书》，中华书局 1965 年版，第 418 页。
④　（南朝·宋）范晔：《后汉书》，中华书局 1965 年版，第 1098—1099 页。

仁贤。①

对此，《文选》李善注释道："《毛诗》曰'显显令德'，《左氏传》穆叔曰'太上有立德，此之谓不朽'，《论语》曰'文王既没'。"②班昭赋的所谓"经典"，也是指上文"唯令德为不朽、身既没而名存"两句所引用典故或文句出处的《诗经》《左传》等儒家经典。

由此可见，"经典"一词在两汉时期几乎成为了指称儒家经典的专有名称。自此以后，视儒家典籍为"经典"遂相沿成习，历代承之不变。诸如：曹魏时期高贵乡公甘露二年《诏》曰："自今以后群臣皆当玩习古义，修明经典，称朕意焉"③；南朝梁刘勰《文心雕龙·序志》篇亦云"惟文章之用，实经典枝条，五礼资之以成，六典因之致用，君臣所以炳焕，军国所以昭明，详其本源，莫非经典"④；唐刘知几《史通·叙事》云"自圣贤述作，是曰经典，句皆《韶》《夏》，言尽琳琅，秩秩德音，洋洋盈耳"⑤；《宋史》卷一百六十八《职官志八》载至道二年王炳上言曰："如秘阁藏图书，太学藏经典，三馆藏史传，皆其职也"，"太宗览奏，嘉之"⑥；清人纪昀《阅微草堂笔记·槐西杂志四》："祭祀之理，制于圣人，载于经典。"⑦可见，"经典"之名已经成为了儒家经书的专称。

古代的儒家经典，先是所谓"六经"，在《乐经》亡佚之后就成了"五经"，自汉武帝时立为"五经"博士为官学，东汉时加入《论语》《孝经》而成为"七经"；唐代先后有"九经""十二经"之说，至唐文宗太和年间（827—835）刻《易经》《书经》《诗经》《周礼》《仪礼》《礼记》《春秋左氏传》《春

① （梁）萧统编，（唐）李善注：《文选》卷九，中华书局1977年版，第145页。

② （梁）萧统编，（唐）李善注：《文选》卷九，中华书局1977年版，第145页。

③ （晋）陈寿：《三国志》，中华书局1959年版，第139页。

④ （梁）刘勰著，范文澜注：《文心雕龙注》，人民文学出版社1958年版，第726页。

⑤ （唐）刘知几撰，（清）浦起龙通释：《史通通释》，上海古籍出版社2009年版，第161页。

⑥ （元）脱脱等：《宋史》卷一百六十八，中华书局1985年版，第4002页。

⑦ （清）纪昀：《阅微草堂笔记》卷十四，上海古籍出版社1980年版，第333页。

秋公羊传》《春秋谷梁传》《论语》《孝经》《尔雅》等"十二经，立石国学"；到了宋代，朱熹等理学家再将《孟子》纳入，于是"十三经"始全。

"十三经"是中国古代基本的儒学经典，也是历代封建统治者制定国策的理论依据，是全社会包括士农工商各色人等的齐家立身的行为规范。尤其唐宋以后经义成为了朝廷科举选拔人才的重要依傍，士人遵奉经典，以经典为依据建构和规范自己的政治、思想、文化意识形态以至于日常行为规范，经典的影响渗透在士人的语言表达之中，又呈现为一种自觉或不自觉的"依经立言"的话语表达模式。从这一意义上说，儒家经典不仅影响着传统士人的思想意识形态，也影响着士人的著书立说与文学创作，当然也包括历代赋的创作。

二、赋家赋作与儒家经典的关联

近代学者刘师培曾立足于具体的赋作考察过辞赋与经典的关系。他在《论文杂记》中讨论赋的"原出"时说：

> 赋体既浍，斯包函愈广。故《六经》之体，罔不相兼。贾生《鹏赋》，……其原出于《易经》；及孟坚、平子为之，《幽通》《思玄》，……则《系辞》之遗义也。班固《两都》，……其原出于《书经》；及潘岳之徒为之，《藉田》一赋，义典言弘，亦《典》《诰》之遗音也。屈原《离骚》，……其原出于《诗经》；及宋玉、景差为之，……亦范经之嗣响也。相如《上林》，枚乘《七发》，……其原出于《春秋》；及左思之徒为之，……亦史传之变体也。荀卿《赋篇》，……其原出于《礼经》；及孔臧、司马迁为之，……亦古典之遗型也。①

刘师培论赋源出于《诗经》六义之"赋"，然而在演变过程中又有楚《骚》冒入，

---

① 刘师培：《论文杂记》，上海科学技术文献出版社 2014 年影印版，第 73—74 页。

故赋体淆乱，于《六经》之体无不兼备。他举例说贾谊《鵩鸟赋》"旨贯天人，入神致用，其言中，其事隐，撷道家之菁英，约儒家之正谊"，原出《易经》；班固《幽通赋》、张衡《思玄赋》"析理精微，精义曲隐，其道杳冥而有常"，原出《周易·系辞》；班固《两都赋》"颂德铭勋，从雍揄扬，事覈理举，颂扬休明"，其原出于《尚书》；潘岳等人的《藉田赋》也原出《尚书》的"典""诰"；屈原《离骚》"引辞表旨，譬物连类，以情为里，以物为表，抑郁沉怨，与风雅为节"，原出《诗经》；宋玉、景差等人的赋作"繁类以成体，振尘滓之泽，发芳香之邑"，亦原出《葩经》（即《诗经》）；相如《上林》，枚乘《七发》"聚事征材，恢廓声势，谲而不觚，肆而不衍，……放佚浮宕，而归于大常"，其原出于《春秋》；左思《三都赋》"迅发弘富，博厚光大"，亦原出史传；荀子《赋篇》"观物也博，约义也精，简直谨严，品物华图，朴质以谢华"，其原出《礼经》；孔臧、司马迁等人"章约句制，切墨中绳，排纂以立体，艰深以隐词"，也是经典的遗留；而屈子《九歌》"依咏和声，近古乐章"，则原出《乐经》。

我们说赋是古代文学史上最具有民族特色的文学样式，是因为它与言志抒情的诗词或写景议论的散文不同，也与内容情节虚构想象的小说、戏剧有别，赋是一种自其产生之初起就与政治教化密切相关且以铺叙事物颂美时代为主的具有政治性品格的特殊文体，因而它与古代中国承载着统治者主流思想文化意识的儒家经典就有着远非其他文体可比的密切联系。

首先，赋的产生及其功能、特征、创作目的，与儒家经典所体现的儒学理想、政治情怀、价值取向、进取精神、文学观念等高度吻合。

赋是一种具有鲜明政治品格的特殊文体，从它的产生之时起，就被赋予了"讽谏"君王、"润色鸿业""称颂国德"等多方面的政治教化功能。诸如汉司马迁《太史公自序》所说"《子虚》之事，《上林》赋说，靡丽多夸，然其指风谏"[①]；《汉书·艺文志·诗赋略序》曰"不歌而诵谓之赋，登高能赋

---

① （汉）司马迁：《史记》，中华书局 1959 年版，第 3317 页。

可以为大夫"①；班固《两都赋序》云"赋者，古诗之流也"，"故言语侍从之臣……朝夕论思，日月献纳，……或以抒下情而通讽谕，或以宣上德而尽忠孝"，"然先臣之旧式，国家之遗美，不可阙也"②；唐白居易《赋赋》曰"赋者，《雅》之列，《颂》之俦，可以润色鸿业，可以发挥皇猷"③；清康熙帝《御制历代赋汇序》云"赋之于诗，具其一体。及其闳肆漫衍，与诗并行，而其事可通于用人"④；陈元龙《历代赋汇·进呈表》说赋"本为六艺之笙簧，终作《五经》之鼓吹"⑤，等等，或揭示赋"讽""颂"帝王功德和为《五经》"鼓吹"的品格特征，或说明赋家"通讽谕、宣上德"的功用目的，却都是与儒家经典所彰扬的思想、精神相一致的。有如当代文学史家刘大杰先生所论：这样"就把赋同儒家的经典联系起来，同儒家的文学思想统一起来了"⑥。

其次，赋的思想内容表现出鲜明浓厚的经典意识。

概括而言，大致有以下五个方面：（1）讽颂帝王功德。"忠君"观念在儒家经典中有广泛的论述，由"忠"而"颂"、由"颂"而"讽"则反映了国家"封建"向"中央集权"模式转变过程中帝王意识的深化。赋对于帝王功德的讽颂比其他文体更为丰富，既有直接歌颂帝王文治武功和国家礼乐文教之盛者，如汉唐两代很多铺写"京、殿、苑、猎"大赋或律赋作品；也有以"天人感应"理论为立论基础，铺陈祥征瑞兆比如珍禽异兽、奇花异草以及吉祥天象等，来宣扬"君命天授"观念、歌颂君王仁德美政的。当然，还有讽谏之赋，如唐代谢观《以贤为宝赋》，梁洽、魏缤等四人同题的《梓材赋》等，均以讽劝君王纳贤治国、以选能任贤为政。（2）颂美"大一统"。大一统学说是汉代"春秋公羊学"的核心理论，也是汉唐赋家的政治理想。汉代赋家如枚乘《七发》，司马相如《子虚》《上林赋》，还有扬雄、班固、张衡、

① （汉）班固：《汉书》，中华书局 1962 年版，第 1755 页。

② （梁）萧统编，（唐）李善注：《文选》，中华书局 1977 年版，第 21—22 页。

③ 顾学颉校点：《白居易集》，中华书局 1979 年版，第 877 页。

④ （清）陈元龙编：《历代赋汇》，凤凰出版社 2004 年版，第 1 页。

⑤ （清）陈元龙编：《历代赋汇》，凤凰出版社 2004 年版，第 2 页。

⑥ 刘大杰：《中国文学发展史》，上海古籍出版社 1982 年版，第 136 页。

王延寿等，都有赋赞颂汉帝国的统一和强大，唐代赋家李庾承袭班固而作的《两都赋》、李子卿《功成作乐赋》等也是以"圣唐"比拟"大汉"的颂美之作。（3）夸耀圣君贤臣的政治模式。圣君贤臣从来就是儒家经典所颂赞的对象，圣君如唐尧、虞舜、夏禹、商汤、周文王、周武王等，贤臣如伊尹、吕望、周公、微子、箕子、管仲、子产等。经典所涵养的政治理想具体化为圣君贤臣模式，君臣怡洽，共治天下。汉唐赋家既常以当朝雄主贤君与远古圣王相比况，在赋中赞颂汉高祖、文帝、武帝、宣帝、成帝、光武帝、明帝，魏武帝、文帝、晋武帝，以及唐太宗、武曌、玄宗等君王的贤德才能，也在赋中歌颂那些能辅佐帝王创建功勋的忠良贤臣，借以表达他们对于圣君贤臣政治理想模式的赞美和追崇。（4）铺叙"礼乐"思想制度。"礼乐"思想是儒家经典的重要组成部分，如《论语·泰伯》篇记载孔子曰"兴于《诗》，立于礼、成于乐"[1]。《礼记·乐记》论说"先王之制礼乐也，……将以教民平好恶而反人道之正也"，"王者功成作乐，治定制礼"[2]。荀子撰有《礼论》《乐论》等多篇专文备论礼乐之制。儒家经典所含蓄的礼乐教化思想影响到汉唐赋家，则创作了许多以隆礼崇乐为思想主题的赋篇，如两汉魏晋的《洞箫赋》《舞赋》《藉田赋》，唐代杜甫著名的《朝献太清宫》《朝享太庙》《有事于南郊》"三大礼赋"，赵自励《八月五日花萼楼赐百官明镜赋》等等。唐代礼乐赋尤其在规模和数量上都超越汉赋，相当充分地赞颂了李唐帝国的隆盛礼乐和辉煌文化。（5）抒写儒家道德人格和用世精神。儒家经典中，充满重视道德修养和人格理想、倡导积极有为用世建业价值观念的理论论述。受其影响，汉唐赋家渴望建功立业，甚至有不少人还通过献赋或试赋去达到博取功名的目的。与之相联系，汉唐赋家也留下了许多抒写儒家道德人格和用世精神的优美赋篇。有的直接表达自我资政意识，在赋中抒写对于治国理政的建议，以及赋家自我的诉求；有的则是借"士不遇"的主题抒写贤能之士不能用于当

---

① （宋）朱熹：《四书章句集注·论语集注》，中华书局1983年版，第104—105页。

② （清）阮元校刻：《十三经注疏·礼记正义》卷三七，上海古籍出版社1997年版，第1528—1530页。

世的不平情绪，如汉晋的董仲舒《士不遇赋》、司马迁《悲士不遇赋》、赵壹《穷鸟赋》《刺世疾邪赋》、陶渊明《感士不遇赋》等，唐赋则以中晚唐大量涌现的讽刺小赋为代表。汉唐赋家还写作了不少弘扬儒家道德人格精神的赋，如唐阙名氏的《天行健赋》抒写"自强不息"的精神，还有吴连叔、孟翔同题的《谦受益赋》，雍陶《学然后知不足赋》，崔咸《良玉不琢赋》《以不贪为宝赋》，白居易、郑俞同题的《性习相近远赋》，郑磻隐《富贵如浮云赋》，等等，读者仅从赋的篇题，就能体会到其中所传达的儒家道德和人格精神。

最后，赋在表达方式方面呈现出"经艺化书写"的话语特色。

儒家经典对于赋的渗透是全面而深刻的，它不仅影响到赋的写作主题、思想观念与题材内容，也还影响着赋在表达形式上的话语建构。赋家在写作时所运用的话语大多摆脱不了经典话语模式的制约，即使是一些在主题上看似疏离了经典的赋作也是如此。对于汉唐赋中这种较为普遍的经典话语特色，本书称之为"经艺化书写"①。大体而言，汉唐赋作"经艺化书写"的话语特色主要体现在两个方面：(1) 赋篇大量出现经典化的写作话语，赋家或者直接引出经典的篇名、书名，或者截取经典文句或词语的字面意义，或者化用经典话语。如班固《东都赋》曰：

　　于是皇城之内，宫室光明，阙庭神丽，奢不可逾，俭不能侈。外则因原野以作苑，填流泉而为沼。发苹藻以潜鱼，丰圃草以毓兽。制同乎梁邹，谊合乎灵囿。若乃顺时节而蒐狩，简车徒以讲武，则必临之以《王制》，考之以《风》《雅》，历《驺虞》，览《驷铁》，嘉《车攻》，采《吉日》，礼官整仪，乘舆乃出。②

这段百余字的赋文，大量引用或化用儒家经典词语，如"萍藻"是用《诗

---

① 本书参考了台湾东华大学中国语文系教授吴仪凤的"经艺书写"概念。参见吴仪凤：《赋写帝国：唐赋创作的文化情境与书写意涵》，万卷楼图书股份有限公司2012年版，第83页。

② (梁)萧统编，(唐)李善注：《文选》，中华书局1977年版，第32页。

经·召南·采苹》"于以采苹？南涧之滨。于以采藻？于彼行潦"之句；"圃草"是用《韩诗》"东有圃草"诗句；"《王制》"乃《礼记》篇名，"风、雅"为《诗经》类别，"《驺虞》《驷铁》《车攻》《吉日》"均为《诗经》篇名。如此大量称引经典篇名、词语，既体现了赋家深厚的儒学修养，也使其赋作呈现出"经艺化书写"的话语表达方式和语言特色，使赋篇内容也自然呈现出庄重典雅的经典意味。（2）唐代律赋不少赋题出自儒家经典的文句或典故，如《天行健赋》《乾坤为天地赋》《盛德日新赋》《人文化成天下赋》《铸剑戟为农器赋》《谦受益赋》《学然后知不足赋》《良玉不琢赋》《性习相近远赋》等。唐代律赋中还出现了一类专门书写儒经的赋作，其赞颂的对象或为儒经本身，或者是与儒经相关的学术活动。比如《汉章帝白虎殿观诸儒讲五经赋》、《太学壁经赋》《太学创置石经赋》《御注孝经台赋》《五经阁赋》《诗有六义赋》等。读着这一篇篇经典意味浓厚的赋题，就如同翻阅一部儒学论文的著述。

第一章　赋的产生与经典："荀宋"赋的礼学意蕴

若要论赋的产生，就有必要先讨论一下"赋"与"楚辞"的关系。因为古今学界长期存在着"辞赋一体"和"辞赋异体"两种不同的文体观念。持"辞赋一体"观念者，以"楚辞"与"赋"为"辞赋"或统称为"赋"，现当代赋学界以铃木虎雄、马积高、郭维森等三部《赋史》为代表。这些著作，以"楚辞"为"辞赋"，认为最早的辞赋家是屈原①。而主张"辞赋异体"者，认为"楚辞"与"赋"是两种不同的体裁，最早的赋家是荀况或宋玉。现当代学者中较早提出"屈宋之作则当正名曰'辞'，而不得目之为赋"者是陈钟凡②。一般的《中国文学史》著作也持这种观点，如刘大杰《中国文学发展史》说"屈原的作品，本无赋名，真正以赋名篇的则起于荀子"③。此后，姜书阁④、郭建勋、何新文、曹明纲等赋学研究者也持"辞赋异体"之说⑤。

---

① [日]铃木虎雄《赋史大要》（北京图书馆出版社 2006 年版，王冠辑《赋话广聚》第 6 册第 460 页）以《离骚》等为"骚赋时代"；马积高《赋史》（上海古籍出版社 1987 年版，第 20 页）谓"屈原是赋体作品第一个重要作家"；郭维森、许结《中国辞赋发展史》（江苏教育出版社 1996 年版，第 5、60 页）谓"辞赋又可看作一种文体""中国辞赋史上第一位作家是屈原"。

② 陈钟凡：《中国韵文通论》，上海书店 1936 年影印版，第 62 页。

③ 刘大杰：《中国文学发展史》，上海古籍出版社 1982 年版，第 89 页。

④ 姜书阁《先秦辞赋原论》（齐鲁书社 1983 年版，第 184 页）谓"这'爰赐名号'而为'命赋之厥初'者，我是要排除宋玉的"，"惟《荀子》之《赋》则明著于篇目，而以为名，足当……而无愧也"。

⑤ 参见郭建勋《汉人观念中的"辞"与"赋"》（《文学遗产》1989 年第 3 期）、何新文《中国赋论史稿》（开明出版社 1993 年版，第 8 页）与《中国赋论史》（人民出版社 2012 年版，第 7 页）、曹明纲《赋学概论》（上海古籍出版社 1998 年版，第 2 页）。

近年，何新文先生又撰专文论述"荀况是文学史上最先以'赋'名篇的作家"，当下的研究者应"区分'辞、赋'二体，以荀宋而不是屈原为赋体之始"①。

本书持"辞赋异体"之说与"荀况是文学史上最先以'赋'名篇的作家"的观点，并以此为逻辑基础展开论述。

第一节　关于赋之起源与儒家《诗》《礼》关系的辨析

"赋"，《说文解字注》曰："赋，敛也。《周礼·大宰》：'以九赋敛财贿。'敛之曰赋，班之亦曰赋。经传中凡言以物班布与人曰赋。"②古时贡赋必陈之于庭，赋、敷、布、铺在古代同音，且"赋、敷、布、铺"四者互训，因此"赋"具有铺陈之意。如《诗·商颂·长发》"敷政优优，百禄是遒"，《左传》成公二年、昭公二十年均引作"布政优优"，即为其例。这也许是后世赋文体所采用的铺陈表达手法的最早源头。"赋"义在先秦五经文献中多见于《诗》《书》《左传》《周礼》等典籍，其意多为征纳、班布之意，如《诗经·大雅·烝民》云："天子是若，明命使赋。"又云："赋政于外，四方爰发。"《毛传》的解释是："赋，布也"，有赋物和赋命之义。由此可见，早在赋体作品诞生之前，表示铺陈之义的"赋"就存在了。

另外，先秦典籍如《左传》中的"赋"还有"作诗"或"诵诗"之义。如隐公元年"公入而赋"和"姜出而赋"中的"赋"，闵公元年"许穆夫人赋《载驰》"句的"赋"字，都是指"作诗"。而僖公二十三年"公子赋《河水》，公赋《六月》"中的"赋"，文公四年"卫宁武子来聘，为赋《湛露》及《彤

---

① 何新文：《从"辞赋不分"到"以赋论赋"：古代赋文体论述的发展趋势及当代启示》，《文学遗产》2015 年第 2 期，第 5、14 页。

② （清）段玉裁注：《说文解字注》，上海古籍出版社 1988 年版，第 282 页。

弓》"① 中的"赋"字，则是指"诵"《诗经》中已有的诗篇，故杜预《注》云："古者礼会，因古《诗》以见意，故言赋《诗》断章也。其全称《诗》篇者，多取首章之义。"② 由此也可见春秋之时"赋诗言志"的情形。

关于赋文体的源起，历来聚讼纷纭。归纳起来，大约有如下几种说法："诗说""楚辞说""诗、骚说""诗、骚、诸子说""纵横家说""隐语说""俳辞说"等。其中，关于赋出于儒家经典的，影响深广的是"赋源于《诗》"说，以及大儒荀况之赋源于《诗》《礼》之学说。

一、汉晋学人论赋原于儒家经典之《诗经》

当代美学家朱光潜先生（1896—1986）在其《诗论》第十一章里说："什么叫做赋呢？班固在《两都赋》序里说的'赋者古诗之流'和在《艺文志》里所说的'不歌而诵谓之赋'，是赋的最古的定义。"③ 而马积高先生（1925—2001）《赋史》关于"赋出于诗"之说，又分为"原于诗的不歌而诵"与"出于诗的六义之一"④。综合上述朱光潜和马积高两位先生的说法，则古人关于赋与《诗经》的关系，汉晋学者已有三种说法：（1）《汉书·艺文志·诗赋略》引时人"不歌而诵谓之赋"定义赋体特征；（2）班固《两都赋序》论说"赋者古《诗》之流"及其讽喻美颂之义；（3）左思《三都赋序》谓"《诗》有六义，其二曰赋"，皇甫谧《三都赋序》又说"《诗》人之作杂有赋体，子夏序《诗》'二曰赋'"。这三种说法互为补充，可以得出汉晋论赋者关于赋源于儒家经典《诗经》的基本看法。本节拟对这三个方面略作叙述如后。

（一）"不歌而诵谓之赋"定义赋的文体特征

所谓"不歌而诵谓之赋"的说法，最先见载于《汉书·艺文志·诗赋略序》：

① （晋）杜预：《春秋左传集解》，上海人民出版社 1977 年版，第 7、223、334、439 页。
② （晋）杜预：《春秋左传集解》，上海人民出版社 1977 年版，第 338 页。
③ 朱光潜：《诗论》，生活·读书·新知三联书店 1984 年版，第 203 页。
④ 马积高：《赋史》，上海古籍出版社 1987 年版，第 2 页。

　　《传》曰："不歌而诵谓之赋，登高能赋可以为大夫。"言感物造端，材知深美，可与图事，故可以为列大夫也。古者诸侯卿大夫交接邻国，以微言相感，当揖让之时，必称《诗》以谕其志，盖以别贤不肖而观盛衰焉。故孔子曰"不学诗，无以言"也。①

　　这段文字，原出西汉图书目录学家刘向、刘歆父子的《七略》。虽《七略》后来亡佚，但班固撰《汉书·艺文志》是在《七略》基础上"删其要，以备篇籍"②的，因而基本保存了《七略》的面貌。由此可知，这段文字主要还是刘向、刘歆父子的主张。

　　《诗赋略序》开头引《传》曰"不歌而诵谓之赋"句，当是为"赋"体下的定义，是说赋的形式特点之一是"不歌而诵"的，与《诗经》作品的可歌可诵有所不同。其中，"登高能赋"一句，原在《诗经·鄘风·定之方中》的"毛传"中作"升高能赋"，《毛传》原文为："故建邦能命龟，田能施命，作器能铭，使能造命，升高能赋，师旅能誓，山川能说，丧纪能诔，祭祀能语，能此九者可谓有德音，可以为大夫。"③但《毛传》原文并无"不歌而诵谓之赋"之语④，因此不知刘氏父子所谓"《传》曰"出自何处，但这"不歌而诵"是《七略》用来定义赋体则可以肯定⑤。

　　刘氏父子之所以定义"不歌而诵谓之赋"，《序》文接下去就说明这是与春秋诸侯卿士大夫交接邻国时"称《诗》谕志"的传统有关。这里的"称《诗》"，

---

　　① （汉）班固：《汉书》，中华书局 1962 年版，第 1756 页。

　　② （汉）班固：《汉书》，中华书局 1962 年版，第 1701 页。

　　③ （清）阮元校刻：《十三经注疏》，上海古籍出版社 1997 年版，第 316 页。

　　④ 程千帆先生疑"《传》曰"应在"不歌而诵谓之赋"之后，即先以"不歌而诵谓之赋"一语界定赋体（见《程千帆全集》第三卷《校雠广义·目录篇》，河北教育出版社 2001 年版，第 32 页）。

　　⑤ 参阅何新文、张家国《从目录学的角度探论"不歌而诵谓之赋"：马积高先生〈赋史〉关于赋体论述的启示》（《中国文学研究》2015 年第 3 期），认为"不歌而诵是界定赋体的，当是指赋具有'不歌而诵'的特点"。

明显是指"称道"也就是"称诵""赋诵"《诗经》中已有的诗篇，所谓"赋诗言志，断章取义"，而不是"歌《诗》"。

这样说来，赋的"不歌而诵"与春秋卿士大夫在"交接邻国"时"称《诗》谕志"的外交活动有着直接的关系，当然《诗赋略》也揭示了春秋之时"古者诸侯卿大夫交接邻国"以"称《诗》谕其志"的历史事实。对此，儒家重要经典之一的《春秋左传》有很丰富的记载。例如《左传·襄公二十七年》所载著名的郑国"垂陇七子之赋"：

> 郑伯享赵孟于垂陇，子展、伯有、子西、子产、子大叔、二子石从。赵孟曰："七子从君，以宠武也。请皆赋以卒君贶，武亦以观七子之志。"子展赋《草虫》……，伯有赋《鹑之贲贲》……，子西赋《黍苗》之四章……，子产赋《隰桑》……，子大叔赋《野有蔓草》……，印段赋《蟋蟀》……，公孙段赋《桑扈》……卒享，文子告叔向曰："伯有将为戮矣！诗以言志，志诬其上而公怨之，以为宾荣，其能久乎？幸而后亡"。①

郑简公在"垂陇"这个地方设宴招待晋国来的赵文子（赵孟），郑国大夫子展、伯有、子西、子产、子太叔及印段、公孙段（按：即二子石）等随从郑简公赴宴。席间，赵文子请郑国七子"赋诗"，既表达对于郑简公的感谢之意，更借此"以观七子之志"。于是，郑国"七子"各依次赋诵《诗经》一首或者诗中的一章，赵文子逐一作了简评，除指出伯有"志诬其上而公怨之"外，称赞其余六子"皆数世之主也"。

春秋时期，像郑国"七子"这样在外交场合"赋《诗》"是十分普遍的。正因为如此，后来近代著名学者刘师培则解释为"行人之专司"，并进而总结出了"诗赋之学出于行人之官"的观点，如其《论文杂记》云：

---

① （晋）杜预：《春秋左传集解》，上海人民出版社1977年版，第1079页。

> 然诗赋之学，亦出行人之官。……又以《左氏传》证之：有行人相仪而赋诗者；……有行人出聘而赋诗者；……有行人乞援而赋诗者；……有行人莅盟而赋诗者；……有行人当宴会而赋诗者；……有行人答饯送而赋诗者；……是古诗每为行人所诵矣。……由是言之，行人承命以修好，苟非登高能赋者，难期专对之能矣①。

刘师培详尽地总结归纳了《左传》所载行人在"交接邻国，揖让喻志"时的各种"赋诗"活动。但是，"行人"的种种所谓"赋诗"，大多是"古《诗》每为行人所诵"而不是"歌"或"舞"，是充满理性和智慧的外交辞令。刘师培的这些论说，也可以帮助我们正确理解"不歌而诵为之赋"定义文体的内涵。

（二）班固"赋者古诗之流"论赋为《诗经》之流变及其讽颂之义

如果说《汉志·诗赋略》论述赋与《诗经》的关系还不够明朗的话，到了班固就明确提出赋出于《诗》的主张，甚至认为赋是由《诗经》的"雅""颂"流变而来。班固《两都赋序》曰：

> 或曰："赋者，古诗之流也。"昔成、康没而颂声寝，王泽竭而诗不作。大汉初定，日不暇给。至于武宣之世，乃崇礼官，考文章，内设金马石渠之署，外兴乐府协律之事，以兴废继绝，润色鸿业。……故言语侍从之臣，……时时间作。或以抒下情而通讽谕，或以宣上德而尽忠孝，雍容揄扬，著于后嗣，抑亦雅颂之亚也②。

班固《两都赋序》所说"赋者古诗之流"的"流"，有解释为"流别""支派"或者"种类"及"体"等多种不同的意思。但从全《序》的内容来看，班固

---

① 刘师培：《论文杂记》，上海科学技术文献出版社 2014 年影印版，第 46—48 页。
② （梁）萧统编，（唐）李善注：《文选》卷一，中华书局 1977 年版，第 21—22 页。

从诗赋的社会功用来牵合赋与《诗》的关系，认为赋具有"讽谕"、颂美之用，在"成康没而颂声寝，王泽竭而诗不作"之后继承了《诗》的"抒下情而通讽谕，宣上德而尽忠孝"的功用，尤其能够起到"润色鸿业""雍容揄扬"的作用，故而为"《雅》《颂》之流亚"。在这里，班固认为赋与《诗》有源流关系，故下面又说到赋的讽谕、揄扬，"抑亦《雅》、《颂》之亚也"。这正是班固的赋之起源论。显然，班固认为赋起源于《诗经》，且由《诗经》的"雅""颂"流变而来。

在自古至今的中国赋论史上，最早由班固明确的"赋为古诗之流"这种《诗》源论的观点一直有深远的影响。此后如晋代的左思、皇甫谧、挚虞，南北朝的刘勰、颜之推，直到唐宋至清代的白居易、刘熙载，现当代的许多文学批评家都继承了这种说法。如刘勰《诠赋》所谓"赋自《诗》出"，朱光潜《诗论》所说"赋出于诗"等，几乎成为古今论赋者的普遍认识。

（三）左思及刘勰等论《诗》"六义"之"赋"为铺陈体物的赋法

在汉代，《诗》有"六义"说始见于《毛诗序》。但无论是《汉志·诗赋略》，还是班固《两都赋序》，都未将赋体起源与《诗》"六义"之"赋"牵连一起。对此，马积高先生解释说："即使刘向、班固时《毛诗》已有《序》，然西汉时《毛诗》《周礼》皆属于古文经，不为世所重，……故刘、班论赋与《诗》的关系而不及《诗》之六义，是很自然的。"[1]

《毛诗序》的"六义"之说，源于《周礼·春官》的"六诗"。《周礼·春官》曰："大师……教六诗，曰风，曰赋，曰比，曰兴，曰雅，曰颂。"[2]《毛诗序》则将《周礼》所说的"六诗"转变为"六义"，如《毛诗序》云：

> 故《诗》有六义焉：一曰风，二曰赋，三曰比，四曰兴，五曰雅，六曰颂。上以风化下，下以风刺上，主文而谲谏，言之者无

---

[1]　马积高：《历代辞赋研究史料概述》，中华书局 2001 年版，第 5 页。

[2]　（东汉）郑玄注，（唐）贾公彦疏：《周礼注疏》，上海古籍出版社 2010 年版，第 880 页。

罪，闻之者足以戒，故曰《风》。……雅者，正也，言王政之所由废兴也。政有大小，故有《小雅》焉，有《大雅》焉。《颂》者，美盛德之形容，以其成功告于神明者也。是谓四始，《诗》之至也。①

《毛诗序》提出《诗》之"六义"，却只解释了其中的"风、雅、颂"三"义"，而对"赋、比、兴"无解。到汉末经学家郑玄注《周礼》"六诗"时，既受到《毛诗序》的影响注解了"风、雅、颂"，还创始了对于"赋、比、兴"的解释，如郑玄云："赋之言铺，直铺陈今之政教善恶；比，见今之失，不敢斥言，取比类以言之；兴，见今之美，嫌于媚谀，取善事以喻劝之。"②将郑玄对"六诗"的解释与《毛诗序》加以比照，可见出他仍与《毛诗序》一样，不是以辨别诗、赋的文体特征为旨归，而是意在揭示《诗》的教化功能，尤其是《诗》的"美、刺"亦即"讽、颂"作用。

真正将赋体之赋与《诗经》"六义"之"赋"牵合在一起，当始于西晋的左思、皇甫谧，而后来梁代文学批评家刘勰等承之。

先看左思《三都赋序》云：

盖《诗》有六义焉，其二曰赋。扬雄曰"诗人之赋丽以则。"班固曰"赋者，古诗之流也。"先王采焉，以观土风。……然相如赋《上林》而引"卢橘夏熟"，扬雄赋《甘泉》而陈"玉树青葱"，班固赋《西都》而叹"以出比目"，张衡赋《西京》而述以"游海若"。假称珍怪，以为润色，……于辞则易为藻饰，于义则虚而无征。……发言为诗者，咏其所志也；升高能赋者，颂其所见也。美物者贵依其本，赞事者宜本其实。匪本匪实，览者奚信？③

---

① （清）阮元校刻：《十三经注疏·毛诗正义》，上海古籍出版社 1997 年版，第 271 页。《毛诗序》旧传为子夏作或子夏作而毛苌成之。《后汉书·儒林传》则明确记载东汉卫宏作《毛诗序》。

② （东汉）郑玄注，（唐）贾公彦疏：《周礼注疏》，上海古籍出版社 2010 年版，第 880 页。

③ （梁）萧统编，（唐）李善注：《文选》卷四，中华书局 1977 年版，第 74 页。

左思在《三都赋》自《序》首言"《诗》有六义，其二曰赋"，然后引扬雄"诗人之赋丽以则"以及班固"赋者古诗之流也"的说法，将赋的起源与《诗经》"六义"其二的"赋"相接，并以此阐述他的赋论意见。左思认为，《诗经》"六义"之"赋"是先王用"以观土风"的，故而征实可信。而汉代"马、扬、班、张"诸家在赋中夸饰方物却"虚而无征"，当然也就不足为训。赋家升高能赋，颂其所见，无论"美物、赞事"，均应贵依其本实。

虽然左思搬出《诗经》"六义"之"赋"的意图，是为《三都赋》"其山川城邑则稽之地图、其鸟兽草木则验之方志"的创作方法寻找理论根据，并且对于汉代体物大赋的夸饰描写也给予了有违文学创作规律的严厉批评；但是，左思显然已经认识到了所谓"六义"之"赋"原本是《诗》人美赞事物的表现方法。这就从赋的写作方法方面找到了与儒家经典《诗经》的联系，从而在汉人的"不歌而诵"之外又开辟了一条探索赋与经典关系的新途径。

与左思同时，皇甫谧在为左思而撰的《三都赋序》里面，则在先列出古人"不歌而颂谓之赋"的前提下，也提到了《诗经》"六义"之二的"赋"。如皇甫谧《三都赋序》说：

> 玄晏先生曰：古人称不歌而颂谓之赋。然则赋也者，所以因物造端，敷弘体理，欲人不能加也。引而申之，故文必极美；触类而长之，故辞必尽丽。然则美丽之文，赋之作也。昔之为文者，非苟尚辞而已，将以纽之王教，本乎劝戒也。……故孔子采万国之"风"，正"雅、颂"之名，集而谓之《诗》。诗人之作，杂有赋体。子夏序《诗》曰："一曰风，二曰赋。"故知赋者，古诗之流也。[①]

皇甫谧引"不歌而诵谓之赋"时，将"诵"改换为"颂"，一方面是受

---

① （梁）萧统编，（唐）李善注：《文选》卷四五，中华书局 1977 年版，第 641 页。

左思《三都赋序》"升高能赋者颂其所见"的影响；另一方面也是皇甫谧将"不歌而诵"从"赋诗"活动转换为赋体特征的举动，这是皇甫谧牵合文体之赋与"诗六义"之"赋"的关键。然后皇甫谧详细描述作为文体之赋的特征，"因物造端，敷弘体理，欲人不能加也。引而申之，故文必极美；触类而长之，故辞必尽丽"。又云"美丽之文，赋之作也"，既突出了赋的文辞特征，又对赋加以定义。接下来，皇甫谧将"美丽之文"的赋与"昔之文"加以对照，突出了为文者"将以纽之王教，本乎劝戒"的政治教化作用。细究皇甫谧《三都赋序》之文，可知其所谓"昔之为文者"，正是指的儒家学派创始人孔子"采万国之风，正雅、颂之名，集而谓之"的《诗》。而《诗》人之作，原本就"杂有赋体"，这也就是《诗》序所说的"二曰赋"，所以汉人才说"赋者古诗之流也"。

如果说，皇甫谧引"子夏序《诗》二曰赋"的目的，主要还是想说明赋为古《诗》之流派，而以之为"赋法"的意思还不够明朗的话，那么，此后刘勰解释"六义"之"赋"为铺陈体物之赋法就更为清楚明白了。如其《诠赋》篇云：

> 《诗》有六义，其二曰赋。赋者，铺也，铺采摛文，体物写志也。①

《毛诗序》云"《诗》有六义焉：一曰风，二曰赋，三曰比，四曰兴，五曰雅，六曰颂"。刘勰则直接取"其二曰赋"，并解释为"赋者，铺也，铺采摛文，体物写志也"。刘勰的这番解释，或许还受到了东汉郑玄《周礼注》"赋之言铺，直铺陈今之政教善恶"说的影响，但刘勰无疑更极为简明地将《诗经》"六义"之"赋"解读为赋的铺陈体物之法，并对后世赋学也产生了很深远的影响。如马积高先生《赋史》，开篇就把刘勰此说评为古来"比较有权威的"两种

---

① （梁）刘勰著，范文澜注：《文心雕龙注》，人民文学出版社 1958 年版，第 134 页。

说法之一，认为它“大体上概括了自汉至宋齐赋的内容和形式特色”①。

至此，由汉代刘向刘歆父子、班固，中经晋左思、皇甫谧，再到梁刘勰，汉晋赋论家完成了关于赋源于儒家经典《诗经》的看法：即“赋”由古《诗》发展流变而来，继承春秋诸侯卿士大夫“称《诗》谕志”传统而形成“不歌而诵”的文体特征，并且运用《诗经》“六义”之一的铺陈其事的“赋法”，而成为一种能够“铺采摛文、体物写志”的文体。

二、大儒荀况“失志之赋”与《诗》《礼》之学

如本节上述，古今学者论述儒家经典与赋的关系，关注的聚焦点是《诗经》。但是除此而外，其实自《汉志·诗赋略》开始也有不少关于最早以“赋”名篇者荀况之赋与《诗经》及《礼经》的论述。这一点其实颇堪注意，故笔者拟在此做一专门叙述。

（一）《汉志·诗赋略》始言荀卿“贤人失志之赋”有古《诗》之义

关于荀况赋与经典的关系，当始自刘向父子与班固共同完成的《汉志·诗赋略》。如《诗赋略序》在阐述“不歌而诵谓之赋”以后，接着说：

> 春秋之后，周道寖坏，聘问歌咏不行于列国，学《诗》之士逸在布衣，而贤人失志之赋作矣。大儒孙卿及楚臣屈原离谗忧国，皆作赋以风，咸有恻隐古《诗》之义。②

在这里，《诗赋略》的作者，是将“大儒孙卿”列于屈原之前，来评价他们的“贤人失志之赋”，并且认为荀卿、屈原离谗忧国“皆作赋以风，咸有恻隐古《诗》之义”的。显然，《诗赋略》的作者，包括刘氏父子和班固

---

① 马积高：《赋史》，上海古籍出版社 1987 年版，第 1 页。

② （汉）班固：《汉书》，中华书局 1962 年版，第 1756 页。

都已经注意到荀况最早"以赋名篇"的赋史史实，并认同荀况之赋有"讽"的思想内容，有恻隐《诗经》之义。

（二）晋宋至清学者论荀况《赋篇》为"以赋名篇"之首

《汉志》之后，西晋赋论家皇甫谧（215—282）承《汉志》之说而进一步肯定荀况为"赋之首"的赋史地位。其《三都赋序》云：

> 至于战国，王道陵迟，《风》《雅》浸顿，于是贤人失志，辞赋作焉。是以孙卿、屈原之属，遗文炳然，辞义可观。存其所感，咸有古《诗》之意。皆因文以寄其心，托理以全其制，赋之首也。①

皇甫谧在沿袭《汉志·诗赋略》关于荀卿、屈原之辞赋为"贤人失志"之赋的说法的同时，又明确指出荀卿的赋是"赋之首"，这在赋的产生发展史上都是很有历史意义的论说。稍后，又有挚虞（？—311）《文章流别志论》所言"前世为赋者，有孙卿、屈原，颇尚有古《诗》之义，而宋玉则多淫浮之病矣"②。挚虞与皇甫谧"赋之首"的说法相呼应，再一次明确荀况是"前世为赋者"的认识。

至南朝梁代，刘勰《文心雕龙》更明言"巨儒"荀况及宋玉乃"命赋之厥初"，将荀、宋二人视为最早的赋家。如《文心雕龙》云：

> 然赋也者，受命于《诗》人，拓宇于《楚辞》也。于是荀况《礼》《智》，宋玉《风》《钓》，爰锡名号，与诗画境；六义附庸，蔚成大国。述客主以首引，极声貌以穷文。斯盖别诗之原始，命赋之厥初也。（《诠赋》）

屈、宋以《楚辞》发采，……荀况学宗，而象物名赋，文质相

---

① （梁）萧统编，（唐）李善注：《文选》，中华书局1987年版，第641页。

② （清）严可均辑：《全上古三代秦汉三国六朝文·全晋文》卷七十七，中华书局1958年版，第1905页。

称，固巨儒之情也。（《才略》）①

刘勰极为有见地地论述了赋的产生和发展过程。他认为春秋人如郑庄公之赋"大隧"、士蒍之赋"狐裘"，虽然合于不歌而诵的赋的体裁，但尚未成熟，不能称之为赋。直到荀况、宋玉才真正以"赋"名篇，且跟《诗》划清了界限，从而使作为《诗经》"六义"附庸的"赋"才独立发展，盛极一时。在《才略》篇中，还高度评价了荀况的赋"文质相称，固巨儒之情也"。

大致与刘勰同时，萧统（501—531）也在其《文选·序》中，重申"荀、宋表之于前，贾、马继之于末，自兹以降，源流实繁"②的楚汉赋史发展情形，荀况仍然列于宋玉之前。

唐宋以来，有唐令狐德棻《周书·王褒庾信传论》言"大儒荀况，赋《礼》《知》以陈其情，含章郁起，有讽谕之义"；白居易《赋赋》说"始草创于荀宋，渐恢张于贾、马"；明胡应麟《诗薮》杂编卷一说"自荀卿、宋玉，指事咏物，别为赋体"③。至清王芑孙《读赋卮言》亦论荀卿赋云：

> 追其统系，《三百篇》其百世不迁之宗矣。……昭明序《文选》，所云以荀、宋表前，贾、马继后，而慨然于源流自兹也。……由荀、宋而言，则《礼》《知》之篇，义征载道；《箴》《蚕》之作，理在前民，附庸六义者也。④

王芑孙认同萧统以荀况赋为赋史源头的论点，却又直言荀况《赋篇》是载道明理的附庸《诗经》"六义"之作。

---

① （梁）刘勰著，范文澜注：《文心雕龙注》，人民文学出版社 1958 年版，第 134、698 页。

② （梁）萧统编，（唐）李善注：《文选》，中华书局 1977 年版，第 1 页。

③ 令狐德棻、白居易、胡应麟之语分别见孙福轩、韩泉欣编：《历代赋论汇编》，人民文学出版社 2016 年版，第 990、777、844 页。

④ 孙福轩、韩泉欣编校：《历代赋论汇编》，人民文学出版社 2016 年版，第 208 页。

（三）近代学人揭示荀况《赋篇》与《礼经》等经典的关联

进入近现代，则有吴曾祺（1852—1929）、来裕恂（1873—1962）、姚华、刘师培等学者论及荀况赋的赋史地位及其与经典《诗》《礼》的关系。如吴曾祺《涵芬楼文谈·附录》谓"赋为《诗》之一体，自荀卿子始以'赋'名篇"，来裕恂《汉文典·文章典》谓"其始创自荀况游宦于楚，作为五《赋》"①，二人都肯定了荀况以'赋'名篇的始创地位。

而姚华、刘师培，则论述了荀况《赋篇》与儒家经典《礼经》的关系。如姚华《论文后编》云：

> 《诗》有比、兴，与赋为三。荀书演赋（荀子《赋篇》），其体益广。……于是赋有三本：其一承《诗》，其次拟荀，其次宗楚。……荀子《赋篇》，其创始矣……荀卿之学，源出西河，粹乎《诗》《礼》之传，及其为文，则辞正而旨约，志闲而气肃，《礼》坚其中，《诗》被其外，赋之质者也②。

姚华（1876—1930）字重光，是近代著名学者和篆刻家、藏书家，素有"刻铜圣手"之美誉，曾任北京女子师范大学校长。著有《小学问答》《说文三例表》《莲花庵书画集》《金石系》等，其诗赋词曲论著则集为《弗堂类稿》。姚华认为，荀子之学源出孔子著名弟子卜子夏（姓卜名商字子夏），而且精粹《诗》《礼》之传。这既符合荀子实际，又别具学术眼光。子夏为"孔门十哲"之一，《论语·先进》有"文学子游、子夏"的记载。孔子卒后，子夏曾到魏国西河教学，传授《诗经》《春秋》等经典。《后汉书·徐防传》记载，徐

---

① 吴曾祺、来裕恂之语分别见孙福轩、韩泉欣编：《历代赋论汇编》，人民文学出版社 2016 年版，第 910、916 页。

② 孙福轩、韩泉欣编校：《历代赋论汇编》，人民文学出版社 2016 年版，第 917 页。此文"粹乎诗礼之传"句中"诗礼"一词，高光复《历代赋论选》、徐志啸《历代赋论辑要》均误作"诗体"。笔者以为标点为"粹乎《诗》《礼》之传"更符合姚华原意。

防曾上《疏》认为"《诗》《书》《礼》《乐》，定自孔子；发明章句，始于子夏"①。这说明子夏长于《诗》《礼》经典，受其影响，荀子也的确精粹于《诗》《礼》之学，并且也在他的《赋篇》中体现出来，有如姚华所评："则辞正而旨约，志闲而气肃，《礼》坚其中，《诗》被其外。"

姚华而外，同时的刘师培（1884—1919），在其《论文杂记》里指出："阐理之赋，荀卿以下二十五家是也"，又说"阐理之赋，其源出自儒、道两家"②，也注意到了荀况《赋篇》源自于儒家经典。

古代学者对于荀况最先以"赋"名篇的认知，以及近代学人对于荀况《礼》学渊源及其影响其《赋篇》创作的揭示，符合客观实际，为今天的研究者正确评价荀况赋的创始地位及其与儒家经典的内在关联，均具有重要参考和启示意义。

第二节　荀况以"赋"名篇与其儒家《礼》学

一部古代赋史，理应从最早以"赋"名篇的荀况说起。这不仅是自《汉志·诗赋略》起，中经晋皇甫谧与挚虞、梁刘勰、唐白居易、明胡应麟、清王芑孙，以至近代学人吴曾祺、来裕恂等古今赋论家充分论述了的共识；同时，也是一个难以回避的文学史事实。因为，"在汉代之前，楚辞作品并不称之为'赋'，荀况是文学史上最先以'赋'名篇的作家。除今本《荀子》所载《赋篇》'五赋'外，《战国策·楚策四》亦载录有荀况致楚春申君书时'因为赋曰'的'宝珍隋珠'以下14句'赋'文"③。当然，这只是本节所论问题的一个方面；问题的另一面是，荀况之赋与儒家经典也有着密切的联系。

---

① （南朝·宋）范晔：《后汉书》，中华书局1965年版，第1500页。

② 刘师培：《论文杂记》，上海科学技术文献出版社2014年影印版，第19页。

③ 何新文：《从"辞赋不分"到"以赋论赋"》，《文学遗产》2015年第2期。

一、荀况重经“隆礼”的儒学思想

荀子名况（约前 313—约前 238），时人尊称为荀卿，汉人为避汉宣帝刘询讳而改称“孙卿”。本为战国赵人，《史记·孟子荀卿列传》本传载其“年十五，始来游学于齐”，曾在齐襄王时的齐国稷下学宫讲学，史称“荀卿最为老师”而“三为祭酒”。齐人或谗之，荀卿乃适楚，而春申君以为兰陵令。春申君卒后而荀卿废，后终老兰陵。①

荀子是孔子、孟子之后的又一位儒学大师，博通儒家“六经”之学。他在《荀子·劝学》及《儒效》等篇中，全面论述过儒家“六经”的重要性和经典地位，例如《儒效》篇云：

> 百王之道一是矣，故《诗》《书》《礼》《乐》之归是矣。《诗》言是，其志也；《书》言是，其事也；《礼》言是，其行也；《乐》言是，其和也；《春秋》言是，其微也。故《风》之所以为不逐者，取是以节之也；《小雅》之所以为《小雅》者，取是而文之也；《大雅》之所以为《大雅》者，取是而光之也；《颂》之所以为至者，取是而通之也：天下之道毕是矣②。

在荀子眼里，掌握了儒家的重要经典，周普深广的“天下之道”也就全备了。但是，荀子异于其他儒家学者的是，他不仅尊崇儒家“六经”，尤其是在继承和发展孔子“礼义”思想的基础之上，构建了自己以《礼》为核心的“隆礼”学说体系。荀子的“隆礼”思想贯穿了《荀子》一书的始终，他首先在全书之始的《劝学》篇中高度肯定《礼》的重要地位说：

---

① （汉）司马迁：《史记》，中华书局 1959 年版，第 1348 页。
② （清）王先谦：《荀子集解》，中华书局 1988 年版，第 158 页。

> 学恶乎始？恶乎终？曰：其数则始乎诵经，终乎读《礼》……《礼》者，法之大分，类之纲纪也，故学至乎《礼》而止矣。夫是之谓道德之极。《礼》之敬文也，《乐》之中和也，《诗》《书》之博也，《春秋》之微也，在天地之间者毕矣"①。

荀子认为，为学之道始于"诵《经》，终乎读《礼》"，《礼》可谓是"道德之极"，故人生之"学"可至乎《礼》而止，人们得到了以《礼》为核心的儒家经典，就几乎也得到了"在天地之间"的所有。此外，荀子还写有一篇专门论"礼"的《礼论》，全面论述儒家之"礼"学思想，如《礼论》云：

> 礼有三本：天地者，生之本也；先祖者，类之本也；君师者，治之本也。……故礼上事天，下事地，尊先祖而隆君师，是礼之三本也。
>
> 礼岂不至矣哉！立隆以为极，而天下莫之能损益也。……天下从之者治，不从者乱；从之者安，不从者危；从之者存，不从者亡。小人不能测也。
>
> 礼之理诚深矣……人道之极也。然而不法礼，不足礼，谓之无方之民；法礼，足礼，谓之有方之士。……能虑能固，加好者焉，斯圣人矣。②

《礼论》篇不仅从多方面全面论述了儒家之"礼"的思想内容，而且反复使用"本""至""诚""深"之类的形容词，用"上事天，下事地""尊祖隆君""人道之极""圣人"一类的语句，将"礼"对于国家、社会、人民乃至个体人生的重要作用和崇高地位提高到了几乎无以复加的程度。

---

① （清）王先谦：《荀子集解》，中华书局 1988 年版，第 13—14 页。

② （清）王先谦：《荀子集解》，中华书局 1988 年版，第 420 页。

《荀子》书中，除了《劝学》《礼论》篇外，其他如《修身》《不苟》《儒效》《王制》《富国》《王霸》《君道》《臣道》《大略》等篇章，也大都以"礼"贯通。故而清人汪中论荀卿之学"出于孔氏，而尤有功于诸经"，尤为强调"荀卿所学本长于礼"①之说；王先谦《荀子集解·序》也说："荀子论学论治，皆以礼为宗，反复推详，务明其指趣，为千古修道立教所莫能外。"②

还需要说明的是，《荀子》书中"礼"的概念，有时是指儒家以"礼"修身治国的道德观念、政治思想及礼制礼仪等儒家"礼学"，如《礼论》篇所言等；有时是指《礼经》（即《仪礼》）等儒家礼学经典，如上引《劝学》《儒效》等篇总论《诗》《书》《礼》《乐》诸经中的《礼》等。另外，《荀子·大略》篇有"故亡于《礼经》而顺人心者皆礼"一句，已明言"《礼经》"一书。又马积高先生根据荀子所谓"《礼》《乐》法而不说"、《乐论》篇对乡饮酒礼的叙述、《礼论》篇言及礼制礼仪等，知其"所见《礼经》自当包括今传《仪礼》"③；还有《荀子·王制》篇"序官"一段提到的一些重要官名，如"宰爵""司徒""司马""太师""司空""乡师""司寇""冢宰""辟公"④等，亦多见于《周礼》。

如上所述，我们可以相信："荀子曾见过《礼经》（即《仪礼》）之类的书，也许还见过《周官》（即《周礼》）。"⑤也就是说，荀子通过对于儒家"六经"，尤其是对于《礼经》等礼学经典的接受和理解，最终形成了自己崇经"隆礼"的学术思想，并且影响到《赋篇》等辞赋作品的创作。

二、《礼赋》对儒家"礼论"的具象化描写

《汉志·诗赋略》著录楚及秦汉辞赋共78家、1004篇，分为"屈原赋""陆

---

① （清）汪中著，李金松校笺：《述学校笺·荀卿子通论》，中华书局2014年版，第451、452页。

② （清）王先谦：《荀子集解》，中华书局1988年版，第1页。

③ 马积高：《荀学源流》，上海古籍出版社2000年版，第158页。

④ （清）王先谦：《荀子集解》，中华书局1988年版，第166—171页。

⑤ 马积高：《荀学源流》，上海古籍出版社2000年版，第158、159、197页。

贾赋""孙卿赋""杂赋"四类。其中，"孙卿赋"之属，著录"孙卿赋十篇"及"秦时杂赋"及后之汉赋 23 家 117 篇。对于《汉志》所载荀卿赋，刘师培以为是"阐理之赋"，是"分析事物，以形容其精微者也"；顾实《汉书艺文志讲疏》也认为"此《荀卿赋》之属，盖主效物者也"①。诚如刘、顾二氏所评，荀况在赋史上最早以"赋"名篇之"赋"的确是"阐理"、"效物"之作，而荀子《赋篇》所阐发之"理"亦即所效之"物"，则正是其思想学说所重点论述的儒家之"礼"。刘师培《论文杂记》云："荀卿《赋篇》，观物也博，约义也精，简直谨严，品物华图，朴质以谢华，輐断以为纪，其原出于《礼经》。②"

今存《荀子·赋篇》，由"礼、智、云、蚕、箴"五篇《赋》和一篇《佹诗》组成。以思想内容而言，这五篇《赋》"象物名赋"③以彰讽谕之旨，用赋文学的形式表现荀子的儒家礼义学说，如范文澜先生《中国通史简编》所说，这是"儒家老师仿赋诗声调作赋，用北方音韵说儒家教义"④；而《佹诗》则是以诡奇激切之言抒发天下不治的幽愤短诗。让我们先看《赋篇》之一的《礼赋》：

　　爰有大物，非丝非帛，文理成章。非日非月，为天下明。生者以寿，死者以葬，城郭以固，三军以强。粹而王，驳而伯，无一焉而亡。……王曰：此夫文而不采者与？简然易知而致有理者与？君子所敬而小人所不者与？性不得则若禽兽，性得之则甚雅似者与？匹夫隆之则为圣人，诸侯隆之则一四海者与！致明而约，甚顺而体，请归之礼。⑤

① 陈国庆汇编：《汉书艺文志注释汇编》，中华书局 1983 年版，第 176 页。

② 刘师培：《论文杂记》，上海科学技术文献出版社 2014 年影印版，第 74 页。

③ （梁）刘勰著，范文澜注：《文心雕龙注》，人民文学出版社 1958 年版，第 698 页。

④ 范文澜：《中国通史简编》第一编，人民出版社 1964 年版，第 285 页。

⑤ （清）王先谦：《荀子集解》，中华书局 1988 年版，第 558—559 页。

荀子首言礼乃"大物"，以突出人之大者莫过于礼的思想。其次言礼的功用之大："非丝非帛，文理成章。非日非月，为天下明"，礼能为天下立规矩，为天下启愚昧。就个人修身而言，可以"生者以寿，死者以葬"；就国家治理而言，可以"城郭以固，三军以强。粹而王，驳而伯"。再次言礼之德："文而不采""简然易知""致明而约，甚顺而体"。"性不得则若禽兽，性得之则甚雅似者与？匹夫隆之则为圣人，诸侯隆之则一四海。"礼不仅是人之所以为人的根本，也是王天下、立圣贤的根本。其中"性得之则甚雅似者"还化用了《诗·小雅·裳裳者华》中的诗句"维其有之，是以似之"，说明人只有拥有了礼才能雅正似（嗣）续古人。

综观《礼赋》，荀子采用"隐语"的手法，以"大物"比况于"礼"，是一种将抽象之物具象化的文学式描述。正如《荀子·礼论篇》所言："故厚者，礼之积也；大者，礼之广也；高者，礼之隆也；明者，礼之尽也。"[1]荀子以"大物"比拟"礼"，其目的正是为了突出"礼"的厚广隆重。荀子言礼"非丝非帛，然文理成章"。所谓"文理"，本指丝帛的纹路条理。荀子以其比于抽象之"礼"，是为了凸显"礼"义的鲜明，一如丝帛之纹路昭然清晰，以便于熟晓而遵循，可以为法则。荀子又言"礼"虽非日月可以光照天地，却可以纲纪人伦，为天下法则，天下因此而有节序，故言"非日非月，为天下明"。又言"礼"可以使生者享寿，使死者安葬，国家城郭赖礼而坚固，三军以守礼而强盛。礼还可以使君主有王、霸之德。荀子既假为隐语，极言礼之功用甚大，时人莫知，因问于先王，先王重演其义而告之。"先王"以反问之语既回答了荀子的提问，又对"礼"为何物重新加以描述，揭示了礼所具备的虽文而不华丽，虽简易而清晰，为君子推崇而为小人所摒弃，性情赖礼则雅正，失礼则似禽兽等特征，最后赋文总结说：匹夫隆礼则可以为圣人，诸侯君主隆礼则可以王天下。总之，荀子《礼赋》全篇洋溢着浓厚的"隆礼"意识，正是荀子礼学思想的文学化表达，其用意仍在宣扬其礼教观念。

---

[1] （清）王先谦：《荀子集解》，中华书局 1988 年版，第 424 页。

三、《智》《云》《蚕》《箴》诸赋的"效物"讽谕

荀子体物言志，铺陈描摹礼、知、云、蚕、针等事物的品质，采用想象、对比、夸张、议论等手段，形象地烘托出了自己的社会理想与价值追求，也委婉地表达了自己对现状的讽谏。因而魏源在《诗比兴笺序》中说：

> 荀卿赋蚕，非赋蚕也；赋云，非赋云也。诵诗论世、知人阐幽，以意逆志，始知三百篇皆仁圣贤人发愤之所作焉，岂第藻绘虚车已哉？①

魏源认为荀卿的《赋》篇不只是铺张辞藻，而是仿效《三百篇》以比兴的方式来表达作者的幽愤，这就是所谓的"诵诗论世、知人阐幽，以意逆志"，是圣贤之士的讽喻之作。

(一)《智赋》的"君子之智"与《云赋》"功被天下而不私置"之德

"知"也是儒家信奉的重要原则。孔孟都曾论过"知"，孟子还将"仁、义、礼、知"称为"四端"，到了汉代的董仲舒就称"仁、义、礼、智、信"为"五常之道"。荀子《知》赋曰：

> 皇天隆物，以示下民，或厚或薄，帝不齐均。桀、纣以乱，汤、武以贤。涽涽淑淑，皇皇穆穆，周流四海，曾不崇日。君子以修，跖以穿室。大参乎天，精微而无形。行义以正，事业以成。可以禁暴足穷，百姓待之而后宁泰。……曰：此夫安宽平而危险隘者邪？修洁之为亲而杂污之为狄者邪？甚深藏而外胜敌者邪？法禹、舜而能弇迹者邪？行为动静，待之而后适者邪？血气之精也，志意

---

① 舒芜：《近代文论选》，人民文学出版社 1959 年版，第 4 页。

之荣也，百姓待之而后宁也，天下待之而后平也，明达纯粹而无疵
也，夫是之谓君子之知。①

皇天降智，以予下民，厚薄常不齐均，故有桀、纣、汤、武之异。荀子认为"知"是遍布四海的，或愚或智，大者可以参天，小者精微无形。桀纣用智以惑乱，汤武用智而贤明；君子用智以修身，盗跖用智以越货。因此只要"行义以正"，于个人而言，智能助人事业有成；于治理国家而言，智能"禁暴足穷"，老百姓才能依靠君王之智而后安稳。最后赋文论述君子之智乃"明达纯粹而无疵"者，百姓可以依赖而安宁，天下可以依靠而太平。

纵观《知》赋全篇，荀子除了描述"智"所具备的物象化特征之外，其着力处乃在于揄扬"智"的修身安民功用，宣导儒家圣王美政理想。在荀子看来，"智"或昏惑，或聪明，周流四海；"智"常处身于宽平而远险隘，修洁之则可以相亲，若杂乱污秽之则与夷狄无异；"智"多深藏不露而对外则可以制敌，常追随禹、舜等圣王足迹而前进，人的行为举止靠了"智"然后才能得体，所以"智"是血气的精华，是意志的结晶。至于"智"的功用，对于君主而言，善用"智"者为圣王，否则为独夫民贼。君子用"智"而安民修身，小人用"智"则为盗贼。

荀子《知》赋的命意措辞多依傍于经典。如禹、舜、汤、武为儒家颂美之人物，桀、纣、盗跖则为儒家恶诋之人物，这些人名多见于儒家经典如《诗》《书》《春秋左传》《论语》《孟子》等。又《知》赋描述"知"的特点时称"潏潏淑淑，皇皇穆穆"，这里的"皇皇"一词按杨倞的解释是"言绪之美也"。"皇皇"一语亦常见于儒家经典。与"美"之意相近的如：《诗·鲁颂·泮水》有"烝烝皇皇，不吴不扬"，毛传曰："皇皇，美也。"② 又《诗·小雅·皇皇者华》有"皇皇者华，于彼原隰"，毛传曰："皇皇，犹煌煌也。"③《礼

---

① （清）王先谦：《荀子集解》，中华书局 1988 年版，第 559—560 页。
② （清）阮元校刻：《十三经注疏·毛诗正义》卷二，上海古籍出版社 1997 年版，第 612 页。
③ （清）阮元校刻：《十三经注疏·毛诗正义》卷九，上海古籍出版社 1997 年版，第 407 页。

记·曲礼下》有"天子穆穆，诸侯皇皇"，孔颖达疏曰："诸侯皇皇，自庄盛也。"① 可见"皇皇"一语乃是儒家经典常见之习语。

荀子在《赋》篇中对"礼"、"知"的铺叙固然是宣扬荀子的政治主张，即使是对"云""蚕""箴"的描画，也别具深意以托讽谕。《云》赋曰：

> 有物于此，居则周静致下，动则纂高以巨。圆者中规，方者中矩。大参天地，德厚尧禹。精微乎毫毛，而充盈乎大宇。忽兮其极之远也，攡兮其相逐而反也，卬卬兮天下之咸蹇也。德厚而不捐，五采备而成文。往来惛憊，通于大神，出入甚极，莫知其门。天下失之则灭，得之则存。……曰：此夫大而不塞者与？充盈大宇而不窕，入郤穴而不偪者与？行远疾速而不可托讯者与？往来惛憊而不可为固塞者与？暴至杀伤而不亿忌者与？功被天下而不私置者与？托地而游宇，友风而子雨。冬日作寒，夏日作暑。广大精神，请归之云。②

云满天地方圆，因以致雨，生成万物，其德厚于尧、禹。其细微时如毫毛，其广大时则盈于大宇之内；或恍惚之极而远举，或分散相逐又复返，云行雨施，泽被天下，天下皆有所取也（塞者，俞樾解为"取"），所以云具有功被天下的广大精神。《云》赋虽托物隐喻，然而多儒家语，如"大参天地，德厚尧禹"；"德厚而不捐，五采备而成文"；"功被天下而不私置"；"广大精神"等。又多引经典语，如"卬卬"，高貌。《诗·大雅·卷阿》有"颙颙卬卬，如圭如璋，令闻令望。"郑玄笺曰："志气则卬卬然高朗"。③"颙颙"，温和恭谨貌；"卬卬"，气宇轩昂貌；"令"，善。《卷阿》中的"颙颙卬卬，如圭如璋，令闻令望"，是形容贤人的容貌品德。荀子以其比拟"云"的品德，可谓深

---

① （清）阮元校刻：《十三经注疏·礼记正义》卷五，上海古籍出版社 1997 年版，第 1267 页。
② （清）王先谦：《荀子集解》，中华书局 1988 年版，474—477 页。
③ （清）阮元校刻：《十三经注疏·毛诗正义》卷一七，上海古籍出版社 1997 年版，第 546 页。

得其妙旨。"五采"一词见于《尚书·益稷》："以五采彰施于五色，作服。"孔传曰："上得兼下，下不得僭上，以五采明施于五色，作尊卑之服。"①"五采"即"五色"，指的是青、赤、白、黑、黄五种颜色，这五种颜色形成天地之文。荀子借用"五采"来比拟"云"的广大之功。"充盈大宇而不窕"中的"不窕"一词是"无间隙"之意，"窕"者，隙也。此词多见于经典，如《春秋左传》昭公十一年："天子省风以作乐，器以钟之，舆以行之，小者不窕，大者不摦，则和于物，物和则嘉成。……窕则不咸，摦则不容，心是以感。"杜注曰："窕，细不满也；摦，横大不入也。不咸，不充满人心也；不容，心不堪容也。"② 荀子引以为颂赞"云"所具有的感人心智而又紧密无间之德。《大戴礼·主言篇》亦曰："（七教）布诸天下而不窕，内诸寻常之室而不塞。"③ 荀子用"不窕"一词来描摹"云"无处不在、仁敷天下的品格，可谓精当。"功被天下而不私置"，天下同被其功，曾无所私置。王念孙以为：置，读为德。言功被天下而无私德也。④ 这句话取意于《周易·系辞传》"有功而不德"之语。由此可见，《云》赋取辞于经义者甚伙，而其作赋旨意也在于美颂"云"所具备的化润万物，泽被苍生的伟大功德。荀卿忧君之不知，故以此篇讽谏君上为德当如云一样恩被四海，泽及万方，"功被天下而不私置"。正如荀子《礼论》所言礼具备厚、大、高、明等品质一样。《云》赋正是借"云"覆被苍生万物的品德，表达了荀子对仁政礼治的美好政治理想的追求与向往。

（二）《蚕》《箴》二赋的讽谕精神

荀子《蚕》赋的创作旨归也在揄扬儒家之"礼"。荀子《蚕》赋借蚕的特性和品格以托物讽谕。赋中多儒家式的讽颂之语，如"功被天下，为万世文。礼乐以成，贵贱以分。养老长幼，待之而后存。……夫是之谓蚕

① （清）阮元校刻：《十三经注疏·尚书正义》卷五，上海古籍出版社 1997 年版，第 141 页。

② （晋）杜预：《春秋左传集解》，上海人民出版社 1977 年版，第 1470 页。

③ 方向东：《大戴礼记汇校集解》卷一，中华书局 2008 年版，第 15 页。

④ （清）王先谦：《荀子集解》，中华书局 1988 年版，第 563 页。

理"。郝懿行曰："理者，条理也。夫含生赋形，各有条理，条者似智，理者似礼。"杨倞注云："蚕之功至大，时人鲜知其本。《诗》曰：'妇无公事，休具蚕织。'战国时此俗尤甚，故荀卿感而赋之"。① 由此可见，荀子以蚕之"功被天下"的品德讽谕君主当如蚕一样造福万民。丝帛以蚕而成，故能为万世之文饰，因而"礼乐以成，贵贱以分"，荀子以此歌颂蚕之礼德，且以此宣扬其礼学思想。

　　《箴》赋是借"箴"的品格以寄托荀子的儒家讽颂之旨。《箴》赋曰："不盗不窃，穿窬而行；日夜合离，以成文章。以能合从，又善连衡。下覆百姓，上饰帝王。功业甚博，不见贤良。时用则存，不用则亡。"②"箴"具有"不盗不窃"的品格，且有连缀丝线以成文章之力。上有文饰帝王之功，下有覆爱百姓之仁。虽然"箴"功业甚伟，然而不自显其攻伐，有"用舍行藏"之德。"时用则存，不用则亡"，其语意正与《论语·述而》所云"用之则行，舍之则藏"之意相合。关于《箴》赋的主题思想众说纷纭，大约通见者有两种：一种认为"箴"喻有功之臣，然而有功不显，君王用之则出，不用则藏；一种如杨倞注《箴》赋所云："末世皆不修妇功，故托辞于箴，明其为物微而用至重，以讥当世也。"③ 我以为或许还可以有第三种解读方式。"箴"本来就有规劝之意，或许荀子是在讽刺君王身边已无讽谏之贤臣而不能补察君王之过失。另外，《箴》赋还通过对"箴"多角度的描述表达了作者的"大一统"政治理想，讽谕君王要像"箴"一样纵横捭阖，缝表连里，完成天下一统，体现了荀子的圣王意识。

　　总之，《礼》《知》《云》《蚕》《箴》五赋都继承了"诗言志"的传统。荀子作赋的目的也是为了阐扬他的儒家礼义之道，跟《荀子》一书中其他的论理性篇章一样。荀赋的说理和所谓《诗经》式的结言短韵，正是他作为一位正宗的北方儒家和政治家的思想气质的反映。清人王芑孙《读赋卮言·导

---

① （清）王先谦：《荀子集解》，中华书局 1988 年版，第 566 页。

② （清）王先谦：《荀子集解》，中华书局 1988 年版，第 566 页。

③ （清）王先谦：《荀子集解》，中华书局 1988 年版，第 567 页。

源》云："由荀、宋而言，则《礼》《知》之篇，义征载道；《箴》《蚕》之作，理在前民，附庸六义者也。①"可谓的论。

四、《成相辞》杂论"君臣治乱之事"的经学主题

唐人杨倞注《荀子·成相篇》曰："杂论君臣治乱之事，……《汉书·艺文志》谓之《成相杂辞》，盖亦赋之流也。……今以是荀卿杂语，故降在下。"②按：《汉书·艺文志·诗赋略》"杂赋"之属，著录"《成相杂辞》十一篇"。杨倞认为《成相篇》不属于逻辑性较强的理论篇章，应当属于荀子讨论君臣治乱的杂论性文字，然而仍归于赋作。

关于《成相篇》的主题，唐人杨倞认为是"杂论君臣治乱之事"，清人卢文弨曰"大约托于瞽蒙讽诵之词，亦古诗之流也"，王引之则云："成相者，请言成治之方也。"③虽然各说有异，但总括而言反映了荀子对君臣之道以及治国理政的思考，大约说来，《成相篇》从两个方面体现了荀子的儒家政治意识。

其一，尚贤思想。纵观全篇，尚贤思想贯穿《成相篇》始终。《成相篇》开篇即云："请成相，世之殃，愚暗愚暗坠贤良。人主无贤，如瞽无相何伥伥。请布基，慎圣人，愚而自专事不治。"④世事之灾殃就在于愚昧之极而弃坠贤良之士，为人君主无贤能相助就如同眼盲者没有帮辅之人一样危险。作者又告谏主上陈布基业在乎顺（"慎"）用圣人。赋文曰：

尊主安国尚贤义。拒谏饰非，愚而上同国必祸。曷谓罢，国多私，比周还主党与施。远贤近谗，忠臣蔽塞主势移。曷谓贤，明君

---

① 孙福轩、韩泉欣编校：《历代赋论汇编》，人民文学出版社 2016 年版，第 208 页。

② （清）王先谦：《荀子集解》，中华书局 1988 年版，第 538 页。

③ （清）王先谦：《荀子集解》，中华书局 1988 年版，第 538—539 页。

④ （清）王先谦：《荀子集解》，中华书局 1988 年版，第 540 页。

臣，上能尊主爱下民。主诚听之，天下为一海内宾。①

尊主安国，在崇尚贤义。若拒谏饰非，以愚昧之性苟合于君上，则祸必至。无行之徒充塞国内，结党营私以荧惑其主，如此"远贤近谗"，则忠臣不能进而主上权威他移。所谓贤人，能明君臣之道，上尊君主下爱黎民。主上如能听信忠良之言，则天下一统，海内宾服。又如"尚得推贤不失序""道古圣贤基必张"，申言圣贤相辅，则王者基业必致张大。

荀子为揄扬其"尚贤"思想，反复申说，既从正面褒扬尚贤之功，亦从反面陈说"坠贤"之弊。如"世之祸，恶贤士"；"世之愚，恶大儒"；"隐讳疾贤，良由奸诈鲜无灾"等，批评世之灾祸愚暗就在于疾害圣贤大儒。又云："妒功毁贤，下敛党与上蔽匿。上雍蔽，失辅势，任用谗夫不能制。"嫉妒贤能，下聚敛党羽而上欺瞒君主。一旦君主被遮蔽壅塞，则失辅弼之臣，其势必不在君上，国家任用谗险之徒而无人能禁止。由此可见，不能仍用贤能的祸害之大几可以亡国失君。

其二，美政理想。荀子的美政理想仍然与尚贤相关。圣王必能尊贤，而昏君则远贤臣而近谗佞；尚贤则国必治，非能则国必危。因此对于荀子来说，所谓美政理想其实就是由圣王贤臣而构建的国家治理模式。

《成相篇》全文均围绕帝王基业的建设而展开，文中反复申说对于帝王之"基"的经营。如作者以"请布基"开篇，言作者申说基业之始，"请牧基"，则言营治之始，又如"基必施""基必张"，均指帝王大业的施展。而"请牧祺，明有基"则是陈请君王牧治祥和之事，以彰明君王之基业。由此可知，《成相篇》就是一篇论述治国之方的文章。荀子反复强调"布基""牧基""有基""基必施""基必张"等，其实也是他大一统意识的反映。

荀子为了构建其圣王贤臣的美政理想，常常将圣王对贤明之士的尊崇与昏君对贤臣的迫害相对举，形成了鲜明的对比。在《成相篇》里，作者列

---

① （清）王先谦：《荀子集解》，中华书局 1988 年版，第 541 页。

举了众多的历史人物，这些人物大体上可以分为四类：（1）圣贤之君。如伏羲、尧、舜、禹、汤、周文王、周武王、秦穆公等。（2）贤明之臣。如后稷、益、皋陶、横革、直成、夔、契、微子启、箕子、比干、吕尚、百里奚、伍子胥、孔子、展禽、卞随、务光等。（3）昏暴之君。如桀、纣、周幽王、周厉王、夫差、虞公等。（4）奸佞之臣。如飞廉、恶来、春申、靳公、长夫等。所谓"美政"正是由圣王和贤臣构成，而恶政则是由暴君与佞臣构成，所以荀子在《成相篇》中不厌其烦地罗列这些为儒家之士所称颂或贬斥的历史人物，其用意正在于借此突显其圣王美政理想。荀子为了达到揄扬其美政理想，除了罗列大量的圣王昏君、贤良奸佞之外，还反复列举圣王礼贤的历史事实，以寄托其圣主贤臣相遇合的理想。例如：

> 请成相，道圣王，尧舜尚贤身辞让。……尧让贤，以为民，泛利兼爱德施均。辩治上下，贵贱有等明君臣。尧授能，舜遇时，尚贤推德天下治。虽有贤圣，适不遇世孰知之？……大人哉舜！南面而立万物备。舜授禹，以天下，尚德推贤不失序。……禹劳心力，尧有德，干戈不用三苗服。举舜甽亩，任之天下身休息。得后稷，五谷殖，夔为乐正鸟兽服。契为司徒，民知孝尊弟有德。禹有功，抑下鸿，辟除民害逐共工。……禹傅土，平天下，躬亲为民行劳苦。得益、皋陶、横革、直成为辅。……十有四世，乃有天乙是成汤。天乙汤，论举当，身让卞随举牟光。道古贤圣基必张。①

上引这段文字最能传达荀子的政治理想。作者在这段文字中不厌其烦，连篇累牍铺叙尧、舜、禹、汤四代圣王礼尊贤臣而天下大治、万民归服的盛况。圣君贤臣，相互辉映，作者的称颂之意洋溢于字里行间。而与此相反的则是对昏君佞臣的批判。比如：

---

① （清）王先谦：《荀子集解》，中华书局 1988 年版，第 546—548 页。

主之孽，谗人达，贤能遁逃国乃蹶。愚以重愚、暗以重暗成为桀。世之灾，妒贤能，飞廉知政任恶来。……世之衰，谗人归，比干见刳箕子累。武王诛之，吕尚招麾殷民怀。世之祸，恶贤士，子胥见杀百里徙。穆公任之，强配五伯六卿施。世之愚，恶大儒，逆斥不通孔子拘。①

与圣王的尊礼贤士相反的是昏君的疾害忠良。作者从"世之灾""世之衰""世之祸""世之愚"等各方面批评昏君杀贤良逐才士的恶行，赞颂圣王尚贤能尊忠良的明德，一抑一扬，一褒一贬，俱见于荀子笔下，亦可明了荀子心目中的政治理想。作者在这段文字中显斥桀、纣两位惛君的暴行。桀"愚以重愚、暗以重暗"，尤其集中笔力批评商纣王的荒淫残暴，比如任用佞臣飞廉、恶来，远微子、杀比干、囚箕子，而与之对照的是周武王封微子、用吕尚，而深得天下民心。赋文又批评夫差杀伍子胥、虞公放百里奚，而褒扬秦穆公用百里奚称霸诸侯，可见荀子对君圣臣贤的政治渴望。

第三节　宋玉辞赋的"扬《诗》守《礼》"之讽

先秦赋家除荀卿之外，还有与荀卿并称"荀宋"的宋玉。《汉志·诗赋略》著录"屈原赋"之属，其中有"宋玉赋十六篇"。②其中以"赋"名篇的宋玉赋作据《历代赋汇》著录为九篇，计为《登徒子好色赋》《笛赋》《钓赋》《风赋》《讽赋》《高唐赋》《神女赋》《大言赋》《小言赋》。另外，20世纪70年代出土的《御赋》也被认为是宋玉所作。纵观宋玉赋作，多依傍儒

---

① （清）王先谦：《荀子集解》，中华书局1988年版，第541—542页。

② （汉）班固：《汉书·艺文志》卷三十，中华书局1962年版，第1747页。

家经典以行文立义而寄托儒家讽颂之旨，颇可体现其依经而赋的书写策略和创作主旨。

一、宋玉的经典修养及其作赋"微讽"之旨

战国至秦楚汉之间，关于宋玉的传记资料很少。但古今学术界均认为《楚辞·九辩》是宋玉的作品。如王逸《楚辞章句叙》曰："《九辩》者，楚大夫宋玉所作也。辩者，变也，谓陈道德以变说君也。……宋玉者，屈原弟子也。闵惜其师忠而放逐，故作《九辩》以述其志。"①

《九辩》不仅表达了"贫士失职而志不平"的不遇情绪，也运用了不少引用或化用儒家经典词语典故的诗句，例如《九辩》云：

> 独申旦而不寐兮，哀蟋蟀之宵征。
> 时亹亹而过中也，蹇淹留而无成。
> 窃慕《诗》人之遗风兮，愿讬志乎素餐。

以上诗句，是引用或者化用《诗经》中《豳风·七月》"七月在野，九月在户，十月蟋蟀入我床下"，《大雅·文王》"亹亹文王"，《魏风·伐檀》"彼君子兮，不素餐兮"等诗句的诗意。再如《九辩》云：

> 窃美申包胥之气盛兮，恐时世之不固。
> 尧舜皆有所举任兮，故高枕而自适。

以上诗句，前两句化用《左传》定公四年楚国大夫申包胥如秦乞师救国，"依于庭墙而哭，日夜不绝声，勺饮不入口七日"的典故；后两句暗用《尚书·尧

---

① （宋）洪兴祖撰，白化文等点校：《楚辞补注》，中华书局 1983 年版，第 182—196 页

典》及《舜典》所载尧舜逊位于禹而禹又让于稷、契暨皋陶的故事。又据刘向《新序》卷五记载，宋玉在回答或曰"先生何谈说之不扬"之问时，还引用过《易经·夬卦》九四爻辞"臀无肤，其行次且"①。

在宋玉的赋篇中，更有涉及《诗》《礼》《周易》的词语。这些史料证明，宋玉对于儒家经典不仅有深厚的学养，更有十分浓厚的接受、运用兴趣。这当然也包括他接受儒家《诗》教的"美、刺"传统，在自己的辞赋创作中寄托"讽谕"情感。

古今学者，对于宋玉作品的"讽谕"内容大多持否定态度。例如《汉志·诗赋略》批评"宋玉、唐勒"等楚汉赋家"竞为侈丽闳衍之词，没其风谕之义"，晋皇甫谧《三都赋序》说"宋玉之徒，淫文放发，言过于实"等。班固、皇甫谧二人的意见，深受汉人《诗》学影响并在司马迁评宋玉之说的基础上进一步发挥，其实已经偏离了宋玉辞赋的实际情况。

让我们还是先回到司马迁。司马迁在《史记·屈原贾生列传》里说：

> 屈原既死之后，楚有宋玉、唐勒、景差之徒，皆好辞而以赋见
> 称；然皆祖屈原之从容辞令，终莫敢直谏。②

司马迁是相对于屈原"信而见疑、忠而被谤"，"忧愁幽思而作《离骚》"的情形，而比较宋玉之徒的"莫敢直谏"，并没有否认宋玉辞赋存在着"讽谏"的事实。这有如《毛诗序》所谓"上以风化下，下以风刺上，主文而谲谏"，郑玄《笺》曰："风化、风刺，皆谓譬喻，而不斥言"，"谲谏，咏歌依违不直谏"③。司马迁评价宋玉的"莫敢直谏"，大约就是郑玄所谓"不斥言、不直谏"的委婉"谲谏"方式。我们还可以将宋玉的赋与谐辞隐语进行比较来揭示宋玉赋的"谲谏"品格。考宋玉的赋作有类似于谐辞之处，比如先有"推

---

① 刘刚等编：《宋玉研究资料类编》，商务印书馆 2015 年版，第 13 页。

② （汉）司马迁：《史记》，中华书局 1959 年版，第 2491 页。

③ （清）阮元校刻：《十三经注疏·毛诗正义》，上海古籍出版社 1997 年版，第 271 页。

而隆之"的铺陈，再是曲终奏雅的讽谏。但是宋玉的赋作与谐辞隐语是有着根本的区别的，刘勰《文心雕龙·谐隐》曰："谐之言皆也。辞浅会俗，皆余悦笑也。昔齐威酣乐，而淳于说甘酒；楚襄宴集，而宋玉赋《好色》，意在微讽，有足观者。"①

本书认为，用刘勰所明确说明的"微讽"来界定宋玉赋的讽谏特点，是符合宋玉的经典修养和辞赋实际的。或者如王德华教授那样称之为"隐喻讽谏"的"政治言说的文学性表现"特征。②

二、宋玉《风》《钓》《御》三赋对君道的讽谕

宋玉赋作多谲辞曲说，有讽谕之义，虽非直谏，然亦谲谏。

《风》《钓》二赋结构相似，都是以对比的手法而凸显赋作的讽谕之旨。吕向注宋玉《风赋》云："时襄王骄奢，故宋玉作此赋以讽之。"③可见《风赋》讽谏之旨。全赋采用问答体，通过楚襄王和宋玉的四问四答来描述"风"的发生过程和各种势态，将"风"分为"大王之雄风"与"庶人之雌风"而加以对比，从而阐明"其所托者然，则气与风殊焉"的道理，反映了王公贵族生活的豪奢和黎民百姓生活的悲惨，表现作者对帝王贵族的不满以及对黎民苍生的同情，讽刺了为政者自诩"不择贵贱高下而加"的虚伪性，故而吴广平先生认为《风赋》是"一篇以风为喻的讽谏之作"④。《风赋》曰：

> 楚襄王游于兰台之宫，宋玉、景差侍。有风飒然而至，王乃披襟而当之，曰："快哉此风！寡人所与庶人共者邪？"宋玉对曰："此独大王之风耳，庶人安得而共之！"王曰："夫风者，天地之气，溥

---

① （梁）刘勰著，范文澜注：《文心雕龙注》，人民文学出版社1958年版，第270页。
② 王德华：《唐前辞赋类型化特征与辞赋分体研究》，浙江大学出版社2011年版，第281页。
③ 日本足利学校藏宋刊明州本六臣注：《文选》卷一三，人民文学出版社2008年版，第200页。
④ 吴广平译注：《楚辞》，岳麓书社2011年版，第312页。

畅而至，不择贵贱高下而加焉。今子独以为寡人之风，岂有说乎?"

宋玉对曰:"臣闻于师:枳句来巢，空穴来风。其所托者然，则风气殊焉。"①

有风飒然而至，楚王觉得爽快，却以为"庶人"也会跟他一样享受这种凉爽舒畅。在楚襄王看来，"风"既然是天地之气，自然会"不择贵贱高下而加"。但是宋玉却讽谕说"其所托者然，则风气殊焉"，虽然风的发生相同，于人的感受却有分别。正如宋玉所言"此独大王之雄风耳，庶人安得共之!"此言在讥讽楚襄王知己不知人，故而苏轼云:"不知者以为谄也，知之者以为讽也。"②苏辙也说:"玉之言，盖有讽也。夫风无雌雄之异，而人有遇不遇之变。楚王之所以为乐，与庶人之所以为忧，此则人之变也，而风何与焉?"③

宋玉又进一步将"大王之雄风"与"庶人之雌风"加以区别，《风赋》曰:

> ……故其风中人，状直惨憟憺凄，清凉增欷。清清泠泠，愈病析酲，发明耳目，宁体便人。此所谓大王之雄风也。 ……故其风中人，状直憞溷郁邑，殴温致湿，中心惨怛，生病造热。中唇为胗，得目为篾，啗齰嗽获，死生不卒。此所谓庶人之雌风也。④

在《风赋》中，楚襄王以为风是天地之气，所以不择贵贱高下而惠泽天下。而宋玉却有所讽谕说风也有大王、庶人，雄风、雌风之别，大王之雄风"清清泠泠，愈病析酲，发明耳目，宁体便人"。也就是说大王之雄风令人清凉爽快，足以治愈疾病，解除醉态，使人耳聪目明，身体康宁，行动便捷。而

---

① （梁）萧统编，（唐）李善注:《文选》卷一三，中华书局1977年版，第190—191页。

② 刘志伟主编:《文选资料汇编·赋类卷》（下），中华书局2013年版，第406页。

③ 刘志伟主编:《文选资料汇编·赋类卷》（下），中华书局2013年版，第408页。又见于《苏辙集》卷二四之《黄州快哉亭记》一文，中华书局1990年版，第410页。

④ （梁）萧统编，（唐）李善注:《文选》卷一三，中华书局1977年版，第191—192页。

庶人之雌风则令人"中心惨怛，生病造热。中唇为胗，得目为篾，啖齰嗽获，死生不卒"。庶人之雌风令人悲伤忧苦，生重病发高烧，吹到人的嘴唇上就生唇疮，吹到人的眼睛里就害眼病，还会使人中风抽搐，嘴巴咀嚼呓吸喊叫不得，死不了也活不成。风则为同，而感受不同，就在于人的贵贱高下之别。宋玉借风之有异讽谕人君苟知此意，则当加志于民，以百姓苦乐为重。正如清人陆葇在《历朝赋格·文赋格》中所云：

> 风何有雌雄，所不同者，大王、庶人苦乐不均耳。此善于讽谏者。然楚王曰："快哉！此风！寡人所与庶人共者耶？"大哉王言，得君民一体之意①。

上引文段中，陆葇除了称赞宋玉是善于讽谏者之外，甚至还认为宋玉此赋有颂美楚襄王之意，如此而来，《风赋》就兼有美刺二重功能了。宋玉《风赋》是否具有美颂之旨尚可争论，但讽谕之意是具备的。近人林纾在《古文辞类纂评注》中评宋玉《风赋》说：

> 虽名为赋，直讽谕耳。……通篇斥王不能苏民之困，自缜兰台之乐。风一也，入高爽之处，则愈病析酲；入于瓮牖之间，则生病造热。盖借风以斥楚王之不恤民隐。然言之无迹，但以贵贱共乐相形，盖善于谲谏也。②

林纾认为宋玉《风赋》通篇斥楚王不能解民之困，不恤民苦；然而全赋言之无迹，所以林纾认为宋玉之讽非直谏者，盖谲谏也。林纾之言，盖得宋玉《风赋》之要，故宋玉此赋颇有裨于世教。

---

① 刘志伟主编：《文选资料汇编·赋类卷》（下），中华书局 2013 年版，第 411 页。
② 慕容真点校：《林纾选评古文辞类纂》，浙江古籍出版社 1986 年版，第 480 页。

《风赋》辨"大王之风"与"庶民之风"以讽，《钓赋》则别"玄渊之钓"与"尧、舜、汤、禹之钓"以谕。《钓赋》彰明"尧、舜、汤、禹之钓"乃圣贤之钓、道德之钓、仁义之钓，因而造福苍生，天下归心，故宋玉礼赞殷汤、周文之钓得获民心而贬斥夏桀、商纣失却天下。宋玉在《钓赋》中以"钓道"喻"君道"，宣扬仁义道德，谏楚王"建尧、舜之洪竿，摅禹、汤之修纶"，天下可治，这是本于儒家经义而发扬的典型的王道仁政思想。《钓赋》曰：

> 宋玉对曰："昔尧、舜、禹、汤之钓也，以圣贤为竿，道德为纶，仁义为钩，禄利为饵，四海为池，万民为鱼。"……"昔殷汤以七十里，周文以百里，兴利除害，天下归之，其饵可谓芳矣。南面而掌天下，历载数百，到今不废，其纶可谓纫矣。群生浸其泽，民氓畏其罚，其钩可谓拘矣。功成而不隳，名立而不改，其竿可谓强矣。若夫竿折纶绝，饵坠钩决，波涌鱼失，是则夏桀、商纣不通夫钓术也。……王若建尧、舜之洪竿，摅禹、汤之修纶，……其为大王之钓，不亦乐乎！"①

登徒子见楚襄王而说以玄渊之钓。玄渊以"三寻之竿，八丝之线，饵若蛆蚓，钩如细针，以出三尺之鱼于数仞之水中"，且玄渊为钓，"芳水饵，挂缴钩，其意不可得，退而牵行，下触清泥，上则波扬。玄渊因水势而施之，颉之颃之，委纵收敛，与鱼沉浮。及其解弛，因而获之。"② 玄渊不可不谓善钓者也，然而宋玉非之。宋玉批评玄渊之钓不过是"水滨之役夫"而已，因此以"尧舜禹汤"之钓以说楚王。宋玉以为"尧舜禹汤之钓"是"以圣贤为竿，道德为纶，仁义为钩，禄利为饵，四海为池，万民为鱼"，揄扬圣贤之君能以道德仁义为纲而对万民苍生利导之。作者以殷汤、周文王之钓为例，

---

① （清）陈元龙编：《历代赋汇》卷百三，凤凰出版社 2004 年版，第 428 页。

② （清）陈元龙编：《历代赋汇》卷百三，凤凰出版社 2004 年版，第 428 页。

从"其饵之芳""其纶之细""其钩之拘""其竿之强"四个方面加以详细论说，体现了宋玉的君道观念，甚至还提供了具体的为政措施，比如"兴利除害""群生浸泽""民氓畏罚"等。宋玉又以夏桀、商纣为反面例子加以批驳，讽劝楚襄王"建尧、舜之洪竿，摅禹、汤之修纶"而成圣贤之钓。由此可见，宋玉所谓"钓术"实则指治国之术。

综观《风》《钓》二赋，宋玉以"风""钓"为喻，以圣贤仁义之德而启迪襄王，虽不显斥、不直谏，然作者欲以圣君之道以谕襄王之旨归明矣。

《御赋》为1972年山东临沂银雀山一号汉墓（汉武帝时期）新发现的宋玉赋残简，赋篇内容有佚失。《御赋》亦如《风》《钓》二赋一样，以对比手法突显作赋之旨归：以御术而喻为政之术。唐勒与宋玉言御于襄王前，唐勒盛赞造父御车之术高明曰："登车揽辔，马协敛整齐，调均不挚，……马心愈也而安劳，轻车乐进，骋若飞龙，逸若归风，反驹逆驹，夜走夕日而入日（蒙汜）。……"① 而宋玉却认为"御有三"，王良、造父之御为"良御"，钳且、大丙之御为"神御"，"今之人"之御为"俗御"。作者认为"俗御"不足道，"良御"不足称，而"神御"亦未可称善。真正为作者所称美之御是君主给人民施加仁义（"君丽义民"）的"义御"。《御赋》曰：

> 臣所谓善御者，其车非木，其马非牲，其策非竹，其绳非麻。昔尧、舜、禹、汤之御也，若然。彼以国家为车，圣贤为马，道德为策，仁义为辔，天下为路，万民为货。御术微矣，非圣人其孰能察之？此义御也。义御者，大王之御也。上好义，则民莫敢不服。以义役民，则天下归之。②

宋玉将"御术"比喻为治国理政之术。故作者论"义御"，以为"尧、舜、禹、

---

① 吴广平编注：《宋玉集》，岳麓书社2001年版，第131页。
② 吴广平编注：《宋玉集》，岳麓书社2001年版，第132页。

汤之御"，"以国家为车，圣贤为马，道德为策，仁义为辔，天下为路，万民为货"。显然，作者所称美的御国之术是以圣贤为驱动，以仁义、道德为驾驭的王道之术，讽谕君主当有"好义"之德，"以义役民"，则万民宾服，天下归之，体现了宋玉浓厚的儒家君道意识。

三、依《诗》比兴与《高唐赋》《神女赋》的讽谕寄托

《高唐赋》写楚襄王与宋玉游高唐之上，见云气之异，问宋玉，宋玉说先王梦游高唐，与神女交合。宋玉遂为襄王赋《高唐》，极言高唐山水风物之盛。《神女赋》紧承《高唐赋》而来，写楚襄王"梦与神女遇"①，然后楚襄王向宋玉极言神女之美，并令宋玉赋之。《高唐》《神女》二赋前后相接，当为一赋。黄侃先生曰："《高唐》《神女》实为一篇，犹《子虚》《上林》也。"②将《高唐》《神女》二赋并为一篇来看也许更能够凸显出宋玉的讽喻之旨。

《高唐》赋写楚先王游高唐而梦神女，巫山神女"愿荐枕席"，"王因幸之"。接下来，宋玉则大肆铺写高唐的山水风物。宋玉此举用意何在呢？据晋人习凿齿《襄阳耆旧传》的描述，楚先王游高唐梦神女并与之交合，神女临别留言曰："妾处之，尚莫可言之。今遇君之灵，幸妾之搴。将抚君苗裔，藩乎江汉之间。"③神女明确表示将庇佑楚王的子孙们世代藩昌于江水和汉水之间。故而宋玉铺陈夸饰高唐山水风物之繁盛，其用意正在于此。而《神女赋》却铺写神女之高贵绝美，楚襄王欲与之接却遭到了神女的拒绝。神女"怀贞亮之洁清"，"薄怒以自持，曾不可乎犯干"，因此"欢情未接，将辞而去"。神女对待楚先王和楚襄王的态度可谓迥然有别，而《高唐》《神女》二赋的

①　关于《神女赋》中梦见神女之人，大抵有两种争论：一种意见认为做梦之人乃宋玉。宋玉梦后向楚襄王描述梦中场景以及神女之美，并且为楚襄王赋《神女》。另一种意见认为梦见神女之人乃楚襄王，楚襄王为宋玉道梦中之事，并令宋玉赋之。《历代赋汇》即属于第二种。

②　黄侃撰：《文选平点》，中华书局 2006 年版，第 177 页。

③　刘志伟主编：《文选资料汇编·赋类卷》（下），中华书局 2013 年版，第 658 页。

创作用意，正隐含在这一对比描写中。《左传》庄公三十二年有言曰："国之将兴，明神降之，监其德也；将亡，神又降之，观其恶也。故有得神以兴，亦有以亡。"又曰："神聪明正直而壹也，依人而行。"[1] 神对待国家的社稷安危是公平而正直的，国家将要兴盛，神降临以察看其德行；国家将要灭亡，神降临以察看其恶行。同是神灵降临这件事，有的国家见到神灵而兴盛，有的国家见到神灵而覆亡。因此，国君的德行就决定了神灵的庇佑与否。《高唐》《神女》二赋对比描写了楚先王、襄王与神女相遇时受到的不同礼遇，当是宋玉有意为之。事实上，考察楚国的兴衰史更能明白宋玉的写作意图。楚国君臣筚路蓝缕，经由楚武王、庄王等君王的努力，到怀王时，楚又灭了越国。此时楚国疆域辽阔，政治、经济、军事力量空前壮大。楚怀王被推为合纵长，号令诸侯，楚国可谓盛极一时。然而，自怀王末年开始，楚国弃齐楚联盟而内忧外患，在强秦的不断威逼之下，楚国已处于山河破碎的境地。楚先王之所以能得到神女的眷顾和恩宠，正是对其功业与德行的赞赏，可是神女面对楚襄王时的态度则充满了矛盾，既想离开他，又似乎有所不舍，正如《神女赋》所云："含然诺其不分兮，扬音而哀叹"；"似逝未行，中若相首；目略微眄，精采相授"；"意离未绝，神心怖覆；礼不遑讫，辞不及究；愿假须臾，神女称遽"。[2] 神女对楚襄王这种弃之不忍、近之不愿的复杂心态正寄寓了神女（也是宋玉）对楚国现状与前途的忧虑。故而，《高唐》赋有言"思万方，忧国害，开贤圣，辅不逮"，这是宋玉对楚襄王励精图治，振兴楚国的讽劝，讽劝楚王当以万方黎民为重，为国事的祸患而忧虑，重用贤能之士以弥补自己的不足和过失。清人王闿运曰：

> 往者常说朝云之事，其必曰王因幸之者，托先王后长子孙之
> 义，以讥楚后王弃先君之宗庙，去故都，远夔、巫，而乐郢、陈，

---

[1] （西晋）杜预撰：《春秋左传集解》，上海人民出版社 1977 年版，第 209 页。

[2] （清）陈元龙编：《历代赋汇·外集》卷十四，凤凰出版社 2004 年影印版，第 615 页。

将不保其妻子。使巫山之女为高唐之客，高塘齐地，朝暮云散，失齐之援，见因于秦。之后作《神女赋》，则不及山川，专以女喻贤人。屈子之徒，义各有取，比兴义显。①

上引文段中，王闿运认为宋玉的《高唐》《神女》二赋有比兴之义，宋玉借楚先王与神女交接之事表达楚国繁衍子孙之喻，同时也认为"巫山之女为高唐之客"，而高塘为齐地，所以"朝暮云散"乃讽楚失齐国之援而终见困于秦，因此《神女赋》以"女喻贤人"，有比兴之义。而清人仇兆鳌认为宋玉《高唐》《神女》二赋有合于《诗经》讽谕之德。杜甫《咏怀古迹》（其二）一诗揭示了宋玉作《高唐》《神女》二赋的主旨乃是抒发楚宫泯灭，江山异代之悲。清人仇兆鳌《杜诗详注》集诸家之说而注曰：

> 《杜臆》："……其所赋阳台之事，本托梦思以讽君……"按《汉书》注："宋玉作赋，盖假设其事，讽谏淫惑也。"张綖云："赋称先王梦神女，盖以怀王之亡国警襄王也。"……顾宸曰："宋玉述怀王梦神女，作《高唐赋》，又自述己梦，作《神女赋》，本托讽谏襄王耳。《国风》以《关雎》为思贤，《离骚》比湘妃于君王，玉之两赋，正合此旨。……"②

上引文段中，仇兆鳌罗列了唐人颜师古以及明人王嗣奭（著《杜臆》）、张綖、顾宸等人关于宋玉《高唐》《神女》二赋的论述，皆本《诗经》讽谕之义而立论。顾宸更是以"风骚"类之，以此凸显宋玉二赋的讽谕之旨。宋人洪迈《容斋随笔·三笔》卷三云："宋玉《高唐》《神女》二赋，其为寓言讬兴甚明。予尝即其词而味其旨，盖所谓发乎情，止乎礼义，真得诗人风化之本。……玉

---

① 刘志伟主编：《文选资料汇编·赋类卷》（下），中华书局 2013 年版，第 692 页。
② （清）仇兆鳌注：《杜诗详注》，中华书局 1979 年版，第 1501—1502 页。

之意可谓正矣。"① 洪迈将《高唐》《神女》二赋比为《诗》，称其有"风化之本"，乃"发乎情，止乎礼义"之作。清人杭世骏评玉溪生诗"荆王枕上原无梦，莫枉阳台一片云"曰："《高唐赋》是宋玉托言寓讽，观结段云'开圣贤，辅不逮'，已明露求贤自辅矣，诗人当实事用，亦未得宋玉谲谏本旨。"② 杭世骏明言宋玉《高唐赋》为"求贤自辅"而谲谏之旨。

《神女赋》写楚襄王梦遇高唐神女，爱慕其美丽姿容，但高唐神女不是一位佚荡的女子，终能以礼自防。一方面，《神女赋》表达了作者对神女"发乎情，止乎礼"的精神的赞美，比如赋文称赞神女"怀贞亮之洁清"，"顩薄怒以自持兮，曾不可犯干"；另一方面，《神女赋》也传达了作者对楚王好色的归止和讽谏。从《神女赋》的语词来看，似乎受到《诗经》影响较大，比如赋文状巫山神女之美曰："其始来也，耀乎若白日初出照屋梁；其少进也，皎若明月舒其光。"此句化用《诗经·陈风·月出》"月出皎兮，佼人僚兮"之意，而《毛序》曰："《月出》，刺好色也。在位不好德，而说美色焉。"③ 宋玉《神女赋》化用此诗，其用意或讽楚王好德不能如好色，或美神女之姿容，反映了宋玉依经立义的自觉意识。清人王芑孙《读赋卮言·导源》曰："《高唐》、《神女》，有孔子殷勤之意，犹之《风》诗。④"可谓得其要也。

四、"扬诗守礼"与《登徒子好色赋》的依《诗》立义

《登徒子好色赋》与《讽赋》皆言男女之事以讽楚王好色。《登徒子好色赋》的创作此目的在于讽谏楚襄王不要沉溺于女色而不顾国政。《文选》李善注

---

① （南宋）洪迈：《容斋随笔·容斋三笔》之《高唐神女赋》，中华书局 1978 年版，第 448—449 页。

② 刘志伟主编：《文选资料汇编·赋类卷》（下），中华书局 2013 年版，第 669 页。

③ （清）阮元校刻：《十三经注疏·毛诗正义》卷七，上海古籍出版社 1997 年版，第 378 页。

④ 孙福轩、韩泉欣编校：《历代赋论汇编》，人民文学出版社 2016 年版，第 208 页。

云"此赋假以为辞，讽于淫也①"。《登徒子好色赋》将"东家之子"的美与登徒子之妻的丑进行了对照：东家之子的美"增之一分则太长，减之一分则太短；著粉则太白，施朱则太赤；眉如翠羽，肌如白雪；腰如束素，齿如含贝；嫣然一笑，惑阳城，迷下蔡"；②而登徒子之妻的丑则"蓬头挛耳，齞唇历齿，旁行踽偻，又疥且痔"。可谓美丑毕现。宋玉面对东家之子登墙而窥三年竟不许，登徒子却悦丑妻而有五子，谁为好色者可辨矣。最后借章华大夫之口宣讲儒家"守礼"之大防。赋曰："目欲其颜，心顾其义，扬诗守礼，终不过差。"③《诗序》云"发乎情，止乎礼义"，可见宋玉以《诗经》为守则，谨守儒家之礼的写照。刘勰《文心雕龙·谐隐》："宋玉赋《好色》，意在微讽，有足观者。"④可见宋玉假设登徒子之词以为讽谏的用意甚为明显。清人方廷珪《评注昭明文选》卷四《登徒子好色赋》的批语说：

> 此赋寓意全在首尾，登徒子只是借他为两边陪客耳。邻女虽美，以无德，宋玉终莫之许；采桑之女虽美，以守礼，大夫终不敢犯；登徒子妻虽不美，使有五子，自是正配，未可深非。通篇总见女子不贵有色而贵有德，是为楚王猛下针处。⑤

可见宋玉作《登徒子好色赋》其用意全在讽谏楚王好色当以守礼，是儒家"好色而不淫"的思想的体现。孔子云"吾未见好德如好色也"（《论语·子罕》），宋玉正是借《登徒子好色赋》讽谏楚王，希望楚王好德当如好色一样。

《登徒子好色赋》既然称"扬《诗》守礼"，所以全篇与《诗经》关系非常密切，多称引《诗经》以为用。首先，《登徒子好色赋》有直接称引《诗

---

① （梁）萧统编，（唐）李善注：《文选》卷一九，中华书局1977年版，第268页。
② （梁）萧统编，（唐）李善注：《文选》卷一九，中华书局1977年版，第269页。
③ （梁）萧统编，（唐）李善注：《文选》卷一九，中华书局1977年版，第269页。
④ （梁）刘勰撰，范文澜注：《文心雕龙注》，人民文学出版社1958年版，第270页。
⑤ 刘志伟主编：《文选资料汇编·赋类卷》（下），中华书局2013年版，第697页。

经》成句者。如"遵大路兮揽子袪"即引自《诗经·郑风·遵大路》："遵大路兮，掺执子之袪兮。"① 其次，《登徒子好色赋》有仿用《诗经》之句者。比如宋玉写东家之子的美"眉如翠羽，肌如白雪；腰如束素，齿如含贝；嫣然一笑，惑阳城，迷下蔡"就与《诗经·卫风·硕人》非常相似，《卫风·硕人》写美人"手如柔荑，肤如凝脂，领如蝤蛴，齿如瓠犀，螓首蛾眉，巧笑倩兮！美目盼兮！"② 二者句式非常相似，可见宋玉《好色赋》受《诗经》影响不小。再次，《登徒子好色赋》所设情境有出于《诗经》者。如《登徒子好色赋》写春夏之交，黄鹂鸣叫，桑女出游的情形"向春之末，迎夏之阳，鸧鹒喈喈，群女出桑"就与《诗经·豳风·七月》极其相似。《七月》云："春日载阳，有鸣仓庚。女执懿筐，遵彼微行，爰求柔桑。"③ 另外，《诗经》里的《鄘风·桑中》《魏风·十亩之间》等都有群女出桑的情景。又如"郑、卫、溱、洧"以及"鸧鹒"等名物多见于《诗经》。如《诗经》有《郑风·溱洧》一诗，描写的正是溱洧河畔男女青年游春嬉戏的情景。又比如"喈喈"一词，《诗经》多见，《周南·葛覃》"集于灌木，其鸣喈喈"，又《小雅·钟鼓》"钟鼓喈喈"等。最后，《登徒子好色赋》章华大夫所称颂的守礼之女在《诗经》中亦为多见。《诗经》首篇《关关雎鸠》即言"后妃之德"，又如《郑风·有女同车》"有女同车，颜如舜英。将翱将翔，佩玉将将。彼美孟姜，德音不忘"，说的也是有德行能守礼的女子。由此可见宋玉本《诗经》而行文立义的写作旨归。

另有《讽赋》写宋玉受"主人之女"的美色诱惑而能自持不乱。赋篇表面上是宋玉对唐勒诬陷自己好色的辩驳，而其深层含义就在于讽谏楚襄王勿贪恋女色。宋玉曰："吾宁杀人之父，孤人之子，诚不忍爱主人之女。"男女大防有至于此者。宋人吴子良《林下偶谈》卷三曰：

---

① （清）阮元校刻：《十三经注疏·毛诗正义》卷四，上海古籍出版社 1997 年版，第 340 页。
② （清）阮元校刻：《十三经注疏·毛诗正义》卷三，上海古籍出版社 1997 年版，第 322 页。
③ （清）阮元校刻：《十三经注疏·毛诗正义》卷八，上海古籍出版社 1997 年版，第 389 页。

　　宋玉《讽赋》载于《古文苑》，大略与《登徒子好色赋》相类，
然二赋盖设辞以讽楚王耳。①

楚王在《讽赋》末了说"寡人于此时，亦何能已也"，明说自己如果处于美
女的诱惑之下难以自自己的情状，可见宋玉的讽谏之意非常明确。

　　宋玉又有《笛赋》。《笛赋》全文依《诗》立义，歌《伐檀》以刺郑声，
引《鹿鸣》以思贤人，讽谕之意明矣。《笛赋》首先铺陈衡山之竹的生长环境，
又述竹笛制作之精良，又状笛师吹笛之妙巧，又铺陈笛曲之魅力，最后作者
以"乱曰"总束全篇，有所讽谕。其旨在于赞美儒家雅乐，斥责郑声，招揽
贤士，思念故友。《笛赋》云：

　　（1）夫奇曲雅乐，所以禁淫也；锦绣黼黻，所以御暴也。缛则
　　泰过。是以檀卿刺郑声，周人伤《北里》也。

　　（2）八音和调，成禀受兮。善善不衰，为世保兮。绝郑之遗，
　　离南楚兮。美风洋洋，而畅茂兮。嘉乐悠长，俟贤士兮。《鹿鸣》
　　蓁蓁，思我友兮。②

在第（1）段文字中，作者认为雅乐可以禁止淫邪，锦绣礼服可以抵御粗暴
无礼，但不可过于繁缛，否则就流于奢靡。因此檀卿指责郑声的淫荡，周
人哀伤《北里》之乐的过于颓唐。《论语·卫灵公》云："放郑声，远佞人。
郑声淫，佞人殆。"③宋玉显然继承了儒家的音乐观念，尊雅乐而放郑声。第
（2）段文字颂赞和谐的雅乐可以成为世间至宝，远离郑声，离开南楚蛮荒之
地。奏响雅曲，招揽贤士，就如同《鹿鸣》所云"我有嘉宾，鼓瑟吹笙"。
仍然表达了作者对雅乐的尊重，以及对君主纳贤的讽谏。

---

① 刘志伟主编：《文选资料汇编·赋类卷》（下），中华书局 2013 年版，第 695 页。
② （清）陈元龙编：《历代赋汇》卷九十五，凤凰出版社 2004 年版，第 394 页。
③ （宋）朱熹：《四书章句集注·论语集注》卷八，中华书局 1983 年版，第 164 页。

  "礼"在战国末期，经荀子的发扬之后成为儒家思想中的重要构成部分，而且深刻影响到文人的辞赋创作。纵观宋玉《高唐赋》《神女赋》《登徒子好色赋》以及《讽赋》《笛赋》等诸篇作品，可见作者所秉持的浓厚的"以礼自防"的循礼观念以及依傍经典而行文立义的书写策略。

第二章　汉赋与经典（上）：京殿苑猎赋的讽谕美颂

汉代是经学昌明、经典地位崇高的时代，也是赋体文学空前兴盛繁荣的时期。儒家经典的文本内容，经学的思想意识、价值理想、文学观念及其思维、言说方式等，都对汉赋作家及其创作产生了普遍深广的影响，从而使无论是以"京、殿、苑、猎"为题材的体物大赋，还是以言志抒情为主题的小赋作品，都染上了浓厚的"经典"色彩，都不同程度地履行着"讽谕""颂美"的经学责任。

第一节　汉代"独尊儒术"与体物大赋的"讽颂"精神

汉武帝独尊儒术，完成了意识形态的统一，且又造成汉代"诗教"文学思想体系的形成。以《诗大序》为指导思想的儒家"诗教"理论主要表现为"美刺"观念。"美刺"观念投射到深受儒家"诗教"观念影响的汉代大赋作品中，则呈现为"讽颂"精神。

一、"独尊儒术"与《诗》教"美、刺"理论的影响

儒家之书，早在战国之世就已被尊称为"经"，博通经典的儒学大师荀

况甚至还在其《荀子·儒效》篇中提出过掌握儒家"六经"就会使"天下之道毕是矣"的观点。但是，战国时期的儒家，仍然只是诸子百家之一，被称为"经"的也还有"墨经"之类的非儒家著作。到了汉代，这一切都发生了变化。不仅《诗》《书》《礼》《易》《春秋》等儒家著作都被冠上了"经"的名称，并且在汉武帝时被立为"五经"博士，正式获得了"官学"地位。

汉武帝即位以后，听取董仲舒的建议，废黜百家之学，尊崇儒学为官方哲学。大约是武帝元光元年（前134），董仲舒在向汉武帝上《贤良对策》（即《天人三策》）中提出：

> 《春秋》大一统者，天地之常经，古今之通谊也。今师异道，人异论，百家殊方，指意不同，是以上亡以持一统；法制数变，下不知所守。臣愚以为诸不在六艺之科孔子之术者，皆绝其道，勿使并进。①

董仲舒的建议，得到了汉武帝的采纳。《汉书·董仲舒传》记载说："自武帝初立，魏其、武安侯为相而隆儒矣。及仲舒对册，推明孔氏，罢黜百家。立学校之官，州郡举茂才孝廉，皆自仲舒发之。"② 对此，班固还有《孝武帝纪》之"赞"曰："汉承百王之弊，高祖拨乱反正，文、景务在养民，至于稽古礼文之事，犹多阙焉。孝武初立，卓然罢黜百家，表章《六经》。遂畴咨海内，举其俊茂，与之立功。兴太学，修郊祀，改正朔，定历数，协音律，作诗乐，建封禅，礼百神，绍周后，号令文章，焕焉可述。"③

汉武帝独尊儒术、统一意识形态的决策，还包括"兴太学、协音律、作诗乐，号令文章"等一系列统一文教艺术事业的举措。反映在诗赋文学领域，则表现为在总结先秦以来孔、孟、荀诸家《诗》学传统的基础之上，建构汉

---

① （汉）班固：《汉书》，中华书局1962年版，第2523页。
② （汉）班固：《汉书》，中华书局1962年版，第2525页。
③ （汉）班固：《汉书》，中华书局1962年版，第212页。

代的"诗教"理论学说，用以指导和评价汉代的文学创作。

"诗教"一词，始见于《礼记·经解》篇"孔子曰'入其国，其教可知也。观其风俗，则知其所以教。其为人也温柔敦厚，《诗》教也'"①。但"诗教"的提出，则应是汉代的事。汉代"诗教"，主要是通过汉儒对于《诗经》的注释和传授来完成的，而《毛诗序》就是其中一篇具有纲领性的文字，《毛诗序》云：

> 风，风也，教也。风以动之，教以化之。诗者，志之所之也，在心为志，发言为诗。……治世之音安以乐，其政和。乱世之音怨以怒，其政乖。亡国之音哀以思，其民困。故正得失，动天地，感鬼神，莫近于诗。先王以是经夫妇，成孝敬，厚人伦，美教化，移风俗。
>
> 故《诗》有六义焉：一曰风，二曰赋，三曰比，四曰兴，五曰雅，六曰颂。上以风化下，下以风刺上，主文而谲谏……故曰《风》……雅者，正也，言王政之所由废兴也。……《颂》者，美盛德之形容，以其成功告于神明者也。②

这篇五百余字的《毛诗序》又称《诗大序》或《关雎序》。其内容主要有三点：一是继承发展先秦诗论"诗言志"的说法，指出诗歌言志抒情的性质特征；二是强调诗歌的政治"教化"作用；三是通过阐发《诗》之"六义"，论述诗在表现方法方面的"美、刺"理论，即《风》的"下以风刺上、主文而谲谏"，《颂》的"美盛德之形容"。在《毛诗序》的基础上，汉末儒师郑玄（127—200）《诗谱序》又进一步发挥说：

---

① （清）阮元校刻：《十三经注疏·礼记正义》卷五〇，上海古籍出版社1997年版，第1609页。

② （清）阮元校刻：《十三经注疏·毛诗正义》卷一，上海古籍出版社1997年版，第271页。《毛诗序》旧传为子夏作或子夏作而毛苌成之。但《后汉书·儒林传》则明确记载东汉卫宏作《毛诗序》。

论功颂德，所以将顺其美；刺过讥失，所以匡救其恶。各于其党，则为法者彰显，为戒者著明。①

郑玄强调诗歌的"颂德""刺过"之说，还明晰地指出了"颂、刺"对于统治者的彰显或警戒作用。此外，郑玄还在解释《周礼》"六诗"时发表过类似的论点，如其《周礼注》云：

风，言圣贤治道之遗化也。赋之言铺，直铺陈今之政教善恶。比，见今之失，不敢斥言，取比类以言之。兴，见今之美，嫌于媚谀，取善事以喻劝之。雅，正也，言今之正者，以为后世法。颂之言诵也，容也，诵今之德，广以美之。②

在郑玄看来，"兴""雅""颂"是用来美颂的，而"赋""比"则是用来讽谏的，至于"风"言"圣贤治道之遗化"，似乎也应归于美颂之列。

综观《毛诗序》与郑玄的相关论述，他们都特别强调了《诗经》的政治"教化"功能和"美刺"作用。后世论汉代"诗学"者，也大都认同这一点，如唐孔颖达《毛诗正义》谓"《风》《雅》之诗，止有论功颂德、刺过讥失之二事耳"③；清程廷祚的《诗论》十三则更概括地说："汉儒言《诗》，不过美、刺二端。"④

汉儒"诗教"的"美、刺"理论，影响到两汉赋的创作和评论，最为突出之点，就是因之而形成了"讽、颂"的表现方法及赋论思想："诗教"的所谓"美"，即是汉赋的"颂"；"诗教"的所谓"刺"，就是汉赋的"讽谏"或"讽谕"。

---

① （清）阮元校刻：《十三经注疏·毛诗正义》，上海古籍出版社 1997 年版，第 262 页。
② （东汉）郑玄注，（唐）贾公彦疏：《周礼注疏》，上海古籍出版社 2010 年版，第 880 页。
③ （清）阮元校刻：《十三经注疏·毛诗正义》，上海古籍出版社 1997 年版，第 262 页。
④ 郭绍虞主编：《中国历代文论选》第一册，上海古籍出版社 1980 年版，第 14 页。

二、比附《诗经》"美刺"的汉赋"讽颂"赋论观念

儒家"诗教"的"美、刺"理论，对汉赋的创作和评论产生了重要而深刻的影响。从创作方面来看，汉代赋家往往在赋的创作中表现类似于《诗经》"美、刺"的"讽谕"或"颂扬"的内容，自觉使赋承担起经学所倡导的政治功利作用；从赋的评论方面而言，赋论家则比附《诗》教的"美刺"，构建汉赋"讽谏"和"颂美"并重的理论，以之作为衡量汉赋价值的原则或标准，从而引导赋的创作向政治功利职能靠拢。总而言之，无论是赋的创作，还是赋的评论，都在儒家"诗教"的影响下，呈现出浓郁的儒学色彩和经典意识。

（一）司马迁、扬雄及《汉志·诗赋略》的汉赋"讽谏"论

在汉儒的"诗教"理论中，《毛诗序》是"美刺"观念的集大成者。据统计，在《诗经》的作品中，《毛诗序》标明为"刺"诗的有 132 首，标明为"美"诗的有 35 首。① 若从这个统计数字衡量，《毛诗序》认定的"刺诗"明显多于"美诗"，这是否表明《诗经》作品或《毛诗序》在"美刺"二端中更偏重于"刺"，还有待进一步地研究。但是，这种比较偏重于"讽刺"的倾向，在西汉赋论中却似乎有明显的体现。

据《汉书·儒林传》记载，汉宣帝时的儒生、昌邑王之师王式（字翁思）就曾经把《诗经》当"谏书"视之。如《儒林传》本传云：

> （王）式为昌邑王师。……式系狱当死，治事使者责问曰："师何以无谏书？"式对曰："臣以《诗》三百五篇朝夕授王，至于忠臣孝子之篇，未尝不为王反复诵之也；至于危亡失道之君，未尝不流涕为王深陈之也。臣以三百五篇谏，是以亡谏书。"使者以闻，亦

---

① 参见陈桐生：《礼化诗学》，学苑出版社 2009 年版，第 83 页。

得减死论。①

王式以《诗经》当"谏书"教授昌邑王，最后也因此而减免了死罪，可见当时人对《诗经》的"讽谏"功用是相当认同的。故后来清人皮锡瑞评论说："武、宣之间，经学大昌，……故其学极精而有用，以《禹贡》治河，以《洪范》察变，以《春秋》决狱，以《三百五篇》当谏书，治一经得一经之益也"②。

在赋论领域，西汉时期的司马迁、扬雄及《诗赋略》的编纂者刘向、刘歆父子，都是持《诗经》的"讽谏"标准来评论汉赋价值得失的赋论家。史学家司马迁（前145？—前87？），则是汉代将《诗》之"讽谏"引入汉赋评论领域的第一人。

司马迁从青年时代开始即受到儒家学说的影响，他十岁诵古文，后又从董仲舒受公羊派《春秋》，从孔安国习古文《尚书》。司马迁对今、古文经学都很熟悉，对儒家经典有颇为深切的了解。他在《太史公自序》中强调《春秋》的政治作用，认为"《春秋》上明三王之道，下辨人事之纪，别嫌疑，明是非，定犹豫，善善恶恶，贤贤贱不肖，存亡国，继绝世，补敝起废"，是"王道之大者"；又说"《春秋》采善贬恶，推三代之德，褒周室，非独刺讥而已也"③。司马迁指出《春秋》有"采善贬恶"的政治批判功用，也认可《诗经》的讽刺作用，如他在《史记·十二诸侯年表序》中说"周道缺，诗人本之衽席，《关雎》作；仁义凌迟，《鹿鸣》刺焉"④。他还在《史记·屈原贾生列传》中极力推崇《离骚》的美刺精神，批评宋玉、唐勒、景差之徒"终莫敢直谏"⑤。可见，司马迁把"讽谏"作为评骘文学作品成就高下的重要标准。对于汉赋的评论也是如此，比如他评价司马相如的赋，既在《司马相如列传》中说"相

① （汉）班固：《汉书》，中华书局1962年版，第3610页。

② （清）皮锡瑞：《经学历史》，中华书局2008年版，第90页。

③ （汉）司马迁：《史记》，中华书局1959年版，第3297页。

④ （汉）司马迁：《史记》，中华书局1959年版，第509页。

⑤ （汉）司马迁：《史记》，中华书局1959年版，2491页。

如虽多虚辞滥说，然其要归引之节俭，此与《诗》之风谏何异"①？又在《太史公自序》里肯定其"《子虚》之事，《上林》赋说，靡丽多夸，然其指风谏"②。都是直接比附《诗经》之"讽谏"而立论的。

扬雄（前53—18）也是一位十分重视"讽谏"的儒家论赋者。他奉儒家经典为最高典范，所创作的《甘泉》《河东》《校猎》《长杨》"四赋"皆以向汉成帝提出"风"或"劝"为旨归，他在"四赋"的《序》文中无一例外地表明自己"奏（上、因）赋以风（劝）"的创作目的。可以说"讽谏"帝王是扬雄创作"四赋"的主要内容和基本目的。因此，扬雄也常常为赋作品起不到"讽谕"作用甚至于"劝而不止"而深感忧虑，比如《汉书·扬雄传》说：

> 雄以为赋者，将以风也。必推类而言，极丽靡之辞，闳侈巨衍，竞于使人不能加也，既乃归之于正，然览者已过矣。往时武帝好神仙，相如上《大人赋》欲以风，帝反缥缥有陵云之志。由是言之，赋劝而不止，明矣。……于是辍不复为。③

扬雄从实际效果的角度衡量，认为汉赋作品似乎并没有起到规谏的作用，"于是辍不复为"，不再作赋。此外，他在《法言·吾子》篇也因或问"赋可以讽乎"，而回答道："讽乎！讽则已；不已，吾恐不免于劝也。"④仍然表达了对赋起不到讽谏作用的忧虑。扬雄还在《吾子》篇，以是否意存讽谏、合于古《诗》之旨的标准，来区别"诗人之赋"和宋玉等人的"辞人之赋"，从而得出"诗人之赋丽以则、辞人之赋丽以淫"⑤的判断。扬雄论赋十分注重"讽谏"的作用，并以此作为评论赋篇价值的重要标准，可谓仍属于典型

---

① （汉）司马迁：《史记》，中华书局1959年版，第3073页。
② （汉）司马迁：《史记》，中华书局1959年版，第3317页。
③ （汉）班固：《汉书》，中华书局1962年版，第3575页
④ （汉）扬雄撰，汪荣宝义疏：《法言义疏》，中华书局1987年版，第45页。
⑤ （汉）扬雄撰，汪荣宝义疏：《法言义疏》，中华书局1987年版，第49页。

的儒家赋用观。

现存的《汉书·艺文志·诗赋略》，是班固依据西汉末年刘向、刘歆父子所编《七略》删辑而成，主要记录了刘氏父子的思想成果。如《诗赋略》曰：

> 大儒孙卿及楚臣屈原，离谗忧国，皆作以风，咸有恻隐古《诗》之义。其后宋玉、唐勒，汉兴枚乘、司马相如，下及扬子云，竞为侈丽宏衍之词，没其风谕之义。是以扬子悔之曰"诗人之赋丽以则、辞人之赋丽以淫"。①

刘氏父子是西汉典型的古文经学家，他们直接比附古《诗》"讽谕"之义来评价楚汉辞赋作品，发表的仍然是与司马迁、扬雄等一脉相承的经学赋论观念。

东汉时期，持"讽谏"赋论的尚有张衡、王符等人。如《后汉书·张衡传》记载："时天下承平日久，自王侯以下莫不逾侈。衡乃拟班固《两都》作《二京赋》，因以讽谏。"②实际上，张衡《二京赋》的内容，也是"前篇极其炫耀，主于讽刺，所谓'舒下情而通讽谕也'；后篇折以法度，主于揄扬，所谓'宣上德而尽忠孝也'"。③

（二）东汉时期班固、王充等人的"美颂"赋论观

如果说，西汉司马迁、扬雄及刘向父子的赋论，侧重于由《诗经》之"刺"一端而强调赋的"讽谏"功用的话，那么，东汉班固等人的赋论，则前承《诗经》之"颂"的另一端而偏重于赋的"颂美"。但他们的共同前提仍然是儒家的"诗教"理论。

班固（32—92）是一位具有尊儒宗经思想和拥刘尊汉意识的正统儒者，汉章帝召集诸儒会聚白虎观讲议《五经》异同，曾令班固撰集《白虎通德

---

① （汉）班固：《汉书》，中华书局1962年版，第1756页。
② （南朝·宋）范晔：《后汉书》，中华书局1965年版，第1879页。
③ （清）何焯：《义门读书记》，中华书局1987年版，第857页。

论》①。作为一个历史学家，班固对于刘汉王朝又具有自觉书载和揄扬"大汉"的责任意识。如他曾作《典引篇》"述叙汉德"，还在《典引序》中说过："窃作《典引》一篇，虽不足雍容明盛万分之一，犹启发愤满，觉悟童蒙，光扬大汉，轶声前代，然后退入沟壑，死而不朽。"②又其汉和帝永元年间所作《封燕然山铭》中亦有"振大汉之天声"③之语。

因而，班固的赋作和赋论，也都充满了揄扬大汉、润色鸿业的"赋颂"情绪。如其著名的《两都赋序》云：

> 或曰："赋者，古诗之流也。"昔成、康没而颂声寝，王泽竭而诗不作。大汉初定，日不暇给。至于武、宣之世，乃崇礼官，考文章，内设金马石渠之署，外兴乐府协律之事，以兴废继绝，润色鸿业。……故言语侍从之臣……朝夕论思，日月献纳；而公卿大臣……时时间作。或以抒下情而通讽谕，或以宣上德而尽忠孝，雍容揄扬，著于后嗣，抑亦《雅》《颂》之亚也。……故皋陶歌虞，奚斯颂鲁，同见采于孔氏，列于《诗》《书》，其义一也。稽之上古则如彼，考之汉室又如此。斯事虽细，然先臣之旧式，国家之遗美，不可阙也。④

班固在《序》中虽然也说抒下情而通"讽谕"，但总观全文之意，则明显是以提倡赋"颂"汉帝国的文教昌盛为主要目的。《序》文以"赋者古《诗》之流"领起，然后历叙《诗经》中周代"颂诗"寝息后，西汉盛世国力强大，国家大兴文教礼乐，于时祥瑞迭见，汉赋创作繁荣。从而充分肯定这些赋作，无论是"抒下情而通讽谕"，或者是"宣上德而尽忠孝"，皆"雍容揄扬，

---

① （南朝·宋）范晔：《后汉书》卷四十下，中华书局 1965 年版，第 1375 页。
② （南朝·梁）萧统编，（唐）李善注：《文选》，中华书局 1977 年版，第 682 页。
③ （南朝·宋）范晔：《后汉书》，中华书局 1965 年版，第 815 页。
④ （南朝·梁）萧统编，（唐）李善注：《文选》，中华书局 1977 年版，第 21—22 页。

抑亦《雅》《颂》之亚也"。在《序》末，还进一步强调"颂美"当朝，是"先臣之旧式，国家之遗美"，是"不可阙"的事业，具有列于儒家经典《诗经》《尚书》般重要的意义和地位。

在班固之前，司马迁、扬雄等西汉赋论家大多强调赋的"讽谏"，这是论者关怀政治忧患时世的表现，但与此同时他们也逐渐感受到了"讽谏"作用的有限。而身处东汉"明章之治"时期的班固，正因为看到了汉赋讽谏的困惑，于是身体力行，提出了"以宣上德而尽忠孝"为目的，以"雍容揄扬"为手段的"赋颂"主张，为避免西汉赋家"劝百而讽一"的单一"讽谏"困境开出了新路①。

与班固同时或稍前略后的东汉著名思想家王充（27—97）也表达过与班固类似的赋论见解。王充在所著《论衡》中，不仅撰有《齐世》《宣汉》《恢国》等篇章论述歌颂的必要，而且还在《须颂》篇旗帜鲜明地论述了"臣子当颂"的历史责任，如《须颂》云：

> 古之帝王建鸿德者，须鸿笔之臣。褒颂纪载，鸿德乃彰，万世乃闻。……然则孔子，鸿笔之人也。……方今天下太平矣，颂诗乐声，可以作未？……虞氏天下太平，夔歌舜德；宣王惠周，《诗》颂其行；召伯述职，周歌棠树。是故《周颂》三十一，《殷颂》五，《鲁颂》四，凡《颂》四十篇，诗人所以嘉上也。由此言之，臣子当颂，明矣。②

王充开宗明义，以"建鸿德者须鸿笔之臣"立论，然后以儒家圣人孔子及其儒家经典《诗经》"颂诗"为典范，呼唤"方今天下太平"应有"颂诗乐声"问世，说明"臣子当颂"的历史必然。接着，王充还直接称赞班固"颂孝明，汉家功德，颇可观见"，又说"唯班固之徒称颂国德，可谓誉得其实

---

① 参见何新文、苏瑞隆、彭安湘：《中国赋论史》，人民出版社 2012 年版，第 39 页。

② （东汉）王充：《论衡》，上海人民出版社 1974 年版，第 307 页。

矣。颂文谲以奇，彰汉德于百代，使帝名如日月，孰与不能言，言之不美善哉"①！王充赞扬班固等赋家能称颂汉朝之盛德，使汉帝之名如同日月一样不朽，属于"能言"且"言之美善"之人。

王充所论，与班固所谓"斯事虽细，然先臣之旧式，国家之遗美，不可阙也"的言论，既相一致，又互相呼应。在论述"赋颂"的问题上，王充《须颂》似可与班固《两都赋序》媲美，颇有异曲同工之妙。

东汉中后期赋家王延寿（143？—163？），还提出过"事以颂宣"的赋论意见。如他在所撰《鲁灵光殿赋序》中说："诗人之兴，感物而作。故奚斯颂僖，歌其路寝。而功绩存乎辞，德音昭乎声。物以赋显，事以颂宣。匪赋匪颂，将何述焉？"②王延寿以"诗人之兴、感物而作"的创作原则为立足点，引述春秋时期鲁国公子奚斯作《鲁颂·閟宫》之诗以歌颂鲁僖公宫殿的经典故事，借以并宣扬"物以赋显，事以颂宣。匪赋匪颂，将何述焉"的赋颂主张，肯定文学作品要发挥"颂宣"的功能作用。

他如班昭《大雀赋》："上下协而相亲，听《雅》《颂》之雍雍"③，李尤《东观赋》："臣虽顽卤，慕《小雅·斯干》咏叹之美"④，张衡《思玄赋》："玩阴阳之变化兮，咏《雅》《颂》之徽音"⑤等也预示着"雅""颂"观念更多进入到辞赋创作与批评领域。

三、两汉"京殿苑猎"赋创作概况及其由"讽"而"颂"的变化

两汉文士比附"诗教"的"美、刺"观念而构建成"讽谕"与"颂美"相兼的汉赋理论，这既是赋论家受儒家经典和经学影响而产生的思想成果，

① （东汉）王充：《论衡》，上海人民出版社1974年版，第310页。
② （梁）萧统编，（唐）李善注：《文选》，中华书局1977年版，第168页。
③ 费振刚等辑校：《全汉赋》，北京大学出版社1993年版，第370页。
④ 费振刚等辑校：《全汉赋》，北京大学出版社1993年版，第386页。
⑤ 费振刚等辑校：《全汉赋》，北京大学出版社1993年版，第398页。

也是赋论家对于汉赋创作实践的总结和期望。如果我们以这种"美刺"即"讽颂"的汉赋理论去观照两汉"京殿苑猎"赋创作的实际情形，又一定会得到更为具体而生动的证明。

刘勰在《文心雕龙·诠赋》篇总结汉赋的创作情形时说：

> 汉初词人，顺流而作。陆贾扣其端，贾谊振其绪，枚马同其风，王扬骋其势，皋朔已下，品物毕图。……夫京殿苑猎，述行序志，并体国经野，义尚光大。……至于草区禽族，庶品杂类，则触兴致情，因变取会，拟诸形容，则言务纤密；象其物宜，则理贵侧附；斯又小制之区畛，奇巧之机要也。①

在这里，刘勰主要是按照题材内容将汉赋分成两大类：一类是"京殿苑猎、述行序志"，一类是"草区禽族、庶品杂类"。第一类赋中的"京殿苑猎"赋，就是通常所说的体物大赋，主要包括京都、宫殿、苑囿、校猎等题材的大赋作品。这类"京殿苑猎"之赋，一般体制篇幅宏大，描写对象也往往重大庄重，正所谓"体国经野、义尚光大"，它们是构成汉赋隆盛的主要篇章；第二类赋包括"草区禽族"和"庶品杂类"两种，也就是通常所说的咏物小赋。"草区禽族"是指以花鸟虫鱼、飞禽走兽之类为题材的赋，"庶品杂类"则包括器物游艺、音乐舞蹈之类的赋。这类赋往往"触兴致情"，有"象其物宜，理贵侧附"的用意，也就是说咏物小赋是触物兴情，借物寄意；在表达上经常运用比兴手法，描述也细致纤密。

如果从赋与儒家经典的关系而言，各类汉赋作品中，当以描写京都宫殿、苑囿蒐猎、祭祀典礼为题材内容的"京殿苑猎"大赋最为密切。这类大赋作品，描摹铺写汉代的山川风物，以及帝王的政治活动等，是大汉帝国的都城营治、文治武功以及诗乐礼教的直接呈现，也是大汉帝国的形象描绘，

---

① （梁）刘勰著，范文澜注：《文心雕龙注》卷二，人民文学出版社1958年版，第134—135页。

最能展现汉代大一统帝国的强盛。所以，京殿苑猎赋最能代表汉大赋，是汉赋隆盛的标志。正是因为这样的缘由，京殿苑猎、祭祀典礼等等，一直是汉代赋家所追捧的创作题材。

比如，枚乘的《七发》，司马相如的《子虚》《上林》二赋，扬雄的《甘泉》《羽猎》《长杨》《河东》"四赋"及其《蜀都赋》，刘歆的《甘泉宫赋》，杜笃的《论都赋》，傅毅的《洛都赋》《反都赋》，崔骃的《反都赋》，班固的《两都赋》，张衡的《二京赋》《羽猎赋》《南都赋》，李尤的《函谷关赋》《辟雍赋》《德阳殿赋》《平乐观赋》《东观赋》，王延寿的《鲁灵光殿赋》，邓耽的《郊祀赋》，崔寔的《大赦赋》，边让的《章华台赋》，等等，都可归属于京殿苑猎、典礼祭祀赋的范畴。因此，研究汉赋与儒家经典的关系，马、扬、班、张等大赋作家所创作的"京殿苑猎"赋，应该是首当其冲。

还值得提出的是，所谓"京殿苑猎"赋，也是汉代赋家最能够借以表达对于时代的"颂美"和对于现实政治的"讽谕"情怀的重要载体。他们既在这类赋作中抒发自己欣逢盛世的豪迈情怀，也借"京、殿、苑、猎"之事物和活动表达对于帝王或朝野政治的讽谏之意。而且，若从两汉"京殿苑猎"赋的创作实际考察，细心的读者还能够发现：前后"两汉"赋的创作又存在着或偏于"讽谏"或重于"颂美"的程度上的差异。如西汉自枚乘《七发》以"要言妙道"戒膏粱子弟开始已初具讽谏性质，接着司马相如之赋又借"云梦""上林"寓"讽"于"颂"，再到扬雄在成帝时奏《甘泉》《校猎》《长杨》《河东》"以风"则"讽谏"已成为其"四赋"的主要内容；而进入东汉，生逢中兴之盛的班固，作赋与论赋皆偏重于"颂美"，从而实现了汉赋由"讽"而"颂"的转变，再加上张衡《二京赋》《南都赋》《温泉赋》等赋作的呼应，汉赋至此已经奠定了盛世而赋的"赋颂"传统，并影响到后来整个赋史的发展。

例如，东晋葛洪《抱朴子外篇·钧世》所论《毛诗》"华彩之辞"不及汉晋《上林》《羽猎》《二京》《三都赋》之"汪秽博富"，俱论宫室而《诗经》"奚斯路寝'之《颂》不如王生之赋《灵光》，并美祭祀而《清庙》《云汉》之辞不如郭璞《南郊赋》之艳，等称征伐而《出车》《六月》之作不如陈琳《武军赋》之壮等一段言论 ①，就肯定汉代之赋比《诗经》更具有夸饰、颂美的功用。

第二节 今文经学的"大一统"思想与枚乘、
司马相如的辞赋创作

最早较为完整地对"大一统"思想加以论述的儒家经典是《春秋公羊传》。《春秋公羊传》对《春秋》中的"大一统"思想加以阐发成为"春秋公羊学"的核心理论之一。《春秋经》开篇即言"元年春王正月"，《公羊传》加以解释为：

> 元年者何？君之始年也。春者何？岁之始也。王者孰谓？谓文王也。曷为先言王而后言正月？王正月也。何言乎王正月？大一统也。②

这是儒家典籍最早明确提出"大一统"概念之始。何休注曰：

> 王者受命，必徙居处、改正朔、易服色、殊徽号、变牺牲、异器械，明受之于天，不受之于人。……统者，始也，总系之辞。夫王者始受命，改制、布政、施教于天下，自公侯至于庶人，自山川至于草木昆虫，莫不一一系于正月，故云政教之始。③

---

① （晋）葛洪著，杨明照校笺：《抱朴子外篇校笺》（下），中华书局 1997 年版，第 70、75 页。

② （清）阮元校刻：《十三经注疏·春秋公羊传注疏》卷一，上海古籍出版社 1997 年版，第 2196 页。

③ （清）阮元校刻：《十三经注疏·春秋公羊传注疏》卷一，上海古籍出版社 1997 年版，第 2196 页。

唐人徐彦疏曰："王者受命，制正月以统天下，令万物无不一一皆奉之以为始，故言大一统也①。"可见"大一统"思想首先揭示的是天子受命于天，不受之于人，具有道统上的绝对权威性；其次，天子即位，往往会实施一系列的变革；第三，中央高度集权，政治权力一统于天子，所谓"溥天之下，莫非王土；率土之滨，莫非王臣"。所以"公羊学"所谓的"大一统"有着非常明显的儒家色彩："大一统"的关键是"尊王"；以秩序化的礼仪制度的建设作为"大一统"王道政治实现的标志；以儒家的"仁"和"礼"建构"大一统"政治的合法性基础。

如果说春秋时期的"大一统"思想更多的是依赖于礼制建设的话，到了战国时期的荀子则强调"大一统"首先应该是君权集中的天下一统，不仅是思想的一统，也是制度和政权的一统。如《荀子·儒效篇》对所谓"大儒"的论赞即是荀子"大一统"思想的反映。荀子所谓的"大儒"不仅是思想上的领袖，而且是"履天子之籍，听天下之断"，掌握着实际权力的"圣人"。比如《儒效篇》云"四海之内若一家，通达之属莫不从服"，"合天下，立乐声"，"齐一天下，而莫能倾也"，"通则一天下，穷则独立贵名"②等均为荀子"大一统"思想的论述。又《荀子·非十二子篇》批评墨翟、宋钘云"不知壹天下，建国家之权称"③，而赞扬舜、禹为"一天下，财（裁）万物，长养人民，兼利天下，通达之属，莫不从服"④。又《荀子·王霸篇》论人主之职曰"一天下，名配尧、禹"⑤，又在《王霸篇》里批评墨子之说曰"以是县天下，一四海，何故必自为之"，为人主者当"垂衣裳，不下簟席之上，而海内之人莫不愿得以为帝王"。⑥

由此可知，《春秋公羊传》所宣扬的"大一统"思想主要立意于政治秩序

---

① （清）阮元校刻：《十三经注疏·春秋公羊传注疏》卷一，上海古籍出版社 1997 年版，第 2196 页。

② （清）王先谦：《荀子集解》，中华书局 2013 年版，第 162—163 页。

③ （清）王先谦：《荀子集解》，中华书局 2013 年版，第 108 页。

④ （清）王先谦：《荀子集解》，中华书局 2013 年版，第 114 页。

⑤ （清）王先谦：《荀子集解》，中华书局 2013 年版，第 251 页。

⑥ （清）王先谦：《荀子集解》，中华书局 2013 年版，第 252—253 页。

合法性层面的论述，故而"公羊说"尊王，主张以王道政治实现一统，而王道政治又体现在一系列的秩序化的礼仪制度之中。而荀子显然认识到仅仅依靠礼乐王道是无法实现真正的"大一统"的，故而荀子将"大一统"的实现系于君主的绝对权威之上。先秦儒家的"大一统"思想为董仲舒等汉儒所接受并建立起以春秋公羊学为代表的西汉今文经学，揄扬儒家"大一统"精义，为汉武帝建立中央集权的大一统帝国提供理论依据。汉儒对"大一统"思想的建构是《春秋公羊传》的"礼乐王道"与荀子学说"绝对君权"相融合的产物，这在汉代大赋中有鲜明的展现。比如《子虚赋》《上林赋》一方面宣扬对"大一"统君臣之礼的遵守，另一方面又要在实际力量的对比上描绘天子对诸侯的超越。需要说明的是，汉儒对秦代的"大一统"合法性往往产生质疑，因为秦只在最低的政治秩序层面完成"大一统"，又因为秦政的暴虐不仁消解了其大部分的合法性，仅保留了"大一统"的概念而已。故而汉儒并不承认秦代"大一统"的合法性，认为真正意义上的"大一统"是从汉代开始的，因此"大一统"思想在文学视域中的最早表述是在两汉大赋中得以展现的。

汉代赋家多为"大一统"政治的拥护者，比如汉初赋家陆贾与贾谊，二人均身处朝廷庙堂之中，是汉王朝"大一统"的衷心拥护者。《史记·郦生陆贾列传》记载陆贾出使南越，谓南越王曰：

> 皇帝起丰沛，讨暴秦，诛强楚，为天下兴利除害，继五帝三王之业，统理中国。中国之人以亿计，地方万里，居天下之膏腴，人众车舆，万物殷富，政由一家，自天地剖泮未始有也。[1]

陆贾之言极力赞颂汉高祖建立汉朝基业的伟大功勋，"政由一家，自天地剖泮未始有也"，表达了对汉王朝一统天下的由衷赞美。贾谊更为客观理性地认识到汉初天子与诸侯势力的消长，常为诸侯势力的坐大以至于威胁中央王

---

[1] （汉）司马迁：《史记·郦生陆贾列传》卷九十七，中华书局 1959 年版，第 2698 页。

朝的时候而蹙首扼腕，多次上书陈述政事。例如《汉书·贾谊传》记载"诸
侯王僭拟，地过古制，淮南、济北王皆为逆诛"①，贾谊遂上疏陈政事曰：

> 天下之势方病大瘇。一胫之大几如腰，一指之大几如股，平居
> 不可屈信，一二指搐，身虑亡聊。失今不治，必为痼疾，后虽有扁
> 鹊，不能为已。②

贾谊所忧虑的正是诸侯势力的膨胀，他认为诸侯势力作为"胫"与"指"已
经胀大到与作为天子势力的"腰"与"股"一样大的程度了，如果不再加以
整治，必为"痼疾"而不治身亡。由此可以看出贾谊对诸侯势力危及汉朝大
一统政权的思考和担忧。

一、枚乘"重谏"吴王与《七发》谏吴王刘濞谋反辨析

面对诸侯僭越坐大的政治危机，赋家站在儒家礼教的立场，通过赋文本
表述他们充满焦虑的讽谕性批判：一是告诫诸侯勿僭越礼制，一是认定"大
一统"乃天下之大趋势，不可违忤。两汉赋作多有"大一统"观念的表述，
其中枚乘（？—前140）所作的《七发》应该是汉赋作品中最早表现"大一统"
观念的赋作。枚乘初为吴王刘濞郎中，见刘濞欲反，上书劝阻，未被采纳，
遂去吴而至梁，为梁孝王门客。正是因为枚乘辗转于诸侯门下的经历，使他
对诸侯与天子的形势有清晰明确的认识。关于《七发》的创作主旨，刘勰《文
心雕龙·杂文》曰："盖七窍所发，发乎嗜欲，始邪末正，所以戒膏粱之子
也。"③《文选》张铣注云："孝王时，（枚乘）恐孝王反，故作《七发》以谏之。"④

---

① （东汉）班固：《汉书》卷四十八，中华书局1962年版，第2230页。

② （东汉）班固：《汉书》卷四十八，中华书局1962年版，第2239页。

③ （梁）刘勰撰，范文澜注：《文心雕龙注》卷三，人民文学出版社1958年版，第254页。

④ 日本足利学校藏宋刊明州本六臣注：《文选》，人民文学出版社2008年版，第524页。

又有清人梁章钜认为《七发》非谏梁孝王而谏吴王刘濞。① 李善与梁章钜认为枚乘《七发》是谏止藩王谋反的，至于劝谏的对象是梁孝王还是吴王则无从判定。如果李善、梁章钜二人的说法成立的话，那么枚乘所作《七发》的主旨当是维护汉王朝的"大一统"无疑。如果联系枚乘曾先后两次上书谏阻吴王谋反的事实的话，那么认为枚乘作《七发》以讽谏诸侯王的说法就并非空穴来风，而是其来有自。

汉初诸侯王以吴王刘濞的势力最大，汉景帝为太子时曾击杀吴太子，故刘濞衔恨于心。吴王招纳天下游士，与南越相通，处心积虑预备谋反。时为吴王宾客的邹阳、枚乘有所察觉，均上书吴王以谏阻。邹阳有《上吴王书》以谏，枚乘则两次上书，有《谏吴王书》《重谏吴王书》。《汉书》卷五十一称"吴王之初怨望谋为逆也，乘奏书谏曰"②。枚乘《谏吴王书》曰：

> 必若所欲为，危于累卵，难于上天；变所欲为，易于反掌，安于泰山。今欲极天命之上寿，弊无穷之极乐，究万乘之势，不出反掌之易，以居泰山之安，而欲乘累卵之危，走上天之难，此愚臣之所大惑也。③

枚乘讽谏吴王千万不可为所欲为，否则如"累卵"之危；而要改变危险的想法也是很容易的，易如反掌，即可"安于泰山"。枚乘因此讽谏吴王放弃危险的做法而选择处于安乐，可谓苦口婆心。汉景帝即位之初，纳晁错损削诸侯之议，吴王遂与六国谋反，景帝迫于压力诛杀晁错以谢诸侯。枚乘复说吴王勿以诸侯之轻而犯天子之威。枚乘《重谏吴王书》对汉朝天子的势力和威

---

① 清人梁章钜《文选旁证》认为《七发》是谏止吴王刘濞谋反的，并且引朱绶说："《七发》之作，疑在吴濞时。扬州本楚地境，故曰楚太子也。若梁孝王，岂能观涛曲江哉！"按：梁孝王封地在今河南商丘，故朱绶云无涛可观。

② （汉）班固：《汉书》卷五十一，中华书局 1962 年版，第 2358 页。

③ （汉）班固：《汉书》卷五十一，中华书局 1962 年版，第 2359 页。

望加以分析，其文曰：

> 今汉据全秦之地，兼六国之众，修戎狄之义而南朝羌筰，此其
> 与秦，地相什而民相百，大王之所明知也。今夫谀谀之臣为大王
> 计者，不论骨肉之义，民之轻重，国之大小，以为吴祸，此臣所以
> 为大王患也。夫举吴兵以訾于汉，譬犹蝇蚋之附群牛，腐肉之齿利
> 剑，锋接必无事矣。①

枚乘对汉家天子势力的夸说，一方面突出汉家天子的势力之大。跟秦比起
来，汉家天子"地相什而民相百"，故枚乘讽谏吴王不可谋反，否则如"蝇
蚋之附群牛，腐肉之齿利剑"，几不可同日而语。另一方面，枚乘对汉朝天
子的夸赞又突显了汉天子所推行的王道之政，"修戎狄之义而南朝羌筰"。由
此可见，枚乘对吴王刘濞的劝谏是以维护汉朝"大一统"为立足点的，其目
的在于维护中央政府的利益和权威。龚克昌先生《汉赋研究》说："枚乘的
《七发》，既是对楚太子疾病的诊治，也是对诸侯王疾病的医疗，同时也是对
诸侯国王精神上、思想上、政治上疾病的治疗；联系到枚乘当时所处吴、梁
具体背景，把这篇散赋理解为对吴王叛逆篡国的批判，对梁王野心谋国的劝
告，也应当是合理的。"②《七发》借"客"之口称曰：

> 今时天下安宁，四宇和平。太子方富于年，意者久耽安乐，日
> 夜无极。邪气袭逆，中若结轖。纷屯澹淡，嘘唏烦酲。惕惕怵怵，
> 卧不得暝。虚中重听，恶闻人声。精神越渫，百病咸生。聪明眩
> 曜，悦怒不平。久执不废，大命乃倾。③

---

① （汉）班固：《汉书》卷五十一，中华书局 1962 年版，第 2362 页。

② 龚克昌：《汉赋研究》，山东文艺出版社 1990 年版，第 66 页。

③ （梁）萧统编，（唐）李善注：《文选》卷三四，中华书局 1977 年版，第 478 页。

"客"见楚太子首言"天下安宁，四宇和平"，其意或在于赞颂汉天子之治下安宁和平，暗颂汉朝天子有圣明之德。而"楚太子"竟为邪气所中，视听惑乱以至于喜怒无常，如果久执此邪念，定会丧失大命。作者用意或在于讽谏"楚太子"（或吴王）常怀谋反之执念以至于丧失了基本的判断，并且劝谏"楚太子"（或吴王）放弃妄想，否则大命将倾，这正是枚乘在《谏吴王书》中劝谏吴王勿"乘累卵之危，走上天之难"的论调。如此看来，枚乘《七发》或为讽谏吴王谋反而作，亦不无道理。《七发》结束时说：

> 客曰："将为太子奏方术之士有资略者，若庄周、魏牟、杨朱、墨翟、便蜎、詹何之伦。使之论天下之释微，理万物之是非。孔老览观，孟子持筹而算之，万不失一。此亦天下要言妙道也，太子岂欲闻之乎？"于是太子据几而起曰："涣乎若一听圣人辩士之言。"涊然汗出，霍然病已。①

枚乘在《七发》的末尾以"天下要言妙道"说楚太子，太子"涊然汗出，霍然病已"，这显然是作者的主观臆想，想象"楚太子"（或吴王）接受了自己的讽劝而放弃了谋反的危险想法，终于"病愈"了。虽然这样的结尾略显空洞，但作者想要表达讽谏的用意却是非常明显的。如果将枚乘策士的作风以及两次上书吴王的举动结合起来考察的话，可以断定《七发》的深层结构乃是劝谏诸侯王放眼天下大一统的局势，熄灭谋反篡逆之心，如此方能保全富贵与性命。

二、司马相如《子虚赋》《上林赋》中的"大一统"情结

汉朝虽为天下一统之政权，但是汉初统治者吸取了秦王朝灭亡的教训，

---

① （梁）萧统编，（唐）李善注：《文选》卷三四，中华书局 1977 年版，第 484 页。

并没有完全实行如秦朝一样的"郡县制"，而是实行诸侯分封的制度，这种分封制本身与大一统多有抵触，以至于地方诸侯势力坐大甚而与中央王朝抗衡，例如景帝三年（公元前 154）的"七国之乱"就是诸侯势力与中央王朝抗衡的总爆发。藩王与天子之间的紧张关系长期困扰着西汉君主，这一困窘的局面甚至在汉武帝统治时期还存在相当长一段时间，因此建立和巩固"大一统"制度一直是汉代特别是汉初的重大政治问题。这一重大政治问题投射在辞赋创作上，往往表现为武帝之前的大赋常常以诸侯与天子的冲突为张力筑建大赋的结构，甚至将诸侯势力与天子势力的较量直接纳入赋作中，其实这正反映了赋家对"大一统"思想受到威胁时的焦虑。

司马相如（前 172—前 118）字长卿，蜀郡成都（今四川成都）人，西汉著名辞赋家，《史记》和《汉书》均有传。《子虚赋》《上林赋》作于汉武帝实行"推恩令"之前，正是赋家对"大一统"制度进行维护的集中反映。

在《子虚赋》《上林赋》中，司马相如的"大一统"思想主要在两个方面展示出来。

（一）天子与诸侯势力的较量

《子虚赋》主要是借"子虚"之口以夸耀楚国的强盛，而《上林赋》则铺叙天子的威武，二赋构成一种对比模式。作者有意将作为诸侯势力代表的楚王与天子势力进行对比①，最后以天子势力战胜齐、楚诸侯而告终。

1. 土地疆域以及物产之比较

楚使"子虚"夸耀"云梦"之大，言"云梦者，方九百里"，是楚国"七泽"之"小小者"。《子虚赋》夸耀"云梦"之广曰：

其山则盘纡茀郁，隆崇嵂崒；……。其土则丹青赭垩，……。

---

① 《子虚》《上林》二赋描述的地方势力虽然包含齐、楚二王，然而考察赋文本发现描述齐势力的文字非常少，远远不及赋文对楚国的夸耀。而司马相如之所以选择楚王势力与天子进行比较，或许不无用意。联系枚乘《七发》亦以"楚太子"为写作对象而讽谏吴王之旨，或许司马相如《子虚》《上林》二赋也有贬斥吴王刘濞之意（吴王所辖地多属楚境）。

其石则赤玉玫瑰，……。其东则有蕙圃，……。其南则有平原广泽，……。其高燥则生葴析苞荔，薛莎青薠。其埤湿则生藏莨蒹葭，……。其西则有涌泉清池，……。其中则有神龟蛟鼍，瑇瑁鳖鼋。其北则有阴林巨树，……。其上则有鹓雏孔鸾，腾远射干。其下则有白虎玄豹，蟃蜒貙犴。①

"子虚"对楚国"云梦"的描述极尽夸示铺陈之能事，从各个层面和角度展示了楚地的广袤和富庶。夸耀"云梦"地势险峻则言"其山……""其土……""其石……"，铺陈"云梦"之广与物产之丰饶则言"其东……""其南……""其高……""其埤……""其西……""其中……""其北……""其上……""其下……"，可谓极尽侈言，江河泽原、花果虫鱼、飞禽走兽无不尽收笔底。齐使"乌有先生"则夸耀说：

且齐东陼钜海，南有琅邪。观乎成山，射乎之罘。浮勃澥，游孟诸。邪与肃慎为邻，右以汤谷为界。秋田乎青丘，彷徨乎海外。吞若云梦者八九，于其胸中曾不蒂芥。若乃俶傥瑰伟，异方殊类，珍怪鸟兽，万端鳞崒，充仞其中者，不可胜记。禹不能名，高不能计。②

"乌有先生"夸耀齐国疆域之辽阔，曰"吞若云梦者八九，于其胸中曾不蒂芥"，可见齐国之大并吞八九个"云梦"，都不曾梗塞胸间，至于物产丰庶更是不可胜计。《上林赋》则夸言天子上林苑之广袤富庶，其铺陈炫耀之能事又远在"云梦"之上。单从篇幅来看，《上林赋》夸说上林苑的文字数倍于"云梦"。作为天子代表的"亡是公"曰："且夫齐楚之事，又乌足道乎！君未睹夫巨丽也，独不闻天子之上林乎？"在"亡是公"看来，齐楚疆域之辽阔远

---

① （梁）萧统编，（唐）李善注：《文选》卷七，中华书局 1977 年版，第 119—120 页。
② （梁）萧统编，（唐）李善注：《文选》卷七，中华书局 1977 年版，第 122 页。

不能与天子相比，《上林赋》在铺陈完"上林"的辽阔与繁庶之后曰"若此者数百千处"，如"上林"之辽阔富庶之地，天子拥有数百上千处，可见天子疆域之辽阔远非区区齐楚诸侯所能比。需要说明的是，《上林赋》对"上林"的地理物产进行铺叙的时候，并没有如《子虚赋》夸耀"云梦"那样按东南西北上中下的方位去进行，而是按照先总后分的叙述方式进行铺陈。《上林赋》对天子"上林"进行总体夸示云：

> 左苍梧，右西极。丹水更其南，紫渊径其北。终始灞浐，出入泾渭；酆镐潦潏，纡馀委蛇，经营乎其内。荡荡乎八川分流，相背而异态。东西南北，驰骛往来，……泹乎混流，顺阿而下，赴隘狭之口，触穹石，激堆埼，沸乎暴怒，汹涌澎湃。……然后灏溔潢漾，安翔徐回，翯乎滈滈，东注太湖，衍溢陂池。①

"亡是公"从地域之辽阔、形势之险峻、山河之磅礴等方面对天子"上林"加以整体性的夸述。如此尚嫌未能尽其言，然后"亡是公"又以"于是乎鲛龙赤螭，鳂鳋渐离……""于是乎崇山矗矗，巃嵸崔巍，深林巨木，崭岩参嵯……""于是乎周览泛观，缤纷轧芴，芒芒怳忽……""于是乎离宫别馆，弥山跨谷……""于是乎卢橘夏熟，黄甘橙楱……""于是乎玄猨素雌，蜼玃飞鸓……"等分别对上林苑的鱼鳖珠玉、崇山峻岭、丘壑巨木、离宫别苑、亭台楼阁、花草果实、飞禽走兽等加以描绘，无论在疆域形胜，还是在宫室物产等各方面均远远超越齐楚诸侯之地，使齐楚诸侯之地在辽阔的天子疆域面前相形见绌，从而达到对诸侯势力的压制。关于作者夸饰铺陈天子上林苑的写作目的，明人余有丁有论曰：

> 无事公虽言上林，而所叙舆图品物，乃网罗四海。盖天子以天

---

① （梁）萧统编，（唐）李善注：《文选》卷八，中华书局 1977 年版，第 123—124 页。

下为家，故侈言之若此。后人乃以卢橘等訾议之，拘矣。①

晋人左思等批评《上林赋》"卢橘夏熟"的藻饰之辞为"侈言无验，虽丽非经"。而余有丁却认为司马相如之所以大肆铺写天子上林苑的舆图名物，其目的正在于彰显天子网罗四海，以天下为家的"大一统"思想。司马相如生当汉世，本"天子以天下为家"的"大一统"观念，侈言天子上林之形胜物产，称赞天子礼乐威仪等，无不反映出《上林赋》尊君颂国、美颂一统的意图。

2.校猎之比较

与《上林赋》相比较而言，赋文在极力夸张作为诸侯的齐王、楚王的游猎之盛以后，又以更为铺张夸耀的辞藻凸显天子威仪。先看《子虚赋》对楚王校猎情形的描绘：

> 楚王乃驾驯驳之驷，乘雕玉之舆，靡鱼须之桡旃，曳明月之珠旗，建干将之雄戟，左乌号之雕弓，右夏服之劲箭。……弓不虚发，中必决眦。洞胸达腋，绝乎心系。获若雨兽，揜草蔽地。于是楚王乃弭节徘徊，翱翔容与。览乎阴林，观壮士之暴怒，与猛兽之恐惧。徼郤受诎，殚睹众物之变态。②

显然，《子虚赋》对楚王校猎情形的夸示重在对狩猎时将士的凶猛残暴之状加以刻画，故赋文极言"壮士之暴怒，与猛兽之恐惧"，而不及其余。《上林赋》对天子校猎情形的描述则与《子虚赋》相异。《上林赋》曰：

> 于是乎背秋涉冬，天子校猎。乘镂象，六玉虬，拖蜺旌，靡云旗。前皮轩，后道游。孙叔奉辔，卫公参乘。扈从横行，出乎四

---

① 刘志伟主编：《文选资料汇编·赋类卷》，中华书局 2013 年版，第 289 页。
② （梁）萧统编，（唐）李善注：《文选》卷七，中华书局 1977 年版，第 120—121 页。

校之中。鼓严簿，纵猎者，河江为阹，泰山为橹。车骑雷起，殷天动地。……箭不苟害，解脰陷脑。弓不虚发，应声而倒。于是乘舆弭节徘徊，翱翔往来。睨部曲之进退，览将帅之变态。然后浸淫促节，倏夐远去。……道尽途殚，回车而还。消遥乎襄羊，降集乎北纮。率乎直指，晻乎反乡。[①]

《上林赋》对狩猎场面的描述远比《子虚赋》要详细，甚至连飞禽走兽的名目都罗列甚详。除此之外，《上林赋》还交代了狩猎的时节，以及详细刻画了天子出行的仪仗，前簇后拥，扈从横行，"车骑雷起，殷天动地"。如果将《子虚赋》与《上林赋》这两段描写校猎的文字加以比较，即可看出二者在声势上与道义上的差别。《子虚赋》主要笔墨在于夸耀楚王田猎之凶猛暴烈。《上林赋》极写天子游猎之盛，又能折以法度，合乎仁义之途。第一，《上林赋》文字规模较《子虚赋》更为宏大，描写更为细致。《上林赋》不仅书写了田猎场面的盛大，还刻画了天子出行仪仗的威武。所以就铺饰夸耀的效果来看，天子上林苑的游猎相较于楚王云梦的游猎有过之而无不及。这就造成了以天子的威仪之壮掩压诸侯的目的。第二，校猎属军礼，其目的在于整训军队，以备不虞，同时校猎也是一项礼仪活动，军礼用来规范军事活动和军士行为。《子虚赋》中"观壮士之暴怒，与猛兽之恐惧"这样的句子在《上林赋》中较少见。《上林赋》写天子游猎，首先交代"背秋涉冬"的蒐猎时间，这是合乎天子校猎之礼的，选择秋去冬来的时节举行狩猎活动是为了不伤农时。从整个狩猎过程看起来，天子的游猎活动更显得有条理秩序，合乎仪节，既突出了天子狩猎的壮美，也颂扬了天子之猎的礼制。

3.声色娱游之比较

《子虚赋》与《上林赋》对声色娱游的场面均有所描绘，而且即使是对声色娱乐的夸耀，天子的游乐之盛也远在诸侯之上。《子虚赋》夸写楚王的

[①]　（梁）萧统编，（唐）李善注：《文选》卷八，中华书局1977年版，第127—128页。

声色之乐曰：

> 于是郑女曼姬，被阿锡，揄纻缟，杂纤罗，垂雾縠。……
> 于是乃群相与獠于蕙圃，媻珊郣窣，上金堤，掩翡翠，射鵕
> 鸃。……怠而后游于清池，浮文鹢，扬旌枻。张翠帷，建羽盖。
> 罔瑇瑁，钩紫贝。摐金鼓，吹鸣籁。榜人歌，声流喝。水虫骇，
> 波鸿沸。涌泉起，奔扬会。礧石相击，琅琅礚礚。若雷霆之声，
> 闻乎数百里之外。①

《子虚赋》极写美女衣饰之华艳，体态之轻盈，以及女子与壮士夜间游猎，
嬉戏喧闹的情形。《上林赋》则集中笔力状写天子的音乐之盛，而不及女子
游猎之场景。赋文曰：

> 于是乎游戏懈怠，置酒乎颢天之台，张乐乎胶葛之宇。撞千石
> 之钟，立万石之虡。建翠华之旗，树灵鼍之鼓，奏陶唐氏之舞，听
> 葛天氏之歌。千人倡，万人和。山陵为之震动，川谷为之荡波。巴
> 渝宋蔡，淮南《干遮》，文成颠歌，族居递奏，金鼓迭起。铿鎗闛
> 鞈，洞心骇耳。荆吴郑卫之声，《韶》《濩》《武》《象》之乐，阴淫
> 案衍之音，鄢郢缤纷，《激楚》结风。……②

《上林赋》对天子娱乐场景的夸示主要集中在飨宴上，又以音乐之设为铺叙
的焦点。作者不惜笔墨，大肆铺张天子设乐场景的豪华与壮大，"撞千石之
钟，立万石之虡"，"千人倡，万人和"。所奏之乐既有曼妙的地方音乐如《干
遮》《激楚》等"荆吴郑卫之声"，也有堂皇的天子之乐如"《韶》《濩》《武》《象》

---

① （梁）萧统编，（唐）李善注：《文选》卷七，中华书局 1977 年版，第 121 页。
② （梁）萧统编，（唐）李善注：《文选》卷八，中华书局 1977 年版，第 128 页。

之乐"；既有庄重的天子之歌舞如"奏陶唐氏之舞，听葛天氏之歌"，也有诙谐的"俳优侏儒，狄鞮之倡"的"娱耳目乐心意"的歌舞。作者又极力铺写女子妖冶的体态如"柔桡嬛嬛，妩媚姌嫋"，还夸写女子的美貌，"皓齿灿烂，宜笑的皪；长眉连娟，微睇绵藐"，以至于天子"色授魂予，心愉于侧"。与《子虚赋》对声色娱游的描写相比，《上林赋》更注重对天子礼乐的建设，笔墨多用于对天子礼乐盛景的书写，这是作为诸侯的齐楚所不能达到的，以此凸显天子的地位。

（二）对天子之德的尊崇

"大一统"的核心是"尊王"。司马相如写作《子虚》《上林》二赋，一方面要在势力上突出中央政权的力量，另一方面又要在道义上尊崇天子的道德权威。比如《子虚赋》在楚使"子虚"夸说楚王的疆域、校猎、冶游之后，齐人"乌有先生"对其加以批驳曰：

> 今足下不称楚王之德厚，而盛推云梦以为骄，奢言淫乐而显侈靡，窃为足下不取也。必若所言，固非楚国之美也。有而言之，是章君之恶也；无而言之，是害足下之信也。章君恶，伤私义，二者无一可，而先生行之，必且轻于齐而累于楚矣。……然在诸侯之位，不敢言游戏之乐，苑囿之大。①

上引赋文虽然是齐人"乌有先生"批评楚使"子虚"的话，其目的在于为齐国辩护，但未尝不能视为是司马相如站在天子的立场对诸侯的批评。赋文"必若所言，固非楚国之美也"，揭示了"溥天之下，莫非王土；率土之滨，莫非王臣"②的道理，这正是作者"大一统"思想的直接呈现。所以作者借"乌有先生"之口批评"子虚"不应夸耀楚国的疆域之广以及淫乐侈靡，这不仅

① （梁）萧统编，（唐）李善注：《文选》卷七，中华书局 1977 年版，第 122 页。

② （清）阮元校刻：《十三经注疏·毛诗正义》卷十三之《小雅·北山》，上海古籍出版社 1997年版，第 463 页。

彰显了楚王的"恶"，也害了"子虚"自己的"信"，故"在诸侯之位，不敢言游戏之乐，苑囿之大"，再三告谏诸侯不应僭越而违背君臣之礼。

《上林赋》极力夸耀天子的疆域之辽阔、校猎之威武、飨宴之盛大，其目的自然是为了压倒楚王的势力，但是毕竟奢侈过甚，所以天子"酒中乐酣"，幡然醒悟，自知"此大奢侈"，对以前的夸耀之举深表悔悟。《上林赋》曰：

> 天子芒然而思，似若有亡，曰："嗟乎！此大奢侈。朕以览听余闲，无事弃日，顺天道以杀伐，时休息于此。恐后世靡丽，遂往而不返，非所以为继嗣创业垂统也。"于是乎乃解酒罢猎，而命有司曰："地可垦辟，悉为农郊，以赡氓隶。隤墙填堑，使山泽之民得至焉。实陂池而勿禁，虚宫馆而勿仞。发仓廪以救贫穷，补不足，恤鳏寡，存孤独，出德号，省刑罚，改制度，易服色，革正朔，与天下为更始。"①

此言天子悔悟，并对校猎之举加以解释云"览听余闲，无事弃日，顺天道以杀伐，时休息于此"。因为天下无事，故顺天道时序以狩猎，恐怕后世之君袭蹈奢侈靡丽而不加节制，这不是帝王应该做的"继嗣创业垂统"之大业。天子既然醒悟，则推行仁义之德于天下，垦上林之地为农郊，毁墙填堑，使山泽氓隶之民皆得以有所养。又表示要"发仓廪以救贫穷，补不足，恤鳏寡，存孤独，出德号，省刑罚，改制度，易服色，革正朔，与天下为更始"。其实赋文所言"改制度，易服色，革正朔"，正是完成"大一统"所必须实施的举措，故言"天下更始"。赋文曰：

> 于是历吉日以斋戒，袭朝服，乘法驾，建华旗，鸣玉鸾，游于六艺之圃，驰骛乎仁义之涂，览观《春秋》之林。射《狸首》，兼

---

① （梁）萧统编，（唐）李善注：《文选》卷八，中华书局 1977 年版，第 129 页。

《驺虞》，弋玄鹤，舞干戚，载云䍐，揜群雅，悲《伐檀》，乐乐胥，
修容乎《礼》园，翱翔乎《书》圃，述《易》道，放怪兽，登明堂，
坐清庙，次群臣，奏得失。四海之内，靡不受获。于斯之时，天下
大说，乡风而听，随流而化。芔然兴道而迁义，刑错而不用，德隆
于三王，而功美于五帝。①

完成"大一统"除了实施基本的政治举措如"救贫穷，补不足，恤鳏寡，存
孤独，出德号，省刑罚，改制度，易服色，革正朔"外，还需要大修文教礼
乐。所以作者赞颂大汉天子能以儒家礼义治理天下，"游于六艺之囿，驰骛
乎仁义之涂，览观《春秋》之林。射《狸首》，兼《驺虞》，弋玄鹤，舞干戚，
载云䍐，揜群雅，悲《伐檀》，乐乐胥，修容乎《礼》园，翱翔乎书圃，述
《易》道，放怪兽，登明堂，坐清庙，恣群臣，奏得失。四海之内，靡不受
获"。天子礼教之设，全依经典而为，《春秋》《诗经》《礼》《易》等儒家经
典成为了天子实行礼义的依据和准则。礼教之兴，天下随风而化，这正是大
一统政治的最理想境界，所以作者称颂天子功德可以与三王五帝相比肩。《上
林赋》为了揄扬"大一统"政治，还从反面角度对齐楚诸侯的作为提出了批评：

若夫终日暴露驰骋，劳神苦形，罢车马之用，抏士卒之精，费
府库之财，而无德厚之恩，务在独乐，不顾众庶，亡国家之政，贪
雉菟之获，则仁者不繇也。从此观之，齐楚之事，岂不哀哉！地方
不过千里，而囿居九百，是草木不得垦辟，而人无所食也。夫以诸
侯之细，而乐万乘之侈，仆恐百姓被其尤也。②

作者借"亡是公"之口批评齐楚之君身为诸侯，不修仁义之德而"务在独乐，

---

① （梁）萧统编，（唐）李善注：《文选》卷八，中华书局 1977 年版，第 129 页。
② （梁）萧统编，（唐）李善注：《文选》卷七，中华书局 1977 年版，第 130 页。

不顾众庶"，以至于"亡国家之政"。"独乐乐不如众乐乐"的思想来自于《孟子》，作者化用孟子思想以批评诸侯不守仁义之道终致毁灭的命运。赋文曰"夫以诸侯之细，而乐万乘之侈，仆恐百姓被其尤也"，作者又一次申说君臣之道，批驳齐楚以诸侯之细而欲行僭越之举，恐怕百姓因此而遭受祸害。由此可见，"亡是公"对齐楚诸侯的批驳，以及对天子的歌颂都是以"大一统"思想为立足点而展开论述的。最后"子虚""乌有先生"二人"愀然改容，超若自失，逡巡避席"而自言固陋，自悔"不知忌讳"，以天子战胜诸侯而告终，也可看出司马相如对"大一统"王权所寄予的信心。

《子虚赋》批评齐楚逾制，大约以劝诫为主。《上林赋》尊君，显然以颂美为主。无论讽谏，还是美颂，在司马相如笔下都统一于"大一统"政治理想的构想之下。因为"大一统"思想的核心是颂国尊君，所以在《上林赋》中美颂显然比讽谏更为重要，但是《上林赋》中对齐楚诸侯"以诸侯之细，而乐万乘之侈"的批评显然又是讽谏的。正如《前汉纪》所云"《子虚》《上林》皆言苑囿之美，卒归之于节俭，因托以讽焉"。班固亦云"文艳用寡，子虚乌有，寓言淫丽，托风终始"。① 以颂为要，颂中有讽的写作策略正好体现了司马相如为了揄扬和宣导"大一统"观念的良苦用心。

(三)"大一统"思想在司马相如其他作品中的呈现

司马相如的"大一统"思想还在"客难体"赋作《难蜀父老》与其晚年所作《封禅文》中有体现。《难蜀父老》称颂"汉兴七十有八载，德茂存乎六世"，正好是汉武帝时代。武帝命使西征，司马相如被派往巴蜀开发西南，他疏导交通，开拓疆土，为此遭到当地缙绅的反对，所以作此赋，陈述开拓疆域、交好夷狄的必要。全赋说理透彻，气势充沛，尤其对汉帝国的强盛充满了自豪感，对"大一统"王权表达了拥护之情，明确体现了作者的儒家"大一统"政治立场。赋文称赞汉武帝为"非常之人"，曰："盖世必有非常之人，然后有非常之事；有非常之事，然后有非常之功。非常者，固常人之所异也。故

---

① 刘志伟主编：《文选资料汇编·赋类卷》，中华书局 2013 年版，第 254 页。

曰非常之元，黎民惧焉，及臻厥成，天下晏如也。"① 另外，作者还明确表达了对"大一统"政权的支持，赋文引《诗经·小雅·谷风之什·北山》诗句曰："且《诗》不云乎：'普天之下，莫非王土；率土之滨，莫非王臣。'是以六合之内，八方之外，浸浔衍溢，怀生之物有不浸润于泽者，贤君耻之。"② 所谓"普天之下，莫非王土；率土之滨，莫非王臣"正是司马相如"大一统"思想的表达。赋文又称颂武帝曰：

> 创道德之途，垂仁义之统。将博恩广施，远抚长驾，使疏逖不闭，阻深暗昧，得耀乎光明，以偃甲兵于此，而息诛伐于彼。遐迩一体，中外禔福，不亦康乎？夫拯民于沉溺，奉至尊之休德，反衰世之陵夷，继周氏之绝业，天子之急务也。③

作者不仅称赞武帝开拓西南是"创道德之途，垂仁义之统"的圣王之举，而且明确认为武帝是继承周文王、周武王中断了的事业，"博恩广施，远抚长驾，使疏逖不闭，阻深暗昧，得耀乎光明"，使中外"遐迩一体"，奉天子之美德。换句话说，也就是称颂汉武帝让"大一统"王道传统得以重新恢复与延续。

司马相如晚年抱病写作《封禅文》。他认为"封禅"亦即天子亲自登泰山举行祭祀天地的典礼，是盛世王朝的国家大典，也是"大一统"政治成熟的标志。司马相如称颂"大汉之德、逢涌原泉"，"符瑞臻兹"，理应行"封禅之事"，是"天下之壮观，王者之卒业"。司马相如《封禅文》写毕之后，不久病卒。汉武帝派使者所忠往其家中取得此文，并在相如既卒八年之后"遂礼中岳，封于太山"④。《封禅文》末尾附有六首《颂》文歌咏汉帝功业，

---

① （汉）班固：《汉书·司马相如传》卷五十七下，中华书局 1962 年版，第 2584 页。
② （汉）班固：《汉书·司马相如传》卷五十七下，中华书局 1962 年版，第 2585 页。
③ （汉）班固：《汉书·司马相如传》卷五十七下，中华书局 1962 年版，第 2586 页。
④ （汉）班固：《汉书·司马相如传》卷五十七下，中华书局 1962 年版，第 2609 页。

赞颂帝业广大和祥瑞毕集。今录其中四首曰：

（1）自我天覆，云之油油。……嘉谷六穗，我穑曷蓄？

（2）斑斑之兽，乐我君圃。……厥涂靡从，天瑞之征。兹尔于舜，虞氏以兴。

（3）濯濯之麟，游彼灵畤。孟冬十月，君徂郊祀。驰我君舆，帝用享祉。三代之前，盖未尝有。

（4）宛宛黄龙，兴德而升。……于传载之，云受命所乘。①

上引《封禅文》中的四首《颂》文正是"符瑞臻兹"的描绘，这是最早出现的祥瑞物之颂。祥瑞的出现被认为是王道"大一统"的结果，是圣王之德感动上天而降的符瑞。第一首"自我天覆"，赞颂"嘉谷六穗"，与《封禅文》所说"一茎六穗"的嘉禾祥瑞相合。这既是年成丰收的吉兆，也暗合《尚书》所载"周公既得命禾，旅天子之命，作《嘉禾》"的历史祥瑞。第二首"斑斑之兽"，赞颂瑞兽"驺虞"。"驺虞"乃"仁兽"，有王道大成之瑞。正如《诗经·召南·驺虞》"毛诗序"所云："《驺虞》，《鹊巢》之应也，……人伦既正，朝廷既治，天下纯被文王之化，则庶类蕃殖，搜田以时，仁如驺虞，则王道成也。"②《毛传》云："驺虞，义兽也。……有至信之德则应之。"③故颂文云"天瑞之征"，是圣王尧、舜时代才有的瑞兆。第三首"濯濯之麟"，颂赞仁兽麟。《春秋公羊传·哀公十四年》关于"西狩获麟"有云："麟者，仁兽也，有王者则至，无王者则不至。"④西晋杜预注《左传》之时，则直接解释为"麟者仁兽，圣王之嘉瑞也"⑤。据《汉书·武帝纪》记载，"元狩元年冬十月，行

---

① （汉）班固：《汉书·司马相如传》卷五十七下，中华书局 1962 年版，第 2608 页。

② （清）阮元校刻：《十三经注疏·毛诗正义》卷一，上海古籍出版社 1997 年版，第 294 页。

③ （清）阮元校刻：《十三经注疏·毛诗正义》卷一，上海古籍出版社 1997 年版，第 294 页。

④ （清）阮元校刻：《十三经注疏·春秋公羊传注疏》卷二十八，上海古籍出版社 1997 年版，第 2352—2353 页。

⑤ （晋）杜预：《春秋左传集解》，上海人民出版社 1977 年版，第 1796 页。

幸雍，祠五畤。获白麟，作《白麟之歌》"①。司马相如颂写此事，其意在称颂武帝有圣王之德。第四首"宛宛黄龙"，颂赞嘉瑞黄龙。"宛宛黄龙，兴德而升"，也在强调有至德兴起才会有黄龙出现的应验。而颂文所云"受命所乘"，其意在于歌颂黄龙之现正是天授君命的表现。

诚如上述，"封禅"之礼正是天子完成"大一统"王道政治的标志，故司马相如极写武帝时祥瑞毕现，称颂天子圣德，与"大一统"政治背景下的圣王道德相一致。故而可以断言，司马相如的《封禅文》仍在宣扬"大一统"王道意识，表达对天子完成"大一统"封禅之礼的渴望与向往。

第三节　儒家圣王美政理想与扬雄的作赋以"讽"

儒家所构想的政治理想是由三王五帝等圣王治理下的道德理想国，是一种典型的圣王政治想象，政治的运作处于道德理想主义的光照之下，由上及下而实现的一个高度道德化与秩序化的理想盛世。汉大赋文本正是圣王政治理想在文学视域中的表现。因此，汉代大赋所颂扬的君王首先是圣王，而圣王的个性形象难以描绘，故而大赋在塑造帝王形象时并不注重人物的个性化陈述，而是试图将当世之君纳入儒家所构建起来的圣王政治理想模式中去。这是两汉大赋常常采用的一种写作策略。

汉大赋常常以远古圣王如"三王五帝"为标准，将汉代帝王比拟为三王五帝而实现其圣王化之旨归，以达成对当朝君主的歌颂。汉代帝王中，歌颂得较为频繁的有汉高祖、汉文帝、汉武帝、光武帝，其次是汉成帝、汉明帝等。正是因为对帝王的歌颂普遍存在于大赋之中，故而无论在扬雄之前，还是扬雄之后，均有歌颂圣王美政的赋作存在。比如扬雄之前的司马相如在

①　（汉）班固：《汉书》，中华书局 1962 年版，第 174 页。

《上林赋》中就塑造了一位身份不甚明确的圣王，这位圣王勇于改过自新，"修容乎《礼》园，翱翔乎《书》圃；述《易》道，放怪兽；登明堂，坐清庙；次群臣，奏得失；四海之内，靡不受获。于斯之时，天下大说。乡风而听，随流而化；㦬然兴道而迁义，刑错而不用。德隆于三王，功羡于五帝。"① 这样的圣王以儒家经典为依傍，大修礼教，王风所及，天下随风而化，所以司马相如将其比拟于三王五帝。这当然是司马相如所想象的圣王美政理想，里面的圣王也不完全是真实的汉武帝。如果说司马相如在他的赋作中对汉代帝王的圣王化还显得隐隐约约的话，那么扬雄以后就直接将汉帝圣王化了，明其所指而加以颂扬。比如扬雄之后的班固在《东都赋》里描绘了一位圣王治下的理想图景："四海之内，学校如林，庠序盈门。献酬交错，俎豆莘莘，下舞上歌，蹈德咏仁。"② 这位圣王，班固已经言明是"永平之际"的汉明帝，并且在《东都赋》结尾所附的诗歌当中称其为"圣皇"。张衡在《东京赋》里称赞汉帝之德，何其美也，"道胡不怀，化胡不柔！声与风翔，泽从云游。万物我赖，亦又何求？德宇天覆，辉烈光烛。狭三王之趦趄，轶五帝之长驱。踵二皇之遐武，谁谓驾迟而不能属？"③《文选》吕向注曰："我即陋小三王，过越五帝，追继二皇之远迹，谁谓车迟而不及？言可与争先也。"④ 在作者眼里，这位君主的功德甚至超越了"三王""五帝"而追继"二皇"，其德覆盖天宇，天下怀柔，其声教恩泽像风云一样化成天下。这位圣王，张衡也已言明为"显宗"，即汉明帝。

扬雄（前53—前18），颇为服膺儒学，效《易经》作《太玄》，仿《论语》作《法言》。扬雄的赋可以分为前后两期，即汉成帝以前与哀帝以后时期。其前期赋作为成帝而作，热情颇高，对成帝也寄予了很高的期望，常以圣王明君理想讽谕成帝，希望成帝成为一个圣明的君主，使国家富强、人民

---

① （梁）萧统编，（唐）李善注：《文选》卷八，中华书局1977年版，第129页。
② （梁）萧统编，（唐）李善注：《文选》卷一，中华书局1977年版，第34页。
③ （梁）萧统编，（唐）李善注：《文选》卷三，中华书局1977年版，第65页。
④ 日本足利学校藏宋刊明州本六臣注：《文选》，人民文学出版社2008年版，第67页。

安乐，《甘泉》《河东》《羽猎》《长杨》四赋即为其代表。

一、"奏《甘泉赋》以风"与"上《河东赋》以劝"

扬雄四赋虽自言其"风"，然考其赋作，讽颂兼合，难以遽分。究其原因在于扬雄赋作以揄扬圣王美政理想为旨归，常以汉代君主比拟圣王，其主要目的仍是在歌颂汉德，尤其以当朝皇帝汉成帝作为明确的美颂对象，故而事实上造成了颂远胜于讽的现象，因此扬雄赋作常常呈现为对圣王美政理想的正面劝颂，《甘泉》《河东》《羽猎》《长杨》四赋莫不如此。

扬雄"四赋"均序赋以自明其旨。这是作者在"赋序"中交代作赋意图的写作策略，作者也正是通过或讽或劝的方式，鼓励或讽谕汉成帝以圣王为模范而实施美政措施。

（一）扬雄"奏《甘泉赋》以风"

扬雄《甘泉赋》曰："孝成帝时，客有荐雄文似相如者，上方郊祀甘泉泰畤、汾阴后土，以求继嗣，召雄待诏承明之庭。正月，从上甘泉，还，奏《甘泉赋》以风。"①《甘泉赋序》自言"孝成帝时"，可知此赋乃美颂汉成帝所作；赋序又言"上方郊祀甘泉泰畤、汾阴后土，以求继嗣"，可见扬雄此赋为成帝郊祀天地以求子嗣繁荣而作。《汉书·扬雄传》曰：

> 甘泉本因秦离宫，既奢泰，而武帝复增通天、高光、迎风。……且为其已久矣，非成帝所造，欲谏则非时，欲默则不能己，故遂推而隆之，乃上比于帝室紫宫，若曰此非人力之所为，党鬼神可也。又是时赵昭仪方大幸，每上甘泉，常法从，在属车间豹尾中。故雄聊盛言车骑之众，参丽之驾，非所以感动天地，逆釐三神。又言"屏玉女，却宓妃"，此微戒齐肃之事。赋成奏之，

---

① （梁）萧统编，（唐）李善注：《文选》卷七，中华书局 1977 年版，第 111 页。

天子异焉。①

虽然甘泉宫过分奢靡侈丽，但毕竟非成帝所建，所以不好直谏，然而作为儒者的使命感又驱使自己不得不谏，因而扬雄此赋只好采用"推而隆之"的手法极力夸饰铺陈甘泉宫之壮伟隆盛，几可与"帝室紫宫"比美；又曰"非人力之所为"，几可"党鬼神"。表面上是夸赞甘泉宫的雄伟富丽，实际上则讽谕成帝去奢尚俭。言赵昭仪出行"车骑之众"，"参丽之驾"，又曰"非所以感动天地，逆釐三神"以及"屏玉女，却宓妃"，表面上夸耀赵昭仪的仪仗之盛，实际上暗讽成帝重祭祀、远女色、止"奢泰"。上古圣王如唐尧、虞舜、夏禹等都具有尚俭弃奢的高贵品德，因此《甘泉赋》极言宫室仪仗之盛，其目的正在于讽谏成帝以圣王为榜样而尚俭约止奢泰。

按《汉书·扬雄传》的说法，扬雄此赋寄寓微讽之旨。但通览全赋，可见赋辞侈丽，似乎极力炫耀甘泉宫的雄伟，以及夸饰成帝率群臣郊祀的盛况。反而需要谏止的内容则是欲言又止，已被华辞所没，所见几乎全为美颂之声。

《甘泉赋》开篇即曰：

> 惟汉十世，将郊上玄，定泰畤，雍神休，尊明号，同符三皇，录功五帝，恤胤锡羡，拓迹开统。②

所谓"惟汉十世"，正是指汉成帝。汉从高祖建国，经孝惠、吕后、文帝、景帝、武帝、昭帝、宣帝、元帝以至成帝，恰好"十世"，与序文所言"孝成帝"相合。成帝祭上天，祈求神灵护佑，赐给美好福祉。尊天子之名号，受君命于天与三皇相合，功业壮盛则总领五帝，祈求神灵体谅赐给子嗣以拓

---

① （汉）班固：《汉书·扬雄传》卷八十七上，中华书局 1962 年版，第 3534—3535 页。
② （梁）萧统编，（唐）李善注：《文选》卷七，中华书局 1977 年版，第 111 页。

展汉家功业。作者以汉成帝与三皇、五帝并论，以此突显成帝的君德之盛。接着，赋文极尽颂赞之能事以夸耀甘泉宫之雄伟壮丽，以及成帝郊祀甘泉的盛况，而作者所揄扬的圣王美政理想也寄寓在对君王的赞美之辞内。《甘泉赋》曰：

> 于是事变物化，目骇耳回，盖天子穆然，珍台闲馆，璇题玉英、蝯蜎蠖濩之中，惟夫所以澄心清魂，储精垂思，感动天地，逆釐三神者。乃搜逑索耦，皋、伊之徒，冠伦魁能。函甘棠之惠，挟东征之意，相与齐虖阳灵之宫。……想西王母欣然而上寿兮，屏玉女而却宓妃。玉女亡所眺其清庐兮，宓妃曾不得施其蛾眉。方揽道德之精刚兮，侔神明与之为资。①

此段赋文写天子之悔悟。楼台宫馆、祭祀游猎等令人耳目惊骇不已，故天子静思默想于深宫之中，以便心神清净、储蓄精神，以祭祀而感动天地，迎福于天、地、人三神。寻找与天子之德相配的贤良之臣，于是皋陶、伊尹等贤能之辈冠绝一时。"函甘棠之惠，挟东征之意"，共同斋戒于阳灵之宫而祭祀上苍。"甘棠之惠"典出《诗经·召南·甘棠》，传说周武王时期，召伯巡行，曾休息于甘棠树下，后人怀念其恩德，不伐其树，又作《甘棠》诗以纪念。"东征"，指周公东征管叔、蔡叔、武庚，以平定天下。作者引昭伯、周公之典以歌颂成帝携其群臣平定天下之德。又由西王母的长寿而想到美色之败坏德行，故摒弃了玉女与宓妃，使其美色不能魅惑于己，而选择道德之精微，效法神明为自己所资用。这段文字至少在四个方面突出了作者的美政理想：（1）明君贤臣是构建圣王美政的基本模式；（2）圣王有仁爱百姓之德；（3）圣王有平定天下，统一四海之功；（4）圣王崇道德而弃美色之惑。于是《甘泉赋》颂美曰：

---

① （梁）萧统编，（唐）李善注：《文选》卷七，中华书局 1977 年版，第 114 页。

（1）天间决兮地垠开，八荒协兮万国谐。登长平兮雷鼓磕，天声起兮勇士厉。云飞扬兮雨滂沛，于胥德兮丽万世。①

（2）圣皇穆穆，信厥对兮。徕祇郊禋，神所依兮。徘徊招摇，灵迟迟兮。辉光炫耀，降厥福兮。子子孙孙，长无极兮。②

第（1）段言天地开通，德泽普施，八方四夷皆统一于大汉天威之下。大汉军士勇猛，君臣皆有圣德，天赐恩泽如云行雨施，天子之德彰于万世。第（2）段直呼成帝为"圣皇"，言天子君德盛美可与上天相匹配，祭祀之时也壮敬恭谨，以至于神灵皆来庇护。永葆大汉子孙，嗣继无穷。《评注昭明文选》卷二载清人邵长蘅《甘泉赋》批语云："《甘泉赋》词气闳肆，音节抑扬，宫室之崇宏，郊祀之肃穆，备矣。"③ 邵氏之语认为扬雄《甘泉赋》在铺叙宫室的雄伟和祭祀的肃穆之时齐整完备，能达到很好的颂美效果，可见《甘泉赋》以颂为讽而宣扬美政理想的用意。

（二）扬雄"上《河东赋》以劝"

元延二年（前11），汉成帝祭祀后土以后登上华山，泛览三代遗迹，对先圣无限仰慕，扬雄乘机以劝。《河东赋》云："其三月，将祭后土，上乃帅群臣横大河，凑汾阴。既祭，……陟西岳以望八荒，迹殷周之虚，眇然以思唐虞之风。雄以为临川羡鱼，不如归而结网，还，上《河东赋》以劝。"④ 劝者，勉励、奖励之意，这是扬雄讽谏的另一种方式。此赋写汉成帝祭祀后土，登上华山，泛览三代遗迹，因而对先圣尧舜等充满了仰慕之情，"迹殷周之虚"而"思唐虞之风"。成帝既然有追寻古代圣王尧舜遗风，欲与其齐德之思，故扬雄因势利导，劝谏成帝不要徒为钦慕，"临川羡鱼，不如归而结网"，应当实实在在履法前贤，实现圣王理想，

---

① （梁）萧统编，（唐）李善注：《文选》卷七，中华书局1977年版，第115页。
② （梁）萧统编，（唐）李善注：《文选》卷七，中华书局1977年版，第115页。
③ 刘志伟主编：《文选资料汇编·赋类卷》，中华书局2013年版，第242页。
④ （汉）班固：《汉书·扬雄传》卷八十七（上），中华书局1962年版，第3535页。

因此作赋以劝。扬雄赋文中多次言及尧、舜、禹、周文王、周武王以及“三皇”“五帝”等圣王名称以示劝勉，所谓“追观先代遗迹，思欲齐其德号”。赋曰：

> 乐往昔之遗风兮，喜虞氏之所耕。瞰帝唐之嵩高兮，脉隆周之大宁。……以函夏之大汉兮，彼曾何足与比功。……敦众神使式道兮，奋《六经》以摅颂。隃于穆之缉熙兮，过《清庙》之雝雝；轶五帝之遐迹兮，蹑三皇之高踪。既发轫于平盈兮，谁谓路远而不能从。①

作者赞颂成帝能心悦于古代圣王之遗风，对尧、舜、周文王、周武王等圣王之德颇为向往。赋文云“以函夏之大汉兮，彼曾何足与比功”，颂赞大汉的功业就是尧、舜、殷、周也比不上。众神皆劝勉汉成帝以前圣为表率，以《六经》为准则来称颂汉帝之德。汉帝之圣德甚至已经超越了《诗经·周颂·清庙》对周王光明之德的歌颂，其功德过于五帝，直追三皇。最后作者鼓励成帝要不畏路途遥远而追随圣王之迹。虽然《河东赋》似乎没有具体描绘圣王美政的图景和政治措施，但作者鼓励君上以圣王为榜样而追随圣王之德的良苦用心跃然纸上。需要强调的是，扬雄对圣王的歌颂是以遵循儒家经典为准则的，可见扬雄笔下的圣王是为儒家的圣王。

二、《羽猎赋》“裕民与夺民”之论以及《长杨赋》“岂徒欲淫览浮观”之问

元延二年，扬雄写作《甘泉赋》与《河东赋》以“风”“劝”汉成帝之外，又有《羽猎赋》与《长杨赋》的写作，其赋旨仍为讽谏成帝。

① （汉）班固：《汉书·扬雄传》卷八十七（上），中华书局1962年版，第3540页。

（一）扬雄"因校猎赋以风"

元延二年（前11），扬雄随汉成帝外出田猎，目睹成帝的奢泰，内心甚为焦虑，故而引古证今对成帝加以劝诫。《羽猎赋》序曰：

> 孝成帝时，羽猎，雄从。以为昔在二帝三王，宫馆台榭、沼池苑囿、林麓薮泽，财足以奉郊庙、御宾客、充庖厨而已，不夺百姓膏腴谷土桑柘之地。女有余布，男有余粟，国家殷富，上下交足，……。昔者禹任益虞而上下和，草木茂；成汤好田而天下用足；文王囿百里，民以为尚小；齐宣王囿四十里，民以为大：裕民之与夺民也。

> 武帝广开上林，……尚泰奢，丽夸诩，非尧、舜、成汤、文王三驱之意也。又恐后世复修前好，不折中以泉台，故聊因校猎赋以风。[1]

《羽猎赋》论述作赋意旨非常详尽。一方面，扬雄从正面肯定了"二帝三王"（"二帝"指尧、舜，"三王"指夏禹、商汤、周文王）的圣王美政。他们以节俭自持，以天下苍生为念，"不夺百姓膏腴谷土桑柘之地"，不为宫馆台榭、沼池苑囿、林麓薮泽等无益之事，"财足以奉郊庙、御宾客、充庖厨而已"。故而在圣王的治下，百姓富足，国库充盈，"女有余布，男有余粟，国家殷富，上下交足"。圣王之德上应天命，感动于天，故天降祥瑞，毕集于前，"甘露零其庭，醴泉流其唐，凤凰巢其树，黄龙游其沼，麒麟臻其囿，神爵栖其林。"（"甘露""醴泉""凤凰""黄龙""麒麟""神爵"皆为瑞兆）。另一方面，扬雄从反面批评了齐宣王没有好生之德而不能恭俭自持。赋文赞颂禹、汤以及文王有圣王之明，君臣同德，天下和合，国富民强，因此"文

---

[1] （梁）萧统编，（唐）李善注：《文选》卷八，中华书局 1977 年版，第 130—131 页。

王囿百里，民以为尚小”，以其裕民也；批评“齐宣王囿四十里，民以为大”，以其夺民也。

关于“文王囿百里，民以为尚小；齐宣王囿四十里，民以为大”的直接论述见于《孟子》。《孟子·梁惠王下》曰：

> （孟子）曰：“文王之囿方七十里，刍荛者往焉，雉兔者往焉，与民同之。民以为小，不亦宜乎？臣始至于境，问国之大禁，然后敢入。臣闻郊关之内有囿方四十里，杀其麋鹿者如杀人之罪。则是方四十里，为阱于国中。民以为大，不亦宜乎？”①

孟子所强调的正是君王仁政之道，体现其“民贵君轻”的思想。文王之囿方七十里，民以为小，那是因为天子林苑与民共之；而齐宣王之囿方四十里而民以为大，则是因为夺民之产。“裕民”与“夺民”之异，正是扬雄《羽猎赋》想要讽谏成帝之旨。

《羽猎赋序》又以极尽铺陈之能事夸饰汉武帝广开上林的奢靡侈泰，“游观侈靡，穷妙极丽”，“尚泰奢，丽夸诩”之举显然已经超越了礼制，违背了尧、舜、成汤、文王等先王所尊奉的“三驱之意”。虽然这是批评汉武帝的不守礼制，但是作者以此讽谏成帝，“恐后世复修前好”，有“泉台”之讥，故“聊因《校猎赋》以风之”。“泉台”取义于《春秋公羊传·文公十六年》。鲁庄公筑泉台，非礼也，至文公毁之。《公羊传》曰：“筑之讥，毁之讥。先祖为之，己毁之，不如勿居而已。”②扬雄恐成帝效仿武帝，继续“尚泰奢丽夸诩”，故而用“泉台”之讥以警示成帝，希望成帝能步武前贤，法“尧、舜、成汤、文王三驱之意”。“三驱”取义于《易·比》：“九五：显比，王用三驱。

---

① （宋）朱熹：《四书章句集注·孟子集注》卷二，中华书局 1983 年版，第 214—215 页。
② （清）阮元校刻：《十三经注疏·春秋公羊传注疏》卷十四，上海古籍出版社 1997 年版，第 2274 页。

失前禽，邑人不诫，吉。"《象》曰："比，吉也。比，辅也，下顺从也。"① 上下和谐，吉象显现，故谓"顺从"。《象》曰："显比之吉，位正中也。舍逆取顺，失前禽也。邑人不诫，上使中也。"②"显比"之所以为吉，由于位正中。失去前逃的禽兽，是由于舍弃迎面而来的禽兽而去追逐往前逃跑的禽兽之故。邑人未遭受训诫，是因为守中正之道的缘故。古王者田猎之制，君王出猎时须让开一面，从三面驱赶，以示好生之德。扬雄在《羽猎赋序》中借引儒家经典中的"泉台""三驱"等事典来讽谏成王要怜悯苍生，无事淫佚。

《羽猎赋》先责武帝之奢靡，后颂成帝之君德。赋曰：

> 或称戏农，岂或帝王之弥文哉？论者云否，各亦并时而得宜，奚必同条而共贯？则泰山之封，乌得七十而有二仪？是以创业垂统者，俱不见其爽；遐迹五三，孰知其是非？遂作颂曰：丽哉神圣，处于玄宫，富既与地虖侔訾，贵正与天虖比崇。齐桓曾不足使扶毂，楚严未足以为骖乘；陋三王之阸薜，骄高举而大兴；历五帝之寥郭，涉三皇之登闳。建道德以为师，友仁义与之为朋。③

扬雄首先为成帝羽猎的奢华壮盛加以辩护。所谓"戏农"，即伏羲与神农之合称。古之圣王朴素而合礼者，咸称羲农，但是论者以为后世帝王弥加文饰非为不合礼，帝王文质相异不过各自随时而得宜罢了，不必同条而共贯。帝王封禅泰山，礼仪各不相同，是以帝王创业垂统各自随时而立制，文质繁简各异，都不见其过失，所以因时代远近不同而推论五帝三王，不能知其是非。言下之意是认为成帝的文饰过盛也是合于王者之礼的。因此作者接下来称颂成帝"丽哉神圣"，赞叹成帝的帝业壮盛，其富庶可与大地媲美，其尊贵可与上天相侔，言成帝之德可与天地相匹配。即使是齐桓公也不足以随车

---

① （清）阮元校刻：《十三经注疏·周易正义》卷二，上海古籍出版社 1997 年版，第 26 页。
② （清）阮元校刻：《十三经注疏·周易正义》卷二，上海古籍出版社 1997 年版，第 26 页。
③ （梁）萧统编，（唐）李善注：《文选》卷八，中华书局 1977 年版，第 131 页。

侍卫，楚庄王也不足以陪乘，"三王"之德跟汉帝比起来也显得狭小，汉帝
之德与"五帝"一样辽阔，与"三皇"一样高远。赞美汉成帝以道德为师，
以仁义为友，此为圣王。

作者既然认为汉成帝的奢华是合乎帝王礼制的，那么《羽猎赋》公然赞
美成帝之盛曰：

> 于兹乎鸿生巨儒，俄轩冕，杂衣裳，修唐典，匡《雅》《颂》，
> 揖让于前，昭光振耀，蠁智如神。仁声惠于北狄，武义动于南邻。
> 是以旃裘之王，胡貉之长，移珍来享，抗手称臣。……常伯、杨朱、
> 墨翟之徒喟然称曰："崇哉乎德！虽有唐虞、大夏、成周之隆，何
> 以侈兹！太古之覿东岳，禅梁基，舍此世也，其谁与哉？①"

此段赋文以极尽夸示之能事赞美成帝之帝业。鸿生巨儒皆大修尧典以备典章
制度，正《雅》《颂》之乐以称颂成帝美政。仁德声教敷于北狄，武功之威
震动南邻，故而四方蛮夷均"抗手称臣"。作者又借"常伯、杨朱、墨翟之徒"
以称颂成帝帝业之壮大，其德虽唐尧、虞舜、大禹、周成王、周公亦不能相
比，称颂自古以来封禅泰山者未如成帝之盛。

成帝厥功至伟以至于天降其命而有瑞征之应，上有日月星"三灵"垂象
之兆，下有甘露、醴泉、黄龙、凤凰、麒麟、神雀之征，然而君上犹有谦让
之德。扬雄在夸赞成帝帝业壮盛的基础上进一步美颂其圣明的君德，赋文曰：

> 上犹谦让而未俞也。……奢云梦，侈孟诸。非章华，是灵台，
> 罕徂离宫而辍观游，土事不饰，木功不雕。承民乎农桑，劝之以弗
> 迨，侪男女使莫违。恐贫穷者不遍被洋溢之饶，开禁苑，散公储，
> 创道德之圃，弘仁惠之虞，驰弋乎神明之囿，览观乎群臣之有亡。

---

① （梁）萧统编，（唐）李善注：《文选》卷八，中华书局 1977 年版，第 134 页。

放雉菟，收罝罘，麋鹿刍荛，与百姓共之，盖所以臻兹也。①

虽然成帝已经建立了伟大的帝业，但是天子并不认为这就已经足够了。于是赋文又从两个方面对成帝加以夸赞：（1）尚节俭，去奢靡，"非章华，是灵台，罕徂离宫而辍观游，土事不饰，木功不雕"。（2）"创道德之囿，弘仁惠之虞"，以黎民苍生为贵。"开禁苑，散公储"，劝农桑，遵农时，劳苦过于"三皇"，勤勉超越"五帝"。经过扬雄的这番努力，使成帝终于完成了由一位建功立业的帝王向颇有仁义之德的"圣王"转变的历程。作者称颂成帝"立君臣之节，崇贤圣之业"，故而"加劳三皇，勖勤五帝，不亦至乎？"将成帝比拟三皇五帝。

（二）扬雄"上《长杨赋》"以"风"

成帝元延二年（前11），汉成帝为了向胡人夸耀汉朝皇家园林豢养的野兽之众，故毁农田、聚禽兽于长杨射熊馆以供胡人手搏自取，而上则亲临观以取乐。成帝这一荒唐之举使得"农民不得收敛"，因而扬雄作赋以讽。《长杨赋序》曰：

> 明年，上将大夸胡人以多禽兽。秋，命右扶风发民入南山，西自褒斜，东至弘农，南驱汉中，张罗罔罝罘，捕熊罴、豪猪……输长杨射熊馆。以网为周陛，纵禽兽其中，令胡人手搏之，自取其获，上亲临观焉。是时，农民不得收敛。雄从至射熊馆，还，上《长杨赋》，聊因笔墨之成文章，故藉翰林以为主人，子墨为客卿以风。②

《长杨赋》的创作主旨非常明确，就是讽谏成帝勿夺农时，勿侵农产。作者

---

① （梁）萧统编，（唐）李善注：《文选》卷八，中华书局1977年版，第134页。
② （梁）萧统编，（唐）李善注：《文选》卷九，中华书局1977年版，第135—136页。

借"子墨客卿"之口责备成帝曰："盖闻圣主之养民也，仁沾而恩洽，动不为身。"① 圣明的君主养育万民，仁德恩恰，一举一动不为君王自己着想，而是以百姓为忧。批评成帝猎长杨的奢靡之举为"天下之穷览极观"，"颇扰于农人"。"子墨客卿"讽谏曰：

> 三旬有余，其勤至矣，而功不图。恐不识者，外之则以为娱乐之游，内之则不以为乾豆之事，岂为民乎哉？且人君以玄默为神，澹泊为德，今乐远出以露威灵，数摇动以罢车甲，本非人主之急务也，蒙窃惑焉。②

"子墨客卿"批评成帝三旬有余，虽勤劳之极而无所功绩。担心不识者以为成帝外尚娱乐之游，内罢祭祀之礼，不以民为重。而且人君应当以安详玄默养神育德，批评成帝暴露声威，屡次兴师动众以疲劳士兵，非人主之急务。"翰林主人"则加以辩护，历数汉高祖、汉文帝、汉武帝以至汉成帝而加以一一颂赞，尤其对汉成帝给予了非常高的评价，"奉太宗之烈，遵文武之度，复三王之田，反五帝之虞"，而且批评"子墨客卿"为"盲者不见咫尺"，"客徒爱胡人之获我禽兽，曾不知我亦已获其王侯"。作者通过"翰林主人"的辩护，成功地将成帝纳入了圣王之列，尤其最后的反驳"不知我亦已获其王侯"，使胡人之王侯宾服我汉而来入朝，这显然是典型的圣王之举，因为宾服四夷正是圣王之德的表现之一。

纵观赋文，多为赞颂之辞。《长杨赋》分别赞美了汉高祖、汉文帝、汉武帝，以及汉成帝。作者借"翰林主人"之口赞颂汉高祖曰：

> 于是上帝眷顾高祖，高祖奉命，顺斗极，运天关，横巨海，票

---

① （梁）萧统编，（唐）李善注：《文选》卷九，中华书局 1977 年版，第 136 页。
② （梁）萧统编，（唐）李善注：《文选》卷九，中华书局 1977 年版，第 136 页。

昆仑，提剑而叱之，所麾城撕邑，下将降旗，一日之战，不可殚记。当此之勤，头蓬不暇梳，饥不及餐。鞮鍪生虮虱，介胄被沾汗，以为万姓请命乎皇天。乃展民之所诎，振人之所乏，规亿载，恢帝业。七年之间而天下密如也。①

显然，扬雄对高祖的称颂主要集中在顺天命、诛暴秦以建立大汉帝业的功勋之上，作者尤其突出刻画了汉高祖建立帝业的艰辛，"头蓬不暇梳，饥不及餐。鞮鍪生虮虱，介胄被沾汗"；也突出强调了汉高祖建立大汉基业是"展民之所诎，振人之所乏"的顺应民心之举。《长杨赋》赞颂汉文帝曰：

逮至圣文，随风乘流，方垂意于至宁。躬服节俭，绨衣不敝，革鞜不穿，大夏不居，木器无文。于是后宫贱玳瑁而疏珠玑，却翡翠之饰，除雕琢之巧，恶丽靡而不近，斥芬芳而不御，抑止丝竹晏衍之乐，憎闻郑卫幼眇之声，是以玉衡正而太阶平也。②

扬雄称汉文帝为"圣文"，主要颂美其崇俭约去奢靡的君王之德。对武帝则主要赞颂其伟大的武功。作者称武帝为"圣武"，极言其安边慑敌之武功。其中作者集中笔力夸写的是武帝征服匈奴的战事，赋文多极壮语，血腥惨暴，令人不忍卒读。比如击杀匈奴士兵，"脑沙幕，髓余吾"，破其头颅使脑浆涂渗沙漠，折其骨，令其骨髓流淌余吾之水。"蹂尸舆厮"，践踏尸体，以车轮碾压厮役之徒，被箭、矛所伤者数十万人，使匈奴二十余年而不敢喘息。在武帝伟大武功的慑压之下，东西南北四方蛮夷，以及"遐方疏俗，殊邻绝党之域"，"上仁所不化，茂德所不绥"皆俯首称臣，从此海内澹然。作者虽然没有明确批评汉武帝的作为，但联系《羽猎赋》赋序对武帝非尧、舜、

---

① （梁）萧统编，（唐）李善注：《文选》卷九，中华书局 1977 年版，第 136—137 页。

② （梁）萧统编，（唐）李善注：《文选》卷九，中华书局 1977 年版，第 137 页。

成汤、文王之德的批评，亦可知作者暗讽之意。

显然，以上所描绘的汉高祖、汉文帝、汉武帝都还不是作者心目中最理想的"圣王"。高祖之时，天下初定，不暇礼乐，难成王道；文帝过于俭狭，乃失王者雍容气度，不成王者之礼；武帝尚武功，征伐四方，腥风血雨，亦非圣王之所作为。作者心目中的"圣王"当然是汉成帝。《长杨赋》极力夸赞汉成帝的伟绩：

> 今朝廷纯仁，遵道显义……普天所覆，莫不沾濡。士有不谈王道者则樵夫笑之。……亦所以奉太宗之烈，遵文武之度，复三王之田，反五帝之虞。……然后陈钟鼓之乐，……歌投《颂》，吹合《雅》。其勤若此，故真神之所劳也。……岂徒欲淫览浮观，驰骋秔稻之地，周流梨栗之林，蹂践刍荛，夸诩众庶，盛狄獌之收，多麋鹿之获哉！①

这是一幅典型的圣王美政的理想画卷：朝廷奉行仁政，王道盛行；百姓万民，皆有所养，又以礼乐教化而天下万民皆为尧舜。王国上下，雅颂大作，合乎天子之业，可与三皇五帝、先祖先宗的功业相媲美。具体说来，赋文从四个方面对成帝的圣王之业进行了铺叙：首先，赞颂成帝之朝大显仁德，遵守道义，儒林壮盛；圣人之风云靡天下，圣王之德洋溢八方，普天之下莫不浸润王泽，"士有不谈王道者则樵夫笑之"，可见天下之民尽为尧舜。其次，为成帝"时以有年出兵"而震慑四方蛮夷辩护，认为"整舆竦戎，振师五柞，习马长杨，简力狡兽，校武票禽"之举是为了安不忘危。再次，赞颂成帝能光大汉高祖的功业，能调和文帝与武帝的法度，能仿效三王五帝的仁德，不夺农时，体恤百姓，使民皆有所养。最后，以儒家经典为准则，大兴礼乐，祭祀四方以求"延光于将来"，故而弃"淫览浮观"，非"夸诩众庶"，不毁农

---

① （梁）萧统编，（唐）李善注：《文选》卷八，中华书局 1977 年版，第 138—139 页。

林而为圣王。

汉代大赋这种以今上比拟三王五帝的风习在唐代律赋写作中被继承下来，且非常普遍。唐代赋家动辄以三皇五帝比拟今上，几乎成为一种固定的写作模式，此为后话。

第四节　儒家《诗》论"美盛德"之教与两汉京殿赋的"颂汉"主题

毫无疑问，作为典型的宫廷文学与精英文学的汉大赋自觉或不自觉地吸收着作为主流意识形态的儒学思想，并在汉大赋的创作中自觉呈现出来。这种呈现往往展现为一种赋家对帝国的想象，在这种想象里有着大一统的强大的帝国外貌，也有赋家所构想的圣王美政式的儒家政治想象，以及对秩序井然的礼乐文教盛况的歌颂。

中国古代大一统政治文化的核心是帝王，因此与帝王的政治活动紧密相关的京都、宫殿就成为了汉代赋家首先推尊的对象，赋家多以此彰显帝国文化的繁盛。故京殿大赋往往不避繁文缛词，极力铺张夸示帝国之盛，以合《文心雕龙》所谓"体国经野，义尚光大"之意，而京殿赋也成为汉赋隆盛的标志，成为浸染儒家《诗》教讽颂观念最为鲜明的赋作。

一、"盛称洛邑制度之美，以折西宾淫侈之论"的班固《两都赋》

或许对于汉代赋家而言，从理论上全面而明确地肯定汉赋的美颂作用，在班固之前还未出现。班固在《两都赋序》里对汉赋的颂美精神的褒扬，在赋论史上是一个极大的转变，标志着汉赋颂美意识的自觉。但是就汉赋的实际创作情形来看，颂美之作（尤其是赋家的颂美意识）早在班固的理论揄扬之前就已经出现。君王作为帝国政治文化的核心，因而对君王的歌颂和赞美成为了两汉赋家的首要责任。作为两汉京殿大赋代表作品之一的《两都赋》，赋颂当世构成其赋作的重要内容。

班固（32—92）在《两都赋序》中极力主张赋之"润色鸿业""雍容揄扬"的美颂功用，而其《两都赋》则从辞赋创作的实践层面对赋的美颂功用进行了展示。《两都赋》对汉代君王的赞颂主要集中于《东都赋》。遍览《东都赋》，颂美汉帝之语甚伙。例如《东都赋》开篇，"东都主人"曰："夫大汉之开元也，奋布衣以登皇位，由数期而创万代，盖六籍所不能谈，前圣靡得言焉。当此之时，功有横而当天，讨有逆而顺民。"①"东都主人"称赞大汉开国君主汉高祖以布衣之微而登帝位，建万代之基业，虽《六经》与前圣亦无能记述。立功讨逆均能顺承天意，顺乎民心。于是"东都主人"对"西都宾"云："今将语子以建武之治，永平之事，监于太清，以变子之惑志。"②"东都主人"将陈述光武帝与汉明帝的伟大帝业以观天道，且以此消除"西都宾"的疑惑。

《东都赋》全篇，几乎全为光武帝、汉明帝二位君主的歌颂之辞。班固《东都赋》极言王莽作逆，汉祚中缺的惨酷之状，"生人几亡，鬼神泯绝。壑无完柩，郛罔遗室"，又"原野厌人之肉，川谷流人之血"，可谓惨不忍睹。于是下人上诉，上帝降命，"圣皇"光武帝上遵天命，下应民心以登帝位，在天命法理上肯定光武帝受天命而承帝业正统的合法性。《东都赋》又赞美光武帝建都洛邑而奋发图强，励精图治，承尧德，续汉祚，"茂育群生，恢复疆宇"，"勋兼乎在昔，事勤乎三五"，其功至伟，可以与三皇五帝并驾齐驱。《东都赋》还进一步详述光武帝的功勋曰：

　　且夫建武之元，天地革命，四海之内，更造夫妇，肇有父子，

---

① （梁）萧统编，（唐）李善注：《文选》卷一，中华书局1977年版，第30页。
② （梁）萧统编，（唐）李善注：《文选》卷一，中华书局1977年版，第30页。

> 君臣初建，人伦寔始，斯乃伏羲氏之所以基皇德也。分州土，立市
> 朝，作盘舆，造器械，斯乃轩辕氏之所以开帝功也。龚行天罚，应
> 天顺人，斯乃汤、武之所以昭王业也。迁都改邑，有殷宗中兴之则
> 焉。即土之中，有周成隆平之制焉。不阶尺土一人之柄，同符乎高
> 祖。克己复礼，以奉终始，允恭乎孝文。宪章稽古，封岱勒成，仪
> 炳乎世宗。案《六经》而校德，眇古昔而论功，仁圣之事既该，而
> 帝王之道备矣。①

作者赞美光武帝立君臣父子夫妇之礼，如"伏羲氏"一样有"始人伦"之功；
"分州土，立市朝，作盘舆，造器械"有"轩辕氏"开帝业之功；"龚行天罚，
应天顺人"，有"汤、武"昭王业之功；"迁都改邑"，有"盘庚"中兴之功；
来居洛邑，昌盛太平有"周成王"隆平之制；② 不因尺土之封，不执一人之
柄而登天子之位如同汉高祖；克己复礼，以奉终始，如同汉文帝；效法宪章，
封禅勒石，如同汉武帝。由此可知，仁圣之德、帝王之道咸备于光武帝。最
后，作者总结说以圣人经典《六经》为准则考察光武帝的德行，以古代前贤
的作为为标准论述光武帝的功业，光武帝有过之而无不及。仁圣之德，帝王
之道咸备于光武一身。

《东都赋》赞美汉明帝之辞更为繁文缛节，连篇累牍。赋文称"至乎永
平之际，重熙而累洽"，到了汉明帝时，其功至伟甚至超越其父皇光武帝。
与对光武帝的颂美不同的是，对汉明帝的颂美更侧重于对礼制文明的建设。
首先，作者极力称赞汉明帝隆礼制、兴文教的盛况。赋文曰："盛三雍之上
仪，修衮龙之法服，铺鸿藻，信景铄，扬世庙，正雅乐。人神之和允洽，群
臣之序既肃。乃动大辂，遵皇衢，省方巡狩，穷览万国之有无，考声教之所

---

① （梁）萧统编，（唐）李善注：《文选》卷一，中华书局 1977 年版，第 31 页。
② 《尚书·召诰》曰："成王在丰，欲宅洛邑，使召公先相宅，……王来绍上帝，自服于土中。"
孔安国传云："言王今来居洛邑，继天为治，躬自服行教化于地势之中。"《东都赋》将光武帝定都洛
邑之举比拟为盘庚迁都、成王居洛邑，皆有"中兴"之义。

被，散皇明以烛幽。"① 赞美皇帝能做到修礼崇乐，神人允洽，群臣有序，以
相敬肃。其次，作者颂赞汉明帝按照礼制营治皇城之功。赋曰："然后增周
旧，修洛邑，扇巍巍，显翼翼。光汉京于诸夏，总八方而为之极。是以皇城
之内，宫室光明，阙庭神丽，奢不可逾，俭不能侈。外则因原野以作苑，填
流泉而为沼，发苹藻以潜鱼，丰圃草以毓兽，制同乎梁邹，谊合乎灵囿。"②
汉明帝整治皇城，使其光明神丽，然而奢丽但不超越法度，节俭又不至于过
度；皇帝又修整苑囿，使其草木繁茂、鱼兽繁衍，合于天子田猎之所"梁邹"
以及帝王养育禽兽之地"灵囿"的礼制。再次，作者盛赞皇帝田猎的盛大礼
仪，其旨意除了夸赞皇帝田猎的威武壮盛之外，亦称颂皇帝田猎的合乎仪
制。比如赋文云："若乃顺时节而蒐狩，简车徒以讲武，则必临之以《王制》，
考之以《风》《雅》，历《驺虞》，览《驷𬴃》，嘉《车攻》，采《吉日》。礼官
整仪，乘舆乃出。"③《王制》，指《礼记·王制》篇，"天子诸侯无事，则岁
三田。……无事不田曰不敬，田不以礼曰暴天物。"④《风》《雅》指《诗经》
中的《国风》和《大雅》《小雅》。《驺虞》《驷𬴃》属《风》，《车攻》《吉日》
属《雅》。《驺虞》出自《召南》，驺虞，毛传释为义兽，不食生物，有至信
之德。该诗序曰："人伦既正，朝廷既治，天下纯被文王之化，则庶类蕃殖，
蒐田以时，仁如驺虞，则王道成也。"⑤《驷𬴃》出《秦风》，序云："美襄公也，
始命有田狩之事，园囿之乐也。"⑥《车攻》出《小雅》，序曰："宣王能内修政
事，外攘夷狄，复文武之境土；修车马，备器械，复会诸侯于东都，因田猎
而选车徒也。"⑦《吉日》出《小雅》，序云："美宣王田也。能慎微接下，无不
自尽，以奉其上焉。"孔颖达疏曰："王之田猎能如是，则群下无不自尽诚心

① （梁）萧统编，（唐）李善注：《文选》卷一，中华书局 1977 年版，第 31—32 页。

② （梁）萧统编，（唐）李善注：《文选》卷一，中华书局 1977 年版，第 32 页。

③ （梁）萧统编，（唐）李善注：《文选》卷一，中华书局 1977 年版，第 32 页。

④ （清）阮元校刻：《十三经注疏·礼记正义》卷十二，上海古籍出版社 1997 年版，第 1333 页。

⑤ （清）阮元校刻：《十三经注疏·毛诗正义》卷一，上海古籍出版社 1997 年版，第 294 页。

⑥ （清）阮元校刻：《十三经注疏·毛诗正义》卷六，上海古籍出版社 1997 年版，第 369 页。

⑦ （清）阮元校刻：《十三经注疏·毛诗正义》卷一，上海古籍出版社 1997 年版，第 428 页。

以奉事其君上焉。"①《东都赋》称引《礼记·王制》篇名以及《诗经》篇名等儒家经典，其意在宣扬儒家礼制思想，颂美东汉君主能守礼制，狩猎以时；又因此导扬仁义，赞美王道。最后，作者对东汉礼教之盛加以总结。赋文曰："是以四海之内，学校如林，庠序盈门。献酬交错，俎豆莘莘，下舞上歌，蹈德咏仁。登降饫宴之礼既毕，因相与嗟叹玄德，谠言弘说，咸含和而吐气，颂曰：'盛哉乎斯世！'"②文教礼乐之盛使天下人为之赞叹，作者因此称颂为盛世。"学校如林，庠序盈门"，可见礼教之盛；又人事进退皆与礼制相合，歌舞之盛亦合仁德，天下美言宏论皆和合乐颂之声以称时代之盛。

京殿大赋的主要功能是"润色鸿业""雍容揄扬"而宣上德以尽忠孝。然而京殿大赋也不会完全抛弃儒家《诗》教的讽谏功能，仍然会采用讽颂夹杂的方式以讽谕君王。其实，对君王的美颂也是一种讽谕，君王在接受赞美的时候自然会受到关于美德的教育，并进而形成一种以劝为讽谕的诱导功能。

京都赋起于东汉，盛于东汉。京都赋的写作与东汉的迁都之争有着密切的关系。迁都之争不仅是关中与山东两大权贵的利益之争，实际上也是一场两汉都城的建制之争。争论涉及两汉都城的地理形势、都城的营造观念、宫殿的建筑风格以及其中深厚的文化意蕴等，而东汉洛邑的营造标志着以儒家礼乐思想为主导的新都城观的确立。③

东汉京都大赋《两都赋》（包括《二京赋》）往往以西、东二都（京）之对比而结构其赋，赋家在铺写西都（京）长安的时候，往往夸耀长安的形势及物产以备军事之用，其主要目的在于凸显西都（京）崇尚霸业、任用武力，而以此与东都（京）洛阳崇尚文教礼制相对照，从而达成赋家讽谕之旨归。

班固在《两都赋序》里公然夸赞武、宣时期的礼乐文教盛况：朝廷设礼

---

① （清）阮元校刻：《十三经注疏·礼记正义》卷一，上海古籍出版社 1997 年版，第 429 页。

② （梁）萧统编，（唐）李善注：《文选》卷一，中华书局 1977 年版，第 34 页。

③ 参阅曹胜高：《汉赋与汉代制度——以都城、校猎、礼仪为例》，北京大学出版社 2006 年版，第 38 页。

乐文教机构，国家祥瑞吉兆迭出，因而言语侍从之臣日月献赋以颂，公卿大臣也时时间作。至于成帝之时，大汉文章已拟同先圣三王之时，"炳焉与三代同风"。这样的情形下，班固以为"国家之遗美，不可阙也"，故而赋家有责任"雍容揄扬""润色鸿业"，所谓"宣上德而尽忠孝"，故可比拟《雅》《颂》。元人祝尧《古赋辨体》卷四论《两都赋》以"雅颂"拟之曰："前篇极其炫耀，赋中之赋也；后篇折以法度，赋中之雅也；篇末五诗，则又赋中之颂也。……此赋涉雅颂，犹有正与则之余风。"① 亦可见班孟坚撰《两都赋》之旨归。班固在具体论述《两都赋》的写作主旨时说：

> 　　臣窃见海内清平，朝廷无事，京师修宫室，浚城隍，起苑囿，以备制度。西土耆老，咸怀怨思，冀上之眷顾，而盛称长安旧制，有陋雒邑之议。故臣作《两都赋》，以极众人之所眩曜，折以今之法度。②

班固创作《两都赋》的目的，一方面赋颂"海内清平"的东汉之世和国家"两都"的宏伟富美；另一方面则是要表明自己的政治见解，批评长安耆老"有陋洛邑之议"的怨思。

　　早在光武帝时期，杜笃依附关中权贵马氏，作《论都赋》建议西迁之论，但由于受到当时势力强大的山东权贵的反对，光武帝最终定都洛阳。之后，随着关中权贵（以马防为代表的马氏集团，支持都城西迁）与山东权贵（以窦宪为代表的窦氏集团，支持定都洛邑）势力的消长，围绕定都长安还是洛邑的论辩双方展开了旷日持久的争论。章帝时期，傅毅、崔骃、班固等纷纷以赋论事，主张定都洛阳。傅毅有《反都赋》《洛都赋》，崔骃有《反都赋》，班固有《两都赋》反对都城西迁。最终以傅毅、崔骃、班固等人的主张占了

---

① 刘志伟主编：《文选资料汇编·赋类卷》，中华书局 2013 年版，第 151 页。
② （梁）萧统编，（唐）李善注：《文选》卷一，中华书局 1977 年版，第 22 页。

上风，他们批判了"西土耆老"落后保守的都城观，只知道依赖关中的地势险阻和物产丰饶，夸耀豪奢之风，固守着春秋战国时期诸侯争霸的想法。班固认为洛阳居天下之中，都城布局注重法度，体现了东汉儒士在思想上崇尚儒学，谨守修文偃武、礼乐治国的理想。《后汉书·班固传》关于班固作《两都赋》的意图论述得更为明朗：

> （固）自为郎后，遂见亲近。时京师修起宫室，濬缮城隍，而关中耆老尤望朝廷西顾。固感前世相如、寿王、东方之徒，造构文辞，终以讽劝，乃上《两都赋》，盛称洛邑制度之美，以折西宾淫侈之论。①

班固作《两都赋》的目的一方面固然在于颂美"洛邑制度之美"，另一方面班固作《两都赋》显然有仿效司马相如等赋家"终以讽劝"为目的，以此讽刺西宾淫侈之论，且以讽谕君上。

汉赋在描述西汉都城长安时，往往极言长安周围的山川形势，将山河险阻和土地肥沃作为一个显著的优势。②班固《两都赋》先以"西都宾"之口盛称长安旧制，历述西都形势之险要、宫室之华美、娱游之壮观，极力铺写了西都天子奢淫逾制、纵情肆欲的行径。然后以"东都主人"之口借古朴典雅之语述东都圣皇重礼制，崇教化，去侈靡的王道之举。卒章曰："子徒习秦阿房之造天，而不知京洛之有制也；识函谷之可关，而不知王者之无外也。"③主人之辞未终，西都宾矍然失容，逡巡降阶。最后"西都宾"自罪曰"小子狂简，不知所裁，既闻正道，请终身而诵之"。以"西都宾"之口道出了迁都长安是一种错误的认识，并称赞"东都主人"的崇尚礼乐法度才是

---

① （南朝·宋）范晔：《后汉书·班固传》卷四十上，中华书局 1965 年版，第 1335 页。

② 比如《西都赋》中的"西都宾"与《西京赋》中"凭虚公子"皆极力夸耀长安形势，而崔骃在《反都赋》序中则明确表达了"祸败之机，不在险也"的主张。

③ （梁）萧统编，（唐）李善注：《文选》卷一，中华书局 1977 年版，第 35 页。

正道。

班固《两都赋》对君道的讽谕显得极为自然和客观，并没有如扬雄等人的赋作那样自言"作赋以讽"以宣示其讽谕之旨，而是通过对东、西二都的客观铺叙展示出来，其讽谕之旨就含蓄在客观的铺叙之中。我们可以从三个方面加以辨析。

（一）对西都地势险要与街市繁华的批判

《西都赋》借虚拟人物之口对西都的形势和风物进行夸耀，而作者则暗寓贬讽于其中。"西都宾"言长安险胜以及街市繁华云：

> 汉之西都，在于雍州，实曰长安。左据函谷、二崤之阻，表以太华、终南之山。右界褒斜、陇首之险，带以洪河、泾渭之川。……是故横被六合，三成帝畿。……历十二之延祚，故穷奢而极侈。……于是既庶且富，娱乐无疆。都人士女，殊异乎五方。游士拟于公侯，列肆侈于姬姜。乡曲豪举，游侠之雄，节慕原尝，名亚春陵。连交合众，骋骛乎其中。①

《荀子·富国》云："礼者，贵贱有等，长幼有差，贫富轻重皆有称也。……由士以上则必以礼乐节之，众庶百姓，则必以法数制之。"②"西都宾"乃褒美西都者，然班固已暗寓针砭于其中矣。表面上是在赞颂汉高祖以下至汉平帝十二君的丰功伟绩，实际上作者仿效"春秋笔法"巧寓讽刺。比如"穷奢而极侈"言西汉历代君主治国之繁荣，此刺西汉君主淫侈无度。又如"游士拟于公侯，列肆侈于姬姜"言市中游子与王公贵族一般奢侈，市中女子服饰之盛过于贵夫人，此刺上下贵贱之礼废。"乡曲豪举，游侠之雄，节慕原尝，名亚春陵"则言名公养士，游侠横行。游侠之雄正是造成国家动乱的重要因

---

① （梁）萧统编，（唐）李善注：《文选》卷一，中华书局 1977 年版，第 22—23 页。
② （清）王先谦：《荀子集解》，中华书局 1988 年版，第 178 页。

素，此刺国之乱。

《东都赋》则认为一个国家的强盛与否不能依赖地理形势和经济条件，真正可以依赖的是建立在儒家王道仁政基础上的礼法制度。赋曰：

> 且夫僻界西戎，险阻四塞，修其防御。孰与处乎土中，平夷洞达，万方辐辏？秦岭九嵏，泾渭之川，曷若四渎五岳，带河溯洛，图书之渊？建章甘泉，馆御列仙。孰与灵台、明堂，统和天人？太液昆明，鸟兽之囿。曷若辟雍海流，道德之富？游侠逾侈，犯义侵礼。孰与同履法度，翼翼济济也？子徒习秦阿房之造天，而不知京洛之有制也；识函谷之可关，而不知王者之无外也。①

班固对"西都宾"所引以为荣的西都的地理位置、宫室、园囿等一一进行了批驳。"僻界西戎"不如"处乎土中"；"险阻四塞"不如"平夷洞达"；秦岭泾渭不如河图洛书；建章甘泉，"实列仙之攸馆，非吾人之所宁"，不如"灵台明堂，统和天人"；"太液昆明，鸟兽之囿"不如"道德之富"；"游侠逾侈，犯义侵礼"不如"同履法度，翼翼济济"；阿房之巍峨不如京洛之有制；据守函谷之要不如王者仁王天下。很显然，洛阳已成为东汉政治文化的象征，体现了东汉统治集团实行王道以及"天子守四裔在德不在险"的执政理念。

（二）西都与东都校猎之比较

校猎赋与礼制相关，是一国礼乐制度的集中反映。西汉一朝的治国策略在于崇尚武力以霸天下而文教辅之而已，故而西汉校猎主要是为了军事之用，在于训练士卒，往往伴随着激烈的杀戮和豪奢的宴饮，并不特别遵守校猎的礼仪。东汉大赋对校猎场景的描绘更多着意于对君主校猎时雍容典雅、从容不迫的气度的赞颂，这是一种合乎礼乐秩序的"仪式化"象征。

《西都赋》描绘校猎情形云：

---

① （梁）萧统编，（唐）李善注：《文选》卷一，中华书局 1977 年版，第 34—35 页。

> 尔乃盛娱游之壮观，奋泰武乎上圃。因兹以威戎夸狄，耀威灵而讲武事。……六师发逐，百兽骇殚。震震爚爚，雷奔电激。草木涂地，山渊反覆。蹂躏其十二三，乃拗怒而少息。……机不虚掎，弦不再控。矢不单杀，中必迭双。飑飑纷纷，矰缴相缠。风毛雨血，洒野蔽天。平原赤，勇士厉。……蹶巉岩，巨石颓。松柏仆，丛林摧。草木无余，禽兽殄夷。①

班固、张衡笔下的西都（京）校猎场面铺陈夸示的是令人心惊肉跳的杀戮，武士赫怒，血刃百禽，而野兽却丧精亡魂，窜乱奔逃，一派"风毛雨血"的景象。这是完全没有节制的屠杀，士兵们各逞其能，以杀获野兽为乐。于是校猎场一片狼藉，"草木无余，禽兽殄夷"，"僵禽毙兽，烂若碛砾"，草木摧折，禽兽死伤殆尽。同为校猎，在《东都赋》里却是另一番景象：

> 若乃顺时节而蒐狩，简车徒以讲武，则必临之以《王制》，考之以《风》《雅》。历《驺虞》，览《驺骥》，嘉《车攻》，采《吉日》。礼官整仪，乘舆乃出。……遂集乎中囿，陈师案屯。骈部曲，列校队，勒三军，誓将帅。然后举烽伐鼓，申令三驱，輴车霆激，骁骑电骛。……乐不极盘，杀不尽物。马踠余足，士怒未渫。先驱复路，属车案节。于是荐三牺，效五牲，礼神祇，怀百灵。观明堂，临辟雍，扬缉熙，宣皇风，登灵台，考休征。②

《东都赋》里的校猎场面，已经淡化甚至完全没有了西汉时的杀戮禽兽的血腥之气。整个过程显得有序有节，合乎礼制。大狩之先是虞人们的充分准备，然后由礼官整肃军容，序次行进。举行检阅仪式之后，申令三驱之礼，

---

① （梁）萧统编，（唐）李善注：《文选》卷一，中华书局1977年版，第28页。
② （梁）萧统编，（唐）李善注：《文选》卷一，中华书局1977年版，第32—33页。

然后再行猎获，"乐不极盘，杀不尽物"，杀戮禽兽不必殆尽，以示仁义之举。最后"荐三牺，效五牲，礼神祇，怀百灵"，以祭祀结束田猎；又"觐明堂，临辟雍，扬缉熙，宣皇风，登灵台，考休征"，宣扬礼制以及王道教化。整个过程有条不紊，有礼有节，彰显了东汉君主的守礼之德。

（三）东西二都宫殿营造的礼制意识比较

比照两汉宫殿营造的理念，可以知道两汉在营造宫殿的目的和用意上是不一样的。张衡就批评西汉长安城的建设是"览秦制""夸周法""取殊裁于八都"而完成的。秦营造都城的理念是杂采六国形制，不拘泥于西周都城礼制，务求建筑的壮观和华美，这是秦经营都城的基本特征。西汉长安城的营建，首先是"览秦制"，借鉴了秦的都城营建思想；其次是"夸周法"，并不严格遵守周制；同时吸收了都城建设的实用观念，即强调利用地形的险阻、土地的肥沃来建立国都。这与东汉洛阳的建设遵循《考工记》等儒家学说的营国思路存在着根本差异。①

班固《西都赋》描写都城营治有赋文曰"披三条之广路，立十二之通门"。赋句援引《周礼·冬官考工记·匠人》所云："匠人营国，方九里，旁三门。"郑玄注云："天子十二门通十二子也。"贾公彦疏引《孝经援神契》云："子丑寅卯等十二辰为子，故王城面各三门以通十二子也。"②赋文"佐命则垂统，辅翼则成化"援用《周礼·地官·保氏》所云："保氏，掌谏王恶"，郑玄注引《礼记·文王世子》云："保也者，慎其身以辅翼之。③"赋文"总礼官之甲科，群百郡之廉孝；虎贲赘衣，阉尹阍寺；陛戟百重，各有攸司"则援引《周礼·天官》有关"内小臣""阍人""寺人"以及《夏官》"虎贲氏"等各类人员的职守。由此可见，《西都赋》言都城建设多依《周礼》而造辞行文，

① 曹胜高在《汉赋与汉代制度——以都城、校猎、礼仪为例》（北京大学出版社2006年版，第83—84页）一书中，列表比较了西汉长安、东汉洛阳在"都城规模""城门设计""祖社关系""朝市关系""宫室布局""道路"等方面与《考工记》进行了比较，认为东汉洛阳的营建较为合乎儒家礼制。

② （清）阮元校刻：《十三经注疏·周礼注疏》卷四十一，上海古籍出版社1997年版，第927页。

③ （清）阮元校刻：《十三经注疏·周礼注疏》卷十四，上海古籍出版社1997年版，第731页。

反映了作者以周制比拟汉制的自觉，同时又尊周制而批评西都建设的不合礼制。如赋文"建金城而万雉，呀周池而成渊"正是作者对西都建设超越周制的批评。《左传》隐公元年曰："都城过百雉，国之害也。"①"百雉"已为"国之害"，何况西都"万雉"呢？

两汉的京都赋在铺陈西汉宫殿时，往往注意其规模的宏大、形制的复杂以及装饰的豪奢，而对东汉宫殿的描述，则集中在以"三雍"为代表的礼制建筑上。在班固、张衡的大赋创作中，他们习惯将未央宫、建章宫、昭阳殿、上林苑等作为西汉的标志性建筑进行铺陈。以后宫为例，《西都赋》曰：

> 后宫则有掖庭、椒房，后妃之室。合欢、增城，安处、常宁。苣若、椒风，披香、发越。兰林、蕙草，鸳鸯、飞翔之列。昭阳特盛，隆乎孝成。屋不呈材，墙不露形。裛以藻绣，络以纶连。随侯明月，错落其间。金缸衔璧，是为列钱。翡翠火齐，流耀含英。悬黎垂棘，夜光在焉。……后宫之号，十有四位。窈窕繁华，更盛迭贵。处乎斯列者，盖以百数。②

以上所列"掖庭、椒房、合欢、增城、安处、常宁、苣若、椒风、披香、发越、兰林、蕙草、鸳鸯、飞翔"均为后宫殿名，可见后宫建筑群的庞大。作者特别选择对后宫昭阳殿里陈列的各种各样奇珍异宝进行铺叙，极尽奢华之能事。

但是在京都赋中描写东都洛阳的赋文，往往强调其"合制"，是以"中和""中度""中庸"为法则的。尤其是三雍的设立，成为东汉政治文化区别于西汉的重要象征，也成为东汉重视礼乐制度的标志。所谓"三雍"即明堂、辟雍、灵台。三雍是帝王举行朝会、祭祀、庆典之处。在儒家经典中，

---

① （晋）杜预：《春秋左传集解》，上海人民出版社1977年版，第6页。

② （梁）萧统编，（唐）李善注：《文选》卷一，中华书局1977年版，第25—26页。

"三雍"是礼乐教化的象征。例如，司马相如在《上林赋》中说："登明堂，坐清庙，次群臣，奏得失，四海之内，靡不受获。于斯之时，天下大说，乡风而听，随流而化，翛然兴道而迁义，刑错而不用，德隆于三王，功羡于五帝。"① 登明堂成为政治清明的标志，而西汉儒士是希望朝廷能立明堂的。由于"三雍"是儒家礼乐政治的标志，遭到了窦太后的反对，直到西汉末年王莽摄政时才得以设立。东汉在光武中元元年就设立了三雍，并且常常于此举行礼仪活动，三雍也因此实现了它的政教用途。班固《东都赋》云：

> 盛三雍之上仪，修衮龙之法服。铺鸿藻，信景铄，扬世庙，正雅乐。人神之和允洽，群臣之序既肃。乃动大辂，遵皇衢，省方巡狩，穷览万国之有无，考声教之所被，散皇明以烛幽。然后增周旧，修洛邑，扇巍巍，显翼翼。光汉京于诸夏，总八方而为之极。于是皇城之内，宫室光明，阙庭神丽，奢不可逾，俭不能侈。外则因原野以作苑，填流泉而为沼，发苹藻以潜鱼，丰圃草以毓兽。制同乎梁邹，谊合乎灵囿。②

在《东都赋》里，班固明确描述了三雍之仪，揭示了洛阳城的建设体现了"奢不可逾，俭不能侈"的原则，认为洛阳城的营建"制同乎梁邹，谊合乎灵囿"。所谓"梁邹"，即天子田猎之所；"灵囿"，即帝王养禽兽的地方。也就是说，洛阳的苑囿建设是完全合乎天子之制的。作者又称赞洛邑"扇巍巍，显翼翼"，这是引用了《论语》和《诗经》。《论语·泰伯》曰："巍巍乎舜禹之有天下也。"③《诗经·商颂·殷武》曰："商邑翼翼，四方之极。"郑玄笺曰："极，中也。商邑之礼俗翼翼然可则效，乃四方之中正也。"④ 显然，作者此

---

① （梁）萧统编，（唐）李善注：《文选》卷八，中华书局 1977 年版，第 129 页。

② （梁）萧统编，（唐）李善注：《文选》卷一，中华书局 1977 年版，第 31—32 页。

③ （宋）朱熹：《四书章句集注·论语集注》，中华书局 1983 年版，第 107 页。

④ （清）阮元校刻：《十三经注疏·毛诗正义》卷二，上海古籍出版社 1997 年版，第 628 页。

处引《诗》《论》是为了赞扬洛邑的营建遵守了礼制。所以东都主人最后对西都宾说："子徒习秦阿房之造天，而不知京洛之有制也。"

二、张衡《二京赋》对帝国都城的讽颂

张衡（78—139）颇通经典，《后汉书·张衡传》载："衡少善属文，游于三辅，因入京师，观太学。遂通《五经》，贯六艺。"[1] 其作赋深受经典影响，处处洋溢着儒家经典意识，比如对汉王朝的自觉美颂意识即为其例。

张衡作《二京赋》之前又作有《南都赋》。《南都赋》的写作意图在于歌颂刘汉王朝。南都，即南阳，为光武所起处。桓帝时议欲废之，张衡以为南都乃光武旧里，又有上代宗庙，故作赋以讽。清人何焯曰：

> 此赋主意在不忘本原，存孝思于后嗣，故历举其山川风物，以示不同，复以望幸之词为收局也。时有议废南都者，因以此讽，大意全于颂中见之。[2]

可见《南都赋》写作旨归有讽有颂，颂中见讽。作者详细描绘了南都的地势、珍宝、山、木、川、泽、水、膳食、祭祀、禊以及校猎等，最后"作颂"曰："皇祖止焉，光武起焉。据彼河洛，统四海焉。本枝百世，位天子焉。永世克孝，怀桑梓焉。真人南巡，睹旧里焉。"[3] 作者称颂汉高祖之后有光武中兴，以洛邑为都，统一天下，并祝祷"汉德久长"，以期传世久远，亦可见张衡颂美君王意识之浓厚。

相较于《南都赋》，张衡作《二京赋》更为集中地表达了对君王的美颂。"凭虚公子"侈言西都之盛，而"安处先生"批评"不能节之以礼"，《东京赋》

---

① （南朝·宋）范晔：《后汉书》卷五十九，中华书局 1965 年版，第 1897 页。
② 刘志伟主编：《文选资料汇编·赋类卷》，中华书局 2013 年版，第 179 页。
③ （清）陈元龙编：《历代赋汇》卷三十二，凤凰出版社 2004 年版，第 136 页。

对汉室君王尤其是以光武帝、汉明帝为代表的东汉君主大加颂美，以突出东都礼制之盛。正如清人何焯评《东京赋》曰："篇中以礼制为本，以遵俭尚朴为指归。首尾折公子之言以示讽，中间先叙皇居，后言典礼，至于备至嘉祥而极，真煌煌巨文。"①考《东京赋》全文，几乎全为光武帝与汉明帝的美颂之辞，而其美颂又多立足于礼制之颂赞。

《艺文类聚》卷六十一引《西京赋》有一小序，或为他人所加，录之如下：

> 昔班固睹世祖迁都于洛邑，惧将必逾溢制度，不能遵先圣之正法也，故假西都宾盛称长安旧制，有陋洛邑之议，而为东都主人折礼衷以答之。张平子薄而陋之，故更造焉。②

班固作《两都赋》宣扬"先圣之正法"，张衡尤嫌其"薄陋"，因而作《二京赋》，更加着意于对东京礼仪之盛的颂美和对西京逾越礼制的刺讽。可见张衡作《二京赋》的旨归与班固相同，皆为讽谕君王谨遵先圣之正法而不"逾溢制度"。

（一）《东京赋》对汉帝的颂美

《东京赋》对汉帝颇为颂赞之能事。赋曰："且高既受命建家，造我区夏矣。文又妄自菲薄，治致升平之德。武有大启土宇，纪禅肃然之功。宣重威以抚和，戎狄呼韩来享。③"作者对西汉高祖、文帝、武帝、宣帝等几位君主一一加以赞颂，如赞美汉高祖受天命而建立大汉王朝；汉文帝节俭其身，国家升平；汉武帝开拓边土，封禅纪功；汉宣帝恩威并施，四方来朝。而张衡到底为东汉臣民，故又将美颂的重点集中在东汉光武帝和汉明帝两位君主身上。光武帝为东汉王朝的缔造者，故《东京赋》多颂其建立帝王基业之功。赋文美颂光武帝曰：

---

① 刘志伟主编：《文选资料汇编·赋类卷》，中华书局 2013 年版，第 173 页。

② （唐）欧阳询：《艺文类聚》卷六十一，上海古籍出版社 1965 年版，第 1096 页。

③ （梁）萧统编，（唐）李善注：《文选》卷三，中华书局 1977 年版，第 52 页。

　　　我世祖忿之，乃龙飞白水，凤翔参墟。授钺四七，共工是除。
槛枪旬始，群凶靡余。区宇乂宁，思和求中。睿哲玄览，都兹洛
宫。曰止曰时，昭明有融。既光厥武，仁洽道丰。登岱勒封，与黄
比崇。①

作者赞美光武帝扫除王莽党羽，无所遗留，建立东汉基业，营治国都于洛
邑。止居洛阳。有昭明之德，长久之道。既名光武，仁义之道大盛，封禅东
岳，勒石以纪其功。而《东京赋》对汉明帝的美颂，更是煌煌巨篇，无所遗
美。赋文以"逮至显宗，六合殷昌"领起，接着不厌其烦地对汉明帝的营建
洛都、接受藩国朝贺、郊祀天地、亲耕帝籍、辟雍合射、大阅校猎、大傩驱
鬼等活动与礼仪一一加以称颂，最后颂美曰：

　　　于是阴阳交和，庶物时育。卜征考祥，终然允淑。乘舆巡乎岱
岳，劝稼穑于原陆。同衡律而壹轨量，齐急舒于寒燠。省幽明以黜
陟，乃反旆而回复。……总集瑞命，备致嘉祥。……惠风广被，泽
洎幽荒。北燮丁令，南谐越裳，西包大秦，东过乐浪。重舌之人九
译，金稽首而来王。②

显然，这是对汉明帝以礼制治国所取得的成果的展示。在汉明帝的统治下，
阴阳交和，万物顺时生长。占卜吉凶，取得祥瑞的结果，于是皇帝巡幸岱
岳，劝农事于田野。使天下衡律、轨量皆为同制，寒暑急缓齐均，黜退幽暗
无功而奖拔明达有功者。恭祀先王，春游以劝万物发生，秋季出巡以视民丰
歉而补其不足。嘉奖农事之官，巡狩天下；释将士沙场之劳，祈祷天帝赐福
安宁。祥瑞毕集，上应天命。德至山林，泽出神马，鸾鸟凤凰见于盛世，瑞

---

① （梁）萧统编，（唐）李善注：《文选》卷三，中华书局1977年版，第54页。
② （梁）萧统编，（唐）李善注：《文选》卷三，中华书局1977年版，第63—64页。

草瑞木见于中庭。可见皇恩浩荡，泽被幽荒，北南西东，四方臣服。接下来《东京赋》又对皇帝的品德加以称颂曰：

> 是以论其迁邑易京，则同规乎殷盘。改奢即俭，则合美乎《斯干》。登封降禅，则齐德乎黄轩。……遵节俭，尚素朴，思仲尼之克己，履老氏之常足。将使心不乱其所在，目不见其可欲。贱犀象，简珠玉。……所贵惟贤，所宝惟谷。民去末而反本，咸怀忠而抱悫。于斯之时，海内同悦，曰："吁！汉帝之德，侯其祎而。"……德寓天覆，辉烈光烛。狭三王之趦趄，轶五帝之长驱。蹑二帝之遐武，谁谓驾迟而不能属？①

作者极尽辞藻之堆砌，连篇累牍以铺陈皇帝的德行。赋文首先赞美汉帝迁都洛邑，功德至伟如殷王盘庚。汉帝能弃西京之奢靡而就简约，合美乎《斯干》；封禅泰山，与黄帝齐德。以无为为功，以无事为业，天下百姓因得安宁。"遵节俭，尚素朴"，有孔子克己复礼、老子知足常乐之德。不见可欲，不乱其心，不贵珍宝珠玉，所贵惟贤。百姓皆能去浮华之心而守忠义之德，于斯时也，四海咸宁，"民去末而反本，咸怀忠而抱悫"，俱叹汉帝之德何其美也。瑞草蓂荚，来集庭阶，皇帝声教，敷于天下，其德即使与三王五帝等圣王比较而论，也不在其下，所谓"狭三王之趦趄，轶五帝之长驱"。称赞明帝"德寓天覆，辉烈光烛"，亦可见作者的赞颂之情溢于言表。

(二)《西京》《东京》二赋之比较

张衡《二京赋》以"西东"对比模式而含蓄作者的讽谕之旨。作者通过对"西京"与"东京"在都城与礼制建设等方面的对比，突出对"东京"能遵先圣之正法礼制的歌颂，同时又含蓄了对"西京"逾越王道礼制的批评。

---

① （梁）萧统编，（唐）李善注：《文选》卷三，中华书局1977年版，第65页。

1.《西京赋》夸饰形胜名物与《东京赋》崇礼之比较

张衡《二京赋》以对比而含蓄作者的讽谕之旨。比如《西京赋》言西京都城建设云：

> 于是量径轮，考广袤，经城洫，营郭郛，取殊裁于八都，岂启度于往旧。乃览秦制，跨周法，狭百堵之侧陋，增九筵之迫胁。①

上引赋文多依《周礼》行文。"量径轮，考广袤，经城洫，营郭郛"之赋文援引《周礼·地官·大司徒》所云："大司徒之职，掌建邦之土地之图与其人民之数，以佐王安扰邦国。以天下土地之图，周知九州之地域广轮之数。②"又《冬官考工记·匠人》云："广八尺，深八尺，谓之洫"；"匠人营国，方九里，旁三门"③。赋文"狭百堵之侧陋，增九筵之迫胁"援用《冬官考工记·匠人》所云："周人明堂，度九尺之筵，东西九筵，南北七筵。④"此处引述《周礼》，乃赋家以"汉制"比附"周制"之自觉意识的呈现，同时作者批评"西京"的营建取八方异制而为宫室之巧，不复遵往日之故法，故"跨周法"之俭而尚奢靡。

《西京赋》又假"凭虚公子"之口夸耀长安的繁盛富丽：形势的险阻、宫室的辉煌、官署宿卫的严整、后宫的侈靡，离宫苑囿的华美等，其间又杂处商贾、游侠、角抵百戏等各项事物，可谓极尽繁盛富贵、穷奢极侈之能事。《西京赋》曰：

> ……尔乃商贾百族，裨贩夫妇。鬻良杂苦，蚩眩边鄙。何必昏

---

① （梁）萧统编，（唐）李善注：《文选》卷二，中华书局 1977 年版，第 38 页。
② （清）阮元校刻：《十三经注疏·周礼注疏》卷十，上海古籍出版社 1997 年版，第 702 页。
③ （清）阮元校刻：《十三经注疏·周礼注疏》卷四十二、四十一，上海古籍出版社 1997 年版，第 931、727 页。
④ （清）阮元校刻：《十三经注疏·周礼注疏》卷四十一，上海古籍出版社 1997 年版，第 928 页。

于作劳，邪赢优而足恃。彼肆人之男女，丽美奢乎许史。若夫翁伯、浊、质、张里之家，击钟鼎食，连骑相过。东京公侯，壮何能加？都邑游侠，张赵之伦，齐志无忌，拟迹田文。轻死重气，结党连群，寔蕃有徒，其从如云。茂陵之原，阳陵之朱。趫悍虓豁，如虎如貙。眦睚蚕芥，尸僵路隅。丞相欲以赎子罪，阳石污而公孙诛。若其五县游丽辩论之士，街谈巷议，弹射臧否，剖析毫厘，擘肌分理。所好生毛羽，所恶成创痏。①

表面上是"凭虚公子"夸赞西京市井繁华之辞，实际上张衡借"凭虚公子"之语暗寓批评之意。"鬻良杂苦，蚩眩边鄙"言商贾裨贩以良品混杂劣货出售，欺侮边鄙之民，刺人情之伪。"肆人之男女，丽美奢乎许史。若夫翁伯、浊、质、张里之家，击钟鼎食，连骑相过"言市井之民奢美华丽与王侯相等，商人富户击钟鸣乐，列鼎而食。刺市民僭越法度。"都邑游侠，张赵之伦，齐志无忌，拟迹田文。轻死重气，结党连群，寔蕃有徒，其从如云。茂陵之原，阳陵之朱。趫悍虓豁，如虎如貙。眦睚蚕芥，尸僵路隅。丞相欲以赎子罪，阳石污而公孙诛。"此言游侠结党连群，狠如虎狼，眦睚必报，取人性命。刺游侠死士淆乱法制。"游丽辩论之士，街谈巷议，弹射臧否，剖析毫厘，擘肌分理。所好生毛羽，所恶成创痏。"此言好辩之士臧否是非，所好则钻皮出其毛羽，所恶则洗垢求其瘢痕。刺游谈辩论之士混淆是非。张衡《二京赋》与班固《两都赋》在扬东都贬西都的价值取向上完全一致，二者所刺完全相同，都集中在批评西都豪奢侈靡而不守礼法。

《东京赋》则借"安处先生"之口，首先追诉周亡于秦，秦亡于汉皆因统治者荒淫无度、穷奢极欲的结果。继而盛赞汉高祖、文帝、武帝、宣帝、明帝的功德。又从城郊、池观、三宫写到朝会之盛，从郊祀舆服写到亲耕帝

---

① （梁）萧统编，（唐）李善注：《文选》卷三，中华书局1977年版，第42—43页。

藉、大射、养老之礼以及大傩仪式，体现了东汉君主崇尚懿德，修饬文教的礼制化取向，可谓"奢未及侈，俭而不陋"。《东京赋》结尾说：

> 今公子苟好剿民以媮乐，忘民怨之为仇也，好殚物以穷宠，忽下叛而生忧也。夫水所以载舟，亦所以覆舟。坚冰作于履霜，寻木起于蘖栽。昧旦丕显，后世犹怠。况初制于甚泰，服者焉能改裁？故相如壮上林之观，扬雄骋羽猎之辞，虽系以隤墙填堑，乱以收置解罘，卒无补于风规，祇以昭其愆尤。臣济奢以陵君，忘经国之长基。故函谷击柝于东，西朝颠覆而莫持。①

作者批评"凭虚公子"只知道劳天下之民以享须臾之乐，而不知天下人的怨恨即将酿成大仇；穷尽天下之物以享极度娇宠，却忽视因天下人叛乱而导致的忧患。故而作者认为司马相如夸耀天子上林之观的壮丽，以及扬雄驰骋辞藻炫耀天子羽猎的威盛，最终无益于讽刺和规劝，反而更加彰显了天子的过失。因此《东京赋》不惜连篇累牍、驰骋辞藻对汉代礼仪风俗进行铺叙，尤以对朝会、祭祀、藉田等礼制活动的描写以示与西京的淫侈奢靡不同，其目的在于讽谕君主应体恤百姓，解民忧苦，让民力"用之以时"，对物力"取之以道"。又以"民怨""下叛"之可畏可惧，以及"水所以载舟，亦所以覆舟"讽谏君王。正如《后汉书·张衡传》所云："时天下承平日久，自王侯以下，莫不逾侈。衡乃拟班固《两都》，作《二京赋》，因以讽谏。"②《东京赋》云："天子有道，守在海外。守位以仁，不恃隘害。苟民志之不谅，何云岩险与襟带？秦负阻于二关，卒开项而受沛。彼偏据而规小，岂如宅中而图大。"③张衡所言也在强调天子在文治礼教上行王道仁政强于依赖物理上的地势险要。

① （梁）萧统编，（唐）李善注：《文选》卷三，中华书局1977年版，第66—67页。
② （南朝·宋）范晔：《后汉书》卷五十九，中华书局1965年版，第1897页。
③ （梁）萧统编，（唐）李善注：《文选》卷三，中华书局1977年版，第53页。

2.《西京赋》与《东京赋》校猎之比较

《西京》《东京》二赋在描写校猎情形时也形成鲜明的对比。《西京赋》强调的是校猎的武功，"武士赫怒"而"百禽㥄遽，骙瞿奔触，丧精亡魂，失归忘趋"。《东京赋》则更为宣扬校猎的合乎礼制法度。《东京赋》曰：

> 文德既昭，武节是宣。三农之隙，曜威中原。岁惟仲冬，大阅西园。虞人掌焉，先期戒事。……迄上林，结徒营。次和树表，司铎授钲。坐作进退，节以军声。三令五申，示戮斩牲。陈师鞠旅，教达禁成。……轨尘掩远，匪疾匪徐。驭不诡遇，射不翦毛。升献六禽，时膳四膏。马足未极，舆徒不劳。成礼三驱，解罘放麟。不穷乐以训俭，不殚物以昭仁。慕天乙之弛罟，因教祝以怀民。……好乐无荒，允文允武。①

《东京赋》所描绘的校猎之礼是在"三农之隙"的仲冬时节举行的。整个狩猎过程有礼有序，先是虞人戒事，然后极写狩猎进行时的"三令五申"，"教达禁成"，"匪疾匪徐"，杀禽兽而不求务尽以示天子仁义之道。所谓"马足未极，舆徒不劳。成礼三驱，解罘放麟。不穷乐以训俭，不殚物以昭仁。慕天乙之弛罟，因教祝以怀民"。整个狩猎过程自始至终体现了天子的崇仁尚俭的风仪。这样的校猎场面彰显了天子的文德武节，好乐无荒，允文允武。

3.《西京赋》与《东京赋》宫馆营建之比较

《西京》《东京》二赋在描述宫馆营建之时亦颇寓讽谕之旨。《西京赋》夸饰宫馆之盛务必穷极豪华奢靡，赋曰：

> 后宫则昭阳、飞翔，增成、合欢，兰林、披香，凤凰、鸳鸯。

---

① （梁）萧统编，（唐）李善注：《文选》卷三，中华书局1977年版，第62—63页。

群窈窕之华丽，嗟内顾之所观。故其馆室次舍，采饰纤缛。裛以
藻绣，文以朱绿。……珍物罗生，焕若昆仑。虽厥裁之不广，侈靡
逾乎至尊。于是钩陈之外，阁道穹隆，属长乐与明光，径北通乎桂
宫。……穷年忘归，犹弗能遍。瑰异日新，殚所未见。①

上引赋文——罗列"昭阳、飞翔、增成、合欢、兰林、披香、凤凰、鸳鸾、
长乐、明光、桂宫"等后宫殿名，其意在于极写后宫规模之盛。作者说："虽
厥裁之不广，侈靡逾乎至尊"，意思是说，后宫的面积不够广大，但其装饰、
陈列却可以超过天子，都是一些"瑰异日新，殚所未见"的奇珍异宝。皇帝
驾临后宫，处处都可以寻找到快乐，即使是"穷年忘归"，也"弗能遍"。

《东京赋》则注重于宫馆营建的合礼，赋曰：

逮至显宗，六合殷昌。乃新崇德，遂作德阳。启南端之特闱，
立应门之将将。昭仁惠于崇贤，抗义声于金商。飞云龙于春路，屯
神虎于秋方。建象魏之两观，旌六典之旧章。其内则含德、章台、
天禄、宣明。温饬、迎春，寿安、永宁。……奢未及侈，俭而不陋。
规遵王度，动中得趣。②

"显宗"乃汉明帝庙号，作者赞美汉明帝之时，天下殷富昌盛，于是重新整
饬崇德殿和德阳殿。"将将"，严正有度之貌。《诗经·大雅·绵》："乃立应
门，应门将将。"③赋文"启南端之特闱，立应门之将将"，刻画了宫殿南门
的雍容有度之貌。东方为木，主仁，如春生万物，昭显天子仁惠之德，故立
崇贤门于洛阳之东门；西方为金，主义，若秋气之杀万物，高扬天子德义之
声，故立金商门于洛阳之西。可见，东京洛阳宫殿营建之时的合乎礼制。又

---

① （梁）萧统编，（唐）李善注：《文选》卷二，中华书局 1977 年版，第 39—40 页。
② （梁）萧统编，（唐）李善注：《文选》卷三，中华书局 1977 年版，第 55—56 页。
③ （清）阮元校刻：《十三经注疏·毛诗正义》，上海古籍出版社 1997 年版，第 511 页。

如赋文"建象魏之两观，旌六典之旧章"所云"六典"，乃古代天子治国的六个方面。《周礼·天官·大宰》云："大宰之职，掌建邦之六典，以佐王治邦国。"①所谓"六典"即是指治典、教典、礼典、政典、刑典、事典。可见，建象魏以悬法示民，正是对"六典"的彰显，也由此看出洛阳宫室的营建是遵循礼制的。故而作者最后在赞美洛邑的营建时宣称"规遵王度"，"奢未及侈，俭而不陋"，从而揭示了洛邑的营建是合乎儒家礼制的。

综上所述，《二京赋》以西、东二京对比结构其赋，抑西而扬东。近人林纾《春觉斋论文》言《两都》《二京》写作之旨甚为详尽，其文曰：

> 东汉自光武及和帝，均都洛阳，西都父老颇怀怨望。故孟坚作《两都赋》，归美东都，以建武为发端，详叙永平制度之美，力与西都穷奢极侈之事相反，以坚和帝西迁之心，虽颂扬，实寓讽谏。平子之叙西京，尤侈靡无艺：首述离宫之妍华，次及太液之三山，又次及于水嬉猎兽，杂陈百戏；百戏不已，又叙其微行，及歌舞靡曼之态，纵恣极矣。一转入东京，则全以典礼胜奢侈。孟、张二子，皆抑西而伸东，以二子均主居东者也。②

考《两都》《二京》赋写作，均从都城的选址、京都的营建、宫室的结构、校猎的情形等多个方面进行对比，虽然作者在赋文结构当中并不明显地表达自己的褒贬，但是通过对比将讽谏针砭之意寄寓其中。西京天子往往穷奢极侈，弘扬武功，作者将讽谏之旨暗寓在铺陈夸耀的文字之中，讽谏西汉君主不守法度，有违礼制；而东京天子则崇尚俭约，遵守礼法，作者在充满儒家式的仁义礼法思想的文字当中颂美东汉君主的尚礼之德。

---

① （清）阮元校刻：《十三经注疏·周礼注疏》卷一，上海古籍出版社1997年版，第645页。
② 刘志伟主编：《文选资料汇编·赋类卷》，中华书局2013年版，第127页。

三、杜笃、崔骃、李尤、王延寿、边让等赋家的"颂汉"之作

两汉东西都之争早在汉初刘邦定鼎天下的时候就已经发生。公元前202 年正月，刘邦即皇帝位，随即定都洛阳。《汉书·高帝纪》载戍卒娄敬（后赐姓刘）说高祖曰："陛下取天下与周异，而都洛阳，不便，不如入关，据秦之固。"[①] 高祖因以问张良，张良劝刘邦入都关中，高祖是日驾西都长安。据《汉书·刘敬列传》可知刘敬主张迁都长安的议论主要集中在两个方面：一是长安地势险要，关中肥沃。军事上依据山河险阻，可攻可守；经济上物产丰饶，沃野千里，既可富国亦可强兵。二是刘邦以武功取天下，恩德尚不及于庶民，不具备推行"王政"的条件，故可据崤函之固以资攻守，说的是借关中险阻以霸天下。事实上，终西汉一朝，君上的治国策略仍是以"霸王杂之"。比如《汉书·元帝纪》记载了汉宣帝有关治国政策的说辞：

> （元帝）柔仁好儒。见宣帝所用多文法吏，以刑名绳下，大臣杨恽、盖宽饶等坐刺讥辞语为罪而诛，尝侍燕从容言："陛下持刑太深，宜用儒生。"宣帝作色曰："汉家自有制度，本以霸王道杂之，奈何纯任德教，用周政乎！且俗儒不达时宜，好是古非今，使人眩于名实，不知所守，何足委任？"[②]

当时还是太子的刘奭（即元帝）认为朝廷应当多任用儒生治国，少用刑法，实现德政。然而宣帝却认为西汉的传统制度是"霸王道杂之"，明确表示不能单纯效法"周政"。宣帝时期往往被史家描述成崇尚儒家礼乐文教的鼎盛

---

① （汉）班固：《汉书》卷一，中华书局 1962 年版，第 58 页。
② （汉）班固：《汉书》卷一，中华书局 1962 年版，第 277 页。

时期，而宣帝犹有此说。

（一）杜笃《论都赋》"盛称长安旧制"

光武帝时期的杜笃（？—78）持西都之论，撰《论都赋》夸耀长安的地理形势，认为定都长安有利于成就霸业，拓展疆域，臣服四海。这是东汉赋中所能见到的最早也是唯一的主张定都长安的赋作。杜笃《论都赋》多作颂辞。据《后汉书·文苑列传·杜笃传》云："笃以关中表里山河，先帝旧京，不宜改营洛邑，乃上奏《论都赋》。"[1] 杜笃依附关中权贵马防，故而《论都赋》集中代表了关中贵族的利益，极力主张都城西迁之论。杜笃此赋一出，影响甚大，"西土耆老，咸怀怨思，冀上之眷顾，而盛称长安旧制，有陋洛邑之议。"《论都赋》序云：

> 昔般庚去奢，行俭于亳。成周之隆，乃即中洛。遭时制都，不常厥邑。贤圣之虑，盖有优劣；霸王之姿，明知相绝。守国之执，同归异术。或弃去阻阨，务处平易；或据山带河，并吞六国；或富贵思归，不顾见袭；或掩空击虚，自蜀汉出。即日车驾，策由一卒；或知而不从，久都境埤。臣不敢有所据。窃见司马相如、扬子云作辞赋以讽主上，臣诚慕之，伏作书一篇，名曰《论都》。[2]

作者以盘庚迁都于亳，周公经营洛邑为东都为例，论说因时定都，不固定国都的道理。并进一步论说圣贤、霸王治理天下各有优劣，相互悬殊，执掌治理国家的结果或许一样，但方法各不相同。或弃险阻，建都于平易之地；或据山河险要，并吞天下。项羽富贵而思衣锦还乡，不顾遭到偷袭的危险；汉高祖却乘其不备而袭取成功，当日的计策出自于一名戍卒娄敬（娄敬后赐姓刘，也是劝谏汉高祖定都长安的主要谋士）。而光武帝明知洛邑土地贫瘠，

---

① （南朝·宋）范晔：《后汉书》卷八十上，中华书局 1965 年版，第 2595 页。
② （清）陈元龙编：《历代赋汇》卷三十二，凤凰出版社 2004 年版，第 136 页。

四面受敌，仍欲定都洛阳，故杜笃仿效司马相如、扬雄作《论都赋》"以讽主上"，可知作者讽谕之意明矣。

故而作者在《论都赋》里大谈"雝州"的地势之险胜，物产之丰盛。赋文曰：

> 夫雝州本帝皇所以育业，霸王所以衍功，战士角难之场也。《禹贡》所载，厥田惟上。沃野千里，原隰弥望。保殖五谷，桑麻条畅。……既有蓄积，院塞四临：西被陇、蜀，南通汉中，北据谷口，东阻嶔巖。……城池百尺，阨塞要害。关梁之险，多所衿带。一卒举碾，千夫沉滞；一人奋戟，三军沮败。地埶便利，介胄剽悍，可与守近，利以攻远。士卒易保，人不肉袒。肇十有二，是为赡腴。用霸则兼并，先据则功殊；修文则财衍，行武则士要；为政则化上，篡逆则难诛；进攻则百克，退守则有余：斯固帝王之渊囿，而守国之利器也。①

上引赋文极言雝州为帝王必据之地而讽谏光武帝迁都西京。首先，作者以"雝州本帝皇所以育业，霸王所以衍功，战士角难之场"之语领起，赞颂雝州之地乃养育西周帝王基业的起源地，又是秦以霸道而取天下之所在，是兵家必争之地。又引《尚书·禹贡》之语加以赞美。其次，铺叙雝州之地沃野千里，物产富庶。再次，铺陈雝州之地的险要，为"一人当关，万夫莫开"之地。最后，作者总结认为雝州之地既可以用霸，也可以修文；既可以进攻，也可以退守，故而为"帝王之渊囿，而守国之利器"，以此讽谕光武帝当迁都西京，以利国家之治。

为了达到说服光武帝迁都长安的目的，杜笃在《论都赋》中虽称仿司马相如、扬子云作辞赋以讽主上，然细究本赋，作者用意却在极力颂赞西都之

---

① （清）陈元龙编：《历代赋汇》卷三十二，凤凰出版社 2004 年版，第 136—137 页。

优。此赋首先赞颂建武十八年，光武帝"推天时，顺斗极，排阊阖，入函谷，观陕于崤、黾，图险于陇、蜀"，巡视西都并"经营宫室，伤愍旧京"，凄然有"怀祖之思，喟乎以思诸夏之隆"。并且光武帝在返回洛阳之后的第二年，又下诏"复函谷关，作大驾宫、六王邸。高车厩于长安，修理东都城门，桥泾、渭。往往缮离观，东临霸、滻，西望昆明，北登长平，规龙首，抚未央，觎平乐，仪建章"。①极力颂赞今上光武帝能顺天时而建立安定天下之功业，又极言光武帝经营旧都的苦心和努力。然而光武这样的做法引起了山东权贵的猜疑，杜笃于是接下来论述西都长安作为西汉都城的历史建制，借此歌颂汉高祖开基大汉以及汉文帝励精图治的丰功伟绩：

> 天命有圣，托之大汉。大汉开基，高祖有勋，……刘敬建策，初都长安。太宗承流，守之以文。躬履节俭，侧身行仁，食不二味，衣无异采。赈人以农桑，率下以约己，曼丽之容不悦于目，郑卫之声不过于耳，佞邪之臣不列于朝，巧伪之物不鬻于市，故能理升平而刑几措。②

上引赋文极力美颂汉高祖、汉文帝二位君主。对于汉高祖的赞颂主要集中在高祖建立大汉的基业上，而对于汉文帝的赞颂主要集中在文帝的文治上，文帝"躬履节俭，侧身行仁"，不事奢华，不用佞臣，以致"理升平而刑几措"，这几乎接近了儒家士子所理想的圣王美政。作者又以更为夸张的笔法颂美汉武帝"拓地万里，威震八荒"的丰功伟绩。作者极尽铺陈之能事，堆砌辞藻，浓墨重彩，以极其夸耀的笔法对汉武帝的伟大武功加以歌颂。武帝以庞大的军事力量征服天下，从北到南，蛮夷慑服，天下大定，四海晏清，字里行间洋溢着浓厚的自豪感。然后作者总结说：

---

① （清）陈元龙编：《历代赋汇》卷三十二，凤凰出版社2004年版，第136页。
② （清）陈元龙编：《历代赋汇》卷三十二，凤凰出版社2004年版，第136页。

　　非夫大汉之盛，世藉雍土之饶，得御外理内之术，孰能致功若斯！故创业于高祖，嗣传于孝惠，德隆于太宗，财衍于孝景，威盛于圣武，政行于宣、元，侈极于成、哀，祚缺于孝平。传世十一，历载三百，德衰而复盈，道微而复章，皆莫能迁于雍州，而背于咸阳。宫室寝庙，山陵相望，高显弘丽，可思可荣，羲、农已来，无兹着明。①

除了汉成帝、哀帝、平帝受到了作者的批评以外，作者盛赞了汉代自高祖以下惠帝、文帝、景帝、武帝，直至宣帝、元帝历朝帝王的功绩，而对于成、哀、平三帝的批评是为了赞颂光武帝而埋下的伏笔，正是因为光武帝对大汉的拯救，才使得大汉王朝"德衰而复盈，道微而复章"。并且强调自汉高祖以下"传世十一，历载三百"，皆以雍州为都，未尝迁离。于是又对雍州土地肥沃、地势险峻加以描述，盛赞此地乃"固帝王之渊囿，而守国之利器也"。作者接着笔锋一转，赞颂光武帝刘秀"于时圣帝，赫然申威，荷天人之符，兼不世之姿。受命于皇上，获助于灵祇。……乃廓平帝宇，济蒸人于涂炭，成兆庶之赡赡，遂兴复乎大汉"。②并进一步对光武帝大加赞颂说：

　　今天下新定，矢石之勤始瘳，而主上方以边垂为忧，忿葭萌之不柔，未遑于论都而遗思雍州也。方躬劳圣思，以率海内，历抚名将，略地疆外，信威于征伐，展武于荒裔。若夫文身鼻饮缓耳之主，椎结左衽镂镉之君，东南殊俗不羁之国，西北绝域难制之邻，靡不重译纳贡，请为藩臣。上犹谦让而不伐勤。意以为获无用之虏，不如安有益之民；略荒裔之地，不如保殖五谷之渊；远救于已

<hr>

① （清）陈元龙编：《历代赋汇》卷三十二，凤凰出版社2004年版，第136页。
② （清）陈元龙编：《历代赋汇》卷三十二，凤凰出版社2004年版，第137页。

亡，不若近而存存也。今国家躬修道德，吐惠含仁，湛恩沾洽，时风显宣。①

上引赋文多用壮语，以铺陈夸耀之手法盛赞光武帝定鼎天下的伟大功业。在皇帝经过"厉抚名将，略地疆外，信威于征伐，展武于荒裔"的伟大武功之后，蛮夷戎狄等四方"不羁之国"、难制之民皆俯首称臣而"重译纳贡"。然后作者又赞扬光武帝有仁义之德，"谦让而不伐勤"，认为"获无用之虏，不如安有益之民；略荒裔之地，不如保殖五谷之渊"，因此皇帝"躬修道德，吐惠含仁，湛恩沾洽，时风显宣"。由此可知，杜笃笔下的光武帝是一位兼有文治武功的伟大帝王。

作者本意在劝谏光武帝迁都西京，因为长安地势险要，可以据山带河，并吞天下，以成霸业。然而光武帝治国大略并不特别在意开拓疆土、威震四夷，而在于躬修道德、怀仁化物，"徒垂意于持平守实，务在爱育元元"，这是东汉君主推重文治的结果。于是作者一方面极力夸赞光武帝的仁义之德，东南西北之民皆臣服俯首，天下大定，四方来朝，而今上尤"躬修道德，吐惠含仁，湛恩沾洽，时风显宣"。另一方面，显然杜笃对光武帝"谦让而不伐勤"的做法颇有微词，《论都赋》曰："物罔挹而不损，道无隆而不移，阳盛则运，阴满则亏，故存不忘亡，安不讳危，虽有仁义，犹设城池也。"②"物罔挹而不损，道无隆而不移，阳盛则运，阴满则亏"取义于《易》。《易·丰》象曰："日中则昃，月盈则食，天地盈虚，与时消息，而况于人乎？况于鬼神乎？"③《易传·系辞》："一阴一阳谓之道。"④《易·损》彖辞："损益盈虚，与时偕行。"⑤"存不忘亡，安不讳危"取辞于《易传·系辞》："子曰：

---

① （清）陈元龙编：《历代赋汇》卷三十二，凤凰出版社 2004 年版，第 137 页。

② （清）陈元龙编：《历代赋汇》卷三十二，凤凰出版社 2004 年版，第 137 页。

③ （清）阮元校刻：《十三经注疏·周易正义》卷五，上海古籍出版社 1997 年版，第 67 页。

④ （清）阮元校刻：《十三经注疏·周易正义》卷七，上海古籍出版社 1997 年版，第 78 页。

⑤ （清）阮元校刻：《十三经注疏·周易正义》卷四，上海古籍出版社 1997 年版，第 52 页。

君子安而不忘危，存而不忘亡，治而不忘乱。"①杜笃借重《易》经义陈述阴阳消长、时事变化的道理，今虽安稳，犹有危亡之时，其意仍在劝谏东汉君主"存不忘亡，安不讳危"，虽施行仁义但也要思考城池防御的坚固。又有所讽谏曰："客以利器不可久虚，而国家亦不忘乎西都，何必去洛邑之淳漻与？"建议光武帝西迁都城，以保国家的长治久安。

（二）傅毅《洛都赋》与崔骃《反都赋》的美颂光武而盛称洛邑

杜笃作《论都赋》，力主迁都长安，但傅毅、崔骃等人却主张建新都于洛阳。故傅毅（？—约89）作《洛都赋》、崔骃作《反都赋》以陈己意。傅毅《洛都赋》开篇歌颂光武帝曰：

> 惟汉元之运会，世祖受命而弭乱。体神武之圣姿，握天人之契赞。挥电旗于四野，拂宇宙之残难。受皇号于高邑，修兹都之城馆。②

歌颂光武帝奉天承运，建立天子基业，并修建都城于洛邑。于是作者接下去就赞美洛邑的风物文教之盛，在铺陈洛邑地理险要、风物繁茂等物质因素之外，特别赞扬洛邑的文教，这是与杜笃夸赞长安之军事上的战略意义并不相同的，作者云："近则明堂、辟雍、灵台之列，宗祀扬化，云物是察。""明堂"是古代帝王宣明政教、举行大典之所，"辟雍"是古代帝王为贵族子弟所设的学校，为贵族子弟受教育之所，"灵台"乃天子祭祀之所。显然，作者认为宗庙祭祀、宣扬教化比武功更为重要，从而突出洛邑的优势。

崔骃（？—约92），出生于经学世家，而其本人亦博通经书，"年十三能通《诗》、《易》、《春秋》，博学有伟才，尽通古今训诂百家之言，善属文。"又"韫椟《六经》，服膺道术"。③可见崔骃的儒学修养之深厚。崔骃《反都赋》

---

① （清）阮元校刻：《十三经注疏·周易正义》卷八，上海古籍出版社1997年版，第88页。

② 费振刚等校注：《全汉赋校注》，广东教育出版社2005年版，第408页。

③ （南朝·宋）范晔：《后汉书·崔骃列传》卷五十二，中华书局1965年版，第1708页。

反杜笃《论都赋》之道而行之，反对都城西迁。《反都赋》序云：

> 汉历中绝，京师为墟。光武受命，始迁洛都。客有陈西土之富，云洛邑褊小。故略陈祸败之机，不在险也。①

西汉王朝覆灭，西京长安两百年基业被摧毁为废墟。光武帝受天命而建立东汉王朝，迁都洛邑。有"客"陈说西都富庶、洛邑狭小者，作者不以为意，认为国家兴废存亡之所由不在于地势险要与否。赋文云："干弱枝强，末大本消，祸起萧墙，不在须臾。"作者认为朝廷中央势力衰微而地方诸侯势力过大的话，势必"祸起萧墙"，国家危亡无须片刻。"祸起萧墙"出自《论语·季氏》"吾恐季氏之忧，不再颛臾，而在萧墙之内也"，作者引此语以讽谕君上当加强中央集权的统治以稳固帝王的基业。

就《反都赋》所残存的赋文来看，作者的颂美主要集中在对光武帝的丰伟功绩上：

> 建武龙兴，奋旅西驱。虏赤眉，计高胡，斩铜马，破骨都。收翡翠之驾，据天下之图。上帝受命，将昭其烈。潜龙初九，真人乃发。……观三代之余烈，察殷夏之遗风。背崤函之固，即周洛之中。兴四郊，建三雍，禅梁父，封岱宗。②

作者以"真人"拟光武帝，称赞他"潜龙初九"，蓄势待发。尤其赞颂光武帝能秉承天命，建都洛邑，并且用意于礼制建设，"兴四郊，建三雍，禅梁父，封岱宗"。赞颂光武帝"背崤函之固，即周洛之中"的建都理念，美颂光武帝"兴四郊，建三雍，禅梁父，封岱宗"的崇礼之举。

---

① （清）陈元龙编：《历代赋汇·逸句》卷一，凤凰出版社 2004 年版，第 643 页。
② （清）陈元龙编：《历代赋汇·逸句》卷一，凤凰出版社 2004 年版，第 643 页。

（三）李尤的颂美大汉之赋

李尤（约55—135），其生平事迹见于《后汉书·文苑传》，然所载甚为简略。本传曰："安帝时为谏议大夫，受召与谒者仆射刘珍等俱撰《汉纪》。"①大约可以推想李尤应该熟晓经史。现存《函谷关赋》《辟雍赋》《德阳殿赋》《平乐观赋》《东观赋》等皆为颂圣之作。《函谷关赋》开篇即言"惟皇汉之休烈兮，包八极以据中"，赞美大汉居天下之中而功业盛美壮大。然后歌颂光武帝以及汉明帝曰：

> 大汉承弊以建德，革厥旧而运修。准令宜以就制，因兹势以立基。盖可以诘非司邪，括执喉咽。季末荒戌，堕阙有年。天闵群黎，命我圣君。稽符皇乾，孔适河文。中兴再受，二祖同勋。永平承绪，钦明奉循，上罗三关，下列九门。会万国之玉帛，徕百蛮之贡琛。②

作者赞美西汉承暴秦之弊，定鼎天下，并因地制宜以建函谷关。然而西汉末年，关守废弛，上天怜悯苍生，故委命于"圣君"光武帝，于是光武中兴，重振汉室，其功勋可与汉高祖创立汉朝比肩。汉明帝继承皇统，于是万国来朝，四方宾服。《辟雍赋》描写汉王朝在辟雍举行"春射秋飨"盛典时的情形，不仅皇室与王公贵族欢聚一堂，而且连"夷戎蛮羌"也"抱珍来朝"，体现了赋作"润色鸿业"之旨。赋文开篇即曰"卓矣煌煌，永元（汉和帝年号）之隆，含弘该要，周建大中"。赞颂和帝朝煌煌卓越，能守大正之道。赋文还具体描绘了辟雍的形状、构造以及功用："辟雍岩岩，规矩圆方。阶序牖闼，双观四张。流水汤汤，造舟为梁。神圣班德，由斯以匡。"③《德阳殿赋》云"于赫盛汉，抗德以遵"，礼赞大汉昌盛而以仁德为遵。《平乐观赋》也歌

---

① （南朝·宋）范晔：《后汉书·文苑传》卷八十上，中华书局1965年版，第2616页。
② （清）陈元龙编：《历代赋汇》卷三十九，凤凰出版社2004年版，第170页。
③ （清）陈元龙编：《历代赋汇》卷七十六，凤凰出版社2004年版，第316页。

颂汉王朝曰："尔乃大和隆平，万国肃清。殊方重译，绝域造庭。四表交会，抱珍远并。杂遝归谊，集于春正。"① 天下隆盛，万国咸宁，四方来贺，"绝域造庭"，皆归附正义。"春正"引自《春秋》"元年春王正月"之语，以示大一统之意。赋云："披典籍以论功，盖罔及乎大汉"，颂赞典籍里所记载的历史朝代没有一个可以比得上大汉所建立起来的功勋。《东观赋》云："永平持纲，建初考练，暨我圣皇，澱协剖判。"② "永平"乃东汉明帝年号，"建初"乃东汉章帝年号。作者赞美汉明帝能持循人伦纲常，坚守儒家伦理道理；而汉章帝考察选用官吏，既能做到和睦融洽，又能区分辨别。

（四）边让《章华台赋》的讽谕帝道

边让（生卒年不详）《章华台赋》有序曰：

> 楚灵王既游云梦之泽，息于荆台之上。……顾谓左史倚相曰："盛哉斯乐，可以遗老而忘死也。"于是遂作章华之台，筑乾溪之室，穷木土之技，单珍府之实，举国营之，数年乃成。设长夜之淫宴，作《北里》之新声。于是伍举知夫陈、蔡之将生谋也。乃作新赋以讽之。③

《北里》，古淫声也，靡靡之乐。赋序极写章华台上长夜宴饮时高歌曼舞的靡丽景象，讥讽楚灵王耽于淫乐而"遗老忘死"的荒淫之举。作者讽刺楚灵王的建造章华台，"举国营之，数年乃成"，"设长夜之淫宴，作《北里》之新声"，故伍举由此推断陈、蔡之将谋乱。此赋表面上是讽刺楚灵王，实际上边让作此赋乃暗寓了对东汉末期统治者的昏庸荒淫生活的批评，故作者明言"作新赋以讽"。作者虽极言楚王之耽于女色淫乐的昏乱，又在赋篇末尾借楚灵王幡然醒悟之举以讽谕君上，此所谓"曲终奏雅""卒章显志"。赋曰：

---

① （清）陈元龙编：《历代赋汇》卷七十四，凤凰出版社 2004 年版，第 311 页。

② 费振刚等校注：《全汉赋校注》，广东教育出版社 2005 年版，第 582 页。

③ （清）陈元龙编：《历代赋汇·外集》卷十六，凤凰出版社 2004 年版，第 624 页。

尔乃清夜晨，妙技单，收尊俎，彻鼓盘。惆焉若醒，抚剑而叹："虑理国之须才，悟稼穑之艰难。美吕尚之佐周，善管仲之辅桓。将超世而作理，焉沉湎于此欢！"于是罢女乐，堕瑶台。思夏禹之卑宫，慕有虞之土阶。举英奇于仄陋，拔髦秀于蓬莱。君明哲以知人，官随任而处能。百揆时叙，庶绩咸熙。诸侯慕义，不召同期。继高阳之绝轨，崇成、庄之洪基。虽齐桓之一匡，岂足方于大持？尔乃育之以仁，临之以明。致虔报于鬼神，尽肃恭乎上京。驰淳化于黎元，永历世而太平。①

《后汉书·文苑传》称边让"作《章华赋》，虽多淫丽之辞，而终之以正，亦如相如之讽也"。②考《章华台赋》，辞未必"淫丽"，但卒章宣扬治国之道以讽谕君上却是事实。作者在赋作末尾借楚灵王之口论述其讽谕君道的内容：治理国家需要招纳有才能的贤士，体恤百姓稼穑的艰辛，歌颂如吕尚、管仲那样的贤臣辅佐君主。故而楚王"罢女乐，堕瑶台"，崇尚俭约，以夏禹、虞舜为榜样而处"卑宫""土阶"。举贤能俊杰之士于草莽，身为君王当善于知人用人，勤于处理政事而天下兴盛，于是诸侯慕义而来归。以仁育国，兼以圣明，敬祀鬼神，恭奉周王，教化黎民，永世太平。虽然，边让所处的大一统中央集权时代与楚灵王身处春秋之时并不相同，然而作者所提倡的举贤任能、爱护黎元，以及明君贤臣的美好政治理想都是对今上的讽谕。

（五）王延寿赋《鲁灵光殿》以颂汉

王延寿（143？—163？）作《鲁灵光殿赋》以颂汉。赋篇虽用颂辞夸饰鲁恭王宫殿，实为颂赞大汉的福瑞祯祥，全面颂美汉王朝"上应星宿"、远绍圣王的德运，贯穿全文的是汉儒天人感应框架下的颂世思想。《赋序》云值汉中微，西京未央、建章之殿皆遭毁坏，而灵光殿独存。一方面固然如作

---

① （清）陈元龙编：《历代赋汇·外集》卷十六，凤凰出版社 2004 年版，第 624 页。

② （南朝·宋）范晔：《后汉书·文苑传·边让传》卷八十（下），中华书局 1965 年版，第 2640 页。

者所解释的原因："岂非神明依凭支持，以保汉室者也。然其规矩制度，上应星宿，亦所以永安也。①"作者认为灵光殿建设的规矩制度上应星宿，故神明保佑汉室帝祚长久。另一方面，灵光殿坐落于山东曲阜，实际上也是山东权贵定都洛阳主张的折射，可见作者也是赞成东汉定都洛邑的。王延寿在《赋序》中明确宣示其作赋为颂的宗旨为"物以赋显，事以颂宣。匪赋匪颂，将何述焉？"作者明确认为帝王的功绩就应当用美辞表达出来，而德音就应该昭示出来。赋以显物，颂以宣事。如果没有赋颂，那么又该怎样称述君王的美德呢？赋文曰："粤若稽古帝汉，祖宗濬哲钦明。殷五代之纯熙，绍伊唐之炎精。荷天衢以元亨，廓宇宙而作京。敷皇极以创业，协神道而大宁。②"考察大汉的历史就可知道汉帝的祖宗圣明而智慧，能继承尧、舜、夏、商、周五代的圣君之德，受天命而帝业亨通，澄清宇宙而建立西京。谨遵帝王治国的准则，协和天道而天下大安。赋文又云："神灵扶其栋宇，历千载而弥坚。永安宁以祉福，长与大汉而久存。实至尊之所御，保延寿而宜子孙。③"作者借歌颂灵光殿之坚固而祈祷大汉帝业久存，正如赋文所云"神之营之，瑞我汉室，永不朽兮"，颂美之情溢于纸上。

鲁灵光殿乃景帝之子鲁恭王刘余所造，位于今山东曲阜。章华台乃楚灵王所造，位于今湖北监利境内。二者皆非中央宫廷，不过是地方殿宇，亦可见出中央王室势力的衰微，也预示了大赋的衰微。

---

① （梁）萧统编，（唐）李善注：《文选》卷一一，中华书局 1977 年版，第 168 页。
② （梁）萧统编，（唐）李善注：《文选》卷一一，中华书局 1977 年版，第 168 页。
③ （梁）萧统编，（唐）李善注：《文选》卷一一，中华书局 1977 年版，第 172 页。

第三章　汉赋与经典（下）：言志
抒情赋的用世情怀

　　虽然抒情言志之赋不需要承担宏大的政治叙事，以及赋颂当世的政治重任，故而在一定程度上呈现出与儒家主流意识形态的游离。相对于"体国经野，义尚光大"的京殿苑猎等大赋注意于国家政治与帝王而言，这些"草区禽族，庶品杂类"之赋往往更为关注个人的情感，多"触兴致情，因变取会"，或抒发"不遇"情怀，或睹物兴情，或寄情于物，不一而足。两汉抒情言志之赋种类繁多，比如从写作方式上可以分为抒情言志之赋、咏物触兴之赋；从题材种类上可以分为述行序志①、性命玄思、宫怨悼亡、天时地理、草木禽兽、器物技艺等。

　　虽然抒情言志之赋不像京殿苑猎大赋那样担负"体国经野，义尚光大"的政治重任，但是在汉代经学昌盛、儒学独尊的背景下，作为文学作品的抒情言志之赋又不可能完全摆脱儒家经典意识的影响而独立于政治之外。事实上，汉代抒情言志之赋的创作也在不同程度上受着经学的影响和熏染，呈现出一定程度的经典化书写特征。

---

　　① 刘勰《文心雕龙·诠赋》将"述行序志"之赋与"京殿苑猎"之赋并归于"体国经野，义尚光大"之类，而与"草区禽族，庶品杂类"相对而言。本书将"述行序志"之赋归于"抒情言志"之类以取其抒发个人情怀之故。

第一节　儒家用世精神在贤人失志之赋中的折射

为汉代大赋所歌颂的大一统政治理想，是中央集权政治形式的最高级阶段。从本质上说，"大一统"政治是一种君主专制制度。从个体价值的实现立论，高度发达的"大一统"政治对知识分子所追求的个体独立造成一种巨大的压迫感。徐复观在《西汉知识分子对专制政治的压力感》一文中说："每一个知识分子，在对文化的某一方面希望有所成就，对政治社会希望取得发言权而想有所贡献时，首先常会表现自身的志趣与所生存的时代，尤其是与时代中最大力量的政治，乃处于一种摩擦状态；而这种摩擦状态，对知识分子的精神，常感受其为难于忍受的压力。"[①]正如《汉书·贾山传》所谓："雷霆之所击，无不摧折者；万钧之所压，无不糜灭者。今人主之威，非特雷霆也；势重，非特万钧也。"[②]贾山为汉文帝时人，文帝向来以仁德治天下以至于"刑错"，而贾山尚有这样的想法，可见"大一统"政治所赋予帝王的至高权力。生活在这种压力下的知识分子，尤其是与先秦士人所生活的游侠纵横的战国时代相比，汉代士人的政治追求和人生价值的实现显然受到了来自"大一统"政治模式的限制，他们生存的政治空间是固定的，他们所效命的君主也是固定的，他们的思想与言论需要与主流意识形态保持高度一致。因此，他们的命运往往决定于君主一人，用则遇，不用则弃，这是汉代士人普遍感受到的焦虑、压抑，所以汉赋中就产生了一系列的"贤人失志"主题的作品。抒发"怀才不遇"的悲叹是这类赋作的共同主题，其真正用意正是指向有所作为的用世渴望。事实上，汉赋中除了京殿苑猎大赋和纯粹的咏物赋之外，那些抒情言志之赋皆可归为"贤人失志"之赋，比如"吊屈赋""悲

---

①　徐复观：《两汉思想史》第一卷，九州出版社 2014 年版，第 251 页。
②　（东汉）班固：《汉书》卷五十一，中华书局 1962 年版，第 2330 页。

士不遇"赋、纪行序志赋、玄思赋等。

一、贾谊《吊屈原赋》及扬雄《反离骚》对屈原"儒家人格"的扬弃

对于汉代士人来说，屈原是一个必须面对的巨大存在。汉人在接受屈原时，首先需要接受的就是屈原式的"道德人格"，所以汉代士人必须正视屈原的人格魅力给予他们的巨大压力，他们才能完成自身的人格调整。基于与屈原相似的失志与不遇的人生遭遇，汉代赋家往往通过对屈原作品的模拟或对屈子的伤悼，从而完成对屈子这一"道德人格"的重新构建。一方面，汉代士人传承了屈原高洁的精神品格和屈子对恶俗黑暗的批判精神，对屈原的道德品质表现出敬佩和高扬。另一方面，由于汉代士人身处中央高度集权的政治环境下，他们已经失去了自由移动的政治空间和自由选择君主的可能性，因而他们尤其向往屈原所处的相对自由的战国时代。这也正是汉代士人不能理解屈原的所在，他们一面对屈原的高尚品德表示"悯""伤"；另一面又不约而同表现出"惜"，"惜"的是屈原有择明主而仕和全身远祸的可能却偏偏选择以死谏诤。因此汉代赋家出于自身所感受到的来自中央集权政治的巨大压力，对屈原以死明志的决绝往往表示善意的批评，渴望全身保命、自珍自藏。

无论汉代士人选择怎样的全身保命观念，他们在解释"士不遇"的原因之时，都面临着文本叙述的困难。在一个君权至上的高度中央集权的社会里，造成士不遇的原因推索到金字塔顶端的时候就是君主，因为从理论上讲，决定广大士人遇或不遇的只有皇帝一人。然而，皇帝是不能明言直斥的，只能将造成士人不遇的原因转嫁给奸臣小人以及一个颇为笼统而暗昧的原因：时代的黑暗。吊诡的是，汉代士人把扫除奸邪小人、改变社会黑暗局面的希望又寄托在君主身上，希望君主能重拾尧舜之道，重用贤臣。

汉代士人之所以写作吊屈赋，不过是借屈原以自喻且以讽世而已。汉人所坚守的屈原式的道德人格和超群的才能是士人解释"不遇"的主观性原因，只有才德兼备之士才构成遇或不遇、得志或失志的可能性，无才无德之人是

谈不上遇或不遇的。汉代赋家通过对屈原的歌颂暗示了自己所具有的才德如同屈子一样。总起来说，汉代赋家从屈原那里继承来的儒家式的道德人格主要体现为高洁的品行以及对现实黑暗的批判精神，当然还有屈原的积极进取精神，然而被赋家所批评的是屈原的以死抗节的自杀方式。因此，拟骚体赋在写作策略上往往表现为先赞扬屈原的品行（常常以罗列美好事物与恶俗事物的对照模式完成），极力铺写屈子的高洁品质，然后又对屈原的死表示惋惜和善意的批评。赋家为避免当朝皇帝的猜忌而招致祸殃，又会在赋作中特意赞扬当朝的圣明。

所谓"吊屈赋"，是指那些在内容上与怀悼屈原有关，文体上拟仿屈原楚辞的赋作。汉赋中的吊屈原赋有贾谊《吊屈原赋》、扬雄《反离骚》、班彪《悼离骚》、梁竦《悼骚赋》等赋作。

（一）徘徊于以死明节人格与明哲保身哲学之间的贾谊和扬雄赋作

贾谊（前 200—前 168）十八岁时即"以能诵诗属书闻于郡中"，年二十余，即被汉文帝召为博士，且每有诏令议下，"诸老先生不能言，贾生尽为之对"，又"诸律令所更定，及列侯悉就国，其说皆自贾生发之"。① 可见贾谊是一位既富深厚的儒学修养，又热心国事的儒士。贾谊自序《吊屈原赋》曰："屈原，楚贤臣也。被谗放逐，作《离骚》赋。其终篇曰：'已矣哉！国无人兮，莫我知也。'遂自投汨罗而死。谊追伤之，因自喻。②"此赋为贾谊作于汉文帝三年（前 177）初谪长沙之时。贾谊称屈原为楚之贤臣，被谗放逐而自投汨罗而死，且以自喻。可见贾谊对于屈原的敬佩和服膺，且以屈原为榜样。贾谊对屈原的高洁人格为社会黑暗所压抑的残酷现实颇为同情，为屈原所遭受的不公正而鸣不平。赋曰：

遭世罔极兮，乃殒厥身。呜呼哀哉！逢时不祥。鸾凤伏窜兮，

---

① （汉）司马迁：《史记·屈原贾生列传》卷八十四，中华书局 1959 年版，第 2492 页。
② （清）陈元龙编：《历代赋汇》卷百十二，凤凰出版社 2004 年版，第 462 页。

鸱枭翱翔。阘茸尊显兮，谗谀得志。贤圣逆曳兮，方正倒植。世谓
随、夷溷兮，谓跖、蹻为廉；莫邪为钝兮，铅刀为铦。……斡弃周
鼎，宝康瓠兮。腾驾罢牛，骖蹇驴兮。骥垂两耳，服盐车兮。章甫
荐履，渐不可久兮。嗟苦先生，独离此咎兮。①

赋文以正反对照的方式写了瑞鸟与恶禽、宝物与劣品、骐骥与驽马、圣贤
方正与盗贼谗谀、高贵与低贱，极写屈原的悲哀。作者以"鸾凤""贤圣方
正""随夷"（卞随与伯夷）"莫邪""周鼎""骥""章甫"等比拟屈原，称赞
屈原的高尚品格。但是贾谊并不赞成屈原投江之举，认为屈子为什么不"历
九州而相其君兮，何必怀此都也"，屈原完全可以投奔其他君主，何必只守
着楚国呢？所以作者善意批评屈原"般纷纷其离此尤兮，亦夫子之故也"，
赋文曰：

凤漂漂其高逝兮，固自引而远去。袭九渊之神龙兮，沕深潜以
自珍。偭蟂獭以隐处兮，夫岂从虾与蛭螾？所贵圣人之神德兮，远
浊世而自藏。使骐骥可系而羁兮，岂云异夫犬羊？般纷纷其离此尤
兮，亦夫子之故也。历九州而相其君兮，何必怀此都也？凤凰翔于
千仞兮，览德辉而下之。见细德之险征兮，遥曾击而去之。彼寻常
之汙渎兮，岂容吞舟之巨鱼？横江湖之鳣鲸兮，固将制于蝼蚁。②

贾谊一如既往地罗列美好高洁的事物来比拟屈原："凤""神龙""蟂獭""圣
人""骐骥""鳣鲸"等，然而屈原所选择的以死明志的方式令人惋惜，发出
何不明哲保身，全身远祸的哀叹。其实儒家经典对于明哲保身的观念有过相
关的论述，比如《周易·系辞下》云"龙蛇之蛰，以存身也"；③《论语·述

---

① （清）陈元龙编：《历代赋汇》卷百十二，凤凰出版社 2004 年版，第 462 页。
② （清）陈元龙编：《历代赋汇》卷百十二，凤凰出版社 2004 年版，第 462 页。
③ （清）阮元校刻：《十三经注疏·周易正义》卷八，上海古籍出版社 1997 年版，第 87 页。

而》也说"用之则行，舍之则藏"；①《论语·泰伯》曰"危邦不入，乱邦不居。天下有道则见，无道则隐"。② 而对于屈原来说更多的是对孟子式的殉道气节的服膺："天下有道，以道殉身；天下无道，以身殉道。"③ 屈原遭奸佞所迫，为君王所疑，举而投水，其气节应该是符合孟子"以身殉道"思想的。然而对于大多数汉代赋家来说，他们显然更愿意接受《诗经·大雅·烝民》所云"既明且哲，以保其身"④ 的变通思想。西汉初的贾谊，自幼深受儒家思想的熏陶。《汉书》本传载："年十八，以能诵读《诗》《书》，属文，称于郡中。"⑤ 又《汉书·儒林传》载贾谊习《左传》并传其学的事实："汉兴，北平侯张苍及梁太傅贾谊……皆修《春秋左氏传》。谊为《左氏传》训故，授赵人贯公，为河间献王博士，……"⑥ 由此可见贾谊的儒学修养。当然，西汉初年的贾谊或许也会受到汉初黄老之术的影响，因此贾谊认为屈原完全可以高逝远去或者深潜自藏，这既是黄老思想，也是原始儒家的思想，二者具有异质同构之旨归。值得一提的是，《赋》曰"恭承嘉惠兮，俟罪长沙"。虽是客套话，但贾谊正是以此来"消除"执政者对自己以古非今的猜忌，尽管贾谊以古讽今的意图非常明确。

扬雄（前53—前18）与贾谊一样对屈原以死明志的做法持否定态度。《反离骚》序曰："君子得时则大行，不得时则龙蛇，遇不遇，命也，何必湛身哉！"⑦ 善意地批评屈子应该懂得全身保命之法，不必沉身江底。又在赋尾说：

> 夫圣哲之不遭兮，固时命之所有。虽增欷以於邑兮，吾恐灵修

---

① （宋）朱熹：《四书章句集注·论语集注》卷四，中华书局1983年版，第95页。
② （宋）朱熹：《四书章句集注·论语集注》卷四，中华书局1983年版，第106页。
③ （宋）朱熹：《四书章句集注·孟子集注·尽心上》卷十三，中华书局1983年版，第362页。
④ （清）阮元校刻：《十三经注疏·毛诗正义》卷一八，上海古籍出版社1997年版，568页。
⑤ （汉）班固：《汉书》卷四十八，中华书局1962年版，第2221页。
⑥ （汉）班固：《汉书》卷八十八，中华书局1962年版，第3620页。
⑦ （汉）班固：《汉书·扬雄传》卷八十七，中华书局1962年版，第3515页。

之不累改。昔仲尼之去鲁兮，斐斐迟迟而周迈，终回复于旧都兮，何必湘渊与涛濑！溷渔父之哺歠兮，洁沐浴之振衣，弃由、聃之所珍兮，蹠彭咸之所遗！①

赋文写孔子去鲁之时，系恋旧都，迟迟徘徊，不忍离去。作者借孔子比照屈原，对屈原不效仿孔子而义无反顾地身赴江湘表示惋惜。"渔父"云哺其糟而歠其醨，屈原以为溷浊，不肯从渔父之言，以为新沐者必弹冠，新浴者必振衣；屈原抛弃了许由、老聃二人所守的保己全身、不为时俗所污的道，而仿效殷朝的介士彭咸不得其志投江而死的气节。对于屈原的这种以死抗节的做法，扬雄显然是不赞成的，但也肯定了屈原的高尚人格。《赋》序曰："怪屈原文过相如，至不容，作《离骚》，自投江而死，悲其文，读之未尝不流涕也。"②可见扬雄对屈子的同情和共鸣，并且在赋文中以"凤凰""骅骝"等美好之物比喻屈原，发出"惟天轨之不辟兮，何纯洁而离纷"之叹。《汉书·扬雄传》颜师古注："言天路不开，故使纯善贞洁之人遭此难也。"③可见扬雄对屈原的高洁品性既敬佩又惋惜的心情。另赋文中屡称屈原之死为"累"，据《汉书·扬雄传》颜师古引李奇注曰："诸不以罪死曰累。屈原赴湘死，故曰湘累也。"④这也可以反映出扬雄对屈原遭遇的同情和不平，对迫使屈原自杀的现实政治的揭露和控诉。当然，扬雄不会忘记在赋文中赞颂当世的清明，"汉十世之阳朔兮，招摇纪于周正。正皇天之清则兮，度后土之方贞。"所谓"汉十世"正是扬雄所生活的西汉成帝之时。

"龙蛇"哲学对于东汉赋家来说同样具有重大的指导意义。比如班彪《悼骚赋》云："唯达人进止得时，形以遂伸，否则诎而坼蠖，体龙蛇以幽潜。"班固在《离骚序》中说"且君子道穷，命矣。故潜龙不见是而无闷，《关雎》

---

① （汉）班固：《汉书》卷八十七，中华书局 1962 年版，第 3521 页。
② （汉）班固：《汉书·扬雄传》卷八十七，中华书局 1962 年版，第 3515 页。
③ （汉）班固：《汉书·扬雄传》卷八十七，中华书局 1962 年版，第 3516 页。
④ （汉）班固：《汉书·扬雄传》卷八十七，中华书局 1962 年版，第 3516 页。

哀周道而不伤。蘧瑗持可怀之智，宁武保如愚之性，咸以全命避害，不受世患。故《大雅》曰：'既明且哲，以保其身。'斯为贵矣。今若屈原，露才扬己，竞乎危国群小之间，以离谗贼"。① 班固甚至还批评屈原"露才扬己"，不懂得全命避害，才遭致杀身之祸的。

（二）梁竦《悼骚赋》儒家式舍生取义的悲愤

贾谊、扬雄等人对屈原的善意责难到了梁竦（？—83）作《悼骚赋》的时候，就变成对儒家舍生取义的高扬。梁竦批评贾、扬二人"惟贾傅其违指兮，何扬生之欺真"，并不同意二人的观念，他在赋文中将屈原置于一系列的仁人贤士如孔丘、伊尹、伍子胥、文种、介子推、鸣犊（春秋时晋国的贤大夫）、乐毅、白起、范增之中，以这些仁人贤士或显达或不遇的命运为屈原惋惜，"何尔生不先后兮，推洪勋以遐迈。服荔裳如朱绂兮，骋鸾路于奔濑。历苍梧之崇丘兮，宗虞氏之俊乂"。② 作者认为屈原生不逢时，否则可以建立宏大的功勋而流传后世。如果屈原生逢其时，可以著朱服、驾皇鸾而驰骋，可以为圣君之贤臣。作者又赞扬屈原曰"祖圣道而垂典兮，褒忠孝以为珍。既匡救而不得兮，必殒命而后仁"。③ 称赞屈原能够遵循圣人之道，褒扬忠孝；既然匡救时事而不得，必然杀身以成仁。这与《论语·卫灵公》所言"志士仁人，无求生以害仁，有杀身以成仁"之义完全一致。④ 这不仅是对屈原以死明志精神的赞颂，也是作者崇尚儒家"杀身成仁"精神的表现。

在吊屈原赋作中，汉人大多延续了屈原的用世传统，表现出对君臣遇合的期盼。如淮南小山《招隐士》就表达远离山野、回到朝廷的愿望；《吊屈原赋》《惜誓》所透露出来的全身远祸思想，正是对积极进取可能招致的后果的预想；扬雄《反离骚》所表现出来的近乎绝望的悲哀，在相反方向上正

---

① （清）严可均辑：《全上古三代秦汉三国六朝文·全后汉文》卷二十五，中华书局1958年版，第592页。

② 费振刚等校注：《全汉赋校注》，广东教育出版社2005年版，第404—405页。

③ 费振刚等校注：《全汉赋校注》，广东教育出版社2005年版，第404—405页。

④ （宋）朱熹：《四书章句集注·论语集注》卷八，中华书局1983年版，第163页。

是扬雄对用世之志的失望；《悼骚赋》将用世的危险化成积极进取、舍生取义的悲愤。总之，汉代的吊屈原赋虽然试图重构屈原形象，但仍然没有走出屈原的笼罩，不过是以不同的方式表达了对屈原积极用世精神的阐释。

二、董仲舒与司马迁"士不遇赋"的用世情怀

汉代赋家身处中央集权与"大一统"政治形势之下，他们对于政治压力的认识以及个人生存的焦虑越老越清晰的时候，同时也是他们对主流意识形态的依附和积极用世的渴望变得越来越急切的时候。他们对造成个人压抑的社会阴暗面批判得越深刻和猛烈，从另一方面也可以反映出汉代赋家对圣明君主、理想社会的渴望也就越强烈，这恰恰是汉代赋家入世精神的反映。走出屈原笼罩的语境，汉代赋家在叙述自己"不遇"的处境时，往往表现得异常清醒。也许他们会遭受比屈原时代更为残酷的现实，但汉代赋家在处理自己与时代的紧张关系时仍以遵循儒家原则为主。汉人的"悲士不遇"赋有董仲舒《士不遇赋》、司马迁《悲士不遇赋》、赵壹《穷鸟赋》《刺世疾邪赋》等。

（一）儒家式的不遇悲愤与董仲舒、司马迁的赋作

董仲舒（前179—前104）治《春秋》，为西汉今文经学大师，有深厚的儒学造诣。《士不遇赋》以纯粹儒家的观念叙述和处理自己"不遇"的境遇。赋文开篇即表达了自己生不逢时的哀伤："时来曷迟？去之速矣。屈意从人，非吾徒矣。正身俟时，将就木矣。"[1] 同时又表达了自己试图有所作为而处处碰壁的艰难处境："努力触藩，徒摧角矣。"作者哀叹自己"生不丁三代之盛隆兮，而丁三季之末俗"。即使如此，作者也从未放松以儒家道义约束自己，赋文说："以辩诈而期通兮，贞士耿介而自束。虽日三省于吾身兮，繇怀进退之惟谷。[2]"虽然自己道德高洁，但生活在"指其白以为黑"的时代，即

---

① （清）陈元龙编：《历代赋汇》卷三，凤凰出版社2004年版，第570页。
② （清）陈元龙编：《历代赋汇》卷三，凤凰出版社2004年版，第570页。

使想要效仿他人"藏器"，然而"退洗心而内讼兮，亦未知其所从也"，尽管常常反省责备自己，也还是不知道该何去何从。"洗心"引自《易传·系辞上》："圣人以此洗心，退藏于密，吉凶与民同患。"①想要仿效上古贤士卞随、务光、伯夷、叔齐、伍员、屈原，然而"于吾侪之云远兮，疑荒涂而难践"，毕竟时代不同，古人离我们已经很遥远了，古人之路也已荒芜难通。所以作者选择回归儒业，"孰若返身于素业兮，莫随世而轮转。虽矫情而获百利兮，复不如正心而归一善。"所谓"素业"即作者长期所持的儒业。作者表明自己不愿随时世变化而变化，与其矫其情而谋取利益，不如归心于儒家正道。作者此语说得义正词严，壁立千仞，有凛然之气。全赋从头至尾，贯穿的是一股积极进取的、堂堂正正的儒家气象，也可见董子的儒学宗师之身份。清人刘熙载《艺概》称赞《士不遇赋》有"明道"之旨。②从赋文所引经典也可见出这一点：全赋用典多来自儒家经典，共 14 次，其中《周易》6 次，《礼记》3 次，《论语》5 次，《诗经》1 次，《尚书》1 次。赋中所描述的坚毅人格也是典型的儒家式人格，如"贞士""圣贤""圣人""君子""正身""正心"等。赋中所歌颂的人物也正是为儒家所称道的，比如"卞随""务光""伯夷""叔齐""伍员""屈原"等，由此可见《士不遇赋》的儒学色彩。

司马迁（前 145—前 86 ?），"年十岁则诵古文"，司马贞《史记索隐》解释说："迁及事伏生，是学诵古文尚书。③"司马迁又从董仲舒习《春秋》，从孔安国习《古文尚书》，可见其儒学造诣。《悲士不遇赋》所内含的用世渴望较之董仲舒《士不遇赋》更为急切。虽然作者在赋中也有"无造福先，无触祸始。……理不可据，智不可恃"的全身远祸言论，然细读全赋可知，这不过是司马迁的愤激之言，真正充溢全赋的是"君子疾没世而名不称焉"的悲愤。赋曰：

---

① （清）阮元校刻：《十三经注疏·周易正义》卷七，上海古籍出版社 1997 年版，第 81 页。

② （清）刘熙载：《艺概·赋概》卷三，上海古籍出版社 1978 年版，第 96 页。

③ （汉）司马迁：《史记》卷一百三十，中华书局 1959 年版，第 3294 页。

　　悲夫！士生之不辰，愧顾影而独存。恒克己而复礼，惧志行而无闻。谅才韪而世戾，将逮死而长勤。虽有形而不彰，徒有能而不陈。何穷达之易惑，信美恶之难分。时悠悠而荡荡，将遂屈而不伸。……天道微哉，吁嗟阔兮。……好生恶死，才之鄙也；好贵夷贱，哲之乱也。……没世无闻，古人唯耻；朝闻夕死，孰云其否？①

作者在赋文中一再申诉对于"没世无闻"的羞耻感。作者明言自己坚持遵循儒家圣人"克己复礼"的教训，担心"志行而无闻"；自己拥有很高的才能却与时乖违，至死都不过是劳苦奔命而已。虽有很深的造诣而不能显扬，虽有才能而不能得到施展，作者只有感叹"屈而不伸"，"天道微哉，吁嗟阔兮"，对于天道不公提出质疑。虽然圣人以"没世无闻"为耻辱，然而亦无他法。刘熙载《艺概》称司马迁作《悲士不遇赋》有"没世无闻，古人唯耻"之语是"古人言必由志"的表现。②另外，赋文大量引用经典，共引经典8次，其中《论语》4次，《诗经》3次，《尚书》1次。需要特别指出的是作者引《论语》几乎全为直引，如"恒克己而复礼"；"没世无闻，古人唯耻"；"朝闻夕死"等，由此可见，司马迁受到《论语》影响之巨。

　　（二）赵壹《穷鸟赋》与《刺世疾邪赋》的愤世之讥

　　到了东汉后期，外戚、宦官争权，士人处境愈加艰难，才能志向不得施展，愤懑郁结。赵壹（178年前后在世）就生活在这个时期，又兼"恃才倨傲"，"屡抵罪，几至死，友人救得免"的经历，所以他对于社会的黑暗和腐朽的控诉就更为直切、激烈和尖锐。《穷鸟赋》直抒胸臆，赋序开篇即以灵辄饿于桑下得赵盾所救（典出《春秋左传·宣公二年》），郑国虢太子得扁鹊医治而活命的故事来反衬自己的悲惨遭遇。直言"余畏禁，不敢班班显言，窃为《穷鸟赋》一篇"，作者哀叹自己不遇于时，又不敢公开宣扬自己的不

---

① （清）陈元龙编：《历代赋汇》卷三，凤凰出版社2004年版，第570页。

② （清）刘熙载《艺概·赋概》卷三，上海古籍出版社1978年版，第96页。

幸遭遇，只好作赋以寄托情志。作者自比穷鸟，前后左右俱无去路，"幸赖大贤，我矜我怜"，此处暗用《周易·比卦》："王用三驱"之典，意思就是指君王出猎，网开一面，从三面驱赶禽兽，不射杀向前逃跑者，只猎获迎面而来者。《史记·殷本纪》云："汤出，见野张网四面，祝曰：'自天下四方，皆入吾网'。汤曰：'嘻，尽之矣！'乃去其三面。"① 赋文极写"穷鸟""思飞不得，欲鸣不可；举头畏触，摇足恐堕；内独怖急，乍冰乍火"② 的艰难处境，正是作者不得志的生动写照。赋文最后曰："天乎祚贤，归贤永年。且公且侯，子子孙孙。"③ 表达了作者对上天赐福贤士，护佑子子孙孙永享福祉的期望，也折射出作者所寄托的用世渴望。

《刺世疾邪赋》开篇即言三王五帝之后，世道浇离，"德政不能救世溷乱，赏罚岂足惩时清浊"，对混乱污浊之世表达了强烈的指责。赋文批评当时的社会风气："舐痔结驷，正色徒行"，"邪夫显进，直士幽藏"。甚至批评执政者之非贤，"所好则钻皮出其毛羽，所恶则洗垢求其瘢痕"，可见当时的用人原则和排除异己的严酷现实。因此作者表达了与这个黑暗世道彻底断绝的愿望："宁饥寒于尧舜之荒岁兮，不饱暖于当今之丰年"，哀叹"河清不可俟，人命不可延"，再一次重申"乘理虽死而非亡，违义虽生而匪存"的儒家舍生取义的气节。赋作结尾借"鲁生"之口云："势家多所宜，咳唾自成珠；被褐怀金玉，兰蕙化为刍。贤者虽独悟，所困在群愚。且各守尔分，勿复空驰驱。"④ 权势之家无论做什么都是对的，"咳唾自成珠"；品德高洁之人身怀才德却如同喂牲口的干草一样无用。贤者虽然是醒悟的，然而却被群愚所困，不如姑且恪守本分，不要再为乱世奔走了。似乎透露出消极避世的思想，其实正是作者用世理想破灭之后的愤激之辞而已。

悲士不遇赋与吊屈原赋不同之处在于它已经将抒情对象由屈原转换成

---

① （汉）司马迁：《史记》卷三，中华书局 1959 年版，第 94 页。

② （清）陈元龙编：《历代赋汇》卷百三十三，凤凰出版社 2004 年版，第 531 页。

③ （清）陈元龙编：《历代赋汇》卷百三十三，凤凰出版社 2004 年版，第 531 页。

④ （清）陈元龙编：《历代赋汇》卷六十九，凤凰出版社 2004 年版，第 288 页。

了抒情主人公自身，但是这两类赋作的基本写作模式其实并没有太大的改变。悲士不遇赋的写作是以自我预设的道德优越感为前提的，也就是说赋家写作不遇赋时是将抒情主人公的道德、才能的优越作为不言自明的前提。一位德才兼备的士人如身处圣明时代，自然会获得积极用世的机会，能完成建功立业的理想。相反，则会备受压抑，一事无成。因此，士不遇赋的写作策略往往突出体现在借助大量的物象，通过是非、善恶、优劣等对比的方式凸显抒情主人公的道德才华，对比越鲜明，赋作中抒情主人公的用世渴望就越强烈。

三、崔篆《慰志赋》、冯衍《显志赋》对"忠君"问题的思考

为人臣者对君主的忠诚问题放在一个中央集权高度发达的"大一统"社会之下是天经地义的政治伦理，然而置身于王纲解钮的春秋战国时代，或是改朝换代之际，所谓"君臣"之节当有别论。在王纲钮解的春秋战国时期，士人所忠诚的对象在诸侯国君与天子之间徘徊，诸侯国君是作为现实利益的直接寄托者而为士人所重视，而天子又是政治伦理意义上应该效忠的终极对象。因此士人在不同的国君之间来回奔走，或者以一人之身同时服务于不同的国君，在当时似乎并不存在政治伦理的自我责难。孔子一生致力于恢复周礼的原因即是礼乐失范背景之下的君臣之道的缺失，所以孔子的终极关怀在于对秩序的追求。春秋战国时期所存在的这种君臣关系的混乱在两汉之际政权交替之时同样会短暂地存在。与先秦时期的士人不用承担君臣道义的责难不同的是，两汉之际的士人在短暂的动乱结束之后，曾经服务于旧朝的士人如何面对新君将成为两汉之际的士人所必须解决的严峻的现实难题。崔篆《慰志赋》、冯衍《显志赋》即为此类作品的代表。

崔篆、冯衍二人都在光武定鼎之前有过"失足"的经历，都曾亲身经历过两汉之际的政局动乱，也曾仕事他君。后光武帝一统天下，二人在面对新君的时候，"臣节"问题就成为了必须面临的问题。

（一）崔篆《慰志赋》与儒家式的道德自省

崔篆（生卒年不详）传附于《后汉书·崔骃传》，王莽时为郡文学，以明经征诣公车。太保甄丰举为步兵校尉，不就而去。后因母亲师氏及兄发均为王莽所宠幸，恐因己之故牵连母兄，遂任建新大尹。"建武初，朝廷多荐言之者，幽州刺史又举篆贤良。篆自以宗门受莽伪宠，惭愧汉朝，遂辞归不仕。客居荥阳，……临终作赋以自悼，名曰《慰志》。"①

《慰志赋》在叙述自己仕事王莽的经历的时候，悔恨之情充溢全篇。赋文开篇曰："嘉昔人之遭辰兮，美伊、傅之遭时。应规矩之淑质兮，过班、倕而裁之。协准缦之贞度兮，同断金之玄策。何天衢于盛世兮，超千载而垂绩。岂修德之极致兮，将天祚之攸适？②"作者对伊尹遇于商汤、傅说遇于殷高宗武丁而皆得有所作为表示歆羡不已，尤其对于商汤、武丁之时君臣协洽共治天下的圣君贤臣美政多置褒辞，认为是德行修养已臻极致而终获天降之福。作者又感叹自己的不遇，"愍余生之不造兮，丁汉氏之中微。"自己生不逢时，适逢汉代中衰。赋曰：

> 嗟三事之我负兮，乃迫余以天威。岂无熊僚之微介兮，悼我生之奸夷。庶明哲之末风兮，惧《大雅》之所讥。遂翕翼以委命兮，受符守乎艮维。恨遭闭而不隐兮，违石门之高踪。扬蛾眉于复关兮，犯孔戒之冶容。懿呡蚩之悟悔兮，慕白驹之所从。乃称疾而屡复兮，历三祀而见许。悠轻举以远遁兮，托峻崄以幽处。峥潜思于至赜兮，骋《六经》之奥府。③

赋文所引前八句表达了作者迫于"天威"而不得不出仕的无奈。"三事"，指三公，这里指太保甄丰举荐自己为步兵校尉一事。"艮维"，指东北方向，此

---

① （南朝·宋）范晔：《后汉书·崔 传》卷五十二，中华书局 1965 年版，第 1705 页。
② （清）陈元龙编：《历代赋汇·外集》卷一，凤凰出版社 2004 年版，第 561 页。
③ （清）陈元龙编：《历代赋汇·外集》卷一，凤凰出版社 2004 年版，第 561 页。

处指崔篆为建新（西汉时为千乘郡）大尹一事。作者表明自己其实也有像熊僚那样的勇士所具有的耿介的品质，只是惧于母亲的安危只得屈服而已（其时，崔篆之母、兄皆为新莽所宠）。接下来自"恨遭闭而不隐兮"开始，到"慕白驹之所从"六句赋文，句句用典，抒写作者的悔恨之情。"遭闭"句化用《易传·坤》"文言"曰："天地闭，贤人隐。"[1] 作者自恨未能效仿贤人而隐。"石门"句引自《论语·宪问》："子路宿于石门。晨门曰：'奚自？'子路曰：'自孔氏。'曰：'是知其不可而为之者与？'"[2] 作者遗憾自己不能如石门守晨一样隐去踪迹。"蛾眉"出《卫风·硕人》"螓首蛾眉，巧笑倩兮，美目盼兮"之句，[3] 本是形容女子美丽。"复关"出《卫风·氓》"乘彼垝垣，以望复关。不见复关，泣涕涟涟。既见复关，载笑载言"之句，[4] 本是指卫国地名。"冶容"一词出《易传·系辞上》"冶容诲淫"之句，本指打扮容貌而招摇于外。相传孔子作"十翼"，故作者言"孔戒"。"扬蛾眉于复关兮，犯孔戒之冶容"一句写作者没有与时君断绝关系，反而像美女张扬蛾眉以望复关一样，违背了孔门冶容诲淫的训诫。"氓蚩"一句化用《氓》："氓之蚩蚩，抱布贸丝"之句，赞扬女子最终能醒悟，与这位"贰其行""二三其德"（《卫风·氓》）的男子一刀两断。"白驹"出自《小雅·白驹》"皎皎白驹，在彼空谷。生刍一束，其人如玉"之句，[5] 写作者羡慕《诗经》中的那位贤者能够遁迹"空谷"不闻世事。"懿氓蚩之悟悔兮，慕白驹之所从"一句表达了作者不能断然悔悟而高隐的悔恨情感。最后六句自"乃称疾而屡复兮"开始，到"骋《六经》之奥府"，抒写了作者终于悔悟前过，幽居山林，潜心六经的生活。需要说明的是，崔篆之隐自言"骋《六经》之奥府"，可知此乃儒家之隐，非道家无为出世之隐。

　　作者痛改前非之后，又逢光武圣君之盛世，兼以幽州刺史举荐，但是自

①　（清）阮元校刻：《十三经注疏·周易正义》卷一，上海古籍出版社1997年版，第19页。

②　（宋）朱熹：《四书章句集注·论语集注》卷七，中华书局1983年版，第158页。

③　（清）阮元校刻：《十三经注疏·毛诗正义》卷三，上海古籍出版社1997年版，第322页。

④　（清）阮元校刻：《十三经注疏·毛诗正义》卷三，上海古籍出版社1997年版，第324页。

⑤　（清）阮元校刻：《十三经注疏·毛诗正义》卷一一，上海古籍出版社1997年版，第434页。

己绝意仕进。赋曰：

> 皇再命而绍恤兮，乃云眷乎建武。运欃枪以电埽兮，清六合之土宇。圣德滂以横被兮，黎庶恺以鼓舞。辟四门以博延兮，彼幽牧之我举。分画定而计决兮，岂云贵乎鄙耇？遂悬车以絷马兮，绝时俗之进取。叹暮春之成服兮，阖衡门以埽轨。聊优游以永日兮，守性命以尽齿。贵启体之归全兮，庶不忝乎先子。①

上引赋文先极力赞颂光武之世的圣德，以及广开四方之门招延贤士的举措；接下来写自己无意仕进，只愿安静地终老一生。但是细读赋文可知，作者的"守性命以尽齿"并非道家式的归隐岩穴，而是儒家式的归隐。比如"叹暮春之成服"即是化用《论语·先进》"暮春者，春服既成，冠者五六人，童子六七人，浴乎沂，风乎舞雩，咏而归"之句，② 本是曾晳言志的话，但孔子非常赞成。又"贵启体之归全"一句也是化用《论语·泰伯》："曾子有疾，召门弟子曰：'启予足！启予手！'"③ 据《孝经·开宗明义章》记载，孔子曾对曾参说过："身体发肤，受之父母，不敢毁伤，孝之始也。"④ 曾子谨遵儒教，以为身体发肤受于父母而不敢毁伤，故命弟子检视，以明身体无所毁伤。由此可知，崔篆之所以选择全身隐退的生活方式完全是出于儒家式的理想，或闭门以读六经，或全躯以尽孝。冯小禄先生说："通过《慰志赋》显现出来的崔篆人格是典型的儒家内省人格。⑤" 全赋充满了儒家式的告诫与道德化的自我批评。虽然崔篆所表达的"不遇"完全是因为个人无法操控的朝代交替而导致的，但作者既要表示对"失足"的悔恨，又要颂美当今圣上，

---

① （南朝·宋）范晔：《后汉书·崔骃传》卷五十二，中华书局1965年版，第1706页。
② （宋）朱熹：《四书章句集注·论语集注》卷六，中华书局1983年版，第130页。
③ （宋）朱熹：《四书章句集注·论语集注》卷四，中华书局1983年版，第103页。
④ （唐）李隆基注，（宋）邢昺疏：《孝经注疏》，上海古籍出版社2009年版，第4页。
⑤ 参见冯小禄：《汉赋书写策略与心态建构》，人民出版社2010年版，第120页。

最后还要做出选择。赋文从头至尾，作者都没有逃避自己曾仕前朝的经历，而是以儒家光明正大的作风坦然表达自己的愧悔。

（二）冯衍《显志赋》与怨世不遇

与崔篆对于曾经的"失足"表示深切愧悔不同的是，冯衍更多抒写自己的怨世"不遇"。冯衍（约1—76），《后汉书·冯衍传》记载幼有奇才，九岁即能诵《诗》，二十而博通群书。从新莽更始将军廉丹为椽，曾劝廉丹叛莽，丹不听，与赤眉战死。衍亡命河东。刘玄更始二年，鲍永以尚书仆射行大将军事，衍附之，永乃以衍为立汉将军。刘玄败亡，光武怨其未及时归降，遂不以重用。后又结交外戚，因此获罪，诏赦不问，遂罢归故郡，不复与亲故通。"建武末，上疏自陈，……犹以前过不用。衍不得志，退而作赋。"① 其所作赋即《显志赋》。《后汉书·冯衍传》揭示了冯衍作赋是因为建武末年，上疏自陈以期用世而因前过不得任用之故而作。由此可知，冯衍作《显志赋》是抒发其不遇之感的。赋文篇幅较长，全赋共 2300 余字，赋中儒道兼用，孔老并称，时儒时道，其目的全在于抒发自己不遇的愤懑之情。全赋既不见他对曾仕前朝的愧疚，也不见其对时君的歌颂，反而通过征行纪实、吊古伤今总结时代盛衰、治乱得失，对自己的不遇也没有归结为曾经的"失足"经历，而是归结为外在的原因如时命的不济、小人的谗言等，为自己的清白无辜而辩护。赋文自论写作缘起以及全赋题旨曰："风兴云蒸，一龙一蛇，与道翱翔，与时变化，夫岂守一节哉？用之则行，舍之则藏，进退无主，屈伸无常。故曰：'有法无法，因时为业；有度无度，与物趣舍。'"②"故曰"四句引自司马谈《论六家要指》一文，司马谈服膺黄老之术，故赋文宣扬"用舍行藏"哲学，与时推移之论，似乎透露出一种道家的"顺其自然"的气息。然而其中也包含了儒家哲学，比如"用之则行，舍之则藏"本就是孔子之语（《论语·述而》），因为原始儒学本就具有明哲保身、审时

---

① （南朝·宋）范晔：《后汉书·冯衍传下》卷二十八下，中华书局 1965 年版，第 983—984 页。

② （南朝·宋）范晔：《后汉书·冯衍传下》，中华书局 1965 年版，第 985 页。

知命的哲学追求。全赋最为集中的部分在于作者借历史人物及事实来表达自己的政见，以及对历史人物忠而不用的悲剧命运的愤慨。其实，作者真正的用意在于暗示自己的"不遇"。赋序云："顾尝好俶傥之策，时莫能听用其谋，喟然长叹，自伤不遭。"①可见作者作赋以自伤不遇之旨。赋文曰："何天命之不纯兮，信吾罪之所生？伤诚善之无辜兮，赍此恨而入冥。嗟我思之不远兮，岂败事之可悔？虽九死而不眠兮，恐余殃之有再。泪汎澜而雨集兮，气滂浡而云披；心怫郁而纡结兮，意沉抑而内悲。"②作者辩称自己诚善无辜，因此也没有必要悔恨，反而表达了一种强烈的儒家式的用世渴望，赋文曰："病没世之不称兮，愿横逝而无由"；"耻功业之无成兮，赴原野而穷处"。作者还为读者构建了一幅圣王政治的图景：

> 惟天路之同轨兮，或帝王之异政。尧舜焕其荡荡兮，禹承平而革命。……讯夏启于甘泽兮，伤帝典之始倾；颂成康之载德兮，咏《南风》之歌声。思唐虞之晏晏兮，揖稷、契与为朋；苗裔纷其条畅兮，至汤武而勃兴。昔三后之纯粹兮，每季世而穷祸。吊夏桀于南巢兮，哭殷纣于牧野。诏伊尹于亳郊兮，享吕望于酆州，功与日月齐光兮，名与三王争流。③

作者认为"天路同轨"，但帝王的政教各自参差有异，有圣君，也有昏君。尧、舜、禹、商汤、周文王、周武王、周成王、周康王皆为圣王，有举贤之功；而夏桀、殷纣为昏君，身死国灭。从上引赋文来看，作者显然倾向于歌颂圣王政治。作为圣王政治的一个重要因素就是任用贤臣，比如伊尹、吕望等贤士皆能得其所哉，故能建立起可与日月争光的功绩。作者言外之意正在于表达自己希望能像伊尹、吕望一样得到天子的任用而实现自己建功立业的

---

① （南朝·宋）范晔：《后汉书·冯衍传下》，中华书局 1965 年版，第 985 页。
② （南朝·宋）范晔：《后汉书·冯衍传下》，中华书局 1965 年版，第 989—990 页。
③ （南朝·宋）范晔：《后汉书·冯衍传下》，中华书局 1965 年版，第 992—993 页。

用世愿望。

综上所述，在"大一统"社会背景下，由"不遇"而造成的焦虑几乎成为士人共同的记忆和经历。在这样的共同遭遇下，贤人失志之赋具备了某些共同的特征。

首先，赋家均以德才之士自况，具有浓厚的儒家人格色彩。因为只有将自己预设为德才兼备之人，"遇"与"不遇"才成为可能性论述。贾谊、扬雄"吊屈赋"借屈子以明志；董仲舒、司马迁"悲士不遇赋"则备言自己守儒家之道反遭不遇之悲；崔篆《慰志赋》虽然真诚地表达了作者对曾经"失足"的愧悔，但作者似乎也没有忘记对自己的期许，不经意写出"骋《六经》之奥府"，似乎表明自己亦非庸碌之人；冯衍《显志赋》对自己曾经仕事前朝的经历不仅不感到悔恨，反而极力诉说忠而被弃的愤懑。

其次，"贤士失志"赋表达了一种强烈的用世渴望。造成士人"不遇"的原因各有不同，而用世渴望却是一致的。比如"吊屈赋"的作者将"不遇"的原因归结为屈原式的道德人格，"屈平正道直行，竭忠尽智以事其君，谗人间之"，"信而见疑，忠而被谤"①；士不遇赋的作者则申说坚守儒家之道反遭摒弃的无奈和愤懑。董仲舒《士不遇赋》哀叹"时来曷迟"，"生不丁三代之盛隆"，司马迁《悲士不遇赋》则言"生之不辰"。董中舒历景帝、武帝两朝，景帝时为博士，武帝时为江都王相和胶西王相，武帝时用其"罢黜百家、独尊儒术"主张。司马迁为太史令，生逢武帝盛世。董、马二人皆逢西汉盛朝，不便言人主之过，皆托言时世不利。崔篆、冯衍身处两汉交替之际，错投他人门下，导致新君的弃而不用。总之，无论何种具体原因造成了汉代赋家们的"不遇"感，但是隐藏在这种"不遇"感背后的其实正是赋家们的强烈用世愿望。或者可以这样断言，赋家对社会批判的姿态越激烈，政治道德指向就越明确，其实也表明赋家对社会的依附以及实现用世理想的渴望也越来越紧迫，显露出了赋家渴望入世的精神追求。

---

① （汉）司马迁：《史记·屈原贾生列传》卷八十四，中华书局 1959 年版，第 2483 页。

再次，充溢贤人失志之赋的精神主体是儒学的而非道家的。虽然在某些赋作中似乎有类似道家的无为思想存在，其实不过是理想不能实现之后的愤激之言。"士不遇"主题的创作主体，"本来就是一些具有很强政治意识和从政愿望的士大夫文人"，[①] 而且他们创作"士不遇"主题赋作目的就在于讽谏君上任用贤士以实现贤士们在政治事功上的作为。更何况，原始儒家本就有审时度势、清醒地观察社会的能力和要求，孔子就说过"道不行，乘桴浮于海"[②] 的话。

第二节　儒学理想与纪行赋、玄思赋的历史人生之思

纪行与玄思是汉代赋家表达对历史人生、政治理想思考的重要方式。纪行赋远绍屈原《离骚》《涉江》等作品，摒弃其地理空间的虚构性而继承其浓厚的抒情意绪。汉代纪行赋书写，书写实际的经行之地，又由经行之地牵出相关的历史人物、事件，借以表达赋家潜在的政治、道德主题以抒发赋家的古今之思。在汉代"大一统"帝国的行政空间内，无论是权力或者政治空间，都是以皇帝与帝都为中心的"同心圆"结构。帝都毫无疑问是帝国的中心所在，因此当士人被迫远离帝都而去往他乡的时候，实际上意味着离开权力中心或者政治中心，具有强烈的政治象征意义。由于是被迫离开政治中心的边缘化迁徙，士人的贬谪感尤其强烈，羁旅之中的君国之思也常常成为赋家们抒发的主要情感之一。

玄思赋是汉代赋家对生活在体制化的"大一统"政治局势之下的个人命运的思考。汉代中央集权政治大体上不再给士人提供自由选择政治空间的可

---

① 何新文：《文士的"不遇"与文学中的"士不遇"主题》，见《古代文学与目录学总论》，中国社会科学出版社 2017 年版，第 71 页。

② （宋）朱熹：《四书章句集注·论语集注》卷三，中华书局 1983 年版，第 77 页。

能性，尤其基于晋身途径的固化，使得士人凭借道德和才能以感动君上而获得不朽功名的策略变得不切实际。因为现实的困境，兼以浓厚的不遇之感，汉代士人开始以性命归宿、人生处境作为思考的对象。这类赋作有贾谊《鵩鸟赋》、孔臧《鸮赋》、扬雄《太玄赋》、班固《幽通赋》、张衡《思玄赋》《归田赋》等。当然，从大的政治背景来观察这些赋作，它们仍然是"大一统"政治下士人不遇的反映。

一、刘歆《遂初赋》及蔡邕《述行赋》历叙《左传》而寄意

汉代的纪行赋自刘歆《遂初赋》始，之后有班彪《北征赋》，班昭《东征赋》，蔡邕《述行赋》等。

（一）刘歆《遂初赋》历叙《左传》以寄意

西汉经师所传习者皆今文经，古文经之兴殆自西汉末刘歆始。刘歆（约前53—23），少以通《诗》《书》，能属文见召，是西汉后期著名的古文经学家。《左传》为古文，刘歆竭力为《左传》争立学官。《汉书·楚元王传》记载了刘歆治《左传》并欲立《左传》学官之事：

> 及歆校秘书，见古文《春秋左氏传》，歆大好之。时丞相史尹咸能治《左氏》，与歆共校经传。歆略从咸及丞相翟方进受，质问大义。初，《左氏传》多古字古言，学者传训故而已。及歆治《左氏》，引传文以解经，转相发明，由是章句、义理备焉。……及歆亲近，欲建立《左氏春秋》及《毛诗》《逸礼》《古文尚书》皆列于学官。①

刘歆好古文《春秋左氏传》，并从尹咸及翟方进二人习《左传》，且欲立《左氏春秋》为学官，可见刘歆对《左传》造诣至深。南宋章樵曾编订《古文苑》，

---

① （汉）班固：《汉书·楚元王传》卷三十六，中华书局1962年版，第1967页。

为《遂初赋》作序曰：

> 《遂初赋》者，刘歆所作也。歆少通诗书，能属文。……歆好《左氏春秋》，欲立于学官。时诸儒不听，歆乃移书太常博士，责让深切，为朝廷大臣非疾，求出补吏，为河内太守。又以宗室不宜典三河，徙五原太守。是时朝政已多失矣，歆以论议见排摈，志意不得。之官，经历故晋之域，感念思古，遂作斯赋，以叹征事而寄己意。①

《赋序》揭示了刘歆作赋的缘由是因为议论朝政而遭人排挤，被迫外放而离开京都的，在外放的行程中经过故晋之地，感念思古。虽为思古，实为讽今；虽叹放逐，实乃寄托己意。《遂初赋》开篇即夸写自己放逐之前备受皇帝器重的荣耀，赋文曰："昔遂初之显禄兮，遭闾阖之开通。蹑三台而上征兮，入北辰之紫官。备列宿于钩陈兮，拥大常之枢极。总六龙于驷房兮，奉华盖于帝侧。"② 作者陈述当初身获显贵之时，宫门大开，身登三台而入皇宫禁苑，为天子车驾前驱，陪侍天子之侧，倍极荣宠。赋文又云："惟太阶之侈阔兮，机衡为之难运。惧魁杓之前后兮，遂隆集于河滨。遭阳侯之丰沛兮，乘素波以聊戾。得玄武之嘉兆兮，守五原之烽燧。"③ 作者写自己遭遇权臣所嫉，不得不远行五原。

将《春秋经传》所载历史人物、事件引入赋作始自《遂初赋》。《文心雕龙·事类》曰："刘歆《遂初赋》，历叙于纪传，渐渐综采矣。④"刘歆撰写《遂初赋》开采纳史书纪传于赋文之先。全赋 140 余句，历叙作者自长安至五原的所见所感，而本于《春秋左传》所载史料而作的赋文几占三分之一篇幅，赋写晋国自翦公族以至亡国的历史。作为赋文主体部分的思古，作者罗列了

---

① （宋）章樵注：《古文苑》（丛书集成初编）卷五，中华书局 1985 年影印版，第 115—116 页。
② （宋）章樵注：《古文苑》（丛书集成初编）卷五，中华书局 1985 年影印版，第 116 页。
③ （宋）章樵注：《古文苑》（丛书集成初编）卷五，中华书局 1985 年影印版，第 117 页。
④ （南朝·梁）刘勰著，范文澜注：《文心雕龙注》，人民文学出版社 1958 年版，第 615 页。

黎侯、赵括、周文王、辛甲、孙蒯、晋平公、叔向、祁奚、孔子、屈原、柳下惠、蘧瑗、叔虞、荀寅、吉射、赵鞅 16 人。足见刘歆对《春秋左传》的熟悉，何新文先生说："刘歆《遂初赋》借古喻今，首开汉赋写《左传》之风"①，可谓的论。赋文秉持正统的儒学道德伦理观对上述历史人物作出褒贬。赋文歌颂了圣君贤臣，重申儒家君臣之道，批评了暴君僭臣，尤其对于晋不能尊周而行霸业以及作为晋六卿的荀寅、吉射、赵鞅的反叛提出了批评。比如赋文歌颂周文王"好周文之嘉德兮，躬尊贤而下士"就是典型的儒家圣贤政治的代表。又赋文对孔子、屈原、柳下惠、蘧瑗等四人的怀才不遇作了详细的论述：

> 虽韫宝而求贾兮，嗟千载其焉合。昔仲尼之淑圣兮，竟隘穷乎陈蔡。彼屈原之贞专兮，卒放沉于湘渊。何方直之难容兮，柳下黜出而三辱。蘧瑗抑而再奔兮，岂材知之不足。扬蛾眉而见妒兮，固丑女之情也。曲木恶直绳兮，亦不人之诚也。②

孔子虽有"待贾"（《论语·子罕》）之心，竟至于穷厄陈蔡；屈原忠贞，竟至于放沉湘渊；柳下方直，竟至于三黜；蘧瑗贤士，竟至于再奔。刘歆拟以自况，抒发自己的不遇之情。由此可见，对于"少通《诗》《书》"的儒士刘歆来说，他评价历史人物的基本标准完全是依傍儒家经典的。至于赋文结尾以为"宠幸浮寄，奇无常兮。寄之去留，亦何伤兮"，"守信保己，比老彭兮"，不过是作者表达对自己怀才不遇的无奈之辞。"守信保己，比老彭兮"之句即化用自《论语·述而》"子曰：'述而不作，信而好古，窃比于老彭'"。何晏注"老彭，殷贤大夫③。"也许刘歆无奈之下只得仿效孔子和老彭作一

---

① 何新文所撰《〈春秋经传类对赋〉与〈左传〉的传播》一文，载孙绿怡主编《春秋左传研究：2008〈春秋〉〈左传〉学术研讨会论文集》，中华书局、中央广播电视大学出版社 2009 年版，第 145 页。

② （宋）章樵编：《古文苑》（丛书集成初编）卷五，中华书局 1985 年影印版，第 120 页。

③ （宋）朱熹：《四书章句集注·论语集注》卷四，中华书局 1983 年版，第 93 页。

个"守信保己"的人。

（二）蔡邕《述行赋》依经典而揄扬儒家道德

身处东汉末年的蔡邕（132—192），通经史，为东汉后期著名的儒家，曾奉汉灵帝命，与他人合作订正《六经》文字，并刻石洛阳太学，即为"熹平石经"。其时外戚、宦官争权，国家政局风雨飘摇。《述行赋》开篇即抒写了外戚与宦官争斗的残酷事实。在这样的局势下，皇帝（汉桓帝）犹不惜民情，建造显阳宫，"人徒冻饿，不得其命者甚众"。这种严峻的形势下，直言者死。作者因为善琴，为宦官控制的朝廷所召，被迫前往京师。作者心有所愤，述而成赋。在作者由陈留去往偃师的行经途中，历史遗迹甚多。作者多依《春秋左传》而追述历史上曾经发生过的腥风血雨，触目伤怀、追古述今、托古讽今、彰善斥恶，历史人物及典故一一纳入作者笔底，把自己对东汉现实政治的不满和悲愤全部寄寓在对历史的回顾与陈述中，其目的仍在于抒发对民众苦难的同情以及自己用世理想被压抑的愤慨。赋曰：

> 皇家赫而天居兮，万方徂而并集。贵宠扇以弥炽兮，金守利而不戢。前车覆而未远兮，后乘驱而竞及。穷变巧于台榭兮，民露处而寝湿。消嘉谷于禽兽兮，下糠粃而无粒。弘宽裕于便辟兮，纠忠谏其侵急。怀伊吕而黜逐兮，道无因而获入。唐虞渺其既远兮，常俗生于积习。周道鞠为茂草兮，哀正路之日涩。①

朝廷上下，黑白颠倒，忠而被纠，佞而获宠，唐尧、虞舜以及周的正道都被抛弃了，伊尹、吕望那样的贤臣也被黜逐。官僚生活奢靡，老百姓却是民不聊生。鲁迅《题未定草（六至九）》说："例如蔡邕，选家大抵只取他的碑文，使读者仅觉得他是典重文章的作手，必须看见《蔡中郎集》里的《述行赋》，那些'穷变巧于台榭兮，民露处而寝湿。消嘉谷于禽兽兮，下糠粃而无粒'

---

① （清）陈元龙编：《历代赋汇·外集》卷十，凤凰出版社 2004 年版，第 599 页。

的句子，才明白他并非单单的老学究，也是一个有血性的人，明白那时的情形，明白他确有取死之道。"①

从陈留到偃师，所经之处，作者所列举的史实始终贯穿着一条主线，即君臣关系。作者通过对圣君贤臣的歌颂，对昏君叛臣的批判，明确表达了自己的明君贤臣政治理想。比如赋文中罗列的明君有：汉高祖、夏禹、襄王等，贤臣有：晋鄙、宁越、纪信、刘定、五子、简公、伊尹、吕望等；昏君有：太康等，佞臣有：朱亥、佛肸、管叔、蔡叔、申侯、涛涂、子带、子朝等。一方面，作者对于不守臣节的逆臣叛将，作者给予了严厉的批评，甚至包括曾被司马迁等人赞扬过的信陵君窃符救赵之举亦在被责之列。比如赋文云："哀晋鄙之无辜兮，忿朱亥之篡军。历中牟之旧城兮，憎佛肸之不臣。"作者对朱亥、佛肸的不臣之举批判甚为严厉。虽未明言信陵君，但诛杀晋鄙之事的主谋乃信陵君。作者这样做的意图在于影射东汉时期宦官专权、矛盾尖锐的黑暗政治。另一方面，则是对历史上的明君贤臣给予了高度赞扬。"过汉祖之所隘兮，吊纪信于荥阳"，"追刘定之攸仪兮，美伯禹之所营"，作者对纪信忠心救主、大禹勤恤国民的功绩不禁衷心歌颂。赋文结尾曰"则善戒恶，岂云苟兮？"再次重申以善为则，以恶为戒的儒家道德准则。由此可见，蔡邕所秉持的儒家道德以及儒家君臣伦理观深深影响其辞赋创作，在其赋作中得到了充分的展现。同时，其赋作所蕴含的浓厚经典意识也恰好反衬出了作者的儒学人格。

二、班彪《北征赋》及班昭《东征赋》依《诗》《论》而立义

对于饱读儒经的班彪、班昭父女来说，为赋行文深受《诗经》《论语》等经典影响，赋文多征引《诗经》《论语》之语以立论。

---

① 鲁迅：《鲁迅全集》第六册《且介亭杂文二集》，人民文学出版社 1981 年版，第 422 页。

（一）班彪《北征赋》依经典而抒儒家美政理想

班彪（3—54）的《北征赋》约作于更始三年（25）。此时天下大乱，班彪北行之举自然不为贬谪之事，作者前往北地凉州投附西州上将军隗嚣，显然是为了谋取功利，期盼能够有所作为。作者离开京师长安，一路所见荒凉萧条，作者伤现实之乱而有所悯，故以赋文表达自己理想中的政治图景：

> 从圣文之克让兮，不劳师而币加。惠父兄于南越兮，黜帝号于尉他。降几杖于藩国兮，折吴濞之逆邪。惟太宗之荡荡兮，岂曩秦之所图。①

作者理想中的皇帝应当像汉文帝一样，以恩扶的策略取得天下太平，而不是如强秦一样修边以御远。上引赋文赞颂汉文帝有仁让之德，不兴兵劳师而以币帛加于天下，四民臣服。南越王赵佗感文帝之德而请去帝号称臣，又能击败吴王刘濞而剪除叛逆邪恶之举，故称赞文帝之德浩浩荡荡。"荡荡"语出《尚书·洪范》："无偏无党，王道荡荡。"②《论语·泰伯》亦曰："巍巍乎！唯王则之。荡荡乎！民无能名焉。"③赋文引以为颂赞圣文加币以怀人，其帝德浩荡，不与强秦同谋。可见班彪所认同的圣王美政理想乃在于仁。

赋文多引经典之语。如"慕公刘之遗德，及《行苇》之不伤"，表达了作者对公刘仁德的赞颂。《行苇》乃《诗经·大雅》的诗篇之名，《毛诗序》云："《行苇》，忠厚也。周家忠厚，仁及草木，故能内睦九族，外尊事黄耇。"④班彪从《毛诗》，借引以为讽谕君王仁德。可见班彪所持美政理想的核心乃是圣君仁德。又如赋曰："日晻晻其将暮兮，睹牛羊之下来。寤旷怨之伤情

---

① （梁）萧统编，（唐）李善注：《文选》卷九，中华书局1977年版，第143—144页。

② （清）阮元校刻：《十三经注疏·尚书正义》卷一二，上海古籍出版社1997年版，第190页。

③ （宋）朱熹：《四书章句集注·论语集注》卷四，中华书局1983年版，第107页。

④ （清）阮元校刻：《十三经注疏·尚书正义》卷一七，上海古籍出版社1997年版，第534页。

兮，哀诗人之叹时。"即是援引《诗经·王风·君子于役》"日之夕矣，羊牛下来。君子于役，如之何勿思"①之句，言思君子为怨旷，嗟行役为叹时。《北征赋》结尾曰：

> 乱曰：夫子固穷，游艺文兮。乐以忘忧，惟圣贤兮。达人从事，有仪则兮。行止屈申，与时息兮。君子履信，无不居兮。虽之蛮貊，何忧惧兮？②

赋文以庄重典雅的四言句式，以纯粹的儒学思想表达了作者的儒学追求。赋文中多引用经典以正其辞、以表其义。"夫子固穷"引自《论语·卫灵公》："（孔子）在陈绝粮，从者病，莫能兴。子路愠见曰：'君子亦有穷乎？'子曰：'君子固穷，小人穷斯滥矣。'"③"游艺文"出自《论语·述而》"子曰：'志于道，据于德，依于仁，游于艺。'"④"艺"，指礼、乐、书、数、射、御"六艺"；"文"指典章文献。作者借以表达自己要像君子一样虽穷而固守儒家礼义之道，不废儒家艺文。"乐以忘忧"出自《论语·雍也》："子曰：'贤哉，回也！一箪食，一瓢饮，在陋巷，人不堪其忧，回也不改其乐。贤哉，回也！'"⑤又《论语·述而》有"发愤忘食，乐以忘忧，不知老之将至云尔"之语。⑥作者借以表达自己仿效圣贤不为穷困所忧，犹有发愤之志。"与时息兮"化用《易·丰卦》象辞"日中则昃，月盈则食，天地盈虚，与时消息，而况于人乎？"⑦作者以此表露自己行为举止的进退与人事、自然的兴衰变化相互消长。《后汉书·班彪传》："班彪以通儒上才，倾侧危乱之间，行不逾方，

---

① （清）阮元校刻：《十三经注疏·毛诗正义》卷四，上海古籍出版社1997年版，第331页。
② （梁）萧统编，（唐）李善注：《文选》卷九，中华书局1977年版，第144页。
③ （宋）朱熹：《四书章句集注·论语集注》卷八，中华书局1983年版，第161页。
④ （宋）朱熹：《四书章句集注·论语集注》卷四，中华书局1983年版，第94页。
⑤ （宋）朱熹：《四书章句集注·论语集注》卷三，中华书局1983年版，第87页。
⑥ （宋）朱熹：《四书章句集注·论语集注》卷四，中华书局1983年版，第98页。
⑦ （清）阮元校刻：《十三经注疏·周易正义》卷六，上海古籍出版社1997年版，第67页。

言不失正，仕不急进，贞不违人，敷文华以纬国典，守贱薄而无闷容。"① 由以上赋文的分析正可见班彪典型的正统儒家气象。

（二）班昭《东征赋》依《论语》而扬儒家之德以训子

班昭（约49—120），班彪之女，尝教习大儒马融诵读《汉书》，又作《女诫》，宣扬儒家妇女道德观。班昭自叙其作《东征赋》的缘由，"先君行止，则有作兮。虽其不敏，敢不法系"。班彪先作《北征赋》，自己仿效父亲而作《东征赋》，而实际上赋旨相异。清人方廷珪评《东征赋》曰："前赋《北征》，重在悯乱；此赋《东征》，重在训子。题目相似，而用意不同。立言质实而不华，慎重而有体。"② 可见，班昭撰赋重在训子之目的，故而语极庄重，颇合儒家大义。

《东征赋》叙述永初七年（113），随儿子曹成去陈留赴任，抒写沿途所见所感。作者缅怀先贤，体察民难，最后教导人们"正身履道""敬慎无怠"，全赋透露出一股正统的儒家气息。赋文中，作者表达了对儒家历史人物的感佩，如孔子、子路、蘧瑗、季札等，赋文称赞他们说"唯令德为不朽兮，身既殁而名存。惟经典之所美兮，贵道德与仁贤"。③"令德"，美德；"经典"，指儒家经典《诗经》和《左传》。孔子说"君子疾没世而名不称焉"（《论语·卫灵公》），《诗经》曰"假乐君子，显显令德"（《大雅·假乐》）。《左传·襄公二十四年》曰："太上有立德，其次有立功，其次有立言，虽久不废，此之谓不朽。"④ 班昭对声名甚为重视，且引用儒家经典之语以见其对"道德"与"仁贤"的推重，从而体现对儒家人物如孔子、子路等人的赞美。赋曰：

> 知性命之在天，由力行而近仁。勉仰高而蹈景兮，尽忠恕而与人。好正直而不回兮，精诚通于明神。庶灵祇之鉴照兮，祐贞良而

① （南朝·宋）范晔：《后汉书·班彪传》卷四十上，中华书局1965年版，第1329页。
② 刘志伟主编：《文选资料汇编·赋类卷》，中华书局2013年版，第322—323页。
③ （梁）萧统编，（唐）李善注：《文选》卷九，中华书局1977年版，第145页。
④ （晋）杜预：《春秋左传集解》，上海人民出版社1977年版，第1011页。

辅信。乱曰：君子之思，必成文兮。盍各言志，慕古人兮。……
贵贱贫富，不可求兮。正身履道，以俟时兮。修短之运，愚智同
兮。靖恭委命，唯吉凶兮。敬慎无怠，思谦约兮。清静少欲，师
公绰兮。①

上引赋文，多以儒家习见之语入赋，如"仁""忠恕""正直""贞良""信""靖
恭""敬慎""谦约"等，表达了作者对儒家精神的服膺，满篇充溢着正统的
儒家精神。且赋文多引儒家经典，更为加重了赋文的经典意识和经典气息。
如"知性命"句即化用《论语·颜渊》"子夏曰：'死生有命，富贵在天'"。②"力
行而近仁"句几乎套用《礼记·中庸》"子曰：'好学近乎知，力行近乎仁，
知耻近乎勇'"。③作者知道人的性格命运在于天，但仍然愿意努力去向"仁"
的品行靠近。"仰高"出自《论语·子罕》"颜渊喟然叹曰：'仰之弥高，钻
之弥坚。瞻之在前，忽焉在后。夫子循循然善诱人，博我以文，约我以礼，
欲罢不能，既竭吾才，如有所立卓尔。虽欲从之，末由也已'"。④"蹈景"
出自《诗经·小雅·车舝》："高山仰止，景行行止。"⑤"忠恕"出《论语·里
仁》曾子所云"夫子之道，忠恕而已矣"。⑥作者勉励自己以高尚的言行为
榜样，做人应尽忠孝、宽恕之道。"好是正直"引自《诗经·小雅·小明》"靖
共尔位，好是正直。神之听之，介尔景福"。⑦"回"，邪也，引自《诗经·小
雅·钟鼓》"其德不回"之句。⑧作者认为坚守正直而无怨无悔的品行，一
定会获得神明的精诚福佑。"盍各言志"出自《论语·公冶长》"子曰：'盍

① （梁）萧统编，（唐）李善注：《文选》卷九，中华书局 1977 年版，第 145—146 页。

② （宋）朱熹：《四书章句集注·论语集注》，中华书局 1983 年版，第 135 页。

③ （宋）朱熹：《四书章句集注·中庸章句》，中华书局 1983 年版，第 29 页。

④ （宋）朱熹：《四书章句集注·论语集注》，中华书局 1983 年版，第 111—112 页

⑤ （清）阮元校刻：《十三经注疏·毛诗正义》卷一四，上海古籍出版社 1997 年版，第 482 页。

⑥ （宋）朱熹：《四书章句集注·论语集注》，中华书局 1983 年版，第 72 页。

⑦ （清）阮元校刻：《十三经注疏·毛诗正义》卷一三，上海古籍出版社 1997 年版，第 464 页。

⑧ （清）阮元校刻：《十三经注疏·毛诗正义》卷一三，上海古籍出版社 1997 年版，第 466 页。

各言尔志?'"作者接连解释自己作赋的缘由都不忘追慕圣贤孔子"各言其志"的教导。"贵贱"一语化用《论语·述而》"子曰：'富而可求也，虽执鞭之士，吾亦为之。如不可求，从吾所好'"之句。① 表达了作者不强求富贵的志节。"清净少欲，师公绰兮"二句化用《论语·宪问》"子路问成人。子曰：'若臧仲武之知，公绰之不欲，卞庄子之勇，冉求之艺，文之以礼乐，可以为成人矣'"。② 公绰，即鲁大夫孟公绰。作者化用《论语》此语其用意就在于表明自己要以孟公绰为模范，不汲汲于富贵而清心寡欲。综观上文，全为儒家正义严辞，可见班昭服膺儒学精神之深刻。清人何焯《义门读书记》评班昭此赋曰："儒者之言，不愧母师女士矣。'乱词'皆箴规语，畅言师古听命之义。"③

综观汉代纪行赋，呈现出了赋家浓厚的儒家道德意识以及以圣君贤臣为基本结构模式的儒家美政理想：

首先，赋家对历史人物和事件持儒家式的道德批评标准。赋家由于不正常的政治格局和混乱的政治秩序，他们赖以生存的政治道德土壤已然失去，昔日大一统帝国的繁荣刺激着他们的历史记忆，这不仅是一种纯粹的儒学修养的自觉呈现，也是赋家有意识的历史重构。赋家在重构过程中自觉加强了儒家式的批评意识，比如班彪、蔡邕在论述"信陵君窃符救赵"这一史实时，均与司马迁《史记》所持态度截然不同。颇有纵横之气的司马迁对信陵君窃符救赵的行为颇为赞扬，但班彪和蔡邕则站在纯粹儒家君臣之礼的角度批评信陵君之不臣，他们不约而同地同情被杀的晋鄙，谴责不行臣道、窃取兵符的信陵君无忌公子和私自锤杀晋鄙的门客朱亥。班彪《游居赋》云"过荡阴而吊晋鄙，则公子之不臣"，蔡邕《述行赋》也说"夕宿余于大梁兮，诮无忌之称神。哀晋鄙之无辜兮，忿朱亥之篡军"，表现出拥护王权，遵守臣道的气质，这是赋家有意强化君臣之节的结果。

---

① （宋）朱熹：《四书章句集注·论语集注》，中华书局 1983 年版，第 96 页。

② （宋）朱熹：《四书章句集注·论语集注》，中华书局 1983 年版，第 151 页。

③ 孙福轩、韩泉欣编校：《历代赋论汇编》，人民文学出版社 2016 年版，第 1137 页。

其次，对"大一统"王权的认同。汉代述行赋有较为稳定的"地—人—史—景"结构。他们借此抒发被迫迁徙的幽愤，把现实政治的批判寄寓于古史的论述和批评，将漂泊无依的感伤寄托于惨厉、萧条的景物铺叙。郑毓瑜先生在《归返的乡音——地理论述与家国想像》一文中说："在流离的世路中，透过记忆、编织史地，寄寓一种对于文化家国的认同或者反思。①"比如刘歆《遂初赋》集中记忆的故事是晋不能尊天子而霸诸侯以及晋宫室沦夷、私臣崛起的惨痛历史，以及对于明君贤臣政治模式的向往；班彪《游居赋》记忆中所向往的是皇权独尊、天下一统、国力强盛的汉武帝时代；《北征赋》记忆的是"耀德绥远"的汉文帝时代；班昭《东征赋》记忆的是"唯令德为不朽兮，身既殁而名存"的孔子、子路、蘧瑗、季札等历代圣贤；蔡邕《述行赋》所记忆起来的是明君大禹的功绩，以及王权畅通、四方诸夷竞相职贡的光荣。

三、贾谊赋《鵩鸟》以自广与孔臧《鸮赋》的正统儒家观

汉初大儒贾谊曾作《鵩鸟赋》，名为咏物，实为性命之思。作者在交代写作缘由时说："谊为长沙傅三年，有鵩飞入谊舍，止于坐隅。鵩似鸮，不祥鸟也。谊即以谪居长沙，长沙卑湿，谊自伤悼，以为寿不得长，乃为赋以自广。"②可见贾谊并不是如他后面赋文所写的那样等祸福、齐生死般的洒脱。《鵩鸟赋》赋文曰："祸兮福所倚，福兮祸所伏。忧喜聚门兮，吉凶同域。"又曰：

> 乘流则逝兮，得坻则止；纵躯委命兮，不私与己。其生兮若
> 浮，其死兮若休。澹乎若深渊之静，泛乎若不系之舟。不以生故自

---

① 郑毓瑜：《性别与家国——汉晋辞赋的楚骚论述》，上海三联书店 2006 年版，第 82 页。

② （汉）班固：《汉书》卷四十八，中华书局 1962 年版，第 2226 页。

宝兮，养空而浮。德人无累，知命不忧。①

《鹏鸟赋》满篇充斥着对于"命"不可把握的焦虑，如"迟速有命兮，焉识其时"，"命不可说兮，孰知其极"等，而最后作者似乎找到了消解这一焦虑的方法，"德人无累，知命不忧"。这与其说是道家式的"随波逐流"，还不如说是儒家式的对"命"的主动认知。其实，儒家经典中就有关于"命"的论说，例如《论语·为政》"五十而知天命"，这不是消极的宿命论，这是儒家式的对"天命"的主动认知，是经过探索之后的对"天命"认识的升华。又《论语·尧曰》："不知命，无以为君子也；不知礼，无以立也；不知言，无以知人也。"②孔子将"知命"与"知礼""知言"并列，可见"知命"是一个积极认知的结果。贾谊以"德人无累，知命不忧"来表明心志，可知其仍是守着儒家的本分，以儒家式的"知命"来促成人生的安宁。无为退隐的思想并不是身为大儒的贾谊的真正所想，这不过是"自广"而已，所谓"自广"，即是寻找一种方式以排遣内心的郁结。或者说，贾谊这种看似道家式的退隐思想其实是他政治仕途受到挫折之后的自我安慰，不过是作者用世之志遭遇打击之后的失望，也恰好反证了贾谊对建功当世的渴望。宋人吕祖谦《丽泽论说集录》卷十云："及观长沙之赋，悲忧伤挠，无一念闲，竟以是死。……如《鹏鸟赋》，视其言，非不洞达死生之理，然谊实只以此自广，又何尝广得分毫。③"事实上，从贾谊后来的政治举动也可证明贾谊作《鹏鸟赋》确实只是自我排遣内心烦闷而已。贾谊随后被汉文帝召回京都，"数上疏，陈政事，多所欲匡建"，可见真正的贾谊是一位积极于政治事功，期盼能建功立业的有为之士。

孔臧《鸮赋》虽然是对《鹏鸟赋》的拟仿，但摒弃了贾谊《鹏鸟赋》的消极悲观之思，转而为儒家积极的生命观。孔臧（生卒年无考）身为仲尼之

---

① （汉）班固：《汉书》卷四十八，中华书局 1962 年版，第 2228 页。

② （宋）朱熹：《四书章句集注·论语集注》卷十，中华书局 1983 年版，第 195 页。

③ 刘志伟主编：《文选资料汇编·赋类卷》，中华书局 2013 年版，第 453 页。

后，是一位博学多才的经学家。作者在表明写作《鸮赋》的缘由时说："季夏庚子，思道静居。爰有飞鸮，集我屋隅。异物之来，吉凶之符。"① 可见，《鸮赋》的写作缘起与《鹏鸟赋》完全相同，皆为起源于"异物"来集。不过，孔臧的处理态度与贾谊背道而驰，反其道而用之。赋文曰：

> 观之欢然，览考经书。在德为祥，弃常为妖。寻气而应，天道不渝。昔在贾生，有识之士。忌兹服鸟，卒用丧己。咨我令考，信道秉真。变怪生家，谓之天神。修德灭邪，化及其邻。祸福无门，唯人所求。听天任命，慎厥所修。恓迟养志，老氏之畴。禄爵之来，祇增我忧。时去不索，时来不逆，庶几中庸，仁义之宅。何思何虑，自令勤剧。②

孔臧对鸮之来集的态度是"观之欢然"，并没有贾谊式的忧惧。接下来，作者"览考经书"以断吉凶，认为符合儒家伦理道德的就是祥瑞，并提出了修德、修身、中庸、仁义等一系列的儒家道德观念，认为祸福都是由人自己招致的，只要谨遵儒家的修身道德，就不会受祸福的困扰，这显然是正统的儒家思想观念。孔臧其他的赋作也体现了儒家道德理想，比如《谏格虎赋》云：

> 顺君之心乐矣，然非乐之至也。乐至者，与百姓同之之谓。夫兕虎之生，与天地偕。山林泽薮，又其宅也。被有德之君，则不为害。今君荒于游猎，莫恤国政。驱民入山林，格虎于其廷，妨害农业，残天民命。国政其必乱，民命其必散。国乱民散，君谁与处？

---

① （清）严可均辑：《全上古三代秦汉三国六朝文·全汉文》卷十三，中华书局1958年版，第194页。

② （清）严可均辑：《全上古三代秦汉三国六朝文·全汉文》卷十三，中华书局1958年版，第194页。

以此为至乐，所未闻也。①

赋作描述天子的代表亡诸大夫到下国巡视，下国国君向他夸耀格虎狩猎的乐趣。亡诸大夫认为下国之君的举措是祸国殃民之举，上引赋文即为亡诸大夫批评下国之君的话语。亡诸大夫认为，天子至乐乃在于与民同乐，兕虎猛兽以山林泽薮为其宅，故无道之君夺民之田以为林，"驱民入山林，格虎于其廷，妨害农业，残夭民命"而致于国政荒疏，惟有德之君以民为贵，故不为害。由此可见孔臧的儒家政治道德理想。

四、扬雄《太玄赋》及张衡《思玄赋》的儒家之"玄"

扬雄《太玄赋》直言："张仁义以为纲兮，怀忠贞以矫俗。指尊选以诱世兮，疾身殁而名灭。岂若师由聃兮，执玄静于中谷。"② 在扬雄看来，儒家式的积极事功似乎不如道家的玄静自处。然而，扬雄的思想并不只是纯粹道家式的。赋文曰："甘饵含毒，难数尝兮。麟而可羁，近犬羊兮。鸾凤高翔，戾青云兮。不挂网罗，固足珍兮。斯错位极，离大戮兮。屈子慕清，葬鱼腹兮。伯姬曜名，焚厥身兮。孤竹二子，饿首山兮。断迹属娄，何足称兮。辟斯数子，智若渊兮。我异于此，执太玄兮。"③ 作者罗列了李斯、屈原、伯姬、伯夷、叔齐、伍子胥等人的处境，并批评说"麟""鸾凤"这些高洁之士如果身处浊乱之世，忠直不用，奸邪当道，其命运不过如同"犬羊"，这正是扬雄的愤激之言。

扬雄《太玄赋》当作于建平三年（前4），扬雄五十岁，正值哀帝之时，"丁、傅、董贤用事，诸附离之者，或起家至二千石，时雄方草《太玄》，有

---

① （清）严可均辑：《全上古三代秦汉三国六朝文·全汉文》卷十三，中华书局1958年版，第194页。

② （宋）章樵注：《古文苑》（丛书集成初编）卷四，中华书局1985年影印版，第94页。

③ （宋）章樵注：《古文苑》（丛书集成初编）卷四，中华书局1985年影印版，第95—96页。

以自守，泊如也"①。晚年的扬雄认为赋不过是"童子雕虫篆刻"，"壮夫不为也"，于是转而仿《易经》作《太玄》，仿《论语》作《法言》。由于扬雄在政治上的失意，他自然很容易接受了《易经》中的全身保命思想。宋人章樵在《古文苑·太玄赋》题注中说："子云以为《经》莫深于《易》，故作《太玄》以拟之，言其理微妙极于幽玄也。此赋推太玄之理，以葆性命之贞。"② 由此可知，扬雄对《易经》的服膺，而《太玄赋》正是扬雄《易经》式的"龙蛇之蛰，以存身也"的哲学思想的反映，与他在《反离骚》中宣扬的"君子得时则大行，不得时则龙蛇"的《周易》式儒家思想如出一辙。所以，扬雄之玄实乃《周易》之玄，而非老庄之玄。

《后汉书·张衡传》云："衡少善属文，游于三辅，因入京师，观太学。遂通《五经》，贯六艺。……常耽好《玄经》，谓崔瑗曰：'吾观《太玄》，方知子云妙极道数，乃与《五经》相似，非徒传记之属。'"③ 至于张衡《思玄赋》虽名为"玄"，却是地道的儒家之玄，强调了以先秦儒家的仁义教导为作者的皈依之所，以仁为宅的道德表达正可见张衡儒家坚毅的精神品格。赋文开篇直接点题，以幽微难明的人生思索为主题，结尾亦归返儒教，宣示游猎于道德、经典之园，表明他与儒家思想的同轨，与班固稍异的是张衡更愿意选择《归田赋》似的田园游赏之乐，而不是如班固选择以著述为业，以文章为不朽的心态。

关于此赋的写作背景，《后汉书·张衡传》曰"（衡）后迁侍中，（顺）帝引在帷幄，讽议左右。尝问衡天下所疾恶者，宦官惧其毁己，皆共目之。衡乃诡对而出。阉竖恐终为其患，遂共谗之。衡常思图身之事，以为吉凶倚伏，乃作《思玄赋》，以宣寄情志"。④ 作者虽为顺帝赏识，却慑于宦官佞臣的谗言诡语，不敢畅述己见，故作文抒志，以寻求精神上的寄托。《文选》

---

① （汉）班固：《汉书·扬雄传》，中华书局1962年版，第3565—3566页。
② （宋）章樵注：《古文苑》（丛书集成初编）卷四，中华书局1985年影印版，第93页。
③ （南朝·宋）范晔：《后汉书·张衡传》，中华书局1965年版，第1897页。
④ （南朝·宋）范晔：《后汉书》卷五十九，中华书局1965年版，第1914页。

李善注《思玄赋》云："平子欲言政事，又为奄竖所谗蔽，意不得志；欲游六合之外，势既不能，义又不可，但思其玄远之道而赋之，以申其志耳。"① 可见，张衡作《思玄赋》正是内心抑郁，有志不能申的表现。其实，不遇之恨的背后正是用世之心，对现实批判得越深刻尖锐，其用世渴望也就表现得愈加强烈。全赋铺叙了作者苦闷、周游、归悟的全过程。赋文通过对高洁心志的倾诉，对群小"冒真"的鞭笞，体现了张衡作为一位正直的儒家之士的自强与抗争。作者最后选择以儒家道德修养的完善来消解心灵的苦闷，这是儒家知识分子的正统选择。赋文曰：

> 收畴昔之逸豫兮，卷淫放之遐心。……御六艺之珍驾兮，游道德之平林。结典籍而为罟兮，驱儒墨而为禽。玩阴阳之变化兮，咏《雅》《颂》之徽音。嘉曾氏之《归耕》兮，慕历陵之钦崟。共凤昔而不贰兮，固终始之所服也。夕惕若厉以省愆兮，惧余身之未敕也。苟中情之端直兮，莫吾知而不恶。默无为以凝志兮，与仁义乎消摇。②

上引赋文虽然也流露出了一丝"无为"的思想，但整个赋文的主调仍然是儒家式的道德观念。作者经历过一番周游之后，回到儒家的正途。作者下定决心收敛"逸豫"、"淫放"之心，重修儒家道德。驾驶着"六艺"的宝车，游乐于道德的平林；以典籍为网，驱儒墨之道而取之。吟咏《雅》《颂》经典，弹奏曾参所作的《归耕》之乐，其乐融融。并且时刻提醒自己既然选择儒家修身之道，那么就要始终如一，不要犯错。"夕惕若厉以省愆兮"语出《易·乾》九三爻辞"君子终日乾乾，夕惕若厉，无咎"，③ 作者借以自励，体现了作者作为儒家之士的情怀。

---

① （梁）萧统编，（唐）李善注：《文选》卷一五，中华书局 1977 年版，第 213 页。

② （南朝·宋）范晔：《后汉书》卷五十九，中华书局 1965 年版，第 1937—1938 页。

③ （清）阮元校刻：《十三经注疏·周易正义》卷一，上海古籍出版社 1997 年版，第 13 页。

赋文结束时说："天长地久岁不留，俟河之清祗怀忧。愿得远渡以自娱，上下无常穷六区。超逾腾跃绝世俗，飘遥神举逞所欲。天不可阶仙夫稀，《柏舟》悄悄吝不飞。松乔高峙孰能离，结精远游使心携。"①作者既对现实不满，却又忧谗惧祸；不愿随波逐流，但"游六合之外"又不能，欲仿效赤松子、王子乔去寻仙，然而"天不可阶仙夫稀"，表达了作者面对现实的无奈，以及对道家寻仙之途终不可实现的清醒认识。

张衡作《归田赋》，开篇就暗示了自己的不得志，"游都邑以永久，无明略以佐时；徒临川以羡鱼，俟河清乎未期"，理想难以实现之后，不如归身田园，享受田园生活。"谅天道之微昧，追渔父以同嬉；超埃尘以遐逝，与世事乎长辞"，虽然赋文抒发自己想要追随"渔父"过一种超脱逍遥的世外生活，然而作者最终所选择的生活方式仍然是儒家式的，"弹五弦之妙指，咏周孔之图书；挥翰墨以奋藻，陈三皇之轨模"。②作者所理想的生活模式是弹着琴，诵读着周公、孔子所著的圣贤之书；挥笔抒发情操，陈述上古帝王的遗则。

五、班固依《论》《孟》立论与《幽通赋》的儒学人生之思

班固《幽通赋》当作于班固遭遇丧父的家庭变故之际，时班固年二十三岁，正是年轻壮盛之时。此赋有对宇宙、历史、人生诸问题的思考，也可以视为他青年时代的思想自白书，更是他发愤著述的誓词。从这篇作品中可以看出班固早年的思想，以及时代思潮留下的印迹。赋中虽也流露出对祸福无常的认识，看到了忧患的幽微难明，通过对单豹、张毅的多有所持但终不能避免祸害的事迹，又论及孔门弟子颜回、冉伯牛、子路虽游学于圣门之下却不得善终的史实，表达了班固面对现实时内心深处难以排遣的忧惧。

---

① （南朝·宋）范晔：《后汉书》卷五十九，中华书局1965年版，第1938页。

② （梁）萧统编，（唐）李善注：《文选》卷一五，中华书局1977年版，第223页。

即使如此，统贯全赋的仍是念念不忘的儒学理想，《幽通赋》首段即曰："懿前烈之纯淑兮，穷与达其必济。咨孤蒙之眇眇兮，将氾绝而罔阶。岂余身之足殉兮？悼世业之可怀。"① 作者明确表示要继承先祖的美善之德，无论穷达，皆有济世之志。《文选》刘良注曰："美我先祖有纯淑文德，身处穷厄也，亦有济时之志，身得荣达，必有经国之义。"所谓"世业"正是经国大业之谓。李善注引《孔丛子》曰："仲尼大圣，自兹以降，世业不替也。"② 作者接下来表达自己微陋鄙薄，恨无阶路以自成，先祖之迹将毁绝的焦虑，虽然自己身微位卑，不足以营建先人之事，但先祖建立起来的伟大功绩总是萦绕怀中而不能忘怀。由此可见，班固在表达自己的用世渴望时是积极而明确的。赋文又云：

> 所贵圣人之至论兮，顺天性而断谊。物有欲而不居兮，亦有恶而不避。守孔约而不贰兮，乃辐德而无累。三仁殊于一致兮，夷、惠舛而齐声。木偃息以蕃魏兮，申重茧以存荆。纪焚躬以卫上兮，皓颐志而弗倾。……要没世而不朽兮，乃先民之所程。③

所谓"至论"，《文选》李善注为"五经六艺"，又进一步论述道"所以贵之者，顺天之性也。亦当以义断之，不可贪苟生而失名"。④ 可知这是明显的儒家舍生取义的道德观念。"物有欲而不居兮，亦有恶而不避"则化用《论语·里仁》"子曰：'富与贵，是人之所欲也。不以其道得之，不处也。贫与贱，是人之所恶也，不以其道得之，不去也'。"⑤ 可见儒家之士不以物喜，不以己悲的高尚情操。然后作者又列举了微子、箕子、比干、伯夷、柳下惠、段干

---

① （汉）班固：《汉书》卷一百上，中华书局 1962 年版，第 4213 页。

② 日本足利学校藏宋刊明州本六臣注：《文选》，人民文学出版社 2008 年影印版，第 220 页。

③ （梁）萧统编，（唐）李善注：《文选》卷一四，中华书局 1977 年版，第 212 页。

④ （梁）萧统编，（唐）李善注：《文选》卷一四，中华书局 1977 年版，第 212 页。

⑤ （宋）朱熹：《四书章句集注·论语集注》，中华书局 1983 年版，第 70 页。

木、申包胥、纪信、商山四皓等为儒家所称颂的贤臣良士，以表达对儒家道德的服膺。最后表达了作者对建功当世的期盼，希望建立不朽的功业。作者还特别歌颂了孔子，赋文曰：

> 谟先圣之大猷兮，亦邻德而助信。虞《韶》美而仪凤兮，孔忘味于千载。素文信而底麟兮，汉宾祚于异代。……登孔昊而上下兮，纬群龙之所经。朝贞观而夕化兮，犹諠己而遗形。①

虞舜与孔子虽然相去已有千年，然而"德不孤，必有邻"（《论语·里仁》），"子在齐闻《韶》，三月不知肉味"（《论语·述而》），可见千年之后仍有德性相通之同道之士。作者尊称孔子为"素王"，孔子的后代也因此世代享受封禄；并且将孔子与太昊并称，自伏羲下讫孔子，圣人作经，贤者纬之，经天纬地之道从此齐备。"朝贞观而夕化兮，犹諠己而遗形"化用《论语·里仁》"子曰：'朝闻道，夕死可矣'"之句，《文选》吕向注曰："贞，正；諠，忘也。言朝闻正观之道，夕则死矣，犹忘己而遗形骸也。"② 综上所述，作者表达了自己要效仿孔子虽然不能在政治事功上有所建树，但潜心于儒家道德修养，专心著述，以致终成"素王"的愿望。因此赋文最后说：

> 乱曰：天造草昧，立性命兮。复心弘道，惟圣贤兮。浑元运物，流不处兮。保身遗名，民之表兮。舍生取谊，以道用兮。忧伤天物，忝莫痛兮。皓尔太素，曷渝色兮。尚越其几，沦神域兮。③

所谓"复心"，即返归天地本心，语出《周易·复》象曰："复其见天地之心

---

① （梁）萧统编，（唐）李善注：《文选》卷一四，中华书局 1977 年版，第 212 页。

② 日本足利学校藏宋刊明州本六臣注：《文选》卷一四，人民文学出版社 2008 年影印版，第 224 页。

③ （梁）萧统编，（唐）李善注：《文选》卷一四，中华书局 1977 年版，第 212—213 页。

乎。"①"弘道"语出《论语·卫灵公》"子曰：'人能弘道，非道弘人'"。②复心弘道者，唯圣贤能之。虽然天地流转，然而能保其身，遗其令名于后世，如此可以为人师表。"舍生取谊"语出《孟子·告子上》："生亦我所欲也，义亦我所欲也，二者不可得兼，舍生而取义者也。"③可见作者服膺儒学理想的决心。虽然横夭于物，忧辱伤身，然而依旧笃信好学，守死善道，不渐染于流俗，哪里还用担心高洁的品质会变色呢？本色不变，本性不移，这可以说是窥探到了神明之域的奥秘。赋虽名《幽通》，似有道玄之义，实乃儒家本色。清人孙琭评《幽通赋》曰：

> 历言理之不常，数之难定，而终之以致命遂志，抒情写郁，总归正道，可以醒贪夫，可以励修士，其行文气骨，亦拟《骚》之神似者。④

《幽通赋》以言数理玄虚始，终归儒家正道，砥砺气骨。可见，班固《幽通赋》所体现出来的对于现实忧惧的应对策略正是遵循儒家经典的教导，从其"乱曰"来看，体现的是作者积极进取的儒学精神。

第三节　儒家礼乐背景下的情爱赋与乐舞赋书写

就先秦儒家而言，孔、孟更侧重于仁，而荀子重礼。汉儒实际上更多的是继承荀子之学，尤其随着汉政权的逐渐稳定，随着中央集权的意识越来越

---

① （清）阮元校刻：《十三经注疏·周易正义》卷三，上海古籍出版社 1997 年版，第 38 页。
② （宋）朱熹：《四书章句集注·论语集注》，中华书局 1983 年版，第 167 页。
③ （宋）朱熹：《孟子集注》卷十一，中华书局 1983 年版，第 332 页。
④ 刘志伟主编：《文选资料汇编·赋类卷》，中华书局 2013 年版，第 504 页。

巩固之后，统治者对于礼乐在加强中央集权时所起的重要作用的认识越来越明确。《荀子·礼论》曰：

> 礼起于何也？曰：人生而有欲，欲而不得，则不能无求。求而无度量分界，则不能不争，争则乱，乱则穷。先王恶其乱也，故制礼义以分之，以养人之欲，给人之求，使欲必不穷乎物，物必不屈于欲，两者相持而长，是礼之所起也。①

礼起源于因为人的欲望而导致的"争"，故"先王"制礼的作用在于"分"而"养"之。"分"以别贵贱长幼之序，"养"则给人以求、养人之欲。故《荀子·修身》曰："人无礼则不生，事无礼则不成，国家无礼则不宁。"② 这样，礼就从个体的规范上升到社会秩序、国家安宁的高度。

"乐"也是"礼"的构成部分，故《荀子·乐论》在论述"乐"时往往以"礼"为立足点：

> 夫乐者，乐也，人情之所必不免也，故人不能无乐。……乐则不能无形，形而不为道，则不能无乱。先王恶其乱也，故制《雅》《颂》之声以道之，使其声足以乐而不流，使其文足以辨而不諰，使其曲直、繁省、廉肉、节奏足以感动人之善心，使夫邪污之气无由得接焉。③

荀子认为"乐"不是无形的，因此没有正确的引导的话势必会"乱"，这是先王制乐的出发点。所以乐的作用在于感人善心而去其邪污之气。乐可以促进礼的形成，还可以润滑僵硬的礼的教条。《荀子·乐论》曰：

---

① （清）王先谦：《荀子集解》卷十三，中华书局1988年版，第346页。
② （清）王先谦：《荀子集解》卷一，中华书局1988年版，第23页。
③ （清）王先谦：《荀子集解》卷十四，中华书局1988年版，第379页。

故乐在宗庙之中，群臣上下同听之，则莫不和敬；闺门之内，父子兄弟同听之，则莫不和亲；乡里族长之中，长少同听之，则莫不和顺。故乐者，审一以定和者也，比物以饰节者也，合奏以成文者也，足以率一道，足以治万变。①

通过"乐"的作用，君臣、父子之礼得以巩固和顺畅。另外，乐还能改善人际关系，因此荀子说："乐者，圣人之所乐也，而可以善民心。其感人深，其移风易俗，故先王导之以礼乐而民和睦。夫民有好恶之情而无喜怒之应则乱。先王恶其乱也，故修其行，正其乐，而天下顺焉。"②乐具有移风易俗、改善民心的重大作用，所谓乐正，则天下正。先王以礼乐为主要方法实现圣王美政的理想，是实现王道的工具，汉儒董仲舒《天人三策》曰："乐者，所以变民风，化民俗也；其变民也易，其化人也著。故声发于和而本于情，接于肌肤，臧于骨髓。故王道虽微缺，而管弦之声未衰也。夫虞氏之不为政久矣，然而乐颂遗风犹有存者，是以孔子在齐而闻《韶》也。"③董仲舒认为乐不仅可以变化风俗，乐还可以观政之得失。

一、儒家妇女之德与《长门赋》《捣素赋》《协和婚赋》的创作

两汉既以经学为国家之学，于是经学也便成了主流意识形态，由此而来，以儒家经典为载体的儒家礼制思想自然渗透了士人的情感生活与日常伦理。

显然，情爱美人跟世俗生活有关，是汉人世俗生活的重要组成部分。在浓厚的经学背景下，情爱美人赋往往展示了欲望世界和礼制世界的交织和纠缠。其实，汉大赋中也有女性的描写，不过赋家刻意进行了庄重化处理。如

---

① （清）王先谦：《荀子集解》卷十四，中华书局1988年版，第379—380页。
② （清）王先谦：《荀子集解》卷十四，中华书局1988年版，第381页。
③ （汉）班固：《汉书·董仲舒传》卷五十六，中华书局1962年版，第2499页。

班固《西都赋》："于是后宫乘辇辂，登龙舟。张凤盖，建华旗。袪黼帷，镜清流。靡微风，澹淡浮。棹女讴，鼓吹震，声激越，謍厉天。"①之所以将后宫女性庄肃化，是为了使其成为帝国盛大集会的装饰与点缀，以符合帝国礼仪政教想象的要求。与大赋中的女性符号化不同的是，小赋中的情爱美人往往与个人的喜怒哀乐有关。因此，赋家在描写情爱时更能与普通人相通，无论是描写生死永隔，还是情人分离，抑或是婚姻伦理，大多能情动于中，真情流露。然而，汉代到底是一个经学色彩浓厚的时代，赋家在表现欲望想象和铺排声色的同时，又强调庄重克己，非礼勿动，显露出较为浓厚的礼学色彩。这类赋作有司马相如《长门赋》《美人赋》；汉武帝《悼李夫人赋》；班婕妤《自悼赋》《捣素赋》；张衡《定情赋》；王逸《机妇赋》；蔡邕《青衣赋》《协和婚赋》《协初赋》；张超《诮青衣赋》等。

按照司马相如《长门赋》序所言，此赋当作于汉武帝元光五年（前130）陈皇后被废之后。陈皇后被废后幽禁于长门宫，"闻蜀郡成都司马相如天下工为文"，遂奉以"黄金百斤"请司马相如为文以"解悲愁"，而司马相如却"为文以悟主上"，陈皇后复得亲幸。就全赋来看，作者铺叙了陈皇后对君王的思念，写得情真意切，颇为动人。赋文庄重典雅、和平从容，塑造了一位颇能自持、端庄贤淑的女子形象。赋文曰："伊予志之慢愚兮，怀贞悫之欢心。愿赐问而自进兮，得尚君之玉音。奉虚言而望诚兮，期城南之离宫。"②可见，这是一位心怀忠贞且内心一片赤诚的女子。当这位女子意识到自己被君王遗弃了的时候，她过着这样的生活：

> 援雅琴以变调兮，奏愁思之不可长。案流徵以却转兮，声幼妙而复扬。贯历览其中操兮，意慷慨而自卬。左右悲而垂泪兮，涕流离而从横。舒息悒而增欷兮，蹝履起而彷徨。揄长袂以自翳兮，数

---

① （梁）萧统编，（唐）李善注：《文选》卷一，中华书局1977年版，第29页。
② （梁）萧统编，（唐）李善注：《文选》卷十六，中华书局1977年版，第228页。

昔日之愆殃。无面目之可显兮，遂颓思而就床。①

这是一位既拥有高尚情操又拥有高雅情调的女子。她以弹奏雅琴的方式来稀释内心的悲哀，并且常常自省，反思昔日的过错。所以《长门赋》笔下的陈皇后是一位平和从容的具有儒家"中和"之德的妇女形象。南朝梁任昉《文章缘起》云："《长门》《自悼》等赋缘情发义，讬物兴词，咸有和平从容之意，而比兴之义未泯，故君子犹取焉，以其为古赋之流也。"② 元人祝尧《古赋辨体》以《诗经》"风""比""兴"之义比况《长门赋》，可见此赋"发乎情，而止乎礼义"的创作背景。《古赋辨体》曰：

> 《长门赋》以赋体而杂出以风比兴之义，其情思缠绵，敢言而不敢怨者也，风之义；篇中如"飘飘而疾风"及"孤雌峙于枯杨"之类者，比之义；"上下兰台，遥望周步，援琴变调，视月精光"等语，兴之义。盖六艺之中惟风、兴二义，每发于情，最为动人，而能发人之才思。长卿之赋甚多，而此篇最杰出者，有风兴之义也。……愚尝以长卿之《子虚》《上林》，较之《长门》，如出二手。二赋尚辞，极其靡丽，而不本于情，终无深意远味。《长门》尚意，……则古之六义可兼，是所谓诗人之赋，而非后世词人之赋矣。③

祝尧对《长门赋》深为赞赏，认为其意味深远远在《子虚》《上林》之上，为长卿之赋中最为杰出者。尤其称赞《长门赋》虽不尚辞，但能本于情，故每发于情，最为动人，有"风、比、兴"之义，故而祝尧认为《长门赋》乃诗人之赋而兼有《诗》之"六义"。实际上，祝尧所称颂的正是《长门赋》

---

① （梁）萧统编，（唐）李善注：《文选》卷十六，中华书局 1977 年版，第 228—229 页。

② 孙福轩、韩泉欣编校：《历代赋论汇编》，人民文学出版社 2016 年版，第 796 页。

③ 孙福轩、韩泉欣编校：《历代赋论汇编》，人民文学出版社 2016 年版，第 44—45 页。

既本于情又能止于礼的写作策略，这是符合儒家礼制的书写。《美人赋》仿宋玉《登徒子好色赋》而作，赋文极尽铺陈之能事，述写一位绝色美女对自己的诱惑和挑逗，而自己终能自持不乱，以归于礼。赋文曰："女乃驰其上服，表其亵衣。皓体呈露，弱骨丰肌。时来亲臣，柔滑如脂。"① 在这样充满美色诱惑的情形下，作者"乃脉定于内，心正于怀，信誓旦旦，秉志不回。翻然高举，与彼长辞"。② 作者最终能够坚守不乱于色的儒家道义，与"发乎情，止乎礼义"的儒家训导完全一致。

班婕妤（生卒年不详）以正统儒家女子的修养作《捣素赋》与《自悼赋》。《捣素赋》首先铺叙女子容貌之美，"若乃盼睐生姿，动容多制，弱态含羞，妖风靡丽。皎若明魄之生崖，焕若荷华之昭晰。……颓肌柔液，音性闲良"。③ 其次，作者夸赞捣素声的美妙动听，以致"钟期改听，伯牙驰琴"。但作者最后的落脚点在于突出此女子的"幽闲贞专"的品德。赋文曰："若乃窈窕姝妙之年，幽闲贞专之性。符皎日之心，甘首疾之病。歌《采绿》之章，发《东山》之咏"。④ 作者在短短的六句赋文中，竟五次引用或化用《诗经》的句意和篇章义，以表达女子贞专如一的高贵妇德。"窈窕"语出《周南·关雎》："窈窕淑女，君子好逑。"毛传："窈窕，幽闲也。淑善逑匹也。"⑤ 作者借以表达女子的娴静美好之貌。"符皎日之心"化用《王风·大车》"谓予不信，有如皎日"之句，赞扬女子指日为誓，不相背弃的德操。"甘首疾之病"语出《卫风·伯兮》"愿言思伯，甘心疾首"之诗句，作者借以抒写女子思念丈夫，即使想得头痛也甘心情愿。《采绿》《东山》均为《诗经》篇名。《采绿》出自《小雅》，诗写妇人怀念远出的丈夫，想象丈夫归来时妻子陪同丈夫整理渔猎工具时的幸福场景。《东山》出自《豳风》，诗写出征三年

①　（清）陈元龙编：《历代赋汇·外集》卷十五，凤凰出版社 2004 年版，第 619 页。

②　（清）陈元龙编：《历代赋汇·外集》卷十五，凤凰出版社 2004 年版，第 619 页。

③　（宋）章樵注：《古文苑》（丛书集成初编）卷三，中华书局 1985 年影印版，第 88 页。

④　（宋）章樵注：《古文苑》（丛书集成初编）卷三，中华书局 1985 年影印版，第 89—90 页。

⑤　（清）阮元校刻：《十三经注疏·毛诗正义》卷一，上海古籍出版社 1997 年版，第 273 页。

返归家乡途中的士兵想象家中的情景。作者引经据典的目的就在于赞扬女子能坚守妇道、谨遵夫妇之礼的高尚品德，这是合于《诗经》关于情与礼的原则的。《古文苑》章樵题注云："成帝耽于酒色，政事废弛，婕妤贞静而失职，故托捣素以见意。"① 班婕妤作《捣素赋》以明己志，或有责备自己未能尽到规劝成帝的失职，可见贯穿全赋的是儒家式的女子道德。

班婕妤作《自悼赋》当在退处东宫之后。赋序云："赵氏姊弟骄妒，婕妤恐久见危，求共养太后长信宫，上许焉。婕妤退处东宫，作赋自伤悼。"② 虽然，退处东宫是班婕妤的自我请求，然而对赵飞燕心怀恐惧，对成帝同样心怀忌惮，故作《自悼赋》以表明自己的德行，一再申明遵守女德，以"晨妇""褒姒"为悲，以"娥皇、女英、太任、太姒"为荣，虽然自己生性愚陋，但是从来不曾忘记以古代女贤为榜样而砥砺自己。

王逸（约89—158）作《机妇赋》③，夸赞织妇之美为"纤纤静女，经之络之。尔乃窈窕淑媛，美色贞怡"。④ 作者的用意似乎更倾向于对女子娴雅坚贞、性情和悦的品德的赞颂。蔡邕《青衣赋》中的"青衣"不过为地位低下的婢女，作者却给予了高度的赞扬，但作者给出赞扬的理由仍然是以传统儒家妇德为标准的。赋文称赞"青衣"曰："《关雎》之洁，不蹈邪非。察其所履，世之鲜希。宜作夫人，为众女师。"⑤ 作者引《诗经·周南·关雎》篇名以赞扬女子具有娴静贞专的品行，可以为"夫人"，为众女的妇德榜样。蔡邕的《青衣赋》一出，即激怒了比他小二十来岁的张超，他作《消青衣赋》对蔡邕提出了针锋相对的指责。张超（生卒年不详）的思想不仅是纯粹的儒学思想，甚至严厉到了近乎迂腐的地步。作者在赋中丑化地位低下的女子"门

---

① （宋）章樵注：《古文苑》（丛书集成初编），中华书局1985年影印版，第87页。

② （汉）班固：《汉书·外戚传下》卷九十七下，中华书局1962年版，第3985页。

③ 此赋《艺文类聚》《北堂书钞》《汉魏六朝百三家集》均题为《机赋》，严可均《全后汉文》始作《机妇赋》。今人整理汉赋的著作，一为龚克昌先生等人整理的《全汉赋评注》，一为费振刚先生整理的《全汉赋校注》。龚书题为《机赋》，费书则题为《机妇赋》。

④ （清）陈元龙编：《历代赋汇》卷七十一，凤凰出版社2004年版，第297页。

⑤ （清）陈元龙编：《历代赋汇·外集》卷十五，凤凰出版社2004年版，第621页。

户不名，依其在所，生女为妾，生男为虏。岁时酹祀，诣其先祖。或于马厩，厨间灶下，东向长跪，接狎觞酒”。[①]对于那些门第低下，没有名分的女子只能生而为妾，且只能在马厩以及厨间灶下进行祭祖活动，不能登庙堂。此外，张超还将国家的衰亡系于女子之身，赋文曰：“历观古今，祸福之阶，多由孽妾淫妻。《书》戒牝鸡，《诗》载哲妇，三代之季，皆由斯起。”[②]作者认为夏、商、周三代的灭亡皆是由女子造成的。因此作者感叹“感彼《关雎》，德不双侣。但愿周公，妃以窈窕，防微消渐，讽谕君父”。[③]作者引《关雎》篇名感叹淑女配君子，希望能够出现像周公那样的贤臣敢于规谏君上以防微杜渐。赋文又云“勤节君子，无当自逸。宜如防水，守之以一”。[④]作者再一次告诫君子应该洁身自好，不要放纵自己，应该像防洪水一样严守节操。

以婚姻为主题的作品有蔡邕《协和婚赋》与《协初赋》。就现存赋文来看，作者一方面对婚事的欲望想象进行铺叙，比如《协初赋》曰：“面若明月，辉似朝日。色若莲葩，肌如凝蜜”；“粉黛施落，发乱钗脱”。但另一方面，作者仍然特别强调婚姻之礼的伦理意义，《协和婚赋》曰：

> 惟情性之至好，欢莫伟乎夫妇。受精灵之造化，固神明之所使。事深微以玄妙，实人伦之端始。考遂初之原本，览阴阳之纲纪。乾坤和其刚柔，艮兑感其脢腓。《葛覃》恐其失时，《摽梅》求其庶士。惟休和之盛代，男女得乎年齿。婚姻协而莫违，播欣欣之繁祉。良辰既至，婚礼以举。[⑤]

上引赋文认为夫妇之情是天地阴阳造化而成，是人伦之始。并引《周易》与

① （清）陈元龙编：《历代赋汇·外集》卷十五，凤凰出版社 2004 年版，第 621 页。
② （清）陈元龙编：《历代赋汇·外集》卷十五，凤凰出版社 2004 年版，第 621 页。
③ （清）陈元龙编：《历代赋汇·外集》卷十五，凤凰出版社 2004 年版，第 621 页。
④ （清）陈元龙编：《历代赋汇·外集》卷十五，凤凰出版社 2004 年版，第 621 页。
⑤ （宋）章樵注：《古文苑》（丛书集成初编）卷二十一，中华书局 1985 年影印版，第 452 页。

《诗经》等经典以佐证之。作者引用《周易》的两对卦名："乾、坤"与"艮、兑"，其意在于说明夫妇之道乃天地阴阳之道的反映，"乾坤"，《古文苑》章樵注云"乾刚坤柔有夫妇配合之义"；"艮兑"，《古文苑》章樵注云"艮少男，兑少女。感应而为咸，圣人列于下篇之首，以象夫妇"。①作者又引《周南·葛覃》与《召南·摽有梅》两篇《诗经》篇名，其旨在于说明男女婚嫁须当及时，莫失其时。可见作者对婚姻之礼的伦理意义的强调完全符合儒家经学化的教义，以男女比拟天地阴阳、赞美男女婚姻及时以传宗接代等透露出作者浓厚的儒学意识。

综上所述，汉代小赋中的情爱美人赋多表现个人性的情感活动，与京殿苑猎等大赋事关国计民生已经有所不同。虽然情爱美人赋已经表现出一种有意或无意地与汉代经学背景的背离，但是大体上仍未能摆脱儒家经学的影响。比如司马相如《美人赋》所表现出的"发乎情而止乎礼义"的对于女色的自我约束，班婕妤以传统儒家女性而自觉表现出的对于女德的坚持，张衡《定情赋》与蔡邕《静情赋》所呈现出的"始则荡"而终归娴正的情操，以及蔡邕对"青衣"娴静高雅的妇德的赞颂，更不用说张超《诮青衣赋》对于女德要求的苛刻和严厉。至于蔡邕所作的婚姻赋《协和婚赋》与《协初赋》，在叙述策略上，作者隐去了具体的叙述对象而以婚姻作为一种普遍而严肃的人伦活动泛而述之，更具有普通伦常的意义。

二、礼乐教化意识与《洞箫赋》《长笛赋》等乐舞赋创作

音乐舞蹈是儒家文化的重要组成部分，往往与"礼"并用担负起治理国家的重任。在《礼记·乐记》中将"礼""乐"并称，且共同完成国家的教化治理功能的论述甚多，如：即使是音乐本身在儒家文化中的重要性，儒家经典论述也甚为常见，且往往将一个国家的盛衰与音乐联系起来，通过音

---

① （宋）章樵注：《古文苑》（丛书集成初编）卷二十一，中华书局 1985 年影印版，第 452 页。

乐来判断一个国家的政治，比如《乐记》云："是故治世之音安以乐，其政和。乱世之音怨以怒，其政乖。亡国之音哀以思，其民困。声音之道与政通矣。"① 又如："乐者，通伦理者也。……是故审声以知音，审音以知乐，审乐以知政，而治道备矣。"②《乐记》还说："乐由中出，礼自外作。乐由中出故静，礼自外出故文。……乐至则无怨，礼至则不争。"③"乐者，天地之和也；礼者，天地之序也。和，故百物皆化；序，故群物皆别。"④ 由此可见，在儒家观念里，音乐不仅是观察一个国家政治清明与否的标杆，还是教化万民与序礼群伦的工具与手段。

不仅如此，儒家经典甚至以宫、商、角、徵、羽比拟君、臣、民、事、物，《乐记》云："宫为君，商为臣，角为民，徵为事，羽为物，……宫乱则荒，其君骄；商乱则陂，其官坏；角乱则忧，其民怨；徵乱则哀，其事勤；羽乱则危，其财匮。五者皆乱，迭相陵，谓之慢。如此则国之灭亡无日矣。"⑤ 由以上表述可知，音乐不仅是构成儒家"礼乐"文化的重要组成部分，而且事关国体，意义重大。因此在两汉赋作中，乐舞赋构成了汉赋的重要内容，且承担着重要的教化意义。通过对汉代音乐赋的考察，可以发现汉代音乐文化是植根于儒学的思想文化土壤之中的。以乐器赋为例，从乐器材料的选用到音乐的演奏无不折射出儒学思想。比如乐器材料的选用和制作要求，就折射了儒家选贤重能的儒家人才思想；乐器演奏所体现的雅乐与俗乐的杂陈，以及包罗万象般的恢宏气势，无不体现了"大一统"与"礼教"的儒家政治思想；而音乐的教化效用往往呈现为"移风易俗"与"教化人伦"，是儒家的礼乐制度和儒家诗教思想在音乐中的体现。

中国传统儒家文化强调"天人合一""天人感应"，音乐文化亦不出其右。

---

① （清）阮元校刻：《十三经注疏·礼记正义》卷三七，上海古籍出版社 1997 年版，第 1527 页。

② （清）阮元校刻：《十三经注疏·礼记正义》卷三七，上海古籍出版社 1997 年版，第 1528 页。

③ （清）阮元校刻：《十三经注疏·礼记正义》卷三七，上海古籍出版社 1997 年版，第 1529 页。

④ （清）阮元校刻：《十三经注疏·礼记正义》卷三七，上海古籍出版社 1997 年版，第 1530 页。

⑤ （清）阮元校刻：《十三经注疏·礼记正义》卷三七，上海古籍出版社 1997 年版，第 1528 页。

《乐记》就说"乐者，天地之和也"，可见音乐是天地阴阳和谐的体现。纵观中国历代乐舞赋，我们不难发现赋家在阐释音乐文化的内涵时往往强调音乐所对应的天人关系。贾谊《虡赋》之"虡"，是古代悬挂钟鼓磬等乐器的纵柱。作者称赞"虡"为"美哉烂兮，亦天地之大式"，可见贾谊认为"虡"是非常符合天地法则的；另一方面，贾谊也认为"牧太平以深志"，"虡"还具有教化太平盛世的深刻用意。

王褒（？—前61）《洞箫赋》是赋史上的名篇，何焯称其为"音乐赋之祖"。[1] 第一次用完整的篇幅来描绘一种乐器。赋作从制箫的原材料及其产地、环境开始写起，进而铺叙箫的制作、装饰、调试，再极力铺陈箫的演奏以及乐声所产生的效果。作者以儒家立场和观念写作此赋，因此从头至尾洋溢着浓厚的儒家经典意识。比如作者在描述箫的制作原材料竹子时，极力铺写竹子生长地势的险峻，以及对天地日月大自然精华的吸收。赋文曰："吸至精之滋熙兮，禀苍色之润坚。感阴阳之变化兮，附性命乎皇天。……朝露清泠而陨其侧兮，玉液浸润而承其根。"[2] 正是这种得天地精华之滋润的原材料，得蒙圣恩而终成为箫，实在是很自然的事情。赋文云"幸得谧为洞箫兮，蒙圣主之渥恩。可谓惠而不费兮，因天性之自然"，夸赞"圣主"依竹子的自然天性以制箫之举是惠泽万民而自己也并无损失的美事。全赋的重点在于铺叙箫声所产生的音乐功用，亦即教化仁泽之功用。赋曰：

（1）故听其巨音，则周流泛滥，并包吐含，若慈父之畜子也。其妙声，则清静厌瘱，顺序卑迖，若孝子之事父也。科条譬类，诚应义理，澎濞慷慨，一何壮士。优柔温润，又似君子。故其武声，则若雷霆鞁辀，佚豫以沸㥜。其仁声，则若凯风纷披，容与而施惠。[3]

（2）故贪饕者听之而廉隅兮，狼戾者闻之而不怼。刚毅强虣

① 刘志伟主编：《文选资料汇编·赋类卷》，中华书局2013年版，第620页。

② （梁）萧统编，（唐）李善注：《文选》卷十七，中华书局1977年版，第244页。

③ （梁）萧统编，（唐）李善注：《文选》卷十七，中华书局1977年版，第245页。

（同"暴"）反仁恩兮，嘽咺逸豫戒其失。……嚚、顽、朱、均惕
复惠兮，桀、跖、鬻、博僷以顿悴。吹参差而入道德兮，故永御
而可贵。①

上引赋文第（1）段铺陈音乐的多变，时而"若慈父之畜子"，时而"若孝子
之事父"，时而壮士，时而君子，时而急速不安，时而从容和缓。第（2）段
赋文则述写音乐的教化功用：可以使贪婪者有节，使残狠者放弃怨恨，使刚
暴者反于仁恩，使放纵者戒其过失，使顽固而愚钝若嚚、顽者以及不肖之子
若朱、均者均能恢复仁善敬畏之心，使暴虐若桀、跖者以及勇猛若鬻、博者
皆能收敛平和。王褒另作有《四子讲德论》一文，文中称："夫乐者，感人
密深而风移俗易，吾所以咏歌之者，美其君术明而臣道得也。"②《乐记》云：
"先王耻其乱，故制雅颂之声以道之，……足以感动人之善心而已矣，不使
放心邪气得接焉。是先王立乐之方也。"③又云："故乐者，审一以定和，比物
以饰节，节奏合以成文，所以合和父子君臣，附亲万民也：是先王立乐之方
也。"④王褒作《洞箫赋》所体现出来的音乐思想与儒家文化所强调的乐教精
神完全一致。作者在赋的结尾说："赖蒙圣化，从容中道，乐不淫兮。条畅
洞达，中节操兮。"⑤再次歌颂圣王通过洞箫进行教化天下的举措是合乎人伦
道义的，箫声条贯洞达也是合乎道德节操的。王褒作为宣帝时的重要赋家，
儒家思想的正统与主导地位已然确立，"大一统"思想作为一种主流意识形
态已成为定型。王褒作《洞箫赋》较为注重对儒家音乐思想的阐发，以儒家
所推崇的君子仁人之德来比拟音乐，展现了作者的儒家意识，以及对儒家音
乐思想的发挥。正如清人何焯所评"引靡曼而归雅正，通气化而感神人，又

①　（梁）萧统编，（唐）李善注：《文选》卷十七，中华书局 1977 年版，第 245—246 页。

②　（清）严可均：《全上古三代秦汉三国六朝文·全汉文》卷四十二，中华书局 1958 年版，第
356 页。

③　（清）阮元校刻：《十三经注疏·礼记正义》卷三九，上海古籍出版社 1997 年版，第 1544 页。

④　（清）阮元校刻：《十三经注疏·礼记正义》卷三九，上海古籍出版社 1997 年版，第 1545 页。

⑤　（梁）萧统编，（唐）李善注：《文选》卷十七，中华书局 1977 年版，第 246 页。

赋家之大宗旨"。①

傅毅（？—约89）作《舞赋》，这是中国赋史上可见到的最早以舞名篇的赋作，全赋以楚襄王与宋玉对话寄托作者旨意。作者一方面似乎支持俗乐。楚襄王询问宋玉宴请群臣时用何乐舞，宋玉以"《激楚》《结风》《阳阿》"对，然而楚王仍然担心这样的乐舞会跟郑、卫之音一样不够高雅。宋玉曰：

> 小大殊用，《郑》《雅》异宜。弛张之度，圣哲所施。是以《乐》记干戚之容，《雅》美蹲蹲之舞，《礼》设三爵之制，《颂》有醉归之歌。夫《咸池》《六英》，所以陈清庙、协神人也；郑卫之乐，所以娱密坐、接欢欣也。余日怡荡，非以风民也，其何害哉？②

作者借宋玉之口对郑、卫之乐给予了肯定，也在赋文中详细刻画了郑、卫乐舞所具有的艺术感染力，"观者增叹，诸工莫当"，"观者称丽，莫不怡悦"。作者尤为强调，空暇闲日，不是为了教化万民的重任而有所放荡，亦无不可。另一方面，毕竟儒家素有"郑声淫，放郑声"的主张，上引赋文客观上也将雅俗音乐作了区别，认为雅乐与俗乐各不相宜，有"大小"、雅俗之别。雅乐毕竟为高雅之乐，常用于祭祀清庙等肃穆庄重之所，担负"风民"之责，而郑卫之乐只能用于"娱密坐、接欢欣"之所。在接下来的赋文中作者又说：

> 嘉《关雎》之不淫兮，哀《蟋蟀》之局促。启泰贞之否隔兮，超遗物而度俗。扬《激徵》，骋《清角》，赞舞操，奏均曲。形态和，神意协，从容得，志不劫。③

---

① 刘志伟主编：《文选资料汇编·赋类卷》，中华书局 2013 年版，第 620 页。

② （梁）萧统编，（唐）李善注：《文选》卷十七，中华书局 1977 年版，第 247 页。

③ （梁）萧统编，（唐）李善注：《文选》卷十七，中华书局 1977 年版，第 248 页。

作者引《关雎》《蟋蟀》两篇《诗经》篇名以表达"合礼"的重要性。《蟋蟀》刺晋僖公俭不中礼，故言其局促，所以最好的音乐是像《关雎》一样不放纵，又不像《蟋蟀》一样伤于局促。这样的音乐舞蹈可以连通人与宇宙的悬隔，使人超然世俗物外。上引赋文中所言《激徵》《清角》皆为雅曲名，舞者配合着雅曲神态安详，雍容娴雅，从容不迫。作者又说"天王燕胥，乐而不佚"，强调君王之乐，快乐而不放纵。所以说，傅毅尽管有肯定俗乐的功用之处，但对于雅乐的重视远在俗乐之上，所以说傅毅《舞赋》所透露出的乐教思想仍然是儒家式的乐教精神。傅毅还作有《琴赋》，为残篇。就今存赋句来看，作者先铺陈琴之原材料"鸿梧"之生成以及制作。残赋有"绝激哇之淫"以及"明仁义以厉己，故永御而密亲"之句，表达了作者以琴声之高雅而绝淫声、明仁义的用意所在。

张衡作《舞赋》极铺陈美人舞姿之曼妙，以为"既娱心以悦目"，然而作者又说"且夫九德之歌，《九韶》之舞，化如凯风，泽譬时雨。移风易俗，混一齐楚。以祀则神祇来格，以餐则宾主乐胥。方之于此，孰者为优"。① 作者强调九德之歌与《九韶之舞》可以移风易俗，化成天下的功用。用来祭祀，神祇必到；用来飨宴，则宾主皆喜。可见，作为儒士的张衡的音乐观是与儒家音乐观完全相同的。

马融（79—166），博通经籍，为东汉著名的经学家。其所作《长笛赋》的结构与王褒《洞箫赋》相同。先写制笛之才竹子的生长环境的恶劣孤危，次写砍伐制作之艰难，进而铺写笛声之美，笛声之感物动人以及笛之象征意义。作者在赋文曰："定名曰笛，以观贤士。陈于东阶，八音俱起。食举雍彻，劝侑君子。"② 又曰："故聆曲引者，观法于节奏，察变于句投，以知礼制之不可逾越焉。"③ 又曰："人盈所欲，皆反中和，以美风俗。"④ 作者告诫欣

---

① 费振刚等校注：《全汉赋校注》，广东教育出版社 2005 年版，第 761 页。
② （梁）萧统编，（唐）李善注：《文选》卷十八，中华书局 1977 年版，第 251 页。
③ （梁）萧统编，（唐）李善注：《文选》卷十八，中华书局 1977 年版，第 252 页。
④ （梁）萧统编，（唐）李善注：《文选》卷十八，中华书局 1977 年版，第 253 页。

赏音乐的人，应当观察音乐的节奏、章节以及变化的规律，才能体会到礼制是不能违背的，可见作者对于合乎礼制的音乐的赞赏。作者还认为音乐能满足人的欲望，不复更欲，且使人归返中和之道，美天子之风俗，这是作者对于音乐功用的重视。又因为笛子的简单，作者联想到"贤人之业"，加以赞美。最后作者感叹道："况笛生乎大汉，而学者不识其可以裨助盛美，忽而不赞，悲夫！"① 认为笛子有助于美颂和裨益大汉的伟大。马融还留有《琴赋》残篇，赋文曰："昔师旷三奏，而神物下降。玄鹤二八，轩舞于庭，何琴德之深哉！"② 作者引用了"师旷三奏"的典故将琴德与君德联系起来。据《韩非子·十过》载，晋平公请师旷鼓清徵之音，师旷不得已鼓之，"一奏之，有玄鹤二八，道南方来，集于郎门之垝；再奏之，而列。三奏之，延颈而鸣，舒翼而舞。音中宫商之声，声闻于天。"平公又请鼓清角之音，师旷以为"今主君德薄，不足听之；听之，将恐有败"。平公执意听之，晋国大旱，赤地三年，平公之身遂癃病。③ 作者赋予了音乐以浓厚的政治色彩，认为"清角之音"是昔日黄帝之音，而晋平公君德浅薄，尚不足以听之。

侯瑾（生卒年不详）《筝赋》有赋句曰："于是《雅》曲既阕，《郑》《卫》仍修。新声顺变，妙弄优游。"雅乐奏毕之后，俗乐紧随其后。俗乐能顺应变化，悠闲自得。可以看得出来，作者对于郑卫之音是并不否定的，但全赋仍然强调的是儒家"乐而不淫"的乐教品质。赋文曰："若乃察其风采，练其声音，美哉荡乎，乐而不淫。虽怀思而不怨，似《豳风》之遗音。于是《雅》曲既阙，《郑》《卫》仍修。"④ 作者暗引季札观乐于鲁的典故，称赞此筝演奏的音乐具有"美哉荡乎"以及"乐而不淫"的政治品格。《春秋左传》襄公二十九年，季札观乐，鲁人"为之歌《豳》，曰：'美哉，荡乎！乐而不淫，

---

① （梁）萧统编，（唐）李善注：《文选》卷十八，中华书局 1977 年版，第 254 页。

② （清）陈元龙编：《历代赋汇·逸句》卷一，凤凰出版社 2004 年版，第 644 页。

③ （清）王先慎：《韩非子集解》，中华书局 2013 年版，第 67—70 页。

④ （清）陈元龙编：《历代赋汇》卷九十四，凤凰出版社 2004 年版，第 392 页。

其周公之东乎？'"① 季札赞美《诗经》的"豳风"乐而不淫，为周公东征之乐，故赋文云东征的士兵虽有怀乡之思然而并不怨恨，以此夸赞《豳风》之乐所具有的政治教化功用。奏乐时，《雅》曲奏完，才能演奏《郑》《卫》之乐，亦可见其尊雅乐之思想。作者最后称赞筝"上感天地，下动鬼神，享祀祖宗，酬酢嘉宾，移风易俗，混同人伦，莫有尚于筝者矣"②，再次揭示筝所具备的教化功能。蔡邕《弹琴赋》亦为残篇，此赋着力描绘的是符合儒家规范的雅乐，如"仲尼思归，《鹿鸣》三章。《梁甫》悲吟，周公《越裳》"③ 之类，《鹿鸣》乃《诗经·小雅》篇名，《梁甫》据说为曾子所作，《越裳》则为周公所制，皆为雅乐。蔡邕对雅乐的重视是与作者一生服膺儒学政治理想相一致的。

综上所述，乐舞赋作为音乐文化的载体，尤其是处于儒家文化语境之下承载着丰富的儒家文化内涵。

首先，音乐赋反映了儒家文化的"天人感应"观念。比如音乐赋在写作策略上往往铺陈乐器制作材料的生长环境，突出这些原材料（如竹、桐等植物）所受天地阴阳的造化，为铺叙由这些原材料所制出的乐器声音能有化成天下之功而铺垫。另外，乐舞赋还常常强调音乐可以起到感动天地鬼神的作用，音乐成了沟通人神的桥梁。比如张衡《舞赋》"以祀则神祇来格"，侯瑾《筝赋》"上感天地，下动鬼神，享祀祖宗"之类的表述皆反映了音乐可以连通人神的"天人感应"观念。

其次，乐舞赋反映了儒家礼乐教化天下的思想。中国传统的音乐文化以儒家思想为主导，强调礼乐一体，互为表里。音乐与伦理相通，受礼的制约，音乐和礼一样有着严格的等级秩序，不能随便僭越，因此乐德与君德有了明确的联系。音乐也是道德与政治教化的重要手段，所以乐舞赋常常强调其移风易俗的作用，可以感化人的道德，化成天下人伦，成就天子之业。

---

① （晋）杜预：《春秋左传集解》，上海人民出版社 1977 年版，第 1121 页。
② （清）陈元龙编：《历代赋汇》卷九十四，凤凰出版社 2004 年版，第 392 页。
③ （清）陈元龙编：《历代赋汇》卷九十四，凤凰出版社 2004 年版，第 389 页。

第四节　儒学背景下的比物赋德与咏物赋创作

　　现今留存的二百余篇汉赋中，咏物赋凡六十余篇，无疑构成了汉赋的一大主流，其涵盖范围自天象地理到草木鸟兽、器物杂具均属此列。刘勰《文心雕龙·诠赋》说："至于草区禽族，庶品杂类，则触兴致情，因变取会。"刘氏所云"草区禽族，庶品杂类"殆即草木鸟兽以及器物等咏物赋的题材，"触兴致情，因变取会"所言应为写作咏物赋的意义所在，咏物实即咏志，寄情于物。祝尧《古赋辨体》云：

　　　　凡咏物之赋，须兼比兴之义，则所赋之情，不专在物，特借物以见我之情尔……要必以我之情，推物之情，以我之辞，代物之辞，因之以起兴，假之以成比。虽曰推物之情，而实言我之情，虽曰代物之辞，而实出我之辞。本于人情，尽于物理，其词自工，其情自切。①

祝氏明确揭示了"咏物赋"的内涵以及表现技巧，强调了咏物的真正目的"不专在物"而在"见我之情"，也表明了"咏物赋"的主要表现手段是"比兴"手法。

　　汉代咏物赋多为儒家比德说的产物。咏物赋较为注重对物象的观察，旨在挖掘所咏之物本身的"德性"，以使其与儒家德性建立起一种联系，这种书写策略很明显受到儒家观物赋德的影响。又或者将所咏之物视为颂德的手段与工具，通过所咏之物起兴以言儒家道德伦理，实现赋家的道德寄托，这是托物颂德的写作方式。纵观汉代咏物小赋，或观物赋德，或托物颂德，都

---

① 孙福轩、韩泉欣编校：《历代赋论汇编》，人民文学出版社 2016 年版，第 51 页。

可以说是儒家比德思维模式下的产物，其创作旨归在于借咏物以颂赞儒家道德，宣扬儒家理想；或者借咏物以揄扬儒家式的王道美政；或者以物之美德拟己，抒发不遇之思，折射用世追求。

一、儒家"天人感应"观念与《旱云赋》《温泉赋》的创作

贾谊《旱云赋》所描述的大旱当指汉文帝前元九年（前 171）发生的旱灾。彼时贾谊备受排挤，又尝谪居多年，对汉王朝已经有了较为深刻的认识，但作为儒士的贾谊始终没有消退对国家民生的关注热情，其用世之志也从未消失。《旱云赋》极力描写了干旱的肆虐、禾苗庄稼的枯焦以及农夫的悲苦："隆盛暑而无聊兮，煎砂石而烂渭。阳风吸习而槁槁，群生闷懑而愁愦。垄亩枯槁而失泽兮，壤石相聚而为害。农夫垂拱而无聊兮，释其锄耨而下涕。"①

作者对农夫的不幸表示了深切的同情，并由此盼望天下雨，怨天不雨，更是大胆追究天旱的原因是"托咎于在位"。赋云：

> 悲疆畔之遭祸，痛皇天之靡惠。惜稚稼之旱夭兮，离天灾而不遂。怀怨心而不能已兮，窃托咎于在位。独不闻唐虞之积烈兮，与三代之风气。时俗殊而不还兮，恐功久而坏败。何操行之不得兮，政治失中而违节。……恩泽弗宣，啬夫寡德。群生不福，来何暴也，去何躁也？……念思白云，肠如结兮。终怨不雨，甚不仁兮。布而不下，甚不信兮。②

上引赋文可以分为两部分，前一部分是分析天旱的原因，作者将其归结为"政治失中"，认为唐虞三代那样的政治不可能再出现，更何况功业建立久了

---

① （清）陈元龙编：《历代赋汇》卷六，凤凰出版社 2004 年版，第 28 页。
② （清）陈元龙编：《历代赋汇》卷六，凤凰出版社 2004 年版，第 28 页。

也要崩坏。作者将天旱的原因归咎于君上寡德与恩泽不宣。正是因为王道不行，故而"皇天靡惠"，降天灾于人间。后一部分则是作者对天不雨的抱怨，批评其"不仁""不信"。关于《旱云赋》，《古文苑》章樵注曰：

> 在《易》坎为水，其蕴蒸而上升则为云，溶液而下施则为雨，故乾之云行雨施，阴阳和畅也。屯之密云不雨，阴阳不和也。在人则君臣合德而泽加于民，亦犹阴阳和畅而泽被于物。贾谊负超世之才，文帝将大用之，乃为大臣绛灌等所阻，卒弃不用，而世被其泽，故托旱云以寓其意焉。①

由章注可知，贾谊创作此赋表面上是描写旱云之状，以及久旱不雨所生的灾害，实则暗寓奸邪当道及当政者政治之失中违节。故论此赋创作动机，则久旱不雨、天空布满旱云是引发作者作赋的外在因素，然用世之急切、不遇之悲愤才是作者创作此赋的真正动因。

两汉天象赋还有赵壹《迅风赋》。赋云："惟巽卦之为体，吐坤气而成风。纤微无所不入，广大无所不充。经营八荒之外，宛转毫毛之中。察本莫见其始，揆末莫睹其终。"②《易·巽》象曰："重巽以申命。刚巽乎中正而志行。"③作者意在借阐发《易》理以表达作者的理想。"重巽"者，上下皆顺从，只有上下皆顺从，乃可以伸张王者教令。臣民当顺从君王的意愿和指令，使大道得以施行天下，但作为君王必须行中正之道，臣民才能顺从，君王旨意方能得以通行。作者暗讽东汉当政者的昏庸无能，与《刺世疾邪赋》所讽刺的"原斯瘼之攸兴，窃执政之匪贤"本意相同，也暗示了自己的不得志。

张衡《温泉赋》属地理赋。赋序言"思在化之所原，感洪泽之普施，乃为赋云"。全赋皆为颂美之辞：

---

① （宋）章樵注：《古文苑》（丛书集成初编）卷三，中华书局 1985 年影印版，第 69—70 页。

② （清）陈元龙编：《历代赋汇·逸句》卷一，凤凰出版社 2004 年版，第 642 页。

③ （清）阮元校刻：《十三经注疏·周易正义》卷六，上海古籍出版社 1997 年版，第 69 页。

> 天地之德，莫若生兮，帝育蒸民，懿厥成兮。六气淫错，有疾
> 疠兮。温泉汩焉，以流秽兮。蠲除苛慝，服中正兮。熙哉帝载，保
> 性命兮。①

作者认为天地生民，帝育万民，而美德遂成。阴、阳、风、雨、晦、明
六气错乱则造就疾疠，温泉之水可以去除污秽邪恶，施行正道，可以发扬光
大帝王事业，葆有万民性命。作者表面上是歌颂温泉，事实上是借以歌颂君
上化育万民的功德。如果帝王之德中正，则天地之德因而生焉，否则"六气
淫错"，疾疠横生。作者强调的仍是儒家诗的"天人感应"观，并以此宣扬
作者的圣王想象。

两汉地理赋作还有杜笃、班固、蔡邕等人的赋作。杜笃（？—78）《首
阳山赋》的用意显然是在歌颂伯夷、叔齐的节义。伯夷、叔齐是为儒家所称
颂的具有高尚节操的贤士。孔子在《论语·微子》中说："不降其志，不辱
其身，伯夷、叔齐与？"②杜笃对伯夷、叔齐二人的赞赏也反映出作者内心对
儒家人物的尊重。班固《终南山赋》铺写了终南山的险峻，并替汉王朝祈福，
"唯至德之为美，我皇应福以来臻。埒神坛以告诚，荐珍馨以祈仙。嗟兹介
福，永钟亿年。"③赞赏君德之盛，故而感动上天，故有福祉来应。既体现了
作者所秉持的儒家天人感应观念，也见出班固心系朝廷的正统儒家思想。蔡
邕《汉津赋》是现存最早的完整描绘大江大河的赋篇，赋用夸张的手法铺陈
了汉水的发源、流经，最后汇入长江。作者尤其铺写了汉水的水产之丰盛，
令读者顿生帝国自豪之感。事实上，《汉津赋》正是表达了作者对"大一统"
帝国山河的仰慕和热爱。

综上所述，儒家"天人感应"观念在天象赋中得到了较为普遍的贯彻，
天象常常被视作君德的反映。吉瑞的天象反映了君德的清明，恶劣的天象则

---

① （清）陈元龙编：《历代赋汇》卷二十八，凤凰出版社 2004 年版，第 119 页。

② （宋）朱熹：《四书章句集注·论语集注》卷九，中华书局 1983 年版，第 185 页。

③ （宋）章樵注：《古文苑》（丛书集成初编）卷五，中华书局 1985 年影印版，第 126 页。

是君德昏庸的体现。贾谊《旱云赋》就将久旱不雨的原因归结为"在位"者，归结为在位者"操行之不得"以致于"政治失中而违节"导致的。赵壹《迅风赋》虽未明言君主的昏庸，但通过《易传》象辞对"巽"的解释也暗示了君主的"失中"。地理赋本就以描述山川风光、地势形胜为目的，不像天象赋那样容易与"天人感应"观念联系起来。但是因为地理山川天生与大一统观念有不可分割的联系，因而赋家笔下的地理赋大多充满一种帝国自豪的情绪，且多为颂辞。

二、《神乌赋》《鹦鹉赋》等动植物赋的比德书写

在汉代咏物赋中，动植物赋构成了一大类，且为数众多。赋家往往咏物明志，托物寓情，以彰君子之德，以明用世之志。众多赋中，尤以西汉末无名氏《神乌傅（赋）》与东汉祢衡《鹦鹉赋》为代表。

题为枚乘所作的《柳赋》，极写柳之雍容柔美的风度，又由柳之风度写到梁孝王的仪度如"君王渊穆其度，御群英而玩之"，又写到梁孝王宫廷人才济济的场景如"俊乂英旄，列襟联袍"，最后作者称颂道"虽复河清海竭，终无增景于边撩"，即使黄河水澄清而海水枯竭都不能为君王增添丝毫光景，可见君王功德无边。题为路乔如所作《鹤赋》，其旨也在歌颂梁孝王的功德。作者以鹤自拟，即使是充满了野性的鹤由于感念梁孝王的赏识，也宁愿舍弃自由，留在宫廷为君王服务。赋文曰"赖吾王之广爱，虽禽鸟兮抱恩"，正是作为文学侍从之臣的赋家的心声。题为公孙诡所作的《文鹿赋》更为直接地表达了对梁孝王的知遇之恩。作者以鹿自拟，且引《诗经·小雅·鹿鸣》之诗"呦呦鹿鸣，食野之苹。我有嘉宾，鼓瑟吹笙"[①]来表达梁孝王与诸文士的欢快融洽之情，作者最后感叹道："叹丘山之比岁，逢梁王于一时"，表达了得遇梁王的荣幸和欣喜。

---

① （清）阮元校刻：《十三经注疏·毛诗正义》卷九，上海古籍出版社 1997 年版，第 405 页。

孔臧《杨柳赋》在结尾时点明题旨："内荫我宗，外及有生。物有可贵，云何不铭？乃作斯赋，以叙厥情。"① 赞美杨柳对内可以荫蔽宗族，对外恩及众生，对于这样的可贵之物，理所当然应该加以歌颂。杨柳最大的功绩就是为人们提供了乘凉游憩的场所，朋友同好列几筵于其下，论道饮酒、赋诗言志，处处体现出儒家的伦理原则："饮不至醉，乐不及荒。威仪抑抑，动合典常。"②《论语·乡党》也说"唯酒无量，不及乱"，这正是儒家有礼有节精神的体现。

无名氏所作《神乌傅（赋）》载于 1993 年 3 月出土的江苏省连云港市东海县尹弯村六号汉墓简牍。赋文首先称颂乌具有良好的君子之德，"其性好仁，反铺于亲。行义淑茂，颇得人道"。赋文主体部分叙写雌乌为盗乌欺凌至死而雄乌无处告诉的悲惨故事，写出了西汉末年社会的黑暗、动荡，也表达了士人有志不得申的不遇之感。赋曰：

> 众乌丽（罹）于罗罔（网），凤皇（凰）孤而高羊（翔）。鱼鳖得于苾（笓）笱，交（蛟）龙执（蛰）而深藏（藏）。良马仆于衡下，勒靳（骐骥）为之余（徐）行。鸟兽且相忧，何兄（况）人乎？哀哉哀哉！穷通其菌。诚写悬以意傅之。③

上引赋文所描绘的众鸟罹网，凤凰孤飞，蛟龙深藏，骐骥缓行的情形，正是作者所批判的有志之士匍匐不能有所遇的普遍情形。《神乌赋》属于俗赋，多以四言为主，赋中多援引《易》《诗》《论语》等经典，又体现了《神乌赋》俗不伤雅的特点。比如赋文"去色（危）就安"暗用《论语·泰伯》"危邦不入，

①　（清）严可均辑：《全上古三代秦汉三国魏晋六朝文·全汉文》卷十三，中华书局 1958 年版，第 194 页。

②　（清）严可均辑：《全上古三代秦汉三国魏晋六朝文·全汉文》卷十三，中华书局 1958 年版，第 194 页。

③　裘锡圭：《〈神乌赋〉初探》，《文物》1997 年第 1 期。

乱邦不居"①之语，《孟子·尽心上》亦云"莫非命也，顺受其正，是故知命者不立乎岩墙之下"。②所谓岩墙，指墙之将倾覆者。知命者不处危地以取覆压之祸。赋文暗引《论》《孟》之典以引起下文雌乌遭受盗乌欺凌之文。赋文"不意不信"引《论语·子罕》"子绝四：毋意，毋必，毋固，毋我"。③意谓不臆测，不武断，不固执，不主观。盗乌偷窃，雌乌穷追不舍，盗乌竟引《论语》之文指责雌乌。赋文"死生有期"语出《论语·颜渊》"死生有命，富贵在天之语"④，"见危授命"语出《论语·宪问》"见利思义，见危授命"⑤，雌乌引以为与雄乌告别之语。赋文"鸟之将死，其唯哀"则出自《论语·泰伯》"鸟之将死，其鸣也哀；人之将死，其言也善"⑥。作者引此语对雌、雄二乌的遭遇加以评论。他如雌乌劝告盗乌之文"悔过迁臧，至今不晚"，暗用《易·益》"君子以见善则迁，有过则改"⑦之典；赋文又云："《诗》云：营营青蝇，止于干（樊）。几自（岂弟）君子，毋信傀（谗）言。"显然，赋文直接援用了《诗经·小雅·青蝇》之语"营营青蝇，止于樊。岂弟君子，无信谗言"⑧。雌乌劝说雄乌在自己死后另找贤妇，故引《诗经》语劝说雄乌不要听信后母的谗言以致遗孤愁苦。

班昭《大雀赋》首先赞扬大雀"生昆仑之灵丘"，"乃凤皇之匹畴"，当是有德之鸟。接下来，作者铺写大雀归于帝庭的情形：

> 怀有德而归义，故翔万里而来游。集帝庭而止息，乐和气而优
> 游。上下协而相亲，听《雅》《颂》之雍雍。自东西与南北，咸思

① （宋）朱熹：《四书章句集注·论语集注》卷四，中华书局 1983 年版，第 106 页。
② （宋）朱熹：《四书章句集注·孟子集注》卷十三，中华书局 1983 年版，第 349—350 页。
③ （宋）朱熹：《四书章句集注·论语集注》卷五，中华书局 1983 年版，第 109 页。
④ （宋）朱熹：《四书章句集注·论语集注》卷六，中华书局 1983 年版，第 134 页。
⑤ （宋）朱熹：《四书章句集注·论语集注》卷七，中华书局 1983 年版，第 151 页。
⑥ （宋）朱熹：《四书章句集注·论语集注》卷四，中华书局 1983 年版，第 103 页。
⑦ （清）阮元校刻：《十三经注疏·周易正义》卷四，上海古籍出版社 1997 年版，第 53 页。
⑧ （清）阮元校刻：《十三经注疏·毛诗正义》卷一四，上海古籍出版社 1997 年版，第 484 页。

服而来同。①

借孔雀来集于皇庭而歌颂了天子雍容有度，四方咸服的王者气象。班昭还作有《蝉赋》，歌颂蝉的高洁品质，"吸清露于丹园，抗乔枝而理翮。崇皇朝之辉光，映豹豹而灼灼"，是典型的拟人比德之赋。

张衡《鸿赋序》虽为"赋序"，然亦可窥见作者作《鸿赋》之用意在于赞扬鸿之高洁不群，以及不为所用的悲哀。赋序云："若其雅步清音，远心高韵。鸲鸢已降，罕见其俦。而锻翮墙阴，偶影独立。喋喋秕稗，鸡鹜为伍，不亦伤乎！"②此赋当是张衡五十岁以后所作，一方面以鸿自拟，凸显自己高洁的品性和远大的志向；另一方面又自伤不得志，竟与鸡鹜为伍，争食秕稗。

蔡邕《伤胡栗赋》盛赞栗子树"弥霜雪之不彫兮，当春夏而滋荣"，然而却遭受摧残，"适祸贼之灾人兮，嗟夭折以摧伤"，寄托了作者的一种强烈的被遗弃感。《蝉赋》与《伤胡栗赋》用意相同，也写了蝉被遗弃的不遇之哀，"声嘶嗌以沮败，体枯燥以冰凝"。

祢衡（173—198）《鹦鹉赋》更为直接而充分地表达作者怀志不遇之伤。作者在书写策略上首先极写鹦鹉的高贵品质，以突出鹦鹉的非凡超群。赋序言鹦鹉"明慧聪善，羽族之可贵"，赋文又极力铺写其品德：

> 惟西域之灵鸟兮，挺自然之奇姿。体金精之妙质兮，合火德之明辉。性辩慧而能言兮，才聪明以识机。故其嬉游高峻，栖跱幽深。飞不妄集，翔必择林。绀趾丹觜，绿衣翠衿。采采丽容，咬咬好音。虽同族于羽毛，固殊智而异心。配鸾皇而等美，焉比德于众禽？③

① （清）陈元龙编：《历代赋汇》卷百三十，凤凰出版社 2004 年版，第 521 页。
② 费振刚等校注：《全汉赋校注》，广东教育出版社 2005 年版，第 768 页。
③ （梁）萧统编，（唐）李善注：《文选》卷十三，中华书局 1977 年版，第 200 页。

即使是这样的德鸟，也终究逃不过被捕捉的命运。"宁顺从以远害，不违忤以丧生"，委曲求全之后的鹦鹉被"闭以雕笼，翦其翅羽"。虽然苟全了性命，然而鹦鹉的内心非常痛苦，想重新飞翔却已经成为不可能："顺笼槛以俯仰，窥户牖以踟蹰。想昆山之高岳，思邓林之扶疏。顾六翮之残毁，虽奋迅其焉如？心怀归而弗果，徒怨毒于一隅。"①赋的结尾以鹦鹉的口吻表达了不敢"背惠而忘初"，决心"讬轻鄙之微命，委陋贱之薄躯。期守死以报德，甘尽辞以效愚。恃隆恩于既往，庶弥久而不渝"②，传达了作者以轻贱之躯报答主上的愿望。正如清人何焯所评："前言鹦鹉之所由来，中言鹦鹉之至有离群之感，后言鹦鹉怀归不遂，深感恩托命之思，明明自为写照。"③虽然，赋的结尾似乎表达了作者积极的心态，但纵观全赋，主要还是借羁守樊笼，六翮残毁，志意难平的鹦鹉以自拟，表达自己生不逢时，漂泊沦落，虽有济世之志而不遇的人生命运。

在汉代咏物赋中有一类所咏之物为批判对象的赋作。赋家往往借所咏之物批判某些黑暗势力和反面人物。如孔臧作《鸮虫赋》以物喻人，"悟物托事，推况乎人"：

> 幼长斯蓼，莫或知辛。膏粱之子，岂曰不人？惟非德义，不以为家。安逸无心，如禽兽何。逸必致骄，骄必致亡。匪唯辛苦，乃丁大殃。④

以贪婪的蓼虫比喻不知辛苦、安逸无心的膏粱之子，说明了"逸必致骄，骄必致亡"的道理，强调"德义"乃立家的根本。王延寿《王孙赋》以猴类小

---

① （梁）萧统编，（唐）李善注：《文选》卷十三，中华书局 1977 年版，第 201 页。

② （梁）萧统编，（唐）李善注：《文选》卷十三，中华书局 1977 年版，第 201 页。

③ 刘志伟主编：《文选资料汇编·赋类卷》，中华书局 2013 年版，第 475 页。

④ （清）严可均辑：《全上古三代秦汉三国魏晋六朝文·全汉文》卷十三，中华书局 1965 年版，第 195 页。

人之轻黠便捷者，卒以欲心发露，受制于人。显然，此赋是讽世之作。赋文说"有王孙之狡兽，形陋观而丑仪"。纵观全赋，作者生动地刻画了猴子的形貌、秉性，最后因好酒而落入人类的圈套，被捉回锁在院子里让人围观，确有嘲讽之意，讽刺了轻黠小人的丑态。赵岐（约108—201）《蓝赋》写作者途经陈留，此地农人以种蓝染绀为业，蓝田弥望，黍稷不植。作者感叹其"遗本念末"，遂作赋以讽。《论语·乡党》有"君子不以绀緅饰"之语。① 绀，深青透红，斋戒时服装的颜色。緅，黑中透红，丧服的颜色。君子不以深青透红或黑中透红的颜色布给平常穿的衣服镶边。《论语·阳货》有"恶紫之夺朱"之句，上述"绀"、"緅"皆接近"紫"色，孔子憎恨以邪压正，以邪乱正。② 这里的"紫"当指宦官而言，作者此赋正是讽刺宦官乱政。

三、《书搋赋》《塞赋》《笔赋》等器物赋的儒家道德托讽

器物赋也是汉代咏物赋的一大类型。赋家或者以物拟人，以喻君子之德；或者假物以阐明儒家道义，抒发用世之志以及揄扬圣君美政等，不一而足。

邹阳（约前206—约前129）《酒赋》描绘了各种美酒，以及君臣共饮的融洽场景。赋曰"庶民以为欢，君子以为礼"，"乐只之深，不吴不狂"，可见作者对礼的遵循和提倡。又曰："哲王临国，绰矣多暇。召幡幡之臣，聚肃肃之宾。……英伟之士，莞尔而即之。"③ 又云："吾君寿亿万岁，常与日月争光"，处处体现作者所倡导的明君贤臣的儒家思想。《几赋》首先铺写原材料及制作，最后作者说"君王凭之，圣德日跻"，化用了《诗经·商颂·长发》"汤降不迟，圣敬日跻"之句，④《诗经》本意是歌颂商汤尊贤下士疾而不迟，

---

① （宋）朱熹：《四书章句集注·论语集注》卷五，中华书局1983年版，第118页。

② （宋）朱熹：《四书章句集注·论语集注》卷九，中华书局1983年版，第180页。

③ 费振刚等校注：《全汉赋校注》，广东教育出版社2005年版，第54—55页。

④ （清）阮元校刻：《十三经注疏·毛诗正义》卷二〇，上海古籍出版社1997年版，第626页。

其圣明之德日升不退。作者在这里化用仍是用来歌颂明君政治。羊胜（约前150年在世）《屏风赋》描绘了君王屏风的华美，也可认为是赞赏围绕君王身边的文士。最后赋曰"藩后宜之，寿考无疆"，是为颂扬君上之作。

刘安（约前179—前122）《屏风赋》借乔木之口，道出自己被遗弃在沟渎，被中郎发现，并请大匠砍削雕刻而成屏风，终于得以派上庇荫君王的用场。赋曰"不逢仁人，永为枯木"，表达了自己终于实现用世之志的感激之情。扬雄《酒赋》似乎不为赋酒，倒像是赋瓶与鸱夷（酒袋）。瓶身处险境，却不见用，不如鸱夷滑稽，"常为国器，托于属车，出入两宫，经营公家"。事实上，作者是以瓶比喻那些纯洁高尚的正人君子被弃而不用；而以鸱夷比喻那些贪利小人，讽刺他们卑躬屈膝、趋炎附势。刘歆《灯赋》赞颂灯之"修丽""委蛇"，以及"以夜继昼"地履守职责，喻己忠君守职之志；又赞颂灯"明无不见，照察纤维"，喻人君应当明察秋毫，体现了作者所坚守的儒家明君政治理想。

杜笃《书捴赋》洋溢着浓厚的儒学意识：

> 惟书捴而丽容，象君子之淑德。载方矩而履规，加文藻之修饰。能屈伸以和礼，体清净而坐立。承尊者之至意，惟高下而消息。……抱六艺而卷舒，敷五经之典式。①

赋文赞颂了书捴（承书架也）拥有君子之德，中规中矩，屈伸合礼，敷抱五经六艺。杜笃还作有《众瑞赋》一篇，赋文残佚不全，显然这是一篇借状写祥瑞毕集而歌颂君王盛德的赋作。另外如傅毅《扇赋》曰"纤竹廓素，或规或矩"，赞扬的是扇合乎儒家规矩的道德标准。张衡《扇赋》曰"惟规上而矩下"，可知也是赞颂儒家道德规矩之类的赋作。

边韶（约100—约165）《塞赋》写了塞（古代的一种博戏）的制作材料、

---

① （清）陈元龙编：《历代赋汇》卷六十三，凤凰出版社2004年版，第265页。

规模式样、行走规则以及象征意义。作者从儒家立场出发，对"塞"作了种种合乎儒家经义的解释。赋曰：

> 始作塞者，其明哲乎？故其用物也约，其为乐也大。……然本其规模，制作有式。四道交正，时之则也。棋有十二，律吕极也。人操厥半，六爻列也。赤白色者，分阴阳也。乍亡乍存，像日月也。行必正直，合道中也。趋隅方折，礼之容也。迭往迭来，刚柔通也。周则复始，乾行健也。局平以正，坤德顺也。然则塞之为义，盛矣大矣，广矣博矣。质象于天，阴阳在焉。取则于地，刚柔分焉。施于人，仁义载焉。考之古今，王霸备焉。览其成败，为法式焉。①

塞本是一种消遣娱乐的工具，但边韶却认为它象征着天地日月、乾坤阴阳，有正直仁义之德，可以作为古今成败之法式。赋文多依傍《周易》而行文立义，如赋文多引"阴阳""六爻""刚柔""乾坤""天地"等语以揄扬"塞"所具有的儒家象征意义，同时又着力宣扬"塞"所具备的儒家"正直""仁义""合礼"等品德，对"塞"做出了种种合乎儒家经义的阐释。可以说，在汉代咏物赋中，洋溢着如此浓厚而热烈的儒家道德意识的赋作确是不多见的。

蔡邕《笔赋》同样是一篇充满了儒家经典意识的赋作。

> 画乾坤之阴阳，赞宓皇之洪勋；叙五帝之休德，扬荡荡之典文。纪三王之功伐兮，表八百之肆觐；传六经而缀百氏兮，建皇极而序彝伦。综人事于唵昧兮，赞幽冥于明神。象类多喻，靡施不协。上刚下柔，乾坤位也。新故代谢，四时次也。圆和正直，规矩

① （清）陈元龙编：《历代赋汇》卷百三，凤凰出版社 2004 年版，第 430 页。

极也。玄首黄管，天地之色也。①

此赋描述了毛笔制作的材料、过程以及特点，但赋的重点是歌颂毛笔的功用。由于作者浓厚的儒家思想的影响，他对毛笔的功用的理解集中于对儒家的颂扬。作者认为笔可以用来记述历代帝王的功勋，可以传六经序彝伦，守圆和正直之规矩，这是典型的儒家之道德伦理规范。

郑玄（127—200）《相风赋》曰："上稽天道阳精之运，表以灵乌，物象其类；下凭地体安贞之德，镇以金虎，玄成其气。风云之应，龙虎是从；观妙之征，神明所通。"②"相风"，本是古代的一种测风仪。然而全赋却充满古奥的经学话语与隐喻，如"安贞之德"出自《易·坤》象曰"安贞之吉，应地无疆"③，言坤德以安顺守正为吉。"风云之应，龙虎是从"出自《易·乾》之《文言》"同声相应，同气相求。水流湿，火就燥。云从龙，风从虎"④，说明同类事物的相互感应作用。"神明所通"出自《易传·系辞下》"阴阳合德而刚柔有体，以体天地之撰，以通神明之德"⑤，说明相风鸟的制作、测量与神明相通。

综上所述，汉代咏物赋虽然以状物为主，但是由于比兴寄托的用意，儒家思想在赋作中得到了较为明显的呈现。又由于咏物赋的体制灵活，因而赋家在使用咏物赋以明志的时候也显得极其自由，儒家思想的方方面面几乎在咏物赋中都有所反映。总起来说，儒家思想在咏物赋中的体现主要有三个方面。

首先，美颂明君。歌颂君王，传达赋家的圣君政治理想是赋作者习以为常的一个创作主题。对君上的颂美在藩国君臣文学集团的创作中体现尤为明显，比如梁孝王文士集团。梁孝王门下的邹阳、公孙乘、羊胜、公孙诡、路

---

① （清）陈元龙编：《历代赋汇》卷六十三，凤凰出版社 2004 年版，第 262 页。
② 费振刚等校注：《全汉赋校注》，广东教育出版社 2005 年版，第 796—797 页。
③ （清）阮元校刻：《十三经注疏·周易正义》卷一，上海古籍出版社 1997 年版，第 18 页。
④ （清）阮元校刻：《十三经注疏·周易正义》卷一，上海古籍出版社 1997 年版，第 16 页。
⑤ （清）阮元校刻：《十三经注疏·周易正义》卷八，上海古籍出版社 1997 年版，第 89 页。

乔如等都作过咏物赋。这些赋作多以所咏之物以比主上之德，或由所咏之物起兴以颂主上之德。比如公孙乘《月赋》，即以月光比君子之光，又进而比梁孝王君子之德。枚乘《柳赋》由柳之雍容柔美的风度过渡到梁孝王"渊穆"的仪度，又写到梁孝王宫廷人才济济的场景，最后作者说"虽复河清海竭，终无增景于边撩"，称颂主上功德无边。另如路乔如作《鹤赋》、公孙诡作《文鹿赋》皆表达了对梁孝王的知遇之恩。比如《文鹿赋》作者以鹿自拟，感叹道："叹丘山之比岁，逢梁王于一时。"邹阳《酒赋》歌颂"吾君寿亿万岁，常与日月争光"，《几赋》曰"君王凭之，圣德日跻"，羊胜《屏风赋》曰"藩后宜之，寿考无疆"，都无一例外地表达了对君上的颂扬。

当中央集权的大一统政治获得更为坚实的巩固之后，文士对君上的歌颂几乎成为惯例。比如班固《终南山赋》祝愿君王以及汉王朝"嗟兹介福，永钟亿年"；李尤《函谷关赋》歌颂当世圣朝曰"会万国之玉帛，徕百蛮之贡琛"；张衡《温泉赋》曰"熙哉帝载，保性命兮"，歌颂君上化育万民的功德；班昭《大雀赋》曰"自东西与南北，咸思服而来同"，也歌颂了天子宾服四方的王者气象。

其次，寄托用世之志。咏物赋中的积极用世理想大多以良材见用、君臣遇合为主题。比如刘胜（？—前113）《文木赋》，写了美丽的文木生长于高崖之畔，迎风冒雪，历经寒热，虽天生丽质却不为人所识，幸得"王子见知"，终得裁用：

> 裁为用器，曲直舒卷。修竹映池，高松植巘。制为乐器，婉转蟠纡。凤将九子，龙导五驹。制为屏风，郁弟穹隆。制为杖几，极丽穷美。制为枕案，文章璀璨，彪炳涣汗。制为盘盂，采玩踟蹰。①

美丽的文木一经采用，既可为用器，又可为乐器；可制为屏风、杖几，也可

---

① （宋）章樵注：《古文苑》卷三，中华书局1985年版，第84页。

制为枕案、盘盂等，几乎无所不用。路乔如《鹤赋》曰"赖吾王之广爱兮，虽禽鸟兮抱恩"，公孙诡《文鹿赋》曰"叹丘山之比岁，逢梁王于一时"，刘安《屏风赋》曰"不逢仁人，永为枯木"，皆是作者对用世的羡慕和向往，正如《古文苑》章樵注《屏风赋》所云"譬世有遗弃之材，遭时见用"。

咏物赋中还有一类表现自己怀才不遇之思的赋作，也反衬了赋家对用世于当世的渴望。比如贾谊《旱云赋》就暗寓奸邪当道，讽刺执政者失中违节，抒发了作者用世之切、不遇之愤的情志；《神乌赋》也写到了凤凰、蛟龙、骐骥等有志之士皆不得有所用于世的普遍情形；张衡《鸿赋序》自伤不得志，抒写了志向高远的鸿竟与鸡鹜为伍，争食粃粺的悲惨情形；尤其以祢衡《鹦鹉赋》在表现赋家不遇遭遇时情绪格外强烈，鹦鹉六翮被残，困守樊笼，空有济世宏愿，只能苟全性命于世。

最后，托讽作者的儒家道德理想。汉代的咏物赋家往往习惯于以所咏之物寄托作者的道德追求。如杜笃《首阳山赋》歌颂伯夷、叔齐高尚的节义，表达了对伯夷、叔齐二人品德的向往。孔臧《杨柳赋》赞美杨柳"内荫我宗，外及有生"的高贵品质，寄托了作者于国于家均欲有所作为的道德追求，所以作者"乃作斯赋，以叙厥情"。班昭《大雀赋》曰"凤皇之匹畴"，王逸《荔支赋》云"卓绝类而无俦，超众果而独贵"，朱穆《郁金赋》云"美郁金之纯伟，独弥日而久停"，张奂《芙蓉赋》"潜灵根于玄泉，擢英耀于清波"，张升《白鸠赋》"厥名枭鸠，貌甚雍容"，皆为自拟之作。至于杜笃《书擖赋》、边韶《塞赋》、蔡邕《笔赋》等赋作充满了浓厚的儒学意识，几乎全是作者儒学理想的告白。

汉代的咏物赋还有一类作品通过对丑恶的道德和人性的批判以表达对美好人性和道德的追求与向往。比如孔臧作《蓼虫赋》，以物喻人，批判那些像贪婪的蓼虫一样安逸无心的膏粱之子，坚持"德义"乃立家之本。扬雄《酒赋》讽刺像鸱夷一样的贪利小人，歌颂纯洁高尚的正人君子。王延寿《王孙赋》讽刺那些轻黠小人的丑态，赵岐《蓝赋》讽刺那些"以紫夺朱"的宦官，表达了作者对正大光明的道德理想的坚持。

第四章　魏晋六朝赋与经典：儒学中衰背景下的经典书写

　　相对于儒学昌盛的两汉时期，魏晋南北朝则是一个儒学衰落的时期。在这动乱频仍的近四百年间，玄学迅速兴起，道教、佛学发展完善，儒、释、道三者相与并存，儒学独尊的地位急剧跌落。乃至清代经学家皮锡瑞所著《经学历史》称魏晋为"经学中衰时代"，并感叹道："经学盛于汉，汉亡而经学衰"，"夫以两汉经学之盛，不百年而一衰至此"①。

　　然而，"衰"并不等于"亡"。儒家经学作为古代封建社会上层建筑领域的意识形态，是不可能随着政权的更替而一朝废弛地退出人们的思想意识的。魏晋南北朝时期，一方面，由于儒学自身的特点和统治阶级的好尚或统一思想文化的需要，某些封建帝王如魏文帝及高贵乡公、晋武帝、梁武帝、北魏诸帝之世，均出现过尊崇儒学甚至是经学隆盛的局面；另一方面，作为封建社会成员个体的一些经学家和文学作家，由于自己的兴趣修养、家族渊源等诸多原因，如曹植、傅咸、潘岳等，也仍然潜心经典，服膺儒学，坚守儒家传统价值道德观念。就辞赋创作而言，这一时期不少以京都宫殿、典礼祥瑞以及咏物写志为题材的作品，仍然含蓄着浓厚的经典意识，延续着汉赋以来的儒学书写。

---

① （清）皮锡瑞：《经学历史》，中华书局 2008 年版，第 141 页。

第一节　儒学中衰的文化背景与经典尚存的赋学观念

在儒学中衰的背景下，魏晋南北朝辞赋创作在一定程度上摆脱了对于儒学的依附地位，表现出对国家政治和儒学道德的有意疏离，而较为重视辞赋抒情主体的个人情志以及主观感受，趋向于抒情化与小品化，比如对节物变迁、人生短暂的感叹，对亲友故土的怀念，对离愁别绪的描写，对男女爱情的吟咏，对山水壮丽秀美的描写等，直接颂美君上，赞扬"大一统"政治或宣扬儒学道德理想的赋作大大减少。然而纵观魏晋南北朝辞赋，仍然大有潜心儒家经典，服膺儒学理想，坚守儒家传统价值道德观念的文士和作品在，仍有数量众多的赋作含蓄着浓厚的经典意识，体现出赋家从儒学思想获求精神资源，从儒家经典挖掘道德蕴涵和审美意味的精神取向。

由于儒学衰落而导致儒家"诗教"观念的削弱，魏晋南北朝时期的赋论不再像两汉那样偏重于讽、颂的政治功利要求。然而魏晋南北朝赋论思想仍然表现出对汉人赋论主要内涵的继承，汉人《诗》教美刺思想所体现的"讽颂说""曲终奏雅说"等观念对魏晋南北朝的赋论构建仍具有极大的原创意义，魏晋南北朝赋论仍然呈现出对"美刺"传统的延续。

一、儒学中衰背景下的经学尊崇与延续

范文澜《中国通史》指出："在经学玄学相继衰退中，佛教逐步兴盛起来，自魏晋起至隋唐止，经学在思想领域的统治地位，逐渐被佛教夺去，玄学和道教也夺得一部分，经学仅能保持传统的崇高名义。"[①]范文澜先生此语是针对魏晋至唐经学与佛教、玄学、道教诸学彼此消长的情形而言的。若单

---

①　范文澜：《中国通史》第二册，人民出版社 1978 年第 5 版，第 385 页。

就"经学"而言，则既说出了经学地位的"衰退"，又认为经学还能保持着传统的"崇高名义"，笔者以为范先生的这一论断，符合魏晋南北朝经学的基本状况，是客观而适当的。

经学在魏晋南北朝失去了思想领域的统治地位，但在某些特定的时空环境里却还保持着传统的"崇高名义"和相当的实际影响，崇儒注经之事史不绝书。

（一）曹魏之世对于儒家经典的尊崇与讲论

曹魏之时，正是"经学中衰"发轫期。魏文帝以后，已不施行经术取士，而代之以"九品中正"的门阀制度。其时的风俗流弊，大概已如魏明帝太和年间董昭、杜恕上《疏》所述："窃见当今年少，不复以学问为本，专更以交游为业。国士不以孝悌清修为首，乃以趋势游利为先"①；"今之学者，师商、韩而上法术，竞以儒家为迂阔、不周世用"②。但是，事不可一概而论，曹魏之时，亦有崇儒、讲经、注经之举。如《三国志·魏书·文帝纪》记载：

（延康元年）秋七月庚辰，令曰："……百官有司，其务以职尽规谏，将率陈军法，朝士明制度，牧守申政事，缙绅考六艺，吾将兼览焉"。

（黄初）二年春，诏曰："昔仲尼……因鲁史而制《春秋》，就太师而正《雅》《颂》，俾千载之后，莫不宗其文以述作，仰其圣以成谋。咨！可谓命世之大圣，亿载之师表者也。遭天下大乱，百祀堕坏，旧居之庙，毁而不修，……其以议郎孔羡为宗圣侯，邑百户，奉孔子祀"。

（五年）夏四月，立太学，制《五经》课试之法，置《春秋谷梁》博士。③

---

① （晋）陈寿：《三国志》，中华书局 1959 年版，第 442 页。
② （晋）陈寿：《三国志》，中华书局 1959 年版，第 502 页。
③ （晋）陈寿：《三国志》，中华书局 1959 年版，第 60、78、84 页。

以上是记载魏文帝于延康元年秋令百官"职尽规谏""缙绅考《六艺》"的举措；黄初二年《诏》令孔子后裔孔羡为"宗圣族"，奉祀孔子；黄初五年四月，立太学，制《五经》课试之法，置《春秋谷梁》博士。曹丕不仅有一系列崇儒尊经的之举，而且在令孔羡"奉孔子祀"的《诏》中高度评价孔子为"命世之大圣、亿载之师表"，可见他对于儒家宗师孔子的无限尊崇之情。

又《三国志·魏书·三少帝纪·高贵乡公髦纪》记载：

> （甘露元年）夏四月，丙辰，帝幸太学，问诸儒曰："圣人幽赞神明，仰观俯察，始作八卦，后圣重之为六十四，立爻以极数，凡斯大义，罔有不备，而夏有《连山》，殷有《归藏》，周曰《周易》，《易》之书，其故何也？"《易》博士淳于俊对曰……讲《易》毕，复命讲《尚书》。帝问曰："郑玄曰'稽古同天，言尧同于天也'。王肃云'尧顺考古道而行之'。三义不同，何者为是？"博士庾峻对曰……。于是复命讲《礼记》，帝问曰："'太上立德，其次务施报'。为治何由而教化各异；皆修何政而能致于立德，施而不报乎？"博士马照对曰："……诚由时有朴文，故化有薄厚也"。
>
> 二年春，五月辛未，帝幸辟雍，会命群臣赋诗。……《诏》曰："吾以暗昧，爱好文雅，广延诗赋，以知得失，……主者宜敕自今以后，群臣皆当玩习古义，修明经典，称朕意焉"。①

高贵乡公曹髦（241—260），是魏文帝曹丕之孙，自少好学崇儒。在上引原文达千有余字的"太学问经"的详细叙载中，他与《易经》博士淳于俊、《书经》博士庾峻、《礼经》博士马照等，具体讨论儒家经典《周易》《尚书》《礼记》，专业而深入，表现出颇为深厚的经学素养和虚心问学的兴趣态度。这可谓是魏晋经学史上的一段佳话。曹髦又针对群臣赋诗中出现的问题，《诏》

---

① （晋）陈寿：《三国志》，中华书局 1959 年版，第 135—139 页。

令群臣"玩习古义、修明经典"，表明对臣下研习"经典"的严格要求。如此等等，均可见他对于经学的高度重视，故《三国志》撰者陈寿《评》曰："高贵公才慧夙成，好问尚辞，盖亦文帝之风流也。"①

（二）两晋儒林情形及晋武帝、晋元帝的修复经学

《晋书·儒林传序》概述两晋儒学情形时，提到过两个时间点：

> 武帝受终，忧劳军国，时既初并庸蜀，方事江湖，训卒厉兵，务农积谷，犹复修立学校，临幸辟雍。而荀顗以制度赞惟新，郑冲以儒宗登保傅，茂先以博物参朝政，子真以好礼居秩宗，虽愧明扬，亦非遐弃。……未足比隆三代，固亦擅美一时。……元帝运钟百六，光启中兴，贺、荀、刁、杜诸贤并稽古博文，财成礼度。②

其一是指西晋初期，晋武帝司马炎（236—290）修立学校，临幸辟雍，还拜由曹魏入晋的儒学家郑冲（？—274）为太傅，晋爵寿光公，以彰显儒学；其二是东晋初期元帝司马睿（276—322），在逢"百六厄运"之后，光启中兴，以贺循、刁协等儒士稽古博文。据《晋书元帝纪》又于建武元年"立太学"，太兴四年，置《周易》《仪礼》《公羊》博士。

《晋书·儒林传》为范平、文立、陈邵、虞喜、刘兆、氾毓、徐苗、崔游、范隆、杜夷、董景道、续咸、徐邈、孔衍、范宣、韦謏、范弘之、王欢等十八名儒生立传，并载记其事迹。诸如：文立专《毛诗》《三礼》；陈邵以儒学征为陈留内史；虞喜专心经传，释《毛诗略》、注《孝经》等；刘兆博学洽闻，从受业者数千人，作《春秋调人》七万余言，又为《春秋左氏》解；董景道少而好学，千里追师，所在惟昼夜读诵，明《春秋三传》《京氏易》《马氏尚书》《韩诗》皆精究大义，《三礼》之义专遵郑氏，著《礼通论》非驳诸

---

① （晋）陈寿：《三国志》，中华书局 1959 年版，第 154 页。

② （唐）房玄龄等：《晋书》卷九十一，中华书局 1974 年版，第 2346 页。

儒，演广郑旨；孔子二十二世孙孔衍少好学，年十二能通《诗》《书》，等等。又《晋书》卷三十三《郑冲传》记载郑冲：

> 耽玩经史，遂博究儒术及百家之言。……及高贵乡公讲《尚书》，冲执经亲授。……初，冲与孙邕、曹羲、荀顗、何晏共集《论语》诸家训注之善者，……名曰《论语集解》。成，奏之魏朝，于今传焉。①

《晋书》本传载叙郑冲在魏晋两代均博究儒术，讨论经典，并以"史臣曰"的形式评价说："若夫经为帝师，郑冲于焉无愧。"

（三）南北朝经学的"分立"及萧梁、北魏的儒学隆盛

南北朝是"经学分立的时代"，历来有所谓"南学""北学"之称。如《北史·儒林传序》曰：

> 大抵南北所为章句，好尚互有不同。江左，《周易》则王辅嗣，《尚书》则孔安国，《左传》则杜元凯；河、洛，《左传》则服子慎，《尚书》《周易》则郑康成。《诗》则并主于毛公，《礼》则同遵于郑氏。南人约简，得其英华；北学深芜，穷其枝叶。②

据上引《北史》之说可知，所谓"南学"即江南的南朝经学，崇尚王弼以老庄及玄学之理解释的《周易注》及孔安国《古文尚书》、杜预《春秋左传集解》等的崇尚文辞；"北学"即黄河、洛水流域的北朝经学，《易》《书》《诗》《礼》之学皆宗郑玄《注》而排斥老、庄、玄学，较具朴实的学风。

而南北朝的经学，又以北朝北魏（386—534）和南朝梁代天监（502—

---

① （唐）房玄龄等：《晋书》卷三十三，中华书局 1974 年版，第 991—993 页。

② （唐）李延寿：《北史》卷八十一，中华书局 1974 年版，第 2709 页。

519）年间两个时段为盛。故皮锡瑞论梁武帝时期儒学盛况曰"梁武起自诸生，知崇经术，……四方学者靡然向风，斯盖崇儒之效"①；又评论北魏儒学曰"魏儒学最隆"②。

先述梁代经学。据《梁书·武帝纪》记载，梁武帝萧衍（464—549），"少而笃学，洞达儒、玄"。虽万机多务，犹不辍手卷。对于儒家经典，尤其兴趣浓厚，所撰研究儒家典籍的相关论著尚有：

> 《制旨孝经义》，《周易讲疏》，及六十四卦、二《系》《文言》《序卦》等义，《乐社义》《毛诗答问》《春秋答问》《尚书大义》《中庸讲疏》《孔子正言》《老子讲疏》，凡二百余卷。并正先儒之迷，开古圣之旨。修饰国学，增广生员，立五馆，置《五经》博士。天监初，则何佟之、贺蒨、严植之、明山宾等覆述制旨，并撰吉、凶、军、宾、嘉五《礼》，凡一千余卷。③

又《梁书·儒林传》云，晋宋至齐，国学时或开置，公卿罕通经术，后生孤陋，儒家六艺，其废久矣。至梁武帝天监四年，《诏》曰"置《五经》博士各一人，广开馆宇，招内后进"，以当时儒者沈峻、严植之、贺蒨等补博士，各主一馆。于是，"馆有数百生，给其饩廪。其射策通明者，即除为吏。十数年间，怀经负笈者云会京师"④。于是，在晋宋以来中衰已久的儒学，又在梁代天监年间得到了恢复。

再如当东晋以迄南渡之后，儒家经学在南方衰歇不振之时，却在北方的北魏有着几乎长达百余年的持续发展。如据《北史·儒林传序》所叙，北魏政权，自魏道武帝拓跋珪（386—408 在位）初定中原、始建都邑，"便以经

---

① （清）皮锡瑞：《经学历史》，中华书局 2008 年版，第 179 页。
② （清）皮锡瑞：《经学历史》，中华书局 2008 年版，第 183 页。
③ （唐）姚思廉：《梁书》卷一，中华书局 1973 年版，第 96 页。
④ （唐）姚思廉：《梁书》卷四十八，中华书局 1973 年版，第 662 页。

术为先。立太学，置《五经》博士生员千有余人。天兴二年春，增国子太学生员至三千人"①；明元帝时，立教授博士，起太学于城东，后令州郡各举才学，于是儒术转兴；献文帝时，初郡置博士、助教、学生。后大郡、次郡、中郡、下郡皆立博士、助教。太和年中又建明堂、辟雍，尊三老五更。及迁都洛邑，诏立国子、太学、四门小学；孝文帝笃好坟籍，不忘讲道，于是斯文郁然，比隆周、汉；宣武帝时，复诏营国学，大选儒生，而经术弥显；孝明帝时，乃释奠于国学，命祭酒崔光讲《孝经》；至北魏末世孝武复永熙（532—534）年间，释奠于国学，又于显阳殿诏祭酒刘钦讲《孝经》、黄门李郁说《礼记》、中书舍人卢景宣讲《大戴礼夏小正》篇；以至东魏孝静帝兴和、武定之间，儒业复盛。

北周文皇帝宇文泰，雅重经典。洎武帝时，尊太保燕公为三老，待熊安生以殊礼。是以天下慕向，文教远覃。衣儒者之服，挟先王之道，励从师之志，守专门之业，虽通儒盛业，不逮魏晋之臣，而风移俗变，抑亦近代之美。②

（四）魏晋南北朝重要经典注释举要

1. 魏王肃、北魏徐遵明的经典注释

王肃（195—256）字子雍，东海郡郯县（今山东临沂市）人，曹魏时期著名经学家，是汉曹之际"通经"大儒王朗之子、晋文帝司马昭岳父。王肃博通儒家经典，论注经书十分丰富，如《三国志·魏书·王朗传》附其本传记载云：

> 初，肃善贾、马之学，而不好郑氏，采会同异，为《尚书》《诗》《论语》《三礼》《左氏解》，及撰定父朗所作《易传》，皆列于学官。其所论驳朝廷典制、郊祀、宗庙、丧纪、轻重，凡百余篇。集《圣

---

① （唐）李延寿：《北史》卷八十一，中华书局1974年版，第2704页。

② （唐）李延寿：《北史》卷八十一，中华书局1974年版，第2706—2707页。

证论》以讥短（郑）玄，及作《周易》《春秋例》《毛诗》《礼记》《春秋三传》《国语》《尔雅》诸注，又注书十余篇。①

王肃的经典注论，当时及后世流传者，计有如下数种一百余卷：

《周易注》十卷、《尚书注》十卷、《毛诗注》二十卷、《周官注》十二卷、《论语注》十卷、《礼记注》三十卷、《孔子家语》二十一卷等。②

徐遵明（475—529）字子判，华阴（今陕西渭南）人，北魏儒家学者、南北朝经学"北学"的代表人物之一。徐遵明从小好学，从十七岁开始，随乡人赴山东求学。曾在上党师事王聪，受《毛诗》《尚书》《礼记》。后又师从燕赵张吾贵、范阳孙买德，平原唐迁等学经。诣平原唐迁时，居于蚕舍，读《孝经》《论语》《毛诗》《尚书》《三礼》。不出门院，凡经六年。徐遵明终身未仕，开门授徒二十余年，门生众多。手撰《春秋义章》三十卷等。③

2.《十三经注疏》中魏晋人所撰五种

魏晋儒士所注《十三经注疏》共有五种：

魏王弼《周易注》、何晏《论语集解》、晋杜预《春秋左传集解》、范宁《谷梁传集解》、郭璞《尔雅注》。

除以上所述外，《北史·儒林传》对于汉魏及南北朝儒生传授和注解《易》《书》《诗》《礼》《春秋》《论语》《孝经》等儒家经典的情形，尚有专门的载叙。

---

① （晋）陈寿：《三国志》，中华书局 1959 年版，第 419—420 页。

② 参阅《隋书·经籍志》及何耿镛著《经学概说》（湖北人民出版社 1985 年版，第 74 页）。

③ 参阅《魏书·儒林传》本传、《北史·儒林传》本传等。

二、魏晋南北朝"经典尚存"的赋学观念

从总体上看，魏晋南北朝时期的赋论，正如《中国赋论史》所断言："由于儒家思想尤其是儒家'诗教'观念的削弱，这时期的赋论不再像两汉那样偏于讽、颂的政治功利要求，而是重在赋文学创作的艺术形式技巧及赋作家才情品性等主观因素方面，注意对赋体创作内部规律的研究探讨，开始体现出真正从文艺角度论赋的自觉意识。"[1] 但是，具体到个别的赋论家或赋学言论之中，仍然可见此期赋论在趋向于艺术形式的评价之时，也还不同程度地存在着儒学思想及汉代《诗》学"美刺"观念的影响，儒家经典的意识、经学的思维方法，还部分地存在于魏晋南北朝时期的赋论之中。

（一）曹植从"辞赋小道"到"与《雅》《颂》争流"的变化

曹植（192—232）自幼习读儒家经典和辞赋，年十岁余就诵读《诗经》《论语》及辞赋数十万言。他在《与杨德祖书》中论及辞赋云：

> 辞赋小道，固未足以揄扬大义，彰示来世也。昔扬子云，先朝执戟之臣耳，犹称壮夫不为也。吾虽德薄，位为藩侯，犹庶几戮力上国，流惠下民，建永世之业，流金石之功，岂徒以翰墨为勋绩、辞赋为君子哉！[2]

此书作于建安二十一年（216），曹植时年二十五岁。在他看来，辞赋创作不能"揄扬大义"，而不过是"小道"而已。这是"曹植的理想，是要在政治上施展抱负，相对于他'戮力上国，流惠下民，建永世之业，流金石之功'的宏伟志向，当然就不愿意仅以'翰墨为勋绩、辞赋为君子'了"[3]。"成一

---

① 何新文、苏瑞隆、彭安湘：《中国赋论史》，人民出版社 2012 年版，第 54 页。

② 赵幼文：《曹植集校注》，人民文学出版社 1984 年版，第 154 页。

③ 何新文、苏瑞隆、彭安湘：《中国赋论史》，人民出版社 2012 年版，第 64 页。

家之言"不过是"吾志未果，吾道不行"之后所追求的理想。另外，从曹植后面所说的"辩时俗之得失，定仁义之衷，成一家之言"，也可以看出他颇为强调辞赋宣扬儒家政教的功能。

曹植对待辞赋创作的态度在他的晚年发生了变化。在曹植生命的最后几年里，他为自己的赋集所作的《前录自序》里说：

> 故君子之作也，俨乎若高山，勃乎若浮云。质素也如秋蓬，摛藻也如春葩。汜乎洋洋，光乎皓皓，与《雅》《颂》争流可也。余少而好赋，其所尚也，雅好慷慨，所著繁多。虽触类而作，然芜秽者众。①

这是曹植在"建功立业"理想失望之后对辞赋创作的重新认识。这个时期的曹植认为辞赋创作同样可以实现他毕生所追求的儒学理想，赋也可以如同《诗经》的"雅颂"一样，成为"君子之作"。这与作者在《薤露篇》里所云"孔氏删诗书，王业粲已分。骋我径寸翰，流藻垂华芳"的志趣理想是完全一致的。因此在儒学背景下，从曹植早年认为的"辞赋小道"到后来的"与雅颂争流"其实并不矛盾，这不过是曹植的儒学理想在人生不同阶段的反映。

与曹植过从甚密的建安文人杨修（175—219），也并不赞成"辞赋小道"的说法以及扬雄"壮夫不为"的态度。他在给曹植的《答临淄侯笺》中，赞颂曹植的赋"虽《风》《雅》《颂》不复过也"，并说"若乃不忘经国之大美，流千载之英声，铭功景钟，书名竹帛，斯自雅量，素所畜也，岂与文章相妨害哉"。杨修鼓励曹植，认为辞赋与"建永世之业，流金石之功"并不相妨害，撰著文章同样可以"流千载之英声，铭功景钟，书名竹帛"，又正面肯定"今之赋颂，古《诗》之流。不更孔子，《风》《雅》无别耳"②。体现的是以辞赋

---

① 赵幼文：《曹植集校注》，人民文学出版社1984年版，第434页。

② 孙福轩、韩泉欣编校：《历代赋论汇编》，人民文学出版社2016年版，第946页。

创作建功留名的儒家政治功利观念。

魏末"竹林七贤"之一的嵇康（223—263），在其《琴赋序》中批评以往音乐赋的旨趣"未达礼乐之情"，因而在《琴赋》中赞扬琴具有"性洁静以端理、含至德之和平"的音乐之德，写琴的感化作用能使"伯夷以之廉，颜回以之仁，比干以之忠，尾生以之信"①。嵇康所崇扬的音乐观念，仍然是儒家的礼乐思想。

（二）西晋赋家承汉代"《诗》学"观论赋之美颂讽谕

西晋赋论，如左思、皇甫谧的《三都赋序》及挚虞《文章流别志论》，仍然继续着汉人比附《诗经》论赋的传统，大都继承着班固"赋者古诗之流"的观点而有所损益发挥。

《三都赋》是"家世儒学"的左思（250—305？）旨在反映西晋盛况以"润色鸿业"的文学创作，所受儒家"诗教"的影响很是明显。如其《三都赋序》云：

> 盖《诗》有六义焉，其二曰赋。扬雄曰："诗人之赋丽以则。"班固曰："赋者，古诗之流也。"先王采焉，以观土风。见"绿竹猗猗"于宜，则知卫地淇澳之产；见"在其版屋"，则知秦野西戎之宅，故能居然而辨八方。②

左思认为"赋"为《诗》之"六义"之一，又说"赋"为古《诗》之流，还强调并比附《诗经》所具"以观土风"的征实功用，赞赏《诗经》的写实特征。《诗经》俨然是左思论赋的理论前提。接着，便站在儒家"征实"的立场上，对两汉《上林》《甘泉》《西都》《西京》诸赋"假称珍怪、以为润色"的夸饰现象提出了批评，指出这些赋"于辞则易为藻饰，于义则虚而无征。侈言

---

① （梁）萧统编，（唐）李善注：《文选》，中华书局 1977 年版，第 259 页。

② （梁）萧统编，（唐）李善注：《文选》，中华书局 1977 年版，第 74 页。

无验，虽丽非经"。最后，再次重申其儒家《诗》教"美颂"观：

> 余既思摹《二京》而赋《三都》，其山川城邑，则稽之地图；其鸟兽草木，则验之方志；风谣歌舞，各附其俗；魁梧长者，莫非其旧。何则？发言为诗者，咏其所志也；升高能赋者，颂其所见也；美物者贵依其本，赞事者宜本其实。匪本匪实，览者奚信？且夫"任土作贡"，《虞书》所著；"辩物居方"，《周易》所慎。聊举其一隅，摄其体统，归诸诂训焉。①

显然，作者认为赋具有"美、赞"功用，赋家作赋的目的是"颂其所见"。左思在《三都赋序》中所论及的《上林》《甘泉》《二京》《两都》等皆为大赋，具备"美物"、"赞事"之特征，属于"润色"之类的赋作。作者既自明其作《三都赋》之旨乃在"摹《二京》"等赋，其润色颂美之意不言自明。但是，汉代诸大赋的美颂不依事物本实的做法遭到了左思的诟病，作者称这种做法"侈言无验、虽丽非经"。因此，自己《三都赋》的书写，坚持以儒家经典《诗经》《虞书》《周易》等为依据，"山川城邑，则稽之地图；鸟兽草木，则验之方志"，只有这样才符合儒家"诗教"的美颂原则。

皇甫谧（215—282）字士安，自号玄晏先生。他为左思《三都赋》而写的《三都赋序》，也表达了很明显的儒学倾向。如其《序》文称：

> 昔之为文者，非苟尚辞而已，将以纽之王教，本乎劝戒也。……故孔子采万国之"风"，正"雅""颂"之名，集而谓之《诗》。诗人之作，杂有赋体。子夏序《诗》曰"一曰风，二曰赋"。故知赋者，古诗之流也。至于战国，王道陵迟，《风》《雅》浸顿，于是贤人失志，辞赋作焉。是以孙卿、屈原之属，遗文炳然，辞义可

---

① （梁）萧统编，（唐）李善注：《文选》，中华书局1977年版，第74页。

观。存其所感，咸有古《诗》之意，皆因文以寄其心，托理以全其制，赋之首也。及宋玉之徒，淫文放发，言过于实，夸竞之兴，体失之渐，《风》《雅》之则，于是乎乖。逮汉贾谊，颇节之以礼。①

在这里，皇甫谧沿袭汉人"赋者古诗之流"的观念，以赋比附于《诗》，认为诗赋文章不仅要"尚辞"，更重要的是要有"纽之王教、本乎劝戒"的政治讽谕功用。因此，他称赞荀卿、屈原的辞赋"咸有古诗之义"，贾谊之赋能"节之以礼"而宋玉之徒却渐失"《风》《雅》之则"。同时，皇甫谧和左思一样也强调赋的美颂应当遵循征实原则。另外，还特别评论了左思《三都赋》的创作主旨：

> 孙、刘二氏，割有交、益，魏武拨乱，拥据函、夏。故作者先为吴、蜀二客，盛称其本土险阻瑰琦，可以偏王，而却为魏主述其都畿，弘敞丰丽，奄有诸华之意。言吴、蜀以擒灭比亡国，而魏以交禅比唐虞，既已著逆顺，且以为鉴戒。……二国之士，各沐浴所闻，家自以为我土乐，人自以为我民良，皆非通方之论也。作者又因客主之辞，正之以魏都，折之以王道。②

皇甫谧指出左思作《三都赋》的目的在于抑吴、蜀而尊曹魏为正统，表达对王权的赞颂和渴望。他从多个方面将魏都与吴都、蜀都进行比较，认为左思"言吴蜀以擒灭比亡国，而魏以交禅比唐虞"，并以此"著逆顺"，且以为"鉴戒"，传达了作者作赋的讽谏之旨，最终"正之以魏都，折之以王道"。其实，左思、皇甫谧尊魏都的用意，正是在于揄扬"以晋代魏"的正统性，其旨归在于颂晋。

---

① （梁）刘勰著，（唐）李善注：《文选》卷四五，中华书局 1977 年版，第 641 页。
② （梁）刘勰著，（唐）李善注：《文选》卷四五，中华书局 1977 年版，第 641—642 页。

挚虞（？—311）是一位典型的儒家学者。他曾为庖牺、神农、黄帝、帝尧、夏禹、殷汤、周文王、周武王、周宣王、汉高祖、汉文帝、孔子、颜子等一系列儒家圣人与帝王撰写"赞"论，以儒家立场而歌颂他们的功绩。比如《孔子赞》云："仲尼大圣，遭时昏荒。河图沈翳，凤鸟幽藏。爰整礼乐，以综三纲。因史立法，是谓素王。"① 赞扬孔子整理礼乐，重振三纲之功，颂其为"素王"。正因为挚虞颇为服膺儒学，故其论赋亦多秉持儒家《诗》教观，其赋论主要集中在《文章流别志论》中，其文曰：

> 赋者，铺陈之称，古诗之流也。古之作诗者，发乎情，止乎礼义。……前世为赋者，有孙卿、屈原，颇尚有古诗之义，而宋玉则多淫浮之病矣。……古诗之赋，以情义为主，以事类为佐。今之赋，以事形为本，以义正为助。情义为主，则言省而文有例矣；事形为本，则言富而辞无常矣。……夫假象过大，则与类相远；逸辞过壮，则与辞相违；辩言过理，则与义相失；丽靡过美，则与情相悖：此四过者，所以背大体而害政教。是以司马迁割相如之"浮说"，扬雄疾"辞人之赋丽以淫"。②

挚虞明确将赋比附于古《诗》之流，认为赋可以"假象尽辞，敷陈其志"，肯定了赋所具有的铺陈特点。但是挚虞又以《毛诗序》"发乎情，止乎礼义"的诗教观为参照标准对赋的"敷陈其志"加以限制和匡正。挚虞将赋分为两类：其一为"古诗之赋"，颇尚有古诗之义，以荀卿、屈原、贾谊为代表，以情义为主，事类为佐；其二为"今之赋"，尚事形而轻义正，具有"假象过大""逸辞过壮""辩言过理""丽靡过美"之过，这是"背大体而害政教"

---

① （清）严可均辑：《全上古三代秦汉三国六朝文·全晋文》卷七十七，中华书局 1958 年版，第 1904 页。

② （清）严可均辑：《全上古三代秦汉三国六朝文·全晋文》卷七十七，中华书局 1958 年版，第 1905 页。

的。作者"四过"之论，明确体现了儒家诗学不"过"、不"淫"的"中和"观念，这也是挚虞儒家赋论观的体现。又挚虞在论"七"体时说："膏粱之常疾，以为匡劝，虽有甚泰之辞，而不没其讽谕之义也"，体现的是挚虞始终坚持的儒家"讽谕"评价标准。由此可见，挚虞论赋，较注重讽谕、政教观念，具有浓厚的儒家诗论色彩。

（三）南北朝时期的讽颂赋论观

南朝·宋代史家范晔（398—445）在《后汉书》中，常以"讽谏"的概念叙论赋家的作赋意图。比如他在《班彪列传》中叙论班固"感前世相如、寿王、乐方之徒，造构文辞，终以讽劝，乃上《两都赋》，盛称洛邑制度之美，以折西宾淫侈之论"①；在《张衡列传》叙论张衡"乃拟班固《两都》，作《二京赋》，因以讽谏"②；在《文苑列传》叙论边让"作《章华赋》，虽多淫丽之辞，而终之以正，亦如相如之讽也"③。可以看出，范晔所持的仍是与汉代传统《诗》学"美刺"理论一脉相承的"讽谏"赋论观。

刘勰（约465—520？）是梁代一个具有鲜明"宗经"思维、"经典"意识的文学批评家。他原本有注释儒家经典之志，以为"敷赞圣旨，莫若注经"，是因为感到难以超越前代马融、郑玄诸儒在这方面的成就，才改撰论文著作《文心雕龙》。而"文章之用，实经典枝条，五礼资之以成，六典因之致用，君臣所以炳焕，军国所以昭明，详其本源，莫非经典"④。在刘勰的认识里，所谓"文章"之用实"经典"之枝条，文章之本源也莫非"经典"。既然"经典"对于"文章"是如此之重要，那么《文心雕龙》论文的基本思想，也就是要"原道、征圣、宗经"，就是要以"经典"为核心、为旨归了。

本着这样尊崇"经典"的指导思想，刘勰"于是搦笔和墨，乃始论文"。于是，他在《文心雕龙·宗经》里说"赋、颂、歌、赞，则《诗》立其本"；

---

① （南朝·宋）范晔：《后汉书》，中华书局1965年版，第1334页。
② （南朝·宋）范晔：《后汉书》，中华书局1965年版，第1897页。
③ （南朝·宋）范晔：《后汉书》，中华书局1965年版，第2640页。
④ （梁）刘勰著，范文澜注：《文心雕龙注》，人民文学出版社1958年版，第726页。

在《诠赋》篇谓"《诗》有六义，其二曰赋……然则赋也者，受命于《诗》人……赋自《诗》出"；在《事类》篇又说"刘歆《遂初赋》，历叙于纪《传》，至于崔、班、张、蔡，遂捃摭经史……夫经典沉深，载籍浩瀚，实群言之奥区，而才思之神皋也。扬班以下，莫不取资"①：反复论说的，皆是赋与儒家"经典"不可分割的紧密关系。

萧统（501—531）论赋的文字不多，但其论赋则张扬着"讽谏"旗帜。比如，萧统是十分热爱陶渊明诗文的人，他既撰《陶渊明传》，又辑《陶渊明集》，还在所撰《陶渊明集序》中高度评价陶渊明"其文章不群，独超众类"，且爱之"不能释手"。但唯独不满陶渊明的《闲情赋》说："白璧微瑕者，惟在《闲情》一赋。扬雄所谓'劝百而讽一'者，卒无讽谏，何足摇其笔端？惜哉！无是可也"②。萧统不喜欢《闲情赋》的原因，就是因为它"卒无讽谏"。如此看来，萧统论赋，是把有无"讽谏"放在第一位重要的位置的。

北朝留下来的赋及赋论资料都很少。但就现知资料而论，北朝人作赋和论赋都很看重"讽谏"的作用，大抵还是延续着汉代人的赋学功用观念。如《北齐书·魏收传》记述魏收（507—572）作赋亦承汉人之说而"讽"：

> 孝武尝大发士卒，狩于嵩山之阳，旬有六日。时寒，朝野嗟怨。帝与从官及诸妃主，奇伎异饰，多非礼度。收欲言则惧，欲默不能已，乃上《南狩赋》以讽焉。时年二十七，虽富言淫丽，而终归雅正。③

魏收赋今已不见，然这篇《南狩赋》却是因为君臣奢靡荒淫、"多非礼度"而作以讽谏，"辞虽富言淫丽，而终归雅正"。

---

① （梁）刘勰著，范文澜注：《文心雕龙注》，人民文学出版社 1958 年版，第 22、134—136、615 页。

② （晋）陶渊明著，逯钦立校注：《陶渊明集》，中华书局 1979 年版，第 10 页。

③ （唐）李百药：《北齐书》卷三十七，中华书局 1972 年版，第 484 页。

由南朝入北齐的颜之推（531—591？），是一个世善《周官》《左氏》，推崇《五经》的典型儒者。所撰著名的家训著作《颜氏家训》也主要是以传统儒家思想教育子弟。在《颜氏家训·文章篇》，有两段论及诗赋的文字曰：

> 夫文章者，原出《五经》。诏、命、策、檄，生于《书》者也；序、述、论、议，生于《易》者也；歌、咏、赋、颂，生于《诗》者也。
>
> 或问扬雄曰："吾子少而好赋？"雄曰："然。童子雕虫篆刻，壮夫不为也。"余窃非之曰：虞舜歌《南风》之诗，周公作《鸱鸮》之咏，吉甫、史克《雅》《颂》之美者，未闻皆在幼年累德也。孔子曰："不学《诗》，无以言""自卫返鲁，乐正，《雅》《颂》各得其所。"大明孝道，引《诗》证之。扬雄安敢忽之也？若论"诗人之赋丽以则，辞人之赋丽以淫"，但知变之而已，又未知雄自为壮夫何如也？①

颜之推从文章原出儒家经典的观念出发，认为赋生于《诗》，是《诗经》的衍生。又非议扬雄作赋而"壮夫不为"的言行，完全有违于《诗经》的作者和孔子重《诗》、引《诗》的典范。可见，颜之推所持诗赋文章观念，完全是以儒家经典和圣人孔子为准则的。

第二节　曹植的经典意识与辞赋创作

曹植是建安时期乃至整个魏晋六朝赋史上作赋最多的辞赋家。他自称"少而好赋""所著繁多"，仅生前自己"删定别撰"的赋集《前录》一书，

---

① （北齐）颜之推著，王利器集解：《颜氏家训集解》，中华书局1993年版，第237、259页。

就编辑有赋"七十八篇"之多。曹植流传至今的赋仍然有五十余篇①，所撰《洛神赋》更是家喻户晓的千古名作。同时，曹植也是儒学"中衰"以来，汉魏之际最深受经典影响的具有代表性的辞赋作家。他自幼潜心儒家经典，服膺儒家学说，形成了浓厚的经典意识。这种经典意识，在曹植的人生观中表现为对儒学政治理想的追求和对儒家传统价值道德伦理观念的接受；在辞赋创作中，则表现为主题内容上的积极用世精神和语言形式上对经典话语的建构和特有的风格特色，从而成为"建安赋学史"上一道别致的风景。

一、曹植人生价值观念中的儒学理想

曹植（192—232）字子建，曹操第三子，曹丕同母弟。因曾封为陈王，卒后谥号曰"思"，故世称"陈思王"。据《三国志·魏书·陈思王植传》记载，曹植年十岁余岁，就"诵读《诗》《论》及辞赋数十万言"②。当然不止是《诗经》和《论语》，通过对现存曹植诗文辞赋作品征引经典情况的检索，可知他还对《周易》《尚书》《周礼》《仪礼》《礼记》《春秋左传》《孟子》《孝经》等其他儒家典籍都十分熟悉。据统计，曹植诗文中引用的儒家经典将近三百次，其中引用次数最多的正是《诗经》和《论语》。由于对儒家经典的广泛诵读和深入理解，再加上他"发于自然"的"天性仁孝"与"博学渊识"③，曹植逐渐形成了以儒家思想为主导的人生价值观念。他心怀儒学政治理想，恪守"忠孝仁义"的伦理道德，坚持积极有为的用世态度，投身于汉末三国社会动乱的时代洪流，书写着自己坎坷不平的短暂人生。

---

① 今存曹植赋的数量，各本所统计的略有不同。如清代丁晏《曹集铨评》为44首（文学古籍刊行社1957年版）；傅亚庶注译《三曹诗文全集译注》为53首（吉林文史出版社1997年版）；赵幼文《曹植集校注》（人民文学出版社1984年版）为42首；韩格平等《全魏晋赋校注》为56首（吉林文史出版社2008年版）。

② （晋）陈寿：《三国志》，中华书局1959年版，第557页。

③ （南朝·宋）裴松之注《三国志》引《魏略》"丁廙"语，见（晋）陈寿撰《三国志》，中华书局1959年版，第562页。

（一）曹植对儒家"圣君贤臣"政治理想的追求

曹植曾在《复上陈审举疏》中自言其"生乎乱、长乎军"。但是，社会的动乱和个人坎坷不平的遭遇，并没有消融他对政治的热情。曹植从源远流长的儒家传统文化中吸收丰富的营养和智慧，建构起充满儒学色彩的"圣君贤臣"政治理想，并为之付出了毕生的追求和奋斗。

儒家文化原本就有赞颂尧、舜、禹、汤、文、武、周、孔等历代圣贤的传统。儒家经典著作中，《尚书》有《尧典》《舜典》《大禹谟》《汤誓》《汤诰》《西伯戡黎》《武成》之篇。《论语》中，孔子曰"大哉，尧之为君也！巍巍乎，唯天为大，唯尧则之"，"巍巍乎，舜、禹之有天下而不与焉"（《泰伯》）。《孟子》书中，孟子更是"言必称尧、舜"（《滕文公上》），"非尧舜之道，不敢以陈于王前"（《公孙丑上》），并专论伯夷、伊尹、柳下惠、孔子为"圣者"（《万章下》）。

受儒家经典的影响，曹植不仅在《求通亲亲表》等文章中征引孔子"大哉尧之为君，唯天为大、唯尧则之"之类的经典言论，而且通过二十九则历代帝王圣贤《画像赞》的创作，具体勾画了一个儒家王道政治理想的"圣君贤臣"模式。

建安十八年五月，汉献帝册命曹操为"魏公"。建安十九年（214），魏宫在邺城建成，二十三岁的曹植为宫中所绘历代帝王贤圣像作《画像赞》，这是一组对历代圣君贤臣的评说辞。其《画赞序》曰：

> 观画者见三皇五帝，莫不仰戴。见三季暴主，莫不悲惋。见篡臣贼嗣，莫不切齿。见高节妙士，莫不忘食。见忠节死难，莫不抗首。见忠臣孝子，莫不叹息。见淫夫妒妇，莫不侧目。见令妃顺后，莫不嘉贵。是知存乎鉴者图画也。①

---

① 赵幼文：《曹植集校注》，人民文学出版社1984年版，第67—68页。

曹植作此文时正当盛年，故而词气峻壮，爱憎分明。他秉守儒家道德伦理原则，态度鲜明地表达了对历史人物的评判。其所赞颂的人物均为圣君贤士，如"三皇五帝""忠臣孝子"，以及气节高尚的"高节妙士"、贞守妇道的"令妃顺后"等，这些人物往往具有"忠""孝""节"等品德；而为作者所贬责的人物却往往是那些"暴""贼""淫""妒"的"暴主""篡臣"，或"淫夫妒妇"。很明显，曹植对历史人物的褒贬，所持的正是儒家经典的价值标准。

　　具体到曹植所作的二十九篇"画像赞"，可谓是一部历代的圣君贤臣谱。其中圣君多达十八人之多，如庖牺、女娲、神农、黄帝、少昊、颛顼、帝喾、帝尧、帝舜、夏禹、商汤、周文王、周武王、周成王、汉高帝、汉文帝、汉景帝、汉武帝等，构成了"画像赞"的主体；其次为贤臣如周公、许由、巢父、池主、卞随、商山四皓等。例如其《赞》辞云：

　　　　《帝尧赞》：克平共工，万国同尘。巍巍成功，配天则神。

　　　　《帝舜赞》：颛顼氏族，重瞳神圣。克协顽嚚，应唐莅政。除凶举俊，以齐七政。赓历受禅，显天之命。

　　　　《殷汤赞》：殷汤伐夏，诸侯振仰。放桀鸣条，南面以王。桑林之祷，炎灾克偿。伊尹佐治，可谓贤相。

　　　　《周文王赞》：于赫圣德，实惟文王。三分有二，犹服事商。化加虞芮，傍暨西方。王业克昭，武嗣遂光。

　　　　《成王赞》：成王继武，贤圣保傅。年虽幼稚，岐嶷有素。初疑周公，终焉克寤。旦奭佐治，遂至刑错。

　　　　《周公赞》：成王即位，年尚幼稚。周公居摄，四海慕利。罚叛柔服，祥应仍至。诵长反政，达天忠义。①

曹植对历代圣贤的赞颂主要有两个方面的内容：一是赞颂历代帝王明君立国

---

　　①　赵幼文：《曹植集校注》，人民文学出版社1984年版，第75、76、78、79、81、81页。

保民的"圣明"，如帝尧的"巍巍成功，配天则神"，帝舜的"重瞳神圣"，周文王的"于赫圣德"；二是赞颂忠臣贤相的"佐治"的功德，如"伊尹佐治，可谓贤相"，"旦奭佐治，遂至刑错"，"周公居摄，四海慕利。诵长反政，达天忠义"，充分体现了曹植对于"圣君贤臣"儒家政治理想的向往和追求。

在另一篇同样撰成于建安时期的《汉二祖优劣论》中，曹植通过对汉高祖刘邦和光武帝刘秀的"优劣"比较，进一步阐述了他的儒学理想与帝王人才观。曹植在高祖和光武二帝"俱为受命拨乱之君"的前提下，主要从儒家王道政治和仁义道德标准的角度，对他们进行比较。

对于汉高祖，曹植虽然充分肯定其"遂诛强楚、光有天下，功齐汤武、业流后嗣"的盛事帝业，但却以为其"名不继德，行不纯道，直寡善人之美称，鲜君子之风采"，乃至于"于孝违矣，败古今之大教，伤王道之实义"。又说："《诗》《书》《礼》《乐》，帝尧之所以为治也，而高帝轻之；济济多士，文王之所以获宁也，高帝蔑之不用。[1]"可见汉高祖是一位缺乏仁孝之德，不习儒家"诗书礼乐"的君王。相反，光武帝刘秀却不同：

> 其为德也，通达而多识，仁智而明恕，乐施而爱人。……股肱有济济之美，元首有穆穆之容。敦睦九族，有唐虞之称；高尚纯朴，有羲皇之素。谦虚纳下，有吐握之劳；留心庶事，有日昃之勤。乃规弘迹而造皇极，创帝道而立德基。……立不刊之遐迹，建不朽之元功。金石播其休烈，诗书载其勋懿。故曰：光武其近优也。[2]

光武帝仁智明恕、乐施爱人、知于礼法，有仁义道德之善、君臣和睦之美、周公吐哺之勤，于是朝廷上下形成君圣臣贤的王道美德，君臣之间上下同

---

① 赵幼文：《曹植集校注》，人民文学出版社 1984 年版，第 104 页。

② 赵幼文：《曹植集校注》，人民文学出版社 1984 年版，第 103—104 页。

心、恩义怡洽，这是一位以仁化成天下，以德宾服四夷的明君，所以比汉高祖更要优秀。

在辞赋作品中，曹植的儒学理想则往往表现为圣君以仁义教化天下的仁政模式和君圣臣贤的和睦图景。前者如《娱宾赋》曰：

> 感夏日之炎景兮，游曲观之清凉。……文人骋其妙说兮，飞轻翰而成章。谈在昔之清风兮，总贤圣之纪纲。欣公子之高义兮，得芬芳其若兰。扬仁恩于白屋兮，逾周公之弃餐。听仁风以忘忧兮，美酒清而肴甘。①

此赋借夏日游观之乐，描写"仁风"和畅、众贤济济一堂骋文妙说的场面。其中"清风"一语引自《诗经·大雅·烝民》"吉甫作诵，穆如清风"②，吉甫即周宣王时的贤相尹吉甫；"周公弃餐"用周公"一饭三吐哺"的典故，作者借以赞扬曹丕能礼贤下士、施行仁政；同时，又以自拟，希望能为朝廷效力。后者如《玄畅赋》，所描绘的更是一幅君圣臣贤的政治图景：

> 夫何希世之大人，馨天壤而作皇。该仁圣之上义，据神位以统方。补五帝之漏目，缀三代之维纲。……侥余生之幸禄，遘《九二》之嘉祥。上同契于稷卨，降合颖于伊望。……弘道德以为宇，筑无怨以作藩。播慈惠以为圃，耕柔顺以为田。③

此赋作于曹丕初登帝位的黄初初年。赋篇颂扬当朝帝王能"该仁圣之义"，"补五帝之目"，继三代之法；作者庆幸自己生逢其时，有《易经·乾卦》"见龙在田，利见大人"一样的幸运，故而希望能够像稷卨辅佐舜帝、伊尹辅佐

---

① 赵幼文：《曹植集校注》，人民文学出版社 1984 年版，第 47 页。

② （清）阮元校刻：《十三经注疏·毛诗正义》，上海古籍出版社 1997 年版，第 569 页。

③ 赵幼文：《曹植集校注》，人民文学出版社 1984 年版，第 241—242 页。

商汤、太公望辅佐周武王那样辅佐君上，共建一个充满"道德、慈惠、柔顺"、仁爱而"无怨"的王道社会。在这里，曹植所期冀的儒家政治理想得到了完美的诗意呈现。

（二）曹植对儒家道德理想的坚守

与儒家政治理想相联系的儒家道德理想，尤其表现为对于"忠、孝"观念的遵守。《论语》记载，孔子在回答鲁定公如何处理"君使臣、臣事君"的问题时，回答说"君使臣以礼，臣事君以忠"（《八佾》）。可见，儒家所谓"忠"，是指"君臣遇合"之礼。对此，曹植有很充分的理解。如他在《画赞序》将"忠臣孝子"并提；在后来撰于太和二年（228）的《求自试表》中，又说"士之生世，入则事父，出则事君；事父尚于荣亲，事君贵于兴国。……固夫忧国忘家，捐躯济难，忠臣之志也"。[1]曹植认为：士人"事父"与"事君"有"尚于荣亲"与"贵于兴国"的不同，"事君"于国是重于"事父"于家，所以"忠臣之志"应该是"忧国"而"忘家"的。本着这样的观念，曹植对于其父曹操与刘汉王朝的关系也从儒家"君臣遇合"之礼的角度，作出了解释。

建安时期，曹操操持着刘汉王朝的实际权力，并先后于十三年、十八年被汉献帝任命为"丞相"和"魏王"，且在行文颁诏时也往往以"孤"自称，但曹操在名义上并未称"帝"称"君"，与汉天子仍然存在着"君、臣"名分。所以，曹植恪守儒家崇尚的"君臣"之礼，坚持称其父为"圣宰""皇佐"。如其诗《赠丁仪王粲》曰"皇佐扬天惠、四海无交兵"，其《七启》称"世有圣宰、翼帝霸世"。而考之于同时文人王粲及刘桢却有不同，如王粲《从军诗》云"一由我圣君"[2]，刘桢《赠五官中郎将》曰"昔我从元后"[3]。王、刘二人以"圣君""元后"称曹操，已不合儒家"君臣"之礼。而曹植"皇佐""圣宰"之称，异于二子，有如明初文人刘履所评："可谓不失君臣之义。"[4]

---

① 赵幼文：《曹植集校注》，人民文学出版社1984年版，第368页。

② 俞绍初辑校：《建安七子集·王粲集》，中华书局2005年版，第91页。

③ 俞绍初辑校：《建安七子集·刘桢集》，中华书局2005年版，第189页。

④ 黄节注：《曹子建诗注 阮步兵咏怀诗注》，中华书局2008年版，第59页。

但当其兄曹丕、其侄曹叡称帝之后，曹植遂以"君臣"相称。在曹植上给曹丕、曹叡二人的"表"中皆自称"臣"，而称曹丕、曹叡为"陛下"。因为对于曹植而言，所有人伦关系都应服从君臣关系，君臣关系是人伦关系中的重中之重。

曹植对儒家道德观念的恪守，还表现为他对于"孝道"的独到理解和坚持。如前引丁廙所称"临淄侯天性仁孝发于自然"之外，曹植对于"仁孝"的意义也有过专门的论述。他曾撰《仁孝论》一文，提出"且禽兽悉知爱其母知其孝也，唯白虎、麒麟称仁兽者，以其明盛衰知治乱也"。《仁孝论》流传至今已残缺不全，但曹植将"仁孝"之德和国家治乱相联系的用心却昭然若揭。而在他写于魏文帝黄初年间的《鞞舞歌·灵芝篇》中，其"孝道"意识则有更为完整的表达。

《灵芝篇》是一首申述孝思的诗。诗中先历举"古时"虞舜、伯瑜、丁兰、董永等孝子的感人事迹，然后直接抒发自己的孝道情思说：

> 岁月不安居，呜呼我皇考。生我既已晚，弃我何其早。《蓼莪》谁所与？念之令人老。退咏"南风"诗，洒泪满祎抱。①

岁月流逝不居，当年宠爱有加的父亲却早已弃我而去。诗人又一次诵读起《诗经》的《蓼莪》《凯风》之诗，心底里追念着父母"劬劳"养育的深重恩情，不禁浮想联翩，泪满衣衫。字里行间渗透着作者的真情实感，故有如清人丁晏所评："读此诗如见纯孝之性。"②

但是，我们细读全诗，深感曹植《灵芝篇》所要表达的并不只是所谓"纯孝之性"。父亲曹操卒后，胞兄曹丕称帝，竟强令诸王就国归藩，不得与母亲兄弟相见。曹植兄弟过着名为王侯、实为囚徒的生活。故此时此刻，曹植

---

①　赵幼文：《曹植集校注》，人民文学出版社 1984 年版，第 326—327 页。

②　黄节注：《曹子建诗注 阮步兵咏怀诗注》，中华书局 2008 年版，第 173 页。

既想借古之孝子申述己之孝思，更欲借此隐含对于曹丕强行隔绝母亲兄弟的愤怨，和对于传统"仁孝"之道在当今之朝继承弘扬的幻想。于是，诗末又置一章"乱曰"云：

> 圣皇君四海，德教朝夕宣。万国咸礼让，百姓家肃虔。庠序不失仪，孝弟处中田。户有曾闵子，比屋皆仁贤。髫龀无夭齿，黄发尽其年。陛下三万岁，慈母亦复然。①

《乱曰》这番"朝夕宣德教、四方咸礼让、百姓皆仁孝"的美景描绘，曲终奏雅，歌颂当朝，虽然是当时燕乐歌舞所必具的程序式内容，但也表达了作者关切母亲卞太后的良苦用心，和希望朝廷重视德教礼仪、人民皆行人伦孝道的儒学理想。

二、曹植辞赋内容主题中的儒家用世精神

曹植"少而好赋"，年十余岁就开始诵读前代辞赋作品。中年以后，所作辞赋作品"繁多"，仅作者去其芜杂、又"删定别撰"的《前录》一书就辑有赋作"七十八篇"之多。可以说，写作辞赋是曹植终其一生的文学爱好。而受其以儒家思想为主导的人生价值观念的影响，在作品中表现热切的政治理想和"戮力上国，流惠下民，建永世之业，流金石之功"②的积极用世精神愿望，也几乎始终贯穿着曹植一生前后两个时期的辞赋创作。

曹植生平的前期，是指建安二十五年（220）曹操病卒、曹丕称帝以前的二十余年。这个时期，曹植以其杰出的天赋才华和仁孝之德而深得父亲的宠爱，志满意得之际，常在诗文辞赋中尽情抒写自己的政治热情和建功立业

---

① 赵幼文：《曹植集校注》，人民文学出版社 1984 年版，第 327 页。

② 赵幼文：《曹植集校注》，人民文学出版社 1984 年版，第 154 页。

的理想愿望。其中，尤以那篇被魏晋之际辞赋家傅玄（217—278）《七谟序》赞为"奔逸壮丽"的《七启》最有代表性。

建安十五年，渴望早日统一天下的曹操求贤心切，亲自颁布"唯才是举"的《求贤令》①，号令四方"贤人君子"乃至"被褐怀玉而钓"之人，挺身而出，佐时用世，"与之共治天下"。在这样的背景下，曹植创作《七启》之篇以相呼应，鼓励"隐居"之士"奋节显义""驱驰当世"，为国效力。

《七启》模拟西汉赋家枚乘《七发》的体例，假设主人"镜机子"与隐者"玄微子"的主客问答而连缀成篇。《七启》首段，作者先写玄微子"隐居大荒之庭"，离俗轻禄，不问世事。见此情景，主张入世用世的镜机子往而游说，指出玄微子隐居不仕的行为是"遁俗遗名、背世灭勋、遗仁义之英、废人事之纪"②的无益之举；并且承诺将为其"说游观之至娱，演声色之妖靡，论变化之至妙，敷道德之弘丽"，可是，玄微子不为所动。接下去，镜机子依次游说以"肴馔之妙""容饰之妙""羽猎之妙""宫馆之妙""声色之妙"五事以启发他，玄微子仍然无动于衷。一直到镜机子继续列举战国时田光、荆轲等"游侠之徒"重气轻命和孟尝君、信陵君等"俊公子"的"飞仁扬义、陵轹诸侯"的壮举之后，玄微子才有所触动而称"善"焉。于是，镜机子因势利导，趁势而行，最后提出了第七事，启发"玄微子"入仕用世，为当下的现实政治服务：

> 镜机子曰：世有圣宰，翼帝霸世。同量乾坤，等耀日月……是以俊乂来仕，观国之光，举不遗才，进各异方。赞典礼于辟雍，讲文德于明堂，正流俗之华说，综孔氏之旧章。散乐移风，国富民康……此宁子商歌之秋，而吕望所以投纶而逝也。吾子为太和之民，不欲仕陶唐之世乎？于是玄微子攘袂而兴，曰："伟哉言

---

① （晋）陈寿：《三国志》卷一，中华书局1959年版，第32页。

② 赵幼文：《曹植集校注》，人民文学出版社1984年版，第7页。

乎！……至闻天下穆清，明君莅国。览盈虚之正义，知顽素之迷惑。今予廓尔，身轻若飞。愿反初服，从子而归。①

作者借"镜机子"之口渲染当朝圣宰佐帝霸世、国富民康、文教俱兴、举不遗才的政治局面，正是像宁戚、吕望这样的古代贤士辅佐君主，建功立业、实现人生抱负的大好时机！所以，一直不为所动的玄微子也最终迷途知返，身轻若飞，愿意在这"天下穆清、明君莅国"的时代，干一番事业。当然，年轻作者曹植的卓越才华和建功立业的志向抱负，也有了淋漓尽致的表达。

《七启》之外，曹植写于建安时期的其他辞赋也大多以不同的方式抒写了他的"济世的宏愿"②。如作于建安十七年的《登台赋》，在夸饰铜雀台的雄伟壮观之后，又着力颂扬了父亲曹操辅佐汉帝推行仁政的功绩，如赋云：

天功恒其既立兮，家愿得而获逞。扬仁化于宇内兮，尽肃恭于上京。虽桓文之为盛兮，岂足方乎圣明。休矣美矣！惠泽远扬。翼佐我皇家兮，宁彼四方。同天地之矩量兮，齐日月之辉光。③

作者极尽夸耀颂扬之能事，字里行间洋溢着为曹氏家族"翼佐皇家"功业有成的豪迈情怀。

曹植辞赋的用世精神，在涉及军事题材内容的作品中也有比较集中的展现。如建安十六年，曹操西征马超，太子曹丕留守监国，年方二十岁的曹植抱疾从征。因征期紧迫无暇告辞，故曹植作《离思赋》表达"忆恋"之情。但是，作者仍然在赋中抒写曹氏父子愿为"皇朝"效命疆场、虽死不疑的决心，所谓"念慈君之光惠，庶没命而不疑。欲毕力于旌麾，将何心而远之。

① 赵幼文：《曹植集校注》，人民文学出版社 1984 年版，第 11—12 页。
② 马积高：《赋史》，上海古籍出版社 1987 年版，第 153 页。
③ 赵幼文：《曹植集校注》，人民文学出版社 1984 年版，第 45 页。

愿我君之自爱，为皇朝而宝己"①。又建安十九年，曹操东征吴国，留守邺城的曹植又因"想见振旅之盛"而作《东征赋》，并在赋中想象曹军横江而下大破吴军的生动情景："挥朱旗以东指兮，横大江而莫御。循戈橹于清流兮，泛云梯而容与。禽元帅于中舟兮，振灵威于东野。"②作者绘声绘色，描写征吴将士驰骋战场、所向无敌的威猛气概，使读者有如身临其境的具体感受。还有，大致同时所作的《游观赋》，原本是记游观之事，但作者却拟之为军队的出征，如赋中云：

> 登北观而启路，涉云际之飞除。从熊罴之武士，荷长戟而先
> 驱。罢若云归，会如雾聚。车不及回，尘不获举。奋袂成风，挥汗
> 如雨。③

登观启行，云梯凌空，像"熊罴"般勇猛的武士荷长戟而先驱，其集散的速度又迅捷若"云归雾聚"：这里描绘的俨然是一派将使出征的情景。而"熊罴"一词又出自《尚书·康王之诰》"亦有熊罴之士、不二心之臣，保乂王家"④之句，显然也可见出曹植想象自己能够像"熊罴之士"保卫王室的用心。

以咏物赋咏怀，借歌咏器物禽鸟抒写用世情怀，也是曹植前期辞赋的又一特点。这方面的作品，以写于建安后期的《鹖赋》和《宝刀赋》较为典型。

鹖作为猛禽的一种，在中国古代文化中是勇武善斗的象征，因此古代的武官如虎贲、羽林等多冠"鹖冠"。故曹植《鹖赋·序》云：

> 鹖之为禽猛气，其斗终无胜负，期于必死，遂赋之焉！⑤

---

① 赵幼文：《曹植集校注》，人民文学出版社 1984 年版，第 40 页。
② 赵幼文：《曹植集校注》，人民文学出版社 1984 年版，第 64 页。
③ 赵幼文：《曹植集校注》，人民文学出版社 1984 年版，第 66 页。
④ （清）阮元校刻：《十三经注疏·尚书正义》，上海古籍出版社 1997 年版，第 244 页。
⑤ 赵幼文：《曹植集校注》，人民文学出版社 1984 年版，第 151 页。

正是因为鹖具备这种"其斗期于必死"的勇猛气节，所以作者才感而赋焉：

> 体贞刚之烈性，亮《乾》德之所辅。戴毛角之双立，扬玄黄之劲羽。甘沉陨而重辱，有节士之仪矩。……若有翻雄骇逝，孤雌惊翔，则长鸣挑敌，鼓翼专场。逾高越壑，双战只僵。①

赋家以紧密的节奏，和一系列"刚""烈""劲""节""雄""惊"之类的形容词语，描绘这种敢于"长鸣挑敌、鼓翼专场、双战只僵"的猛禽形象，赞颂勇武无畏、战不惧死的英雄气概！同时也将自己期于奔赴疆场、建立功业的雄心夙愿暴露无遗。

《宝刀赋》的创作，是曹植因为"家父魏王"命有司锻造"龙、虎、熊、马、雀"五枚宝刀，除家父自杖其二外，子桓、子建、子林兄弟各得其一而赋。于是，赋中既叙写宝刀千锤百炼的铸造过程，赞美宝刀"陆斩犀革，水断龙角，轻击浮截，刃不纤削"的无比锋利，更热情歌颂魏王"扬武备以御凶""永天禄而是荷"的雄伟抱负。当然，作者借赋"宝刀"而表达爱刀"好武"、用世建功的心志，也不言自明。

曹植生平的后期，即魏文帝黄初、魏明帝太和初期的十余年间。由于父亲曹操的离世，其兄曹丕、其侄曹叡父子两代帝王的猜忌迫害，曹植从此过着名为王侯、实乃朝不保夕的忧惧生活，政治生命与日常行止都发生了重大的变化。唯一不变的，可谓是他至死不渝的用世之心和对于辞赋的创作热情。

此期辞赋对于作者用世精神的抒写，可概括为两种不同的表现方式：一是通过对于两代帝王的颂扬，表白"求自试之心"；二是借叙事咏物之作，寄托"愿返初服"之意。

---

① 赵幼文：《曹植集校注》，人民文学出版社 1984 年版，第 151 页。

曹植在曹丕初登帝位之时，曾有过短暂的梦想。如其《喜霁赋》曰：

> 禹身誓于阳盱，卒锡圭而告成。汤感旱于殷时，造桑林而数诚。动玉辂而云披，鸣銮铃而日扬。指北极以为期，吾将倍道而兼行。①

此赋作于延康元年（220），但残缺较多，仅存八句。头四句借用夏禹、商汤两代开国帝王的传说，表达对新君的颂美和期许；后四句言圣王出行，期于北极，作者愿追随圣王足迹。"北极"即北辰，语出《论语》"为政以德，譬如北辰，居其所而众星拱之"。曹植化用此语，表白自己愿意追随新君曹丕，为建立"德政"理想而加倍努力，昼夜兼程、有所作为。

可是，曹植很快就感受到了来自曹丕的猜忌和压力。于是，他借叙事咏物之赋，抒写理想遭遇挫折、抱负难以施展的悲哀，执着地寄托着他佐时用世的夙愿初心。如《白鹤赋》中的那只"白鹤"：

> 痛美会之中绝兮，遘严灾而逢殃。共太息而祇惧兮，抑吞声而不扬。伤本规之违忤，怅离群而独处。恒窜伏以穷栖，独哀鸣而戢羽。冀大纲之解结，得奋翅而远游。②

即便遇灾逢殃、离群独处，生活在这样一种战战兢兢、忧惧吞声的处境之中，这只曾经"含奇气之淑祥"的"皓丽素鸟"，似乎仍然没有忘记奋翅飞翔的理想，它还在盼望着能摆脱罗网而振翅远游，所谓"冀大纲之解结，得奋翅而远游"！

到了魏明帝太和二年（228），已近不惑之年的曹植，仍向年轻的新君上

---

① 赵幼文：《曹植集校注》，人民文学出版社 1984 年版，第 211 页。
② 赵幼文：《曹植集校注》，人民文学出版社 1984 年版，第 239 页。

疏"求自试"，表明自己仍在为"西有违命之蜀、东有不臣之吴"而"寝不安席，食不遑味，伏以二方未克为念"。如果陛下能"出不世之诏，效臣锥刀之用"，让自己一展军事才能，则必当"乘危蹈险，骋舟奋骊，突刃触锋，为士卒先"①。甚至到了太和六年(232)，已经走到生命尽头的曹植，还在向魏明帝上《谏伐辽东表》，分析敌我双方的军政形势，陈述"当今之务"并非攻伐辽东而"在于省徭役，薄赋敛，劝农桑"的政治见解。而作为终生喜爱辞赋的文学家，曹植这种始终不渝的用世情怀，也同样表现在他晚期的赋作中。且看其《临观赋》曰：

> 登高墉兮望四泽，临长流兮送远客。春风畅兮气通灵，草含干兮木交茎。邱陵窟兮松柏青，南国蔓兮果载荣。乐时物之逸豫，悲予志之长违。叹《东山》之愍勤，歌《式微》以诉归。进无路以效公，退无隐以营私。俯无鳞以游遁，仰无翼以翻飞。②

此赋作于太和年间，已是曹植人生末年的作品，但是仍然突出地表现了对于生命和世事的执着。作者面对春风和畅的广泽原野，草木滋荣，松柏青翠，万物复苏，却无法享受眼前生意盎然的美景，而是从万物适时"逸豫"的自然规律中深刻感受到了自身命运的乖违，主观理想与客观现实严重相违的矛盾。于是，作者诵读着歌咏"惛惛不归"的古代诗篇，悲从中来，怨从中来：为什么再无路报效朝廷以建功业，为什么再不能像鱼儿一样在水中遨游，再不能像飞鸟一样翱翔在万里蓝天？此时此刻，《临观赋》读者无不能感受到赋作者并未止息的用世精神及其壮志未酬的不屈情怀。

    诚如上述，辞赋是曹植终其一生的文学爱好，表现儒学理想和积极用世的主题情感，也几乎贯穿了其创作的前后两个时期的主要赋篇。

---

① 赵幼文：《曹植集校注》，人民文学出版社 1984 年版，第 369 页。
② 赵幼文：《曹植集校注》，人民文学出版社 1984 年版，第 505 页。

三、曹植辞赋话语建构的经典意识

对于儒家经典的接受和运用，不仅成为曹植儒学理想和辞赋创作的重要取义来源，也构成了其辞赋作品重要的话语表达方式和语言特色。

曹植自幼诵读经典，服膺儒学，对于《诗》《书》《礼》《易》《春秋》及《左传》《论》《孟》等儒家经典著作，可谓烂熟于心。故而写诗作赋之时，往往能够旁征博引、信手拈来，且左右逢源，不露痕迹。例如其著名的《学官颂》，一篇仅仅百余字的颂文，先引孔子《论语》"有颜回者好学"之语开篇入题，中间化用《尚书》《诗经》《孟子》诸经典的文辞句义，最后以《礼记·曲礼》"请益则起"句意结束。全篇的文意和话语，几乎皆从经典征引和化出。读者如果不熟悉所引经典的本事，就不能读懂文本字面所包含的真实意义。

运用经典话语建构全篇内容的《学官颂》，或许是曹植作品中较为典型的案例之一。其实，曹植辞赋作品运用经典话语表达内容情感的情形也相当普遍。总体而言，曹植辞赋运用经典话语的表达方式，大致有如下三种的类型。

第一，直接引出经典篇名，取用其篇章基本义或部分含义。

如《临观赋》"叹《东山》之愍勤，歌《式微》以诉归"两句，就是直接引用《诗经·国风》"《东山》"和"《式微》"二诗的篇题名。《豳风·东山》写久别家园的征夫归乡途中的经历和设想还家以后的情景，故《诗序》以为"《东山》，周公东征也。周公东征，三年而归，劳归士，大夫美之，故作是诗也……序其情而闵其劳"①。《邶风·式微》全篇只有两章，其中有诗句云："式微，式微，胡不归？微君之故，胡为乎中露？式微，式微，胡不归？微君之躬，胡为乎泥中？"②当是写苦于劳役之人不能按时归家的幽怨之情。《诗

①　（清）阮元校刻：《十三经注疏·毛诗正义》，上海古籍出版社1997年版，第395页。
②　（清）阮元校刻：《十三经注疏·毛诗正义》，上海古籍出版社1997年版，第305页。

序》则以为是写"黎侯寓于卫，其臣劝以归也"。建安曹魏之时，在诗中引用《东山》《式微》诗名的，还有王粲《从军诗》的"哀彼《东山》人，喟然感鹳鸣。日月不安处，人谁获恒宁"①，以及曹植《情诗》的"游者叹《黍离》、行者歌《式微》"等，均借《东山》《式微》表达"思归"愿望。因此，联系到《临观赋》的写作背景、文本内容及这两句诗的上下文，再比照曹植于魏明帝太和五年仍不得归京且不得与"诸国通问"而复上《求通亲亲表》等，其所谓"叹《东山》之恳勤、歌《式微》以诉归"的赋句，当是曹植借二《诗》"慆慆不归""式微不归"的基本诗意，表达自己欲进无路、欲罢不能、"欲归"不允的凄惨处境和幽怨情思。

又《幽思赋》有"搦素筝而慷慨，扬《大雅》之哀吟"，直接引用《诗经·大雅》之名。《诗经》有《大雅》《小雅》之分，但郑玄《诗谱序》认为西周后期幽、厉而下"政教尤衰，周室大坏，《十月之交》《民劳》《板》《荡》勃尔俱作，众国纷然，怨刺相寻"②，故谓之"变风、变雅"。《毛诗正义》更以为《大雅》中自《民劳》《板》《荡》以至《桑柔》等五篇，即所谓"厉王变大雅"。这些"大雅"诗如《桑柔》有"于乎有哀，国步斯频""哀恫中国，具赘卒荒"之句。曹植既名其赋曰"《幽思》"，其"扬《大雅》之哀吟"应是取"大雅"诗中有所谓"变雅"哀怨诗的部分含义，以借写心中的幽怨不平之气。

《酒赋》"辟《酒诰》之明戒"一句，直接引用《尚书·酒诰》的篇名，是取用《酒诰》篇叙周公以商纣因酗酒而身死国灭之事，以命康叔在卫国宣布戒酒法令的基本文义。

《神龟赋》"嗟神龟之奇物，体《乾》《坤》之自然。下夷方以则地，上规隆而法天"，"嗟禄运之《屯》《蹇》，终获遇于江滨"，直接引用《易经》之《乾》《坤》《屯》《蹇》两组四卦卦名，而分别直接取其字面所含效法天地和命运艰危之意。《玄畅赋》"侥余生之幸禄，遭《九二》之嘉祥"，则是

---

① 俞绍初辑校：《建安七子集·王粲集》，中华书局 2005 年版，第 90 页。

② （清）阮元校刻：《十三经注疏·毛诗正义》，上海古籍出版社 1997 年版，第 263 页。

用《易经·乾卦》九二爻辞"见龙在田，利见大人"①的基本义，表达了作者希望有幸为朝廷所用的期盼。《鹖赋》"体贞刚之烈性，亮《乾》德之所辅"，取《易经》之《乾卦》象征刚健之德的基本含义：《周易·说卦》曰"乾，健也"②；又《周易·杂卦》曰"《乾》刚《坤》柔"③。所谓"乾德"，即指刚健之德，曹植此赋用以赞美鹖鸟的"贞刚之烈性"。

第二，取经典文句或词语的字面意义入赋，从而使赋篇内容自然呈现出庄重典雅的经典意味。

这种情形较多见于曹植辞赋对于《诗经》及《左传》《三礼》等经典的运用。

先看引《诗经》之例。《归思赋》"信乐土之足慕，忽并日之载驰"。"乐土"一词，引自《魏风·硕鼠》"逝将去女，适彼乐土。乐土乐土，爰得我所"④之句中，此诗原意是揭露统治者贪婪"重敛、蚕食于民"，人民被迫出走他乡、远寻他们心目中的"乐土"；"载驰"引自《鄘风·载驰》"载驰载驱、归唁卫侯"⑤句，原诗形容许穆夫人闻其兄卫戴公丧亡噩耗后驰驱归国吊唁。《归思赋》征引《诗经》成句且两语并用，充分地表达了赋作者离开荒芜莫振的家乡谯县，满怀期盼地奔向"乐土"邺城的急切心情。

又《大暑赋》"寒泉涌流，玄木奋荣"，其中"寒泉"引自《邶风·凯风》"爰有寒泉，在浚之下。有子七人，母氏劳苦"⑥句中，《郑笺》谓"曰有寒泉者，在浚之下浸润之，使浚之民逸乐，以兴七子不能如也"⑦。《诗序》云"美七子能尽其孝道"。曹植此赋之"寒泉涌流"则不牵涉孝道之义，直接使用其"清凉"的字面本义，说泉水可以给人带来清凉的感觉。又《藉田赋》"好甘者植乎荠，好苦者植乎荼"，是说喜欢甜的人种植荠菜，欢喜苦的人种植荼菜，

---

① （清）阮元校刻：《十三经注疏·周易正义》，上海古籍出版社1997年版，第13页。
② （清）阮元校刻：《十三经注疏·周易正义》，上海古籍出版社1997年版，第94页。
③ （清）阮元校刻：《十三经注疏·周易正义》，上海古籍出版社1997年版，第96页。
④ （清）阮元校刻：《十三经注疏·毛诗正义》，上海古籍出版社1997年版，第359页。
⑤ （清）阮元校刻：《十三经注疏·毛诗正义》，上海古籍出版社1997年版，第830页。
⑥ （清）阮元校刻：《十三经注疏·毛诗正义》，上海古籍出版社1997年版，第302页。
⑦ （清）阮元校刻：《十三经注疏·毛诗正义》，上海古籍出版社1997年版，第302页。

因为荼甘而荼苦。而"荼甘""荼苦"之词，出自《邶风·谷风》"谁谓荼苦？其甘如荠"[1]，诗人用以比喻妇人为夫所弃，比起被抛弃的痛苦来，荼菜的苦味就像荠菜一样甘甜。《谷风》中的"荼甘""荼苦"均指人生的幸福与痛苦，而曹植《藉田赋》使用其本义，即味道的甘苦。

再看引《左传》之例。如《闲居赋》曰"何吾人之介特，去朋匹而无俦"。"介特"引自《左传·昭公十四年》："长孤幼，养老疾，收介特。"[2]《左传》中"介特"的本义为孤独之意，曹植此赋即取"介特"抒发自己孤独无友的悲伤。

再看引《三礼》之例。曹植辞赋常引《三礼》之名物及典章制度，大多不需特别引申。如《东征赋》"登城隅之飞观兮，望六师之所营"。所谓"六师"即"六军"，见于《周礼·夏官·司马》"王六军，大国三军，次国二军，小国一军"[3]之文。《东征赋》"六师"一词，为借用《周礼》"王六军"正大壮盛之意。又《鹖赋》"成武官之首饰，增庭燎之光辉"，"庭燎"即照明庭中的火炬，引自《周礼·秋官·司烜氏》"凡邦之大事，共坟烛庭燎"[4]。《鹖赋》用"庭燎"一词状写武士所戴鹖冠在火炬的照耀下光彩夺目。《叙愁赋》曰"承师保之明训，诵六列之篇章"，其中"师保"引自《礼记·文王世子》"入则有保，出则有师，是以教喻而德成也"[5]。"师保"指教育帝王子女的官员，《叙愁赋》引"师保"之语取其师保教育之义。又《离缴雁赋》"含中和之纯气兮，赴四节而征行"。"中和"出自《礼记·中庸》"喜怒哀乐之未发谓之中，发而皆中节谓之和"[6]。《离缴雁赋》引"中和"之语以言雁之纯淑祥和的品性又兼以自喻。

第三，化用经典词语以取其引申意义，并不限于字面之义而有所延伸。

这种运用经典的话语表达方式在曹植辞赋中较为常见，赋作者不限于引

---

① （清）阮元校刻：《十三经注疏·毛诗正义》，上海古籍出版社1997年版，第304页。

② （清）阮元校刻：《十三经注疏·春秋左传正义》，上海古籍出版社1997年版，第2076页。

③ （清）阮元校刻：《十三经注疏·周礼注疏》，上海古籍出版社1997年版，第830页。

④ （清）阮元校刻：《十三经注疏·周礼注疏》，上海古籍出版社1997年版，第885页。

⑤ （清）孙希旦：《礼记集解》，中华书局1989年版，第563页。

⑥ （南宋）朱熹：《四书章句集注·中庸章句》，中华书局1983年版，第18页。

用经典话语的字面之义，而更着重于所蕴含的言外之意。

如引用《诗经》之例。《节游赋》"诵风人之所叹，遂驾言而出游。步北园而驰骛，庶翱翔以解忧"。"风人"即《诗》人，"驾言出游"语出《诗经·邶风·泉水》末句"驾言出游，以写我忧"①，意为驾着马车出游以排遣思归不得的忧愁。《节游赋》在《泉水》两句诗意的基础之上增加文字而扩展为四个六言句以适合辞赋的句式特点，并引申为借出游之乐消解人生无常的生命忧伤。

又如《蝉赋》"有翾翾之狡童兮，步容与于园圃……持柔竿之冉冉兮，运微黏而我缠"。"狡童"并见于《郑风·山有扶苏》"不见子充，乃见狡童"②，与《郑风·狡童》"彼狡童兮，不与我言兮……彼狡童兮，不与我食兮"③。《郑风》两诗中的"狡童"，是戏谑地指称情歌中的男士为狡猾的小儿、男子。《蝉赋》中的"狡童"，则是指捕蝉的顽童，他们是扼杀蝉之生命的暴徒。又《蝉赋》乱曰"《诗》叹鸣蜩，声嘒嘒兮"，通过增字改写的方式，化用《诗经·小雅·小弁》"鸣蜩嘒嘒"之句，描写蝉的善鸣及音声动听。

《离缴雁赋》有"蒙生全之顾复，何恩施之隆博"之语。"顾复"一语乃化用《诗经·小雅·蓼莪》之语"父兮生我，母兮鞠我。抚我畜我，长我育我，顾我复我，出入腹我"④。曹植赋引"顾复"一语，将《蓼莪》原诗父母"照料、庇护"子女之义延伸为对于拯救"离缴雁"生命之人的感恩。

如引《仪礼》之例。如《鹦鹉赋》曰"遇旅人之严网，残六翮之无遗"，其中"旅人"引自《仪礼·公食大夫礼》"旅人南面加匕于鼎"⑤，"旅人"指周代宫中掌烹割之官。《鹦鹉赋》引"旅人"而增"严网"一词，构成两个六言对句，引申为捕鹦鹉者布下巨大罗网，摧残众多弱小生命，且暗喻曹丕对其兄弟诸王的无情忌害。

---

① （清）阮元校刻：《十三经注疏·毛诗正义》，上海古籍出版社 1997 年版，第 309 页。

② （清）阮元校刻：《十三经注疏·毛诗正义》，上海古籍出版社 1997 年版，第 342 页。

③ （清）阮元校刻：《十三经注疏·毛诗正义》，上海古籍出版社 1997 年版，第 342 页。

④ （清）阮元校刻：《十三经注疏·毛诗正义》，上海古籍出版社 1997 年版，第 460 页。

⑤ （清）阮元校刻：《十三经注疏·仪礼注疏》，上海古籍出版社 1997 年版，第 1080 页。

再如引《论语》之例。《喜霁赋》"指北极以为期，吾将倍道而兼行"，《尔雅·释天》言"北极谓之北辰"。而"北辰"出自《论语·为政》"为政以德，譬如北辰居其所而众星拱之"①。《喜霁赋》通过改写化用，引申为自己愿意追随新君曹丕为建立"德政"目标而努力奋进。又《迷迭香赋》"信繁华之速实兮，弗见凋于严霜"，是化用《论语·子罕》"岁寒然后知松柏之后凋"②句意，以赞美迷迭香具有不畏严寒的坚贞品质。

第三节　魏晋京殿赋对《诗》教美颂传统的延续

京殿大赋是一种典型的帝国文学和宫廷文学，是为中央集权与"大一统"政治服务的一种独特的文学样式，承担着想象帝国和描述帝国的重任。大赋对帝国的想象毫无疑问是建立在以"大一统"为基础的郡县制以及对于帝王至高权威的尊崇之上的，赋家以其自身的政治理想、儒学道德和知识修养构建起一个君明臣贤、礼乐隆盛的王道帝国，教条式的儒学道德和政治理想演化成文学的、审美的想象盛宴。虽然魏晋大部分时期处在动荡的社会状况之下，难以维持如两汉时期以帝都为中心的京殿大赋的雍容气象与"大一统"政治的自信，但在魏晋历史上也曾出现过短暂的统一和中兴，因此以美颂为旨归的京殿大赋在魏晋时期的创作并不寂寥。

一、魏明帝"宫馆是营"与何晏《景福殿赋》的美颂书写

宫殿赋为大赋的主要题材之一，赋家借其宏伟堂皇之建筑，以铺张夸耀

---

① （宋）朱熹：《四书章句集注·论语集注》，中华书局1983年版，第53页。
② （宋）朱熹：《四书章句集注·论语集注》，中华书局1983年版，第115页。

帝国的辉煌成就，满足天子好大喜功之心理。魏晋南北朝的宫殿大赋有二十余篇之多，然而多为残篇，保留完整的赋作不过何晏《景福殿赋》数篇而已。就魏晋六朝宫殿大赋的创作时代而言，主要集中于魏明帝时期，因为魏明帝时期正是曹魏政权最为强盛的时代。

（一）杨修《许昌宫赋》礼赞天子之仪

早在曹操时期，已经出现了杨修等赋家创作的宫殿赋。杨修（175—219）作《许昌宫赋》，当是曹操迁都许昌之时。由于连年战乱，东汉都城洛阳残破不堪，粮食缺乏，汉献帝遂于建安元年（196）召曹操供奉。曹操进兵洛阳，迁都许昌，从此挟天子以令诸侯。因此许昌也成为东汉末年的政治中心，当时许多文士以许昌为主题写作宫殿之赋。此赋虽为残篇，但从赋体来看当是一篇典型的宫殿大赋。赋文开篇即曰："仪北极以遘撩，希形制乎太微。"作者开篇就说明许昌宫坐北朝南的地理位置，且以北极星为坐标来描绘许昌宫，又以天庭拟之，这是典型的汉代宫殿大赋描绘帝都的传统，与天子礼仪相合。赋文又曰："俭则不陋，奢则不盈。黎民子来，不督自成。于是天子乃具法服，戒群僚。"① 在赞颂天子遵守礼制的掩饰下又暗含讽谏之旨。"黎民"即庶民，"黎民子来，不督自成"化用《诗经·大雅·灵台》"经始灵台，经之营之。庶民攻之，不日成之。经始勿亟，庶民子来"句意，②《孟子·梁惠王》曰："文王以民力为台为沼，而民欢乐之，谓其台曰灵台，谓其沼曰灵沼，乐其有麋鹿鱼鳖。古之人与民偕乐，故能乐也。"③ 作者借《诗经》文王与民同乐的典故歌颂当今天子，也暗讽为天子者当体恤民情，以民为重，"俭则不陋，奢则不盈"。同一时期繁钦（？—218）所作《建章凤阙赋》虽以长安建章宫为歌颂对象，实以此赋颂美今上。

---

① （唐）欧阳询：《艺文类聚》卷六十二，上海古籍出版社 1965 年版，第 1114 页。

② （清）阮元校刻：《十三经注疏·毛诗正义》卷一六，上海古籍出版社 1997 年版，第 524—525 页。

③ （宋）朱熹：《四书章句集注·孟子集注》卷一，中华书局 1983 年版，第 202 页。

（二）"遽追秦皇汉武，宫馆是营"的魏明帝

魏明帝好大喜功，几乎一生都忙着大兴土木。在魏明帝统一大业未竟之时，就已经开始"遽追秦皇汉武，宫馆是营"①。这些宫馆主要集中在洛阳、许昌两地。《三国志·魏书·明帝纪》："（太和六年）九月，行幸摩陂，治许昌宫，起景福、承光殿。"青龙年间，又"大治洛阳宫，起昭阳、太极殿，筑总章观"。青龙三年，"秋七月，洛阳崇华殿灾。八月……丁巳，行还洛阳宫，命有司复崇华，改名九龙殿"②。魏明帝时，曹魏国势强盛，对付吴蜀尚有优裕，兼以明帝本人雅好词赋，在这种情况下，魏明帝及其政权需要文学的宣称和粉饰，而京殿大赋正好适合这种政治需要，故而京殿大赋应时而起就不足为奇了。这一时期的京殿大赋以描写曹魏都邑及其宫殿建筑为主，不同于建安时代以地方性都会为描写对象。赋的作者多是魏明帝近臣，赋作的生产方式主要是应诏，赋作题旨则是称颂魏明帝的皇图帝业。如何晏《景福殿赋》李善注引《典略》曰："魏明帝将东巡，恐夏热，故许昌作殿，名曰景福，既成，命人赋之，平叔遂有此作。"③同时奉诏而为同题赋作的尚有韦诞、夏侯惠。缪袭、卞兰诸人则作《许昌宫赋》，其赋作思想内容也为歌功颂德。

太和六年（232），魏明帝于许昌建景福殿，韦诞（179—253）应诏作《景福殿赋》颂美之。作者在极力铺饰颂美景福殿之后，赋曰："昭刚义于金光，崇柔惠于建阳。时襄羊以浏览，步华辇以永始。知稼穑之艰难，壮农夫之克敏。"④"农夫克敏"引自《诗经·小雅·甫田》"曾孙不怒，农夫克敏"之句，"曾孙"，指周王。曾孙亲循畎亩，劝农稼穑。赋文委婉劝谏明帝推行仁爱，体恤农夫艰辛。与汉大赋意旨明确的讽谏相比，魏明帝时期的大赋在表达讽谏之旨的时候更显含蓄委婉，但其曲终奏雅的基本倾向并没有变化。又夏侯惠亦作有《景福殿赋》，可惜赋文残缺，不能得窥全貌。就残存赋文来看，夏

---

① （晋）陈寿：《三国志·魏书·明帝纪》卷三，中华书局 1959 年版，第 115 页。
② （晋）陈寿：《三国志·魏书·明帝纪》卷三，中华书局 1959 年版，第 99、104、106 页。
③ （梁）萧统编，（唐）李善注：《文选》卷十一，中华书局 1977 年版，第 172 页。
④ （唐）欧阳询：《艺文类聚》卷六十二，上海古籍出版社 1965 年版，第 1124 页。

侯惠的《景福殿赋》亦为夸示之作，描绘了景福殿的辉煌华丽的场景布置，当属于颂美君上之作。

（三）何晏《景福殿赋》的儒家式讽颂

无疑，魏明帝时期的宫殿大赋当以何晏的《景福殿赋》为代表。何晏（190？—249），曹魏时期的著名儒士，曾撰有《论语集解》十卷。《景福殿赋》无疑是魏晋时期宫殿大赋的代表作。赋文开篇即歌颂魏明帝的国势强盛与政治清明，赋云："大哉惟魏，世有哲圣。武创元基，文集大命。皆体天作制，顺时立政。至于帝皇，遂重熙而累盛。远则袭阴阳之自然，近则本人物之至情。上则崇稽古之弘道，下则阐长世之善经。庶事既康，天秩孔明。故载祀二三，而国富刑清。"①歌颂大魏正统，代有圣君。魏武帝、文帝皆能体察天道而订立制度，顺应时命而实施行政。至于明帝更为兴盛，远法阴阳之道，近则人情本性。上能崇尚古代君王治国之道，下能继承圣贤治世法则，国事安定，上下有序。明帝方即位六年，国家富强，政治清明。自汉代宫殿大赋写作以来，赋家所关注的是宫殿所具有的象征意义，夸饰和铺陈的目的不过在于达到颂圣、劝谏的主题。何晏《景福殿赋》继承了汉代大赋的传统写法，从宫殿建造缘起、规模、结构以及内外特点、景观进行描写，上下内外、南北西东，依次抒写。然而作者并不是单纯颂美建筑物，实际上夹叙夹议。比如作者在铺写内室华美富丽的同时也发表议论曰：

图象古昔，以当箴规。椒房之列，是准是仪。观虞姬之容止，知治国之佞臣。见姜后之解佩，寤前世之所遵。贤锺离之谠言，懿楚樊之退身。嘉班妾之辞辇，伟孟母之择邻。故将广智，必先多闻。多闻多杂，多杂眩真。不眩焉在，在乎择人。故将立德，必先近仁。欲此礼之不愆，是以尽乎行道之先民。②

①　（梁）萧统编，（唐）李善注：《文选》卷十一，中华书局 1977 年版，第 172 页。
②　（梁）萧统编，（唐）李善注：《文选》卷十一，中华书局 1977 年版，第 175—176 页。

上引赋文是在对景福殿内室进行描写之后所发表的议论，表述作者以儒家思想治国的政治理念。宫室内画着古代圣贤图像，并以此来劝勉告诫帝王。作者罗列了历代贤女辅助君上治国理政的典故，如虞姬劝谏齐威王罢退佞臣（《列女传》卷六），姜后解佩谏诤周宣王勤政（《列女传》卷二），钟离春直言齐宣王治国"四殆"（《列女传》卷六），樊姬谏告楚庄王进忠纳贤（《列女传》卷二），班婕妤辞辇谏成帝（《汉书·外戚传下·孝成班婕妤》），孟母三迁择邻而居（《列女传》卷一）。暗讽魏明帝治理国政当以"择人"为先，近贤良而退佞小。又比如赋文在称颂高昌观之高峻以后发表议论云：

> 睹农人之耘耔，亮稼穑之艰难。惟飨年之丰寡，思《无逸》之所叹。感物众而思深，因居高而虑危。惟天德之不易，惧世俗之难知。观器械之良窳，察俗化之诚伪。瞻贵贱之所在，悟政刑之夷陂。亦所以省风助教，岂惟盘乐而崇侈靡？①

上引赋文讽谏明帝要以《尚书·周书·无逸》作为自己的治国准则。《无逸》是周公告诫成王之言，言曰："呜呼！君子所其无逸，先知稼穑之艰难，乃逸。"②作者借《无逸》讽谏明帝当知稼穑艰难，以农事为重，也不可崇尚侈靡而沉溺于安逸享乐。何晏《景福殿赋》的讽谏之旨，论者甚伙，比如明人徐显卿云："何晏之赋景福，徒纪魏阙之壮丽，适以昭侈靡、示无度耳。"明人陆云龙曰："维就中若为解嘲，而引之勤政励志，是规为颂也。平叔清言，与此见其一斑。"③清人何焯评曰："此赋似拟《东都》，亦是讽刺。……'惟岷越之不静'至'夫何宫室之勿营'岷越不宁，大营宫室，可以待其亡乎？固知平叔此赋，亦所以讽也。"④当然，作者也不会忘记歌颂君上，赋文曰：

① （梁）萧统编，（唐）李善注：《文选》卷十一，中华书局 1977 年版，第 177—178 页。

② （清）阮元校刻：《十三经注疏·尚书正义》卷一六，上海古籍出版社 1997 年版，第 221 页。

③ 刘志伟主编：《文选资料汇编·赋类卷》，中华书局 2013 年版，第 384—385 页。

④ 刘志伟主编：《文选资料汇编·赋类卷》，中华书局 2013 年版，第 385 页。

> 规矩既应乎天地，举措又顺乎四时。是以六合元亨，九有雍熙。
> 家怀克让之风，人咏康哉之诗。莫不优游以自得，故淡泊而无所思。
> 历列辟而论功，无今日之至治。彼吴蜀之湮灭，固可翘足而待之。①

作者颂美魏明帝治理国家能顺应天地四时之道，天下太平和熙。家有谦让和谐之风，人有咏君明臣贤之歌，历数列朝君主未有今日之"至治"，因此吴蜀之灭亡指日可待。"康哉之诗"，指《尚书·益稷》所载舜帝君臣所作之歌，中有"元首明哉，股肱良哉，庶事康哉"之语，② 称颂君圣臣贤，诸事安康。最后作者寓讽谏于美颂曰：

> 然而圣上犹孜孜靡忒，求天下之所以自悟。招忠正之士，开公
> 直之路。想周公之昔戒，慕咎繇之典谟。除无用之官，省生事之
> 故。绝流遁之繁礼，反民情于太素。③

当今圣上孜孜不懈，勤勉努力，开辟贤路，招纳忠良正直之士。时刻铭记周公、《尚书》的告诫，拒绝耽乐放纵，以节俭朴素教导万民。《景福殿赋》结尾称颂曰：

> 故能翔岐阳之鸣凤，纳虞氏之白环。苍龙觌于陂塘，龟书出于
> 河源。醴泉涌于池圃，灵芝生于丘园。总神灵之贶佑，集华夏之至
> 欢。方四三皇而六五帝，曾何周夏之足言！④

在圣明君王的治理之下，诸般嘉瑞祯祥纷纷出现，此盛世足以与三皇五帝媲

---

① （梁）萧统编，（唐）李善注：《文选》卷十一，中华书局1977年版，第178页。
② （清）阮元校刻：《十三经注疏·尚书正义》卷五，上海古籍出版社1997年版，第144页。
③ （梁）萧统编，（唐）李善注：《文选》卷十一，中华书局1977年版，第178—179页。
④ （梁）萧统编，（唐）李善注：《文选》卷十一，中华书局1977年版，第179页。

美，甚至连周、夏都比不上今日之兴盛。

综上所述，何晏《景福殿赋》全篇充溢着儒家思想，既反映了作者所坚守的儒学道德伦理，也体现了何晏所认可的圣君贤臣式的儒家政治理想。虽然何晏所处的时代并不是儒教兴盛的时代，但是当时的统治者如魏明帝曹叡还是试图重建儒教的独尊地位。太和二年（228）六月，魏明帝下诏曰："尊儒贵学，王教之本也。自顷儒官或非其人，将何以宣明圣道。"① 太和四年（230）又诏曰："世之质文，随教而变。兵乱以来，经学废绝，后生进趣，不由典谟。岂训导未洽，将进用者不以德显乎？其郎吏学通一经，才任牧民，博士课试，擢其高第者，亟用；其浮华不务道本者，皆罢退之。"② 所以何晏作《景福殿赋》不仅是当时政治现实的需要，也是当时统治思想的反映。从何晏《景福殿赋》的具体写作策略来看，此赋继承了班固以大赋颂美的观念，将微讽掩盖于颂美之下，一方面以极尽铺陈之笔力写尽景福殿之华奢，以夸示天子之威；另一方面，又努力将明帝的这种大兴土木的举措纳入儒家礼制，微讽君上当以知稼穑艰难、体恤民力为上，近忠贤而远佞臣、勤于政事。使此赋讽中有颂，颂中有讽，体现出对汉代大赋讽颂传统的继承和发扬。

（四）缪袭、卞兰《许昌宫赋》的颂魏书写

魏明帝时期的宫殿大赋除了《景福殿赋》之外，还有缪袭、卞兰等赋家创作的《许昌宫赋》。缪袭（186—245）所作《许昌宫赋》的赋文已佚，惟存《许昌宫赋序》。《赋序》曰：

> 太和六年春，上既躬耕帝籍，发趾乎千亩，以帅先万国。乃命群牧守相，述职班教，顺阳宣化，烝黎允示，训德歌功，观事乐业。是岁甘露降，黄龙见。海外有克捷之师，方内有丰穰之庆。农

① （晋）陈寿：《三国志·魏书·明帝纪》卷三，中华书局1959年版，第94页。
② （晋）陈寿：《三国志·魏书·明帝纪》卷三，中华书局1959年版，第97页。

有余粟，女有余布。遐狄来享，殊俗内附，穆乎有太平之风。①

就上引赋文来看，其思想内容为颂美当今圣上的功德之作。皇帝举行藉田仪式，亲自为天下人们作榜样。百官守职，百姓乐业，海内外清晏安宁，天降祥瑞，四方宾服，天下和睦。

卞兰（生卒年不详）《许昌宫赋》在内容上极写许昌宫的富丽堂皇，烘托了许都的繁华靡丽，歌颂了今上的不朽功绩。全赋在形式上铺张扬厉，汪洋恣肆，正是骋辞大赋的传统写法，满足了魏明帝及其政权的政治需要，也是魏明帝时期政治强盛的文学表现。赋文结束时说：

论稽古，反流俗。退虚伪，进敦朴。宝贤良，贱珠玉。岂必世而后仁，在时主之所欲。②

讽谏君主考察古典，以上古圣贤为榜样，反对时俗。招纳贤良敦朴之士，远斥虚伪之徒。又引《论语·子路》"如有王者，必世而后仁"之语劝谏今上若要成为"世而后仁"的王者，全在于今上的愿望和喜好。

毋丘俭（？—255）作《承露盘赋》以颂美魏明帝。承露盘本是汉武帝迷信神仙，为求延年益寿而建造。魏明帝于景初元年（237）徙长安承露盘欲往洛阳，中途毁坏，遂令重新造就而立于洛阳芳林园内。此赋即为颂赞此事而作，极力铺写承露盘之制造以及承露盘之功用。赋文曰："上际辰极，下通九原。中承仙掌，既平且安。越古今而无匹，信奇异之可观。又能致休征以辅性，岂徒虚设于芳园。采和气之精液，承清露于飞云。"③可见此赋纯为颂美之作。

---

① （清）严可均辑：《全上古三代秦汉三国六朝文·全三国文》卷三八，中华书局1958年版，第547—548页。

② （唐）欧阳询：《艺文类聚》卷六十二，上海古籍出版社1965年版，第1114页。

③ （唐）欧阳询：《艺文类聚》卷七十三，上海古籍出版社1965年版，第1257页。

魏晋宫殿大赋以魏明帝时期为最盛，这与魏明帝大兴土木，好建宫室有关。魏代宫殿大赋到了晋则转为台馆及私人室宇之赋，如孙楚《韩王台赋》、潘尼《狭室赋》《东武馆赋》、庾阐《狭室赋》、张协《玄武馆赋》等，气象体制均不如魏时阔大自信，宫殿大赋从此不振。另一方面，西晋出现了短暂的大一统，对西晋政权王道正统的歌颂成为时代的必需，因此有京都赋的一枝独秀。

二、"晋承魏统"与左思《三都赋》对西晋王道正统的揄扬

在西晋左思作《三都赋》之前的汉魏之际，已经有徐幹、刘桢、刘劭等赋家创作了颂赞诸侯都邑的赋作。汉魏之际社会动荡，大一统政治难以为继，地方势力增强，在这一社会背景下，开始出现了描写诸侯之城的都邑赋。这种对春秋战国时代诸侯旧都的追忆，实际上正是动荡不安的社会现实和分崩离析的社会现状的折射。

（一）曹魏时期徐幹、刘桢、刘劭等人的都邑赋写作

齐人徐幹（171—218）《齐都赋》与鲁人刘桢（175？—217）《鲁都赋》可谓都邑赋写作较早的代表，开创了魏晋南北朝地方都邑赋的先河，颇有时代特色。徐幹为"建安七子"之一，年十四，始读《五经》。东汉末年，国典堕废，遂闭门自守，常以六籍自娱，后归曹操。徐幹所作《齐都赋》赋文有残缺，但是仍可以看出与传统的都邑赋一样，其特点是以铺陈罗列的手法描绘临淄的地理位置和丰富的物产，其中还有校猎和宴会等壮盛隆重的场面描写。比如《齐都赋》开篇即说："齐国，实坤德之膏腴，而神州之奥府"，叙校猎则云："王乃乘华玉之辂，驾玄驳之骏。翠幄浮游，金光皓旰。戎车云布，武骑星散。钲鼓雷动，旌旗虹乱。"[1] 述宴会则曰："主人盛馔，期尽所有。三酒既醇，五齐惟醮。烂豕胹羊，焦鳖鲙鲤。"[2] 虽如此，赋文亦曰"君

---

[1]　费振刚等校注：《全汉赋校注》，广东教育出版社 2005 年版，第 990 页。
[2]　费振刚等校注：《全汉赋校注》，广东教育出版社 2005 年版，第 990 页。

子敬慎，自强不息"，颂美之余，似有讽谏之意。《鲁都赋》极力铺写鲁地的丰富物产以及宫室建筑，以及宫中丽人和秋禊，凸显了鲁都恢弘远大的气象。另外，作者还特别赞颂了鲁国的儒家文化，赋文曰：

> （1）若乃考王道之去就，览万代之兴衰。发龙图于金滕，启洛典乎石扉。崇七经之旨义，删百氏之乖违。
>
> （2）覃思图籍，阐迪德谟。蕴包古今，撰集秋素。
>
> （3）举成钧之旧志，建学校乎泗滨。表泮宫之宪肆，有唐虞之《三坟》。①

上引赋文可以看出《鲁都赋》对鲁国所积淀的儒家文化的赞颂，强调了独尊儒学的精神。吴质（177—230）《魏都赋》仅存六句赋文，然有"我太公鸿飞衮、豫"之句，即可知此赋乃与颂美"太祖"曹操有关。

京殿大赋在经历汉末建安一段相对的沉寂和萧条之后，在魏明帝太和青龙年间又隐然崛起。这一阶段的辞赋，在魏赋史上标志着大赋传统的回归，且弥漫赋史近十年时间，大体与魏明帝执政相始终。这一时期大赋的创作主要体现为宫殿赋，其次为都邑赋。都邑赋的创作以刘劭（生卒年不详）为代表。《三国志·魏书·刘劭传》记载"（刘）劭尝作《赵都赋》，明帝美之，诏劭作《许都》《洛都》赋。时外兴军旅，内营宫室，劭作二赋，皆讽谏焉"。②刘劭为赵人，前作《赵都赋》传世因获魏明帝赏识，故诏撰《许都》《洛都》二赋。《许都》《洛都》二赋已佚，其讽颂内容不得而知。《赵都赋》赋文亦已不全，但从留存的赋文来看，有铺排夸奢之描写，亦可见赋寓颂美之旨。《赵都赋》开篇即称颂赵国都城邯郸云"灵州之敝宇，而天下之雄国"，又极力铺排赵都地理位置之险要、物产之丰饶，以及都城宫殿之雄伟。比如叙都

---

① 费振刚等校注：《全汉赋校注》，广东教育出版社 2005 年版，第 1123 页。

② （晋）陈寿：《三国志·魏书·刘劭传》卷二十一，中华书局 1959 年版，第 618 页。

城则曰：“都城万雉，百里周回。九衢交错，三门旁开。层楼竦阁，连栋结阶。”述狩猎则云：“驾骜冥之骏骇，抗冲天之旌旗。”状春褉则曰：“朱幕蔽野，彩帷连岗。”美颂之外又寓讽谏。比如赋文曰：“游侠之徒，睎风拟类。贵交尚信，轻命重气。义激毫毛，节成感慨。爰及富人，郭侯之伦。赀衍陶卫，侈溢无垠。金碧其舆，朱丹其轮。会遇燕好，其从如云。”① 以上赋文极力铺写游侠的“轻命重气”，以及豪强的富可敌国、从者如云的情形。这段赋文正是对《西都赋》与《西京赋》的模拟。班固《西都赋》曰：“游士拟于公侯，列肆侈于姬姜。乡曲豪举，游侠之雄，节慕原、尝，名亚春、陵。连交合众，骋骛乎其中。”② 张衡《西京赋》曰：“若夫翁伯、浊、质、张里之家，击钟鼎食，连骑相过。东京公侯，壮何能加？都邑游侠，张赵之伦，齐志无忌，拟迹田文。轻死重气，结党连群，实蕃有徒，其从如云。”③ 班固作《两都赋》、张衡作《二京赋》，取西、东二元对立结构，抑西而扬东，故游侠之任侠尚气以及豪强与国争富的内容皆为作者想要批判的内容，刘劭作《赵都赋》叙写游侠及豪强，当寓作者批判之旨。

（二）“晋承魏统”与左思《三都赋》抑吴、蜀而申魏的书写策略

西晋是魏晋南北朝历史上唯一完成了统一中国大业的“大一统”政权。故自西晋初年始，即有歌颂天子的都邑赋出现。如西晋初期的都邑大赋有傅玄（217—278）《正都赋》（残）、《蜀都赋》（残）等。《蜀都赋》仅存两句，难窥全貌。《正都赋》颂洛阳，颇为讲求礼制。如赋文铺写天子祭祀曰：“天子乃反吉服，袭大裘；綖纽五采，平冕垂旒。质文斌斌，帝容孔脩。列大驾于郊畛，升八通之灵坛。执镇珪而进苍璧，思致美乎上乾。……类于圜丘，六变既终，则天神斯降，可得而礼矣。”④ 状写天子服饰、仪节、举止等，赞颂其皆合礼制。

---

① 韩格平等校注：《全魏晋赋校注》，吉林文史出版社 2008 年版，第 76 页。

② （梁）萧统编，（唐）李善注：《文选》卷一，中华书局 1977 年版，第 23 页。

③ （梁）萧统编，（唐）李善注：《文选》卷一，中华书局 1977 年版，第 43 页。

④ 韩格平等校注：《全魏晋赋校注》，吉林文史出版社 2008 年版，第 151 页。

　　太康元年（280），晋武帝灭吴而完成统一中国的大业，这是西晋历史上最为强盛的时期。这一历史盛况需要在文学上得到反映，故而左思（约250—约306）创作《三都赋》正是呼应了这一历史要求。《三都赋》创作的主要时期就在3世纪的70、80年代，正处西晋强盛之际。①清人王鸣盛《十七史商榷》卷五十一"三江扬都"条云："左思于西晋初吴、蜀始平之后，作《三都赋》，抑吴都、蜀都，而申魏都，以晋承魏统耳。"②左思作《三都赋》崇魏而抑吴、蜀，其目的乃在于揄扬晋承魏统之合法性。清人何焯云："《魏都》一赋，专取堂堂正正之义，不重铺张，亦本京都遗意也。晋承魏统，故太冲暗以正统与魏，以世不两帝为三赋之收局。"③近人林纾亦赞同"晋承魏统"之说云："故《三都》之赋，力排吴、蜀，中间贯穿全魏故实，语至堂皇，以魏都中原，晋武受禅，即在于邺。"④可见，左思赋《三都》，以晋承魏统，遂鄙蜀抑吴而归美于魏的写作旨归。因此可以说，《三都赋》的出现顺应了西晋政治发展的趋势。

　　左思在创作《三都赋》之前，作为出生于齐地的左思曾花了一年的时间作《齐都赋》，以颂扬齐国旧都临淄。此赋仅存数句，难窥全貌。然而据今存赋句"其草则有杜若蘅菊，石兰芷蕙，紫茎丹颖，湘叶缥蒂"来看，其创作风格颇与《三都赋》相类，如《蜀都赋》云："其树则有木兰梫桂，杞樆椅桐，棕枒楔枞。"《吴都赋》云："草则藿蒳豆蔻，姜汇非一。江蓠之属，海苔之类。纶组紫绛，食葛香茅。石帆水松，东风扶留。"可见《齐都赋》为后来《三都赋》的写作积累了文学与学术上的经验。

---

　　①　《三都赋》的具体作年不能确定。据《世说新语·文学》，左思作《三都赋》初成，皇甫谧曾为之延誉作序。《文选》卷四《三都赋序》注引臧荣绪《晋书》谓左思作此赋"构思十稔。"皇甫谧卒于晋太康三年（282）（《晋书·皇甫谧传》），以此推断，至迟在3世纪70年代，左思即已开始创作《三都赋》，太康三年皇甫谧卒之前应已撰成初稿。其后屡经左思修改，历三十余年，至死方休。

　　②　（清）王鸣盛著，黄曙辉点校：《十七史商榷》卷五十一，上海书店2005年版，第378页。

　　③　刘志伟主编：《文选资料汇编·赋类卷》，中华书局2013年版，第207页。

　　④　刘志伟主编：《文选资料汇编·赋类卷》，中华书局2013年版，第127页。

《三都赋》由《蜀都赋》《吴都赋》《魏都赋》组成。《蜀都赋》重在铺写其易守难攻之"险"，《吴都赋》重在述其土地广大、物产丰饶之"强"，而《魏都赋》则突出其制度之"合礼"，用魏国先生的"依制度"批驳西蜀公子、东吴王孙的见识浅陋，强调"依制度"乃立国之本。吕向注曰："太冲假立蜀公子、吴王孙相夸以奢丽，后以魏先生引法度折之。"① 可知左思赋《三都》，贬抑《吴》《蜀》而崇尚《魏都》之旨归。

《蜀都赋》曰："夫蜀都者，盖兆基于上世，开国于中古。廓灵关以为门，包玉垒而为宇。带二江之双流，抗峨眉之重阻。水陆所凑，兼六合而交会焉。丰蔚所盛，茂八区而庵蔼焉。"② 接下来，作者在铺叙蜀都的形势、物产、市廛、宴猎之后，西蜀公子曰："至乎临谷为塞，因山为障。峻岨塍埒长城，豁险吞若巨防。一人守隘，万夫莫向。公孙跃马而称帝，刘宗下辇而自王。由此言之，天下孰尚？故虽兼诸夏之富有，犹未若兹都之无量也。"③ 这段话包括了至少三层含义：其一，蜀地地势险峻，易守难攻，一夫当关，万夫莫开；其二，蜀地之险可凭而称王，公孙述、刘备就是很好的例子；其三，集华夏诸国之富有也无法与蜀都相媲美。

《吴都赋》则处处与蜀都对比，批评西蜀地势虽险，亦不过狭促之地。东吴王孙批评西蜀公子夸耀"蜀都之富""巴汉之阻"，不过是"龌龊而算，顾亦曲士之所叹"，认为夸耀西蜀不过是在狭隘的蜀地自我计算罢了，只有见识浅陋的人才会对蜀地这样的拘狭之地赞叹不已。东吴王孙继续批评说："旁魄而论都，抑非大人之壮观也。何则？土壤不足以摄生，山川不足以周卫。公孙国之而破，诸葛家之而灭。兹乃丧乱之丘墟，颠覆之轨辙，安可以俪王公而著风烈也？玩其碛砾而不窥玉渊者，未知骊龙之所蟠也。习其弊邑而不睹上邦者，未知英雄之所躔也。"④ 批评西蜀公子炫耀蜀地并非目光远大

---

① 日本足利学校藏宋刊明州本六臣注：《文选》卷四，人民文学出版社 2008 年版，第 77 页。

② （梁）萧统编，（唐）李善注：《文选》卷四，中华书局 1977 年版，第 75 页。

③ （梁）萧统编，（唐）李善注：《文选》卷四，中华书局 1977 年版，第 81 页。

④ （梁）萧统编，（唐）李善注：《文选》卷五，中华书局 1977 年版，第 82 页。

之人所能看到的壮观景象。蜀地的土地不足以养育生民，山河之险不足以保卫周边；公孙述以蜀立国而国亡，诸葛亮以蜀为家而家灭；蜀地不过是国破家亡的废墟和遗迹，不能与东吴王公之德相比，批评西蜀公子孤陋寡闻，只熟悉偏僻鄙远之地而没有亲见"上邦"的风采。《吴都赋》曰"伊兹都之函弘，倾神州而韫椟。仰南斗以斟酌，兼二仪之优渥"，这是从正面夸说吴都的广大，可以使神州大地向东南倾斜，兼得土地之精华。又进一步与蜀都进行比较，赋文云："繇此而揆之，西蜀之于东吴，小大之相绝也，亦犹棘林萤燿，而与夫寻木龙烛也。否泰之相背也，亦犹帝之悬解，而与夫桎梏疏属也。庸可共世而论巨细，同年而议丰确乎？"① 作者用生动的比喻说明吴、蜀大小差别的悬殊。蜀与吴相比，其小大之别就如同棘丛中的萤火虫与高大树林中烛龙神的明亮之光一样悬殊；好坏的背离就如同自由自在的圣人与被桎梏在疏属山上的贰负之臣一样，根本无法相比，突出了吴都的"大"远胜过蜀都的"险"。

《魏都赋》则有意突显其政治上的正统地位，处处强调其"合礼"性以及典章制度之美。魏国先生曰：

> 正位居体者，以中夏为喉，不以边垂为衿也。长世宇甿者，以道德为藩，不以袭险为屏也。而子大夫之贤者，尚弗曾庶翼等威，附丽皇极。思禀正朔，乐率贡职。而徒务于诡随民，宴安于绝域。荣其文身，骄其险棘。缪默语之常伦，牵胶言而逾侈。饰华离以矜然，假倨强而攘臂。非醇粹之方壮，谋蹢驳于王义。②

作者借魏国先生之口奉魏为正朔，赞颂魏都处于正位居于本体，以中原为咽喉而不以边陲为屏护的衣带；长久抚育百姓，以道德为藩篱而不以险阻为屏

---

① （梁）萧统编，（唐）李善注：《文选》卷五，中华书局 1977 年版，第 94—95 页。

② （梁）萧统编，（唐）李善注：《文选》卷六，中华书局 1977 年版，第 96 页。

障。批评西蜀公子和东吴王孙不能辅助大魏皇帝，而专注于诡诈蛮夷之人，以披发文身为荣，以地势险阻为傲，将诈伪贪鄙之言当作法典，拘泥于诡辩不实之论而加以夸饰，炫耀狭隘之地以自负，借助倔蛮之士以号召。作者批评说这完全是与王道相背离的。又《魏都赋》宣称魏都的建立是完全符合先王之制的：

> 经始之制，牢笼百王。画雍豫之居，写八都之宇。鉴茅茨于陶唐，察卑宫于夏禹。古公草创，而高门有阒；宣王中兴，而筑室百堵。兼圣哲之轨，并文质之状。商丰约而折中，准当年而为量。思重爻，摹大壮。览荀卿，采萧相。①

作者描述了魏都建设的历史。称赞魏都的建立可以上溯到最初之时，其规划就包罗了历代圣君之法。既模仿长安、洛阳以及八方之都的宫室规模，又借鉴尧帝与夏禹的简朴，兼有圣哲超凡的道德才智与法度，又同时具有文华与质朴的品德。以当年先王宫室建筑为标准，斟酌在富丽与简约之间取其中和，以《周易》为效法的经典，兼采荀子与萧何之法度建造魏都。因此建造完成的魏宫就颇合礼制，赋文曰："匪朴匪斫，去泰去甚。木无雕锼，土无绨锦。玄化所甄，《国风》所禀。"宫室既不过分简朴，也不过分雕琢与奢侈。木不事精雕细镂，土不事文采光泽。教化所至，如同《国风》一般质朴醇厚。一言以蔽之，"顺德崇礼"。在礼乐教化之下，魏都处处呈现出一派礼乐交融的景象：市井之中，"斑白不提，行旅让衢"，老人不提重物，行人礼貌谦让；宴会之上，"延广乐，奏九成；冠韶夏，冒英茎"，演奏的是舜的《韶》乐、禹的《大夏》乐、帝喾的《六英》与颛顼的《五茎》之乐；田猎之时，"藉田以礼动，大阅以义举。备法驾，理秋御，显文武之壮观，迈梁驺之所著。林不槎枿，泽不伐夭。斧斤以时，罾网以道。"再生的树木不再砍伐，未长

---

① （梁）萧统编，（唐）李善注：《文选》卷六，中华书局 1977 年版，第 98 页。

成的禽兽不再斩杀，遵守时令砍伐山林和张网捕鱼。正是因为吴蜀依仗的是"地势之险"和"物产之富"，而魏以礼制为上，所以命运并不相同。作者最后总结说："成都迄已倾覆，建邺则亦颠沛。顾非累卵于叠棋，焉至观形而怀怛。权假日以馀荣，比朝华而菴蔼。览《麦秀》与《黍离》，可作谣于吴会。"① 成都已经倾覆，建业也处于颠簸动荡之中，吴蜀跟魏比起来不过犹如夕阳与朝花一样，《麦秀》与《黍离》之歌可以作为吴地的亡国歌谣了。

既然左思作《三都赋》奉魏为正朔，而晋又承魏统，其意乃在颂晋。那么，由汉而魏，由魏而晋的政治延续的合法性与正统性需要得到作者明示。作者在叙述魏代汉宗的时候说：

> 刘宗委驭，巽其神器。阚玉策于金縢，案图箓于石室。考历数之所在，察五德之所莅。量寸旬，涓吉日。陟中坛，即帝位。改正朔，易服色。继绝世，脩废职。徽帜以变，器械以革。显仁翌明，藏用玄默。②

作者以"金縢玉策""石室图箓"以及五德终始的谶纬符瑞观证明刘氏宗室放弃统治是顺应天道，而魏承大统使早已断绝的圣明之世得以继续。那么晋承魏统同样也是顺应天道：

> 筭祀有纪，天禄有终。传业禅祚，高谢万邦。皇恩绰矣，帝德冲矣。让其天下，臣至公矣。荣操行之独得，超百王之庸庸。追亘卷领与结绳，瞻留重华而比踪。尊卢赫胥，義农有熊。虽自以为道洪化隆，世笃玄同，奚遽不能与之踵武而齐其风？③

---

① （梁）萧统编，（唐）李善注：《文选》卷六，中华书局 1977 年版，第 109 页。

② （梁）萧统编，（唐）李善注：《文选》卷六，中华书局 1977 年版，第 105—106 页。

③ （梁）萧统编，（唐）李善注：《文选》卷六，中华书局 1977 年版，第 106 页。

左思写到天降祥瑞，以魏代汉，并且对这种自古以来的禅让制度倍加赞颂以后，作者又将笔锋一转，接下来写晋代魏宗，对魏臣服于晋倍加赞扬。作者认为帝统气数有一定的时限，上天所赐福禄总有终了之时，因此魏帝转授帝业于晋而称臣于晋是最为公允的。《三都赋》以《魏都赋》篇幅最长，可见作者把笔墨倾注于魏都之上，但是作者在感情上不过是借魏而颂晋罢了。以晋代魏，晋承魏统，更重要的是突出曹魏最大的历史作用是用和平方式以魏代汉，又以和平方式将政权禅让给晋。这种禅让制度，同历史上的尧让天下给舜，舜让天下给禹的做法一脉相承。综上所述，左思作《三都赋》以蜀、吴灭亡为"戒鉴"，歌颂魏以礼制治国且能仿效唐虞以禅让帝业，其用意正在于"正之以魏都，折之以王道"。

（三）东晋"中兴"与王廙、庾阐等赋家的都邑赋书写

东晋初期是魏晋南北朝赋史上又一次大赋兴盛的时期。4 世纪初的"永嘉之乱"，导致了西晋政权的崩溃，中国北方陷入军阀割据的剧烈动荡之中，迁移江左的东晋政权成为了当时士人寄托爱国之心的希望所在，而稳定人心、鼓舞士气、共辅王室成为这个政权建立之初的当务之急。王廙《洛都赋》、庾阐《扬都赋》《吴都赋》、曹毗《魏都赋》《扬都赋》等正是此形势下的产物，歌颂东晋立国江左的"中兴"。王廙（生卒年不详）《洛都赋》已残，未能睹其全貌。洛阳为西晋都城，此赋当有怀思旧都之意。《洛都赋》有"若乃暮春嘉禊，三巳之辰，贵贱同游，方骥齐轮；丽服靓妆，被乎洛滨；流芳塞路，炫日映云"句及"若乃黄甘荔支，殊□远珍。虽非土方之所产，重九译而来臻"句[1]，均对洛阳的繁华安乐与四方辐辏的威严津津乐道，反衬出了作者推尊中原、思念北都的情结。庾阐（生卒年不详）《扬都赋》曰："天包龙轸，地奄衡霍。玄圣所游，陟方所托。我皇晋之中兴，而骏命是廓。灵运启于中宗，天网振其绝络。"[2]"扬都"即建康，正是东晋都城。可知此赋

---

① （清）严可均辑：《全上古三代秦汉三国六朝文·全晋文》卷二〇，中华书局 1958 年版，第 151 页。

② （唐）欧阳询：《艺文类聚》卷六十一，上海古籍出版社 1965 年版，第 1109 页。

用意正在于歌颂东晋的中兴。又赋文曰："万国鸣銮，有客戾止。皇帝乃坐路寝，御组帷。冠华冕，戴翠蕤。袭日月，珮王緌。怀六玺，纫文龟。"① 述写皇帝接见四方来客时的情形，作者完全以天子威仪写东晋皇帝，亦可见作者奉东晋为正统的政治观念。

　　西晋以后，国势日渐衰微，社会动荡不已，而国家疆域也逐渐萎缩，从而使这种以宣扬政教兴隆、经济富庶、军事强盛为主要内容的大赋失去了炫耀国家赫赫声威的可能性，即使到了东晋出现了短暂的所谓"中兴"，产生了庾阐《扬都赋》之类的都邑大赋，但大势已去，被人讥讽为"屋下架屋"(《世说新语·文学》)。南北朝都邑赋大多佚失，南朝都邑赋仅存梁吴均《吴城赋》一篇，然规模体制局促狭隘，已不能与左思《三都赋》相比了。北朝都邑赋均表现出对汉代都邑大赋"美刺"传统的继承，比如北魏阳固"作《南北二都赋》，称恒、代畋渔声乐侈靡之事，节以中京礼仪之式，因以讽谏"(见《魏书》本传)，可以看出与张衡作《二京赋》的主旨是一致的。虽然都邑大赋在南北朝以后所能留存至今的作品甚少，但是从存目之众仍可看出赋家对都邑大赋的钟情，以及对汉代都邑大赋美颂传统的继承。

第四节　魏晋典礼赋的王道正统书写

　　汉魏之际，政治动荡，朝纲涣散，王道衰落，礼制沦丧，礼仪制度不再能维系帝王的尊严。随着曹魏中央集权的加强，遭到破坏的礼仪制度随才逐渐得到恢复，尤其对于曾经取得短暂统一的曹魏与西晋政权而言，恢复礼仪旧制、宣扬王权一统仍是此间文人的重要心态和文学命题。同时，恢复天子之礼本身的举动就具有宣示王道正统的象征意义。

---

① （唐）欧阳询：《艺文类聚》卷六十一，上海古籍出版社 1965 年版，第 1109 页。

一、潘岳《藉田赋》依《孝经》立义而颂君

根据《周礼·春官·大宗伯》关于吉礼的论述，主要有祀天、祭地、享祖、封禅、藉田等。祀天、祭地、享祖、封禅等吉礼皆与大一统政治有关，而魏晋南北朝时期政权更迭，天下割据，少有"大一统"王权的建立，故而祀天、祭地、享祖、封禅等吉礼赋皆不发达，这一时期的吉礼赋主要呈现为藉田赋。

藉田礼是古代吉礼的一种，即天子在孟春正月率诸侯亲自耕田的典礼。一方面，天子、诸侯躬耕藉田，以示对农业的重视；另一方面，藉田礼属天子礼，因此颂扬藉田礼又有揄扬大一统王权的意识。魏晋南北朝的藉田赋有：缪袭《藉田赋》、曹植《藉田赋》、潘岳《藉田赋》、徐爰《藉田赋》、任豫《藉田赋》等。

（一）缪袭《藉田赋》对魏明帝的颂美

魏明帝时期，曹叡好大喜功，颂赞文字十分盛行，瑞应、宫殿、藉田之作应时而生。缪袭《许昌宫赋序》云"太和六年春，上既躬耕帝藉，发趾乎千亩，以帅先万国"。赋文记载了太和六年（232），魏明帝亲率大臣躬耕于藉田的史实。缪袭又专门作《藉田赋》铺叙太和六年魏明帝的这次藉田之礼。赋文已残，所存佚文曰：

> 诏勾芒使掌历兮，救羲仲以农期。仪晨祥而举趾兮，乐田祖以
> 《豳》诗。嘉《载芟》之千耦兮，美振古之如兹。[1]

赋文主要以《礼记》《尚书》《诗经》等经典为依据。其中"句芒"见于《礼记·月令》"孟春之月，……其帝大皞，其神句芒"[2]，可知句芒为孟春之神。

---

① （清）严可均辑：《全上古三代秦汉三国六朝文·全三国文》卷三八，中华书局1958年版，第547页。

② （清）阮元校刻：《十三经注疏·礼记正义》卷一四，上海古籍出版社1997年版，第1353页。

羲仲则为帝尧的司历之臣，为东方之官，教民耕种。《尚书·尧典》曰："乃命羲和，钦若昊天，历象日月星辰，敬授人时。分命羲仲，宅隅夷，曰旸谷。"①"举趾"，举足而耕之意。见于《诗经·豳风·七月》"三之日于耜，四之日举趾。同我妇子，馌彼南亩，田畯至喜"②。"田祖"，传说中的始耕田者，见于《诗经·小雅·甫田》"琴瑟击鼓，以御田祖"③，用琴瑟与鼓以迎先穑之神田祖而祭之。"《豳》诗"指《诗经·豳风·七月》，为周代著名的农事诗。"《载芟》"为《诗经·周颂》篇名，其诗曰"千耦其耘，徂隰徂畛"，描绘了上千对农夫共同耕耘的场景，《毛诗序》云"春藉田而祈社稷也"。赋作歌颂明帝躬耕藉田的美德善行，亦可见作者宣扬儒家重农意识的主旨。

（二）潘岳《藉田赋》依《孝经》而申儒家"孝德"与颂晋赋写

潘岳（247—300）《藉田赋》可谓魏晋南北朝藉田赋的代表作，正是西晋大一统王权政治的体现。唐人房玄龄等人所修《晋书·潘岳传》亦称曰："泰始中，武帝躬耕藉田，岳作赋以美其事。"④可知潘岳作《藉田赋》就是对泰始四年正月晋武帝的藉田之礼的歌颂。《晋书·礼志上》载晋武帝司马炎诏曰："近世以来，耕藉田于数步之中，空有慕古之名，曾无供祀训农之实，而有百官车徒之费。今修千亩之制，当与群公卿士躬稼穑之艰难，以率先天下。"⑤晋武帝不愿意徒有慕古之名，"耕藉田于数步之中"，所以"循千亩之制"以帅先天下，其目的是要让群公卿士知晓稼穑之艰难，可见晋武帝对藉田之礼的重视。赋文开篇即言皇帝躬耕藉田是合礼之举："伊晋之四年正月丁未，皇帝亲率群后，藉于千亩之甸，礼也。"⑥然后赋文极尽夸饰之能事，铺陈皇帝藉田之礼的盛大气象。赋文又描写了天子藉田之礼的过程"于是我皇乃降灵坛，抚御耦。坻场染屦，洪縻在手。三推而舍，庶人终亩"。

---

① （清）阮元校刻：《十三经注疏·尚书正义》卷二，上海古籍出版社1997年版，第119页。

② （清）阮元校刻：《十三经注疏·毛诗正义》卷八，上海古籍出版社1997年版，第389页。

③ （清）阮元校刻：《十三经注疏·毛诗正义》卷一四，上海古籍出版社1997年版，第474页。

④ （唐）房玄龄等：《晋书》卷五十五，中华书局1974年版，第1500页。

⑤ （唐）房玄龄等：《晋书》卷十九，中华书局1974年版，第589页。

⑥ （梁）萧统编，（唐）李善注：《文选》卷七，中华书局1977年版，第115页。

可见晋武帝的藉田之礼与《礼记·月令》关于"天子三推，三公五推，卿诸侯九推"的记载是相符合的，说明晋代藉田之礼是对古礼的继承，也以此突显晋武帝的正统天子的身份象征。因为藉田之礼本是邦国之彝章、皇王之大典，具有教化诸侯而事上帝的重大意义。

赋作极力对皇帝藉田之礼进行颂赞之后，并没有忘记对君上的讽谏，赋文借"邑老田父"之言曰：

> 盖损益随时，理有常然。高以下为基，民以食为天。正其末者端其本，善其后者慎其先。夫九土之宜弗任，四人之务不壹。野有菜蔬之色，朝靡代耕之秩。无储稿以虞灾，徒望岁以自必。三季之衰，皆此物也。今圣上昧旦丕显，夕惕若栗。图匮于丰，防俭于逸。钦哉钦哉，惟穀之恤。展三时之弘务，致仓廪于盈溢。固尧汤之用心，而存救之要术也。①

上引赋文乃作者借"邑老田父"告诫君上的说辞。损益盈虚，与时偕行。贵以贱为基础，民以食为天。治国之道，以商为末而农为本，以货为后而食为先。百姓人人面有菜色，朝廷无耕作之制。国家无储蓄以度荒灾之准备，人们徒劳地打发日子。作者告诫说夏商周三代的灭亡，都是因为这样的原因。作者又将笔锋一转，颂赞今上日夜谨慎其身，辛勤于政事，能在丰逸的时候做到节俭，防匮于未然。重视农业，仓廪丰实，人们知晓礼节，这就是尧、汤治理国家的用心，是图存救亡的要道。作者又借"古人之言"大谈孝道，既为歌颂又为讽谏，赋文曰：

> 古人有言曰：圣人之德，无以加于孝乎！夫孝，天地之性，人之所由灵也。昔者明王以孝治天下，其或继之者，鲜哉希矣！逮我

---

① （梁）萧统编，（唐）李善注：《文选》卷七，中华书局 1977 年版，第 117—118 页。

> 皇晋，实光斯道。仪刑孚于万国，爱敬尽于祖考。故躬稼以供粢
> 盛，所以致孝也。劝穑以足百姓，所以固本也。能本而孝，盛德大
> 业至矣哉！此一役也，而二美具焉。不亦远乎，不亦重乎！①

西晋建立之初，晋武帝颇为重视制作礼乐以正民心，其中"孝"是晋武帝着重倡导的儒家礼教的内容之一。晋武帝司马炎曾于乙未年（275）"令诸郡中正以六条举淹滞"，其中第二条曰"孝敬尽礼"②。上引"古人有言"多出于《孝经》以及其他经典如《论语》《诗经》《尚书》等。作者以经典为依归讽颂君王以孝治理天下。赋文"圣人之德，无以加于孝乎"引自《孝经》。《孝经·圣治章》曰："曾子曰：'敢问圣人之德，无以加于孝乎？'子曰：'天地之性人为贵，人之行莫大于孝。……夫圣人之德，又何以加于孝乎？'"③作者引用《孝经》之言以明圣人之德无大于孝者。赋文"昔者明王以孝治天下"亦引用《孝经》。《孝经·孝治章》曰："子曰：'昔者明王之以孝治天下也，不敢遗小国之臣，而况于公、侯、伯、子、男乎？'"④作者引用《孝经》之言以明先代圣明之王以孝治理天下。赋文"仪刑孚于万国，爱敬尽于祖考"引用《诗经》与《孝经》。《诗经·大雅·文王》云："仪刑文王，万邦作孚。"⑤《孝经·天子章》曰："爱敬尽于事亲，而德教加于百姓，刑于四海，盖天子之孝也。"⑥作者引用《诗经》与《孝经》之语以颂赞今上仿效古昔圣王以孝治理天下而万国信服。赋文"故躬稼以供粢盛，所以致孝也"，《文选》李善注引《尚书大传》曰："王者躬耕，所以供粢盛。"又引《五经要义》曰："天子藉田千亩，所以先百姓而致孝敬也。"⑦作者引用以劝谏君上行藉田之礼为百

---

① （梁）萧统编，（唐）李善注：《文选》卷七，中华书局1977年版，第118页。
② （唐）房玄龄等：《晋书·武帝纪》卷三，中华书局1974年版，第50页。
③ （唐）李隆基注，（宋）邢昺疏：《孝经注疏》，上海古籍出版社2009年版，第43—44页。
④ （唐）李隆基注，（宋）邢昺疏：《孝经注疏》，上海古籍出版社2009年版，第35页。
⑤ （清）阮元校刻：《十三经注疏·毛诗正义》一六，上海古籍出版社1997年版，第505页。
⑥ （唐）李隆基注，（宋）邢昺疏：《孝经注疏》，上海古籍出版社2009年版，第7页。
⑦ （梁）萧统编，（唐）李善注：《文选》卷七，中华书局1977年版，第118页。

姓树立孝敬的榜样。赋文"劝穑以足百姓，所以固本也"出自《论语》与《尚书》。《论语·颜渊》曰："（有若对曰）百姓足，君孰与不足？百姓不足，君孰与足？"①《尚书·五子之歌》曰"民惟邦本，本固邦宁"。②作者引用以明百姓为国家根基，惟根基牢固，国家才能安定。赋文"盛德大业至矣哉"原文引用《周易·系辞上》之语，盛赞君上能以稼穑为本，以孝治国，成就帝王大业。赋文"不亦远乎，不亦重乎"出自《论语·泰伯》："士不可以不弘毅。任重而道远，仁以为己任，不亦重乎？死而后已，不亦远乎？"③作者引用《论语》之语以赞颂皇帝行藉田之礼意义重大而深远。于是作者最后"颂曰"：

> 思乐甸畿，薄采其茅。大君戾止，言藉其农。其农三推，万方以祇。耦我公田，实及我私。我簠斯盛，我簋斯齐。我仓如陵，我庾如坻。念兹在兹，永言孝思。人力普存，祝史正辞。神祇攸歆，逸豫无期。一人有庆，兆民赖之。④

作者歌颂君上能行藉田之礼而天下大治，以民为本，以孝治国，国富民安，天下兆民皆赖圣君一人而已。由此可见，潘岳作《藉田赋》完全以宣扬儒家民本思想和礼制思想为旨归，讽颂君主以劝稼穑，申孝道以治天下。赋文依经立义，句句不离经典。如赋文"思乐甸畿，薄采其茅；大君戾止，言藉其农"即依《诗经》与《周易》行文立义。《诗经·鲁颂·泮水》曰："思乐泮水，薄采其茆。鲁侯戾止，在泮饮酒。"⑤《周易·师》云："大君有命，开国承家。"⑥赋文"其农三推，万方以祇"依《礼记》立义。《礼记·乐记》云："朝觐，然后诸侯知所以臣；耕藉，然后诸侯知所以敬。"《礼记·祭义》亦云："耕藉，

---

① （宋）朱熹：《四书章句集注·论语集注》卷六，中华书局 1983 年版，第 135 页。

② （清）阮元校刻：《十三经注疏·尚书正义》卷七，上海古籍出版社 1997 年版，第 156 页。

③ （宋）朱熹：《四书章句集注·论语集注》卷四，中华书局 1983 年版，第 104 页。

④ （梁）萧统编，（唐）李善注：《文选》卷七，中华书局 1977 年版，第 118—119 页。

⑤ （清）阮元校刻：《十三经注疏·毛诗正义》卷二〇，上海古籍出版社 1997 年版，第 611 页。

⑥ （清）阮元校刻：《十三经注疏·周易正义》卷二，上海古籍出版社 1997 年版，第 25 页。

所以教诸侯之养也。"① 赋文"耜我公田，实及我私"，语出《诗经·小雅·大田》："雨我公田，遂及我私。"② 赋文"我簋斯盛，我簠斯齐"语出《礼记》。《礼记·祭义》曰："是故昔者天子为藉千亩，……以事天地山川、社稷先古，以为醴酪齐盛。于是乎取之，敬之至也。"③ 赋文"我仓如陵，我庾如坻"语出《诗经》。《小雅·楚茨》曰："我仓既盈，我庾维亿。"毛传云："露积为庾，万万曰亿。"又《小雅·甫田》曰："曾孙之庾，如坻如京。"④ 赋文"念兹在兹，永言孝思"语出《尚书》与《诗经》。《尚书·大禹谟》曰："念兹在兹，释兹在兹"。《大雅·下武》曰："永言孝思，孝思维则。"毛传云："则其先人也。"郑玄笺曰："长我孝心之所思，所思者其维则三后之所行，子孙以顺祖考为孝。"⑤ 赋文"人力普存，祝史正辞"语出《左传》桓公六年："（季梁曰：）上思利民，忠也；祝史正辞，信也。今民馁而君逞欲，祝史矫举以祭，臣不知其可也。……夫民，神之主也。是以圣王先成民而后致力于神。故奉牲以告曰'博硕肥腯'，谓民力之普存也。"⑥ 赋文"神祇攸歆，逸豫无期"语出《左传》与《诗经》。《左传》襄公二十七年，楚王曰："尚矣哉！能歆神人，宜其光辅五君以为盟主也。"⑦《小雅·白驹》曰："尔公尔侯，逸豫无期。"赋文"一人有庆，兆民赖之"出自《尚书·吕刑》："一人有庆，兆民赖之，其宁惟永。"孔传："天子有善，则兆民赖之，其乃安宁长久之道。"⑧ 由此可见，上引赋文句句援引经典，亦可窥见潘岳《藉田赋》的经典化思维与经典化的

---

① （清）阮元校刻：《十三经注疏·礼记正义》卷三九、四八，上海古籍出版社 1997 年版，第 1543、1600 页。

② （清）阮元校刻：《十三经注疏·毛诗正义》卷一四，上海古籍出版社 1997 年版，第 477 页。

③ （清）阮元校刻：《十三经注疏·礼记正义》卷四八，上海古籍出版社 1997 年版，第 1597 页。

④ （清）阮元校刻：《十三经注疏·毛诗正义》卷一三、一四，上海古籍出版社 1997 年版，第 467、475 页。

⑤ （清）阮元校刻：《十三经注疏·尚书正义》卷四，上海古籍出版社 1997 年版，第 135 页；《十三经注疏·毛诗正义》卷一六，上海古籍出版社 1997 年版，第 525 页。

⑥ （晋）杜预撰：《春秋左传集解》，上海人民出版社 1977 年版，第 88 页。

⑦ （晋）杜预撰：《春秋左传集解》，上海人民出版社 1977 年版，第 1079 页。

⑧ （清）阮元校刻：《十三经注疏·尚书正义》卷一九，上海古籍出版社 1997 年版，第 249 页。

话语模式。

二、傅玄《辟雍乡饮酒赋》与王沈《正会赋》的崇礼意识

《周礼·春官·大宗伯》曰："以嘉礼亲万民：以饮食之礼亲宗族兄弟，以婚冠之礼亲成男女，以宾射之礼亲故旧朋友，以飨燕之礼亲四方之宾客，以脤膰之礼亲兄弟之国，以贺庆之礼亲异姓之国。"① 依《周礼》所载，饮食、婚冠、宾射、飨燕、脤膰、贺庆等皆属古嘉礼。今检魏晋南北朝赋作所记嘉礼赋多为朝会、节庆、宴宾、乡射，具体的赋作有邯郸淳《投壶赋》，王沈《正会赋》《宴嘉宾赋》，傅玄《朝会赋》《辟雍乡饮酒赋》《投壶赋序》等。

曹魏时期的邯郸淳（约132—?）作《投壶赋》追溯了投壶礼的起源，介绍了壶与矢的形制、规格、制作材料、设置方式、投射规则等，最后盛赞投壶之礼的功用。据《艺文类聚》卷七十四《巧艺部》引《魏略》云："邯郸淳，字淑，作《投壶赋》千余言，奏之。文帝以为工，赐帛十匹。"② 可见，邯郸淳作《投壶赋》以贡献君主，当为颂美之作。邯郸淳《投壶赋》首先追溯投壶之礼的缘起曰："古者诸侯间于天子之事，则相朝也。以正班爵，讲礼献功。于是乃崇其威仪，恪其容貌。繁登降之节，盛揖拜之数。机设而弗倚，酒澄而弗举。肃肃济济，其惟敬焉。敬不可久，礼成于饫。乃设大射，否则投壶。"③ 可见，投壶之礼乃射礼之变化，可以崇天子威仪，正诸侯群臣之班爵。赋文又常以投壶之礼加以引申，与为政之德联系起来。比如《投壶赋》曰："动之如志，靡有违也。譬诸为政，群职罔弛也。"投壶技艺精湛，得心应手，就像治理国家，百业不废。又赋曰："左右毕投，效奇数钧。列置功筭，称善告贤。三载考绩，幽明始分也。"主宾双方投毕，计算胜负，

---

① （清）阮元校刻：《十三经注疏·周礼注疏》卷一八，上海古籍出版社 1997 年版，第 760—761 页。

② （唐）欧阳询：《艺文类聚》卷七十四，上海古籍出版社 1965 年版，第 1279 页。

③ （唐）欧阳询：《艺文类聚》卷七十四，上海古籍出版社 1965 年版，第 1279 页。

如同考核官吏功过，善恶贤愚始分。赋又曰："比投不释，增是自遂。虽往有功，义所不贵。《春秋》贬翚，亦犹是类也。"违背投壶规则屡投不释而自鸣得意，虽有劳苦之功，然而不合道义非所取也。《春秋》之所以贬斥公子翚也是因为不合道义之故。由此可知，邯郸淳作《投壶赋》处处宣扬儒家礼制及道义的用意是非常明确的。

傅玄（217—278），《晋书》称其"博学善属文"。事实上，作为魏晋之际卓有声望的儒士，傅玄曾上书晋武帝曰："夫儒学者，王教之首也。尊其道，贵其业，重其选，犹恐化之不崇，忽而不以为急，臣惧日有陵迟而不觉也。"①可见傅玄倡导儒学之热烈。不仅如此，傅玄还著有《傅子》一书推行儒学以倡礼义之教，以致时人王沈读后称其"存重儒教"。《辟雍乡饮酒赋》直接描述儒家典礼以歌颂司马氏之仁风泽被天下，算是魏晋嘉礼赋的代表之作。赋文曰：

> 时皇帝枉万乘之尊号，以幸乎辟雍。……是日也，定小会之常仪兮，飨殊俗而见远邦。连三朝以考学兮，览先贤之异同。揖让而升，有主有宾，礼虽旧制，其教惟新。若其俎豆有数，威仪翼翼。宾主百拜，贵贱修敕。酒清而不饮，肴乾而不食。及至嗜嗜笙磬，喤喤钟鼓，琴瑟安歌，德音有叙，乐而不淫，好朴尚古。四坐先迷而后悟，然后知礼教之弘普也。②

上引赋文详细论述了皇帝巡幸辟雍以及举行乡饮酒之礼的情形。辟雍，乃天子所设之太学。乡饮酒，原指周代乡学三年期满，选拔贤能进荐诸侯，临行前置酒送行，且感激师长的礼仪。此指皇帝到辟雍置酒选贤谢师之礼。《白虎通·辟雍》曰："天子立辟雍何？辟雍所以行礼乐，宣德化也。辟者，璧

---

① （唐）房玄龄等：《晋书》卷四十七，中华书局 1974 年版，第 1319—1320 页。
② （唐）欧阳询：《艺文类聚》卷三十八，上海古籍出版社 1965 年版，第 690—691 页。

也。象璧圆，以法天也。雍者，雍之以水，象教化流行也。"① 可知，辟雍乡射之礼乃选贤之礼，教民礼让、敦化成俗，与大射礼的"立德行""观盛德"的射义是相同的，虽然二者级别有异。据《晋书·礼志下》记载："武帝泰始六年（270）十二月，帝临辟雍，行乡饮酒之礼。"② 傅玄《辟雍乡饮酒赋》正是对这次典礼的描述与赞颂。赋文"礼虽旧制，其教惟新"，"德音有叙，乐而不淫，好朴尚古"无不显示出作者对儒家礼教的赞颂。例如赋文所云"酒清而不饮，肴干而不食"即是对旧礼的遵循。《礼记·聘义记》曰："酒清人渴而不敢饮也；肉干人饥而不敢食也。"元代学者陈澔《礼记集说》云："卿大夫、士之射，必先行乡饮酒之礼。酬献之节，极为繁缛，故有久清肉干而不敢饮食者。"③ 赋文引《礼记》之文以示天子率群臣行乡饮酒之礼的恭谨虔敬。

傅玄还作有《元会赋》以美颂晋武帝朝会的盛况。《晋书·礼志下》曰："晋氏受命，武帝更定元会仪。"④《元会赋》云："考夏后之遗训，综殷周之典制。采秦汉之旧仪，定元正之嘉会。"可知晋代君主兼采众代旧仪以成"元正嘉会"之礼的王道正统观念。接下去赋文极力铺写众官朝贺皇帝的情形，"群后德让，海外来同"，诸侯谦让，八方宾服。赋文还特别描绘了皇帝的威仪："是时天子盛服晨兴，坐武帐，凭玉几，正南面而以听朝，平权衡乎砥矢。群司百辟，进胙纳觞。皇恩下降，休气上翔。"⑤ 描绘了天子南面，皇恩浩荡，群臣来贺的场景。同时赋文还描写了朝会礼上的奏乐："六乐递奏，磬管铿锵。渊渊鼓钟，嘒嘒笙簧。搏拊琴瑟，以咏先皇。雅歌内协，颂声外扬。"⑥ 演奏天子之乐"六乐"，以琴瑟雅歌而颂美君上。另外，傅玄还作有《投壶赋》，赋文已佚，惟存《投壶赋序》。赋序云"投壶者，所以矫懈而正心也"，与邯

① （清）陈立：《白虎通疏证》卷六，中华书局 1994 年版，第 259 页。

② （唐）房玄龄等：《晋书》卷二十一，中华书局 1974 年版，第 670 页。

③ （元）陈 注：《礼记》，上海古籍出版社 1987 年版，第 338 页。

④ （唐）房玄龄等：《晋书》卷二十一，中华书局 1974 年版，第 649 页。

⑤ （唐）欧阳询：《艺文类聚》卷四，上海古籍出版社 1965 年版，第 60 页。

⑥ （唐）欧阳询：《艺文类聚》卷四，上海古籍出版社 1965 年版，第 60 页。

郸淳《投壶赋》所述投壶之功用颇为相合，皆为宣扬儒家政治及伦理道德之旨。

王沈（？—266）《正会赋》颂美君上正会时的盛况，描述的内容与傅玄《朝会赋》相近。所谓"正会"，指皇帝元旦朝会群臣、接受朝贺的礼仪。《晋书·礼志下》："汉仪有正会礼，正旦，夜漏未尽七刻，钟鸣受贺，公侯以下执贽夹庭，二千石以上升殿称万岁，然后作乐宴飨。"① 晋兼采秦汉旧制以成正会之礼仪。《正会赋》曰：

> 伊月正之元吉兮，应三统之中灵。顺天地以交泰，协太蔟之玄精。荷介祉于上帝兮，祚圣皇以永贞。……备六代之象舞兮，厘《箫韶》于九成。玄夜以司晨兮，望庭燎之高炀。壮甲士之星罗兮，伟干戚之飘扬。胪人肃其齐列，九宾穆以成行。延百辟于和门，等尊卑而奉璋。齐八荒于蕃服兮，咸稽首而来王。②

赋文称颂正会之礼于正月初一日举行，正是天地顺畅的时节，完全应承了夏、商、周三代的正朔。在这样的时节与日子里，举行正会之礼，祈求福祉，保佑圣上国祚永久。正会之礼上还要演奏自黄帝到周武王六代的六种音乐，即皇帝之《云门》、尧之《咸池》、舜之《大韶》、禹之《大夏》、汤之《大濩》、周武王之《大武》，同时还要调理舜的《箫韶》之乐的九个乐章。赋句"厘《箫韶》于九成"引自《尚书·益稷》"《箫韶》九成，凤凰来仪"之语，以凤凰来仪的祥瑞之兆颂赞皇帝的礼乐之盛。赋文极为详细地描写了群臣朝贺君上的过程和情形，歌颂八方蛮夷皆来朝觐天子的盛况，体现了作者儒家式的圣君政治理想。

王沈除了《正会赋》之外还作有《宴嘉宾赋》。就赋文来看应是描述君

---

① （唐）房玄龄等：《晋书》卷二十一，中华书局 1974 年版，第 649 页。

② （清）陈元龙编：《历代赋汇》卷四七，凤凰出版社 2004 年版，第 201 页。

上飨宴群臣的情形。赋文曰：

> 朝阳曜景，天气和平。君臣令德，礼仪孔明。酌羽觞以交欢
> 兮，接敬恭以中诚。嘉膳备其八珍兮，丝竹献其妙声。乐周遍舞，
> 金奏克谐。锺仪之听，南风是哀。义感君子，慨然永怀。思我王
> 度，求福不回。惟礼终而赞退兮，实系心乎玉阶。①

赋文描写君臣飨宴，礼仪不失，其乐融融。"王度"，指王者的德行气度。"思
我王度"引自《左传》昭公十二年"思我王度，式如玉，式如金"之语②。
群臣祈求君王祥福的心志是坚贞不变的，虽然宴嘉宾之礼已终了，礼傧之官
也已退去，然而群臣之心仍系乎朝廷君上。

三、郭璞《南郊赋》的颂晋书写

除了《藉田赋》能体现天子正统之外，郊祀赋同样也体现了赋家歌颂王
道大一统的旨归。东晋建立之初，帝王将相、文人儒士皆抱中兴期望。这样
一种政治局面在文学上的反映便是"中兴"题材作品的出现，表现出文士对
晋室中兴的期盼与歌颂。从现存作品来看，东晋初期较为兴盛的文学体裁是
大赋，代表作家除了王廙、庾阐之外还有郭璞，代表作品除了王廙的《中兴
赋》《白兔赋》以及庾阐的《扬都赋》外，还有郭璞的《江赋》《南郊赋》等。

郭璞（276—324）《南郊赋》属于吉礼赋，歌颂晋元帝司马睿即位南郊
的盛典。郊祀是中国古代君王祭祀礼的重要组成部分，君王率领三公九卿、
文武百官依据礼法于国都郊外祭祀上天后土，为百姓和国家祈福的一种祭祀
活动。帝王通过"绝地天通"以获取神圣与世俗的双重权力，以之作为王权

---

① （清）陈元龙编：《历代赋汇·补遗》卷七，凤凰出版社 2004 年版，第 679 页。

② （晋）杜预：《春秋左传集解》，上海人民出版社 1977 年版，第 1357 页。

合法性的基础和终极来源。古代于郊外祭祀天地，南郊圜丘祀天（皇天上帝），北郊方丘祭地（后土神祇）。比如郭璞《南郊赋》曰"延祝史，肆玉牲，登圆丘，揖太清，礼群望，告皇灵"，就写到了皇帝"登圆丘"而祀天的具体情形。《晋书·元帝纪》记载太兴元年（318）三月癸丑，愍帝崩；丙辰，百僚上尊号。是日，司马睿即皇帝位，下诏曰："予一人畏天之威，用弗敢违。遂登坛南岳，受终文组，焚柴颁瑞，告类上帝。"① 郭璞《南郊赋》曰"于是时惟青阳，日在方旭。我后将受命灵坛，乃改步而鸣玉"，显然是对司马睿即位行南郊之礼的盛况的描写，比如赋文曰"升金轩，抚太仆，扬六鸾，齐八騄。列五幡于一元兮，靡日月乎黄屋"之类。又如赋文曰"五岳不足以题其勋，九韶不足以赞其舞"，同样是对此次南郊之礼的夸赞。南郊之礼为天子礼，故郭璞借赋颂南郊之礼以美颂晋元帝的王道正统。

郭璞还作有《江赋》歌颂东晋王朝立国江左的政治决策。《文选》李善注引《晋中兴书》曰："（郭）璞以中兴，王宅江外，乃著《江赋》，述川渎之美。"② 可知此赋之作虽极力铺陈长江的壮阔奇伟，然其用意在颂扬东晋的中兴。晋室南迁，长江流域成为全国的政治文化重心所倚。长江流域物产丰饶，富甲天下，又兼以河道纵横，泽湖遍地，地势险要，长江更是成为东晋王朝偏安江南的一道天然屏障，也是东晋王朝的命脉所在。长江流域无论在政治、经济、交通、军事各方面都成为东晋王朝的依赖。赋曰：

> 冲巫峡以迅激，跻江津而起涨。极泓量而海运，状滔天以森茫。……表神委于江都，混流宗而东会。注五湖以漫漭，灌三江而漰沛。滈汗六州之域，经营炎景之外。所以作限于华裔，壮天地之崄介。呼吸万里，吐纳灵潮。自然往复，或夕或朝。激逸势以前驱，乃鼓怒而作涛。③

① （唐）房玄龄等：《晋书》卷六，中华书局1974年版，第149页。
② （梁）萧统编，（唐）李善注：《文选》卷一二，中华书局1977年版，第183页。
③ （梁）萧统编，（唐）李善注：《文选》卷一二，中华书局1977年版，第183—184页。

作者在赞美长江的源远流长、气势壮阔之后，接着说"滴汗六州之域，经营炎景之外。所以作限于华裔，壮天地之嶮介"。"炎景"，指南方。"华裔"，指华夏与蛮夷。作者真正想要表达的是经营江南的意图，并且明确以长江为限区分华夷，俨然以江左为华夏正统。

第五节　魏晋抒情咏物赋的儒学道德理想托讽

当我们翻检魏晋六朝抒情咏物赋的时候，我们认为儒家思想并未完全从抒情咏物赋中褪去，相反，有不少赋家会不自觉地受到汉代儒家赋学观的影响，自觉呈现出较为浓厚的经典意识。尤其以祥瑞赋为代表，更是直接体现了儒家"天人感应"、"君命天授"的王权思想。《汉书·王褒传》记载了汉宣帝对于小赋的辩护之言："辞赋大者与古诗同义，小者辩丽可喜，譬如女工有绮縠，音乐有郑卫，今世俗犹皆以此虞说耳目。辞赋比之，尚有仁义风谕，鸟兽草木多闻之观，贤于倡优博弈远矣。"[1] 刘勰《文心雕龙·诠赋》云："至于草区禽族，庶品杂类，……象其物宜，则理贵侧附。"[2] 宣帝为西汉人，故其论小赋仍置于儒家赋学观的范畴，强调小赋的"仁义风谕"与"鸟兽草木多闻之观"的功用。其中"仁义风谕"赋学观并未与西汉赋家如司马迁、刘向等论述的"讽谕观"有何不同。"鸟兽草木多闻之观"其实也是儒家诗学观的反映，此语出自《论语·阳货》："子曰：小子何莫学夫诗？诗可以兴，可以观，可以群，可以怨。迩之事父，远之事君，多识于鸟兽草木之名。"[3] 刘勰是南朝梁代人，他认为小赋的功用是"象其物宜，理贵侧附"，其实是在强调小赋的比德象征意义。比德之说仍然属于儒家诗教的范围，是两汉赋

---

① （汉）班固：《汉书》卷六十四下，中华书局 1962 年版，第 2829 页。

② （梁）刘勰著，范文澜注：《文心雕龙注》，人民文学出版社 1958 年版，第 135 页。

③ （宋）朱熹：《四书章句集注·论语集注》卷九，中华书局 1983 年版，第 178 页。

家讽谕观在魏晋南北朝时期的延续和变形。

"比"指象征或比拟，"德"指伦理道德或精神品格。所谓"比德"，就是将自然物的某些特征比附于人的道德伦理，使自然属性人格化，人的道德品性客观化，其实质是将自然美比附为某种道德伦理品格。因此自然物的价值判断决定于其所比附的道德伦理的价值，而非自身。

荀子《赋篇》早就采用过"比德"手法，以"德厚而不捐，五采备而成文"来赞美"云"；以"功被天下，为万世文"来颂扬"蚕"等。"比德"之说在赋体创作尤其是咏物赋的创作中得到更为普遍的发挥。东汉祢衡作《鹦鹉赋》云："配鸾皇而等美，焉比德于众禽"，这是"比德"一词较早直接出现在赋作中。又如西晋张载(生卒年不详)作《瓜赋》称颂瓜德之大无物可比时云"论实比德，孰大于斯"，这也是"比德"一词直接在咏物赋中出现的另一明证。

一、丁仪与陶渊明等魏晋赋家的"不遇"情结与经典化书写

魏晋抒情赋颇有抒发赋家"不遇"之情的作品，其写作主旨在于批评时世之黑暗，同时也折射了赋家积极用世而不得的愤慨。

(一) 丁仪《厉志赋》依经典而赋写"不遇"之愤

曹魏时期的丁仪（？—约220）作《厉志赋》表达了对贤良见弃而奸小受到重用的愤慨：

> 虽疲驽而才弱，敢舍力而不攀。懿躬稼之克任，贱善射而陨残。美首阳之遗誉，憎千驷之余讪。宗舍藏之伟节，薄鼎角之自干。嘉《法言》之令扬，悼《说难》之丧韩。……瞻亢龙而惧进，退广志于《伐檀》。虽德厚而祚卑，犹不忘于盘桓。……嗟世俗之参差，将未审乎好恶。咸随情而与议，固真伪以纷错。秽杯盂之周用，令瑚琏以抗阁。恨骡驴之进庭，屏骐骥于沟壑。疾青蝇之染白，悲《小弁》之靡托。恶晨妇之蒙厚，痛三代之见薄。惟受性之

朴拙，亮未达乎测度。顾钟子之既没，牙辍弦而不作。敦三思之弥
愦，勤循墙之兹恪。勉夕改以补朝，履日新而悔昨。①

此赋包含了作者的志向、人生的困窘以及对群小干进而众贤斥退的黑暗现实
的批判，表达了对儒家理想的赞许，体现了作者的道德价值取向。作者虽然
也谦言自己愚钝无能，但似乎并没有放弃用世的渴望，"虽疲驽而才弱，敢
舍力而不攀"。又说"虽德厚而祚卑，犹不忘于盘桓"，即使自己德厚而福浅，
但仍然舍不得离去。对于充满儒家理想的作者来说，即使社会现实再残酷，
也难以消退内心的积极用世、建功立业的渴望。

全赋几乎句句用典，有凝重典正之风，属于典型的经艺化书写。"懿
躬稼之克任"，亲自种植谷物，语出《论语·宪问》"禹稷躬稼而有天
下"②。"羡首阳之遗誉"，语出《论语·季氏》"伯夷、叔齐饿于首阳之下，
民到于今称之"③。"憎千驷之余讪"，化用《论语·季氏》"齐景公有马千
驷，死之日，民无德而称焉"④。作者以伯夷、叔齐饿死首阳山却为后人
称颂，以及齐景公有马千驷，死后却遗留骂名的典故表明自己以古人为
教训而砥砺品行的道德之举。"舍藏"一语出自《论语·述而》"子谓颜渊曰：
'用之则行，舍之则藏，唯我与尔有是夫'"⑤。作者引以为明志，表达自
己不屈己以求官的志趣。"亢龙"取语于《周易·乾》："上九，亢龙有悔。"
作者引《易经》告诫自己为人要有谦退之德。"退广志于《伐檀》"，《伐
檀》乃《诗经·魏风》的篇名，作者引以为表达君子不素餐之志。"青蝇"，
比喻谗佞小人，语出《诗经·小雅·青蝇》"营营青蝇，止于樊。岂弟君
子，无信谗言；营营青蝇，止于棘。谗人罔极，交乱四国"⑥。《小牟》乃

---

① （清）陈元龙编：《历代赋汇·外集》卷一，凤凰出版社 2004 年版，第 562 页。

② （宋）朱熹：《四书章句集注·论语集注》卷七，中华书局 1983 年版，第 149 页。

③ （宋）朱熹：《四书章句集注·论语集注》卷八，中华书局 1983 年版，第 173 页。

④ （宋）朱熹：《四书章句集注·论语集注》卷八，中华书局 1983 年版，第 173 页。

⑤ （宋）朱熹：《四书章句集注·论语集注》卷四，中华书局 1983 年版，第 95 页。

⑥ （清）阮元校刻：《十三经注疏·毛诗正义》卷一四，上海古籍出版社 1997 年版，第 484 页。

《诗经·小雅》的篇目，诗中抒写周幽王放逐太子宜臼的故事，作者引《诗经》的篇目《青蝇》《小牟》，表达自己为小人谗害而内心充满忧愤的心情。"晨妇"出《尚书·牧誓》"牝鸡无晨。牝鸡之晨，惟家之索"①。比喻妇人干政，作者引以为表达对时风日下的愤恨。"三思"出《论语·公冶长》"季文子三思而后行"②。"夕改"出于《大戴礼·曾子立事》"朝有过夕改则与之，夕有过朝改则与之"③。"日新"出《礼记·大学》"苟日新，日日新，又日新"④。作者引以为表达自己三思恪己，有过即改，日新悔昨的品德。由此可见，丁仪《厉志赋》全依经典立义，又依经典造辞，可见作者所受儒家经典思想影响之深厚。

（二）陶渊明《感士不遇赋》的经义化书写

陶渊明的《感士不遇赋》是魏晋南北朝"士不遇"赋的代表作。赋作揭露了当时社会政治的腐朽以及道德风气的败坏，揭示了古代的才德之士备受压抑而有志难申的处境，也表达了作者"不遇"的悲愤以及"宁固穷以济意，不委曲而累己"的决心。赋作中作者罗列了一大批古代的贤人志士郁愤不得志的事迹，比如张季、冯唐、贾谊、董仲舒、伯夷、颜回、李广、王商等人，以此揭示"不遇"是自古以来士人就有的遭遇。《赋序》曰：

> 昔董仲舒作《士不遇赋》，司马子长又为之。……夫履信思顺，生人之善行；抱朴守静，君子之笃素。自真风告逝，大伪斯兴，闾阎懈廉退之节，市朝驱易进之心。怀正志道之士，或潜玉于当年；洁己清操之人，或没世以徒勤。故夷皓有安归之叹，三闾发已矣之哀。悲夫！……此古人所以染翰慷慨，屡伸而不能已者也。⑤

---

① （清）阮元校刻：《十三经注疏·尚书正义》卷一一，上海古籍出版社1997年版，第183页。

② （宋）朱熹：《四书章句集注·论语集注》卷三，中华书局1983年版，第81页。

③ 方向东：《大戴礼记汇校集解》，中华书局2008年版，第434—435页。

④ （宋）朱熹：《四书章句集注·大学章句》，中华书局1983年版，第5页。

⑤ 逯钦立校注：《陶渊明集》，中华书局1979年版，第145页。

作者在《赋序》中强烈地表达了与董仲舒、司马迁同样的感受，看来"士不遇"的悲愤自古以来就是士人"屡伸而不能已"的情怀。作者认为"履信思顺""抱朴守静"正是"生人"和"君子"所秉有的高尚道德情操。所谓"履信"是指遵守信义，而"思顺"是笃守忠孝之谓，语出《左传》与《周易》。《左传》隐公三年曰："君义臣行，父慈子孝，兄爱弟敬，所谓六顺也。"[1] 又《周易·系辞上》曰："天之所助者顺也，人之所助者信也。履信思乎顺，又以尚贤也。是以自天佑之，吉无不利也。"[2] 陶渊明引经典之语以明示自己循守儒家君子之道的志向。作者哀叹在"真风告逝，大伪斯兴"的时代，"怀正志道之士"和"洁己清操之人"被弃而不用，横行于道的是伪善小人，所以伯夷、叔齐、商山四皓以及屈子这些贤人只好发出无可奈何的"已矣"之叹。

全赋洋溢着儒家的正大气象。赋文开篇即云"咨大块之受气，何斯人之独灵？禀神智以藏照，兼三五而垂名"[3]。称赞人是禀承天地自然之气所生，是三才（"天、地、人"）之一，秉仁、义、礼、智、信五常之德，是天地之性最贵者。《周易·系辞下》曰："有天道焉，有人道焉，有地道焉，兼三材而两之。"[4]《礼记·礼运篇》曰："人者，其天地之德，阴阳之交，鬼神之会，五行之秀气也。"[5] 作者暗引《周易》与《礼记》之语论说人原本具有高尚的道德情操。接着，作者笔锋一转，认为人逐渐分化，善恶美丑各自相形，故而美恶异途。赋文曰：

> 淳源汩以长分，美恶作以异途。原百行之攸贵，莫为善之可娱。奉上天之成命，师圣人之遗书。发忠孝于君亲，生信义于乡闾。推诚心而获显，不矫然而祈誉。嗟乎！雷同毁异，物恶其上。

---

① （晋）杜预：《春秋左传集解》，上海人民出版社 1977 年版，第 23 页。

② （清）阮元校刻：《十三经注疏·周易正义》卷七，上海古籍出版社 1997 年版，第 82 页。

③ 逯钦立校注：《陶渊明集》，中华书局 1979 年版，第 147 页。

④ （清）阮元校刻：《十三经注疏·周易正义》卷八，上海古籍出版社 1997 年版，第 90 页。

⑤ （清）阮元校刻：《十三经注疏·礼记正义》卷二十二，上海古籍出版社 1997 年版，第 1423 页。

　　妙算者谓迷，直道者云妄。坦至公而无猜，卒蒙耻以受谤。虽怀琼而握兰，徒芳洁而谁亮。哀哉！士之不遇已，不在炎帝帝魁之世。①

作者认为本来清澈淳朴的人性之源，在流行途中出现了美好与丑恶的分化。那些秉守善行以效法圣人的君子，真诚而不沽名钓誉，"发忠孝于君亲，生信义于乡闾"，却蒙受耻辱和毁谤。所以作者感慨"士之不遇已，不在炎帝帝魁之世"，认为士之不遇在圣君治理下的政治清明之世是不可能发生的，因此作者有"望轩唐而永叹，甘贫贱以辞荣"之叹，且以此明志。作者进一步议论说：

　　独祗修以自勤，岂三省之或废；庶进德以及时，时既至而不惠。……夷投老以长饥，回早夭而又贫；伤请车以备椁，悲茹薇而殒身；虽好学与行义，何死生之苦辛。疑报德之若兹，惧斯言之虚陈。何旷世之无才，罕无路之不涩。伊古人之慷慨，病奇名之不立。②

作者表示虽然生处浊世，然当恭守儒道以自修，坚守儒家君子"三省"之德。"三省"语出《论语·学而》曾子所云"吾日三省吾身，为人谋而不忠乎？与朋友交而不信乎？传不习乎？"③作者引以为抒发自己虽修治德行而不获时的悲叹。然后作者罗列了一系列贤能之士不遇于时的人生遭际。例如作者写颜回不遇，多引《论语》故实，如"请车以备椁"语出《论语·先进》"颜渊死，颜路请子之车以为椁"④。颜回"好学"语出《论语·雍也》："哀公问：

---

　　① 逯钦立校注：《陶渊明集》，中华书局1979年版，第147页。
　　② 逯钦立校注：《陶渊明集》，中华书局1979年版，第147页。
　　③ （宋）朱熹：《四书章句集注·论语集注》，中华书局1983年版，第48页。
　　④ （宋）朱熹：《四书章句集注·论语集注》，中华书局1983年版，第124页。

'弟子孰为好学?'孔子对曰:'有颜回者好学，不迁怒，不贰过。'"① 正是因为像伯夷、颜回这样的贤明之人却遭受贫穷困厄，所以作者忍不住要发出"何旷世之无才，罕无路之不涩"的感叹，认为世代皆有贤才，只可惜道路皆被阻塞。"病奇名之不立"语出《论语·卫灵公》子曰:"君子疾没世而名不称焉。"② 作者引以表达君子功名不得建立之悲叹。最后，作者明其志曰:

> 宁固穷以济意，不委曲而累己。既轩冕之非荣，岂缊袍之为耻? 诚谬会以取拙，且欣然而归止。拥孤襟以毕岁，谢良价于朝市。③

作者站在儒家知识分子的立场，表达了宁愿怀抱孤介之情而固守贫穷，也不委屈自己以改变志向的操守。赋文多依《论语》而行文立义，如"固穷"语出《论语·卫灵公》:"子曰:'君子固穷，小人穷斯滥矣。'"④ "既轩冕之非荣，岂缊袍之为耻"语引《论语·子罕》:"子曰:'衣敝缊袍，与衣狐貉者立，而不耻者，其由也与?'"⑤ 作者引以明志，既不以轩冕之徒为荣，也不以自己身着敝袍而为耻。"谢良价于朝市"语出《论语·子罕》"子贡曰:'有美玉于斯，韫椟而藏诸? 求善贾而沽诸?'子曰:'沽之哉! 沽之哉! 我待贾者也'"⑥。作者反其意而用之，表达了自己不愿出卖灵魂的选择。总之，《感士不遇赋》虽然也表现出隐微的道家隐退思想，但全篇以儒家思想自持，主要宣扬的仍是儒家式的道德循守，总体说来呈现出儒家式的愤世精神，与后人所标榜的陶渊明的田园情趣有所不同。

---

① （宋）朱熹:《四书章句集注·论语集注》，中华书局 1983 年版，第 84 页。
② （宋）朱熹:《四书章句集注·论语集注》，中华书局 1983 年版，第 165 页。
③ 逯钦立校注:《陶渊明集》，中华书局 1979 年版，第 147—148 页。
④ （宋）朱熹:《四书章句集注·论语集注》，中华书局 1983 年版，第 161 页。
⑤ （宋）朱熹:《四书章句集注·论语集注》，中华书局 1983 年版，第 115 页。
⑥ （宋）朱熹:《四书章句集注·论语集注》，中华书局 1983 年版，第 113 页。

二、傅咸咏物赋中的儒学理想自觉

傅咸（239—294），字长虞，为西晋咏物赋大家，现存赋三十余篇，多为咏物之作。傅咸为魏晋玄学家傅玄之子，是西晋潜心儒家经典的代表人物。《晋书·傅咸列传》称傅咸"刚简有大节。风格峻整，识性明悟，疾恶如仇，推贤乐善"，"好属文论，虽绮丽不足，而言成规鉴。……长虞之文近乎诗人之作矣！"① 可知傅咸为人颇近于儒，其文"近乎诗人之作"，颇多"规鉴"讽谕之旨。傅咸尝作《七经诗》② 分别对《孝经》《论语》《毛诗》《周易》《周官》《左传》等儒家经典的经义加以概括，且以宣颂儒家大义。《诗》曰：

（1）立身行道，始于事亲。上下无怨，不恶于人。孝无终始，不离其身。三者备矣，以临其民。以孝事君，不离令名。进思尽忠，义则不争。匡救其恶，灾害不生。孝悌之至，通于神明。（《孝经诗》）

（2）守死善道，磨而不磷。直哉史鱼，可谓大臣。见危授命，能致其身。克己复礼，学优则仕。富贵在天，为仁由己。以道事君，死而后已。（《论语诗》）③

（3）无将大车，维尘冥冥。济济多士，文王以宁。显允君子，太猷是经。聿修厥德，令终有俶。勉尔遄思，我言维服。盗言孔甘，其何能淑。谗人罔极，有腼面目。（《毛诗诗》）

（4）皋以自牧，谦而益光。进德修业。既有典常。晖光日新。

---

① （唐）房玄龄等：《晋书》卷四十七，中华书局 1974 年版，第 1323 页。

② 逯钦立《先秦汉魏晋南北朝诗》录《诗纪》云："《春秋正义》曰：'傅咸《七经诗》，王羲之写。今所存者六经耳。'"（中华书局 1983 年版，第 603 页）

③ 逯钦立辑校：《先秦汉魏晋南北朝诗》，中华书局 1983 年版，第 603 页。

照于四方。小人勿用。君子道长。(《周易诗》)

(5) 惟王建国。设官分职。进贤兴功，取诸易直。除其不蠲，无敢反侧。以德诏爵，允臻其极。辨其可任，以告于正。掌其戒禁，治其政令。各修乃职，以听王命。(《周官诗》) ①

(6) 事君之礼，敢不尽情。敬奉德义，树之风声。昭德塞违，不殒其名。死而利国，以为己荣。兹心不爽，忠而能力。不为利诏，古之遗直。威黜不端，勿使能植。(《左传诗》) ②

傅咸所作《七经诗》颇有意味，为我国集句诗开端，是我国最早的集句诗。上引诗句皆出于《孝经》《论语》《诗经》《周易》《周礼》《左传》等儒家经典，傅咸选集儒经成句，仿《诗经》四言句式以连缀成诗，且以揄扬儒教大义。由此可见儒家经典对傅咸的影响之深，也可见出傅咸的儒学修养以及倡导儒家教义的热诚。

(一) 傅咸咏物赋对君道的讽谕

傅咸赋虽多为托物言志之作，然而颇有儒家之旨。如《喜雨赋》序云：

泰始九年，自春不雨，以涉夏节，草木共然。百姓以尧有九载之水，汤有七年之旱，恐遭斯运，并有惧心。圣皇劳虑，分使祈祷，遍于群臣。余以太子洗马兼司徒请雨，百辟莅事，三朝而大雨降，退作斯赋。③

作者在赋序中揭示了撰赋的缘起。西晋武帝泰始九年，自春至夏不雨，以尧、汤之圣贤，尚有洪水、干旱之灾，故百姓有所忧虑。皇帝不辞辛劳，亲往祷雨，"三朝而大雨降"。故而赋文称颂皇帝有"仁德"曰："伊我皇之仁

---

① 逯钦立辑校：《先秦汉魏晋南北朝诗》，中华书局 1983 年版，第 604 页。

② 逯钦立辑校：《先秦汉魏晋南北朝诗》，中华书局 1983 年版，第 605 页。

③ (清) 陈元龙编：《历代赋汇》卷八，凤凰出版社 2004 年版，第 33 页。

德兮，配焘育于二仪。屡刻躬而勤政兮，广请祷于灵祗。"① 而以唐尧、殷汤之贤，不过"仅免斯害"而已。所以作者颂扬当今皇帝仁德上应于天，祷雨而有应，终成"生我百谷，粒我蒸民"之德，我皇之德可拟于尧、汤而有过之。

傅咸《桑树赋》以桑树的茂盛不衰比拟晋朝国运的长久。赋序曰："世祖昔为中垒将军，于直庐种桑一株，迄今三十余年，其茂盛不衰。皇太子入朝，以此庐为便坐。"说明桑树乃晋武帝司马炎所植，已三十余年。赋曰：

> 伊兹树之侥幸，蒙生生之渥惠。降皇躬以斯植，遂弘茂于圣世。……且积小以高大，生合抱于毫芒。犹帝道之将升，亦累德以弥光。汤躬祷于斯林，用获雨而兴商。惟皇晋之基命，爰于斯而发祥。②

作者感叹桑树生逢盛朝，能获圣皇渥惠而得以"弘茂于圣世"。接着以桑树由小长大比拟晋王朝的壮大，又以此比拟帝德逐渐辉煌，就像商汤的圣德一样，歌颂晋王朝国祚兴盛。

（二）傅咸咏物赋对儒家君子品德的歌颂

傅咸《镜赋》先铺叙镜的物理属性。赋文曰："清邈明水，景若朝阳。不将不迎，应物无方。不有心于好丑，而众形其必详。同实录于良史，随善恶而是彰。"作者赞美镜具有如同良史实录历史一样的公正品德，不偏私于妍丑，善恶是彰。然后作者有所生发曰：

> 君子知貌之不可以不饰，则内省而自箴。既见前而虑后，则祗畏于幽深。察明明之待莹，则以此而洗心。睹日观之有瑕，则稽训

① （清）陈元龙编：《历代赋汇》卷八，凤凰出版社 2004 年版，第 33 页。
② （清）陈元龙编：《历代赋汇》卷七十一，凤凰出版社 2004 年版，第 296—297 页。

于儒绅。夫然，尚何厥容之有慢，而厥思之有淫？①

作者以纯粹的儒学观念对镜的物理属性作了儒家伦理的德性阐释。君子不仅要修饰自己的容貌，更要"内省而自箴"，对自己的道德品行要时刻保持敬畏之心，遵循君子三省吾身的教训。傅咸《画像赋》由卞和画像赞其品德曰：

> 疾没世而不称，贵立身而扬名。……痛两趾之双刖，心恻凄以伤情。虽发肤之不毁，觉害仁以偷生。向厥趾之不刖，孰夜光之见明？②

作者虽然同情卞和"两趾之双刖"的遭遇，然而这不是作者的用意。作者的用意在于歌颂卞和不惧身体残毁而立身扬名的儒家君子之德。赋句"疾没世而不称，贵立身而扬名"出自《论语·卫灵公》"君子疾没世而名不称焉"之意。作者又以臧文仲与卞和进行对比以凸显卞和的君子之德。《左传》文公二年："仲尼曰：臧文仲其不仁者三，不知者三：下展禽，废六关，妾织蒲，三不仁也；作虚器，纵逆祀，祀爰居，三不知也。"③因此作者批评像臧文仲这样的人"虽发肤之不毁"，也不过是害仁而偷生罢了。傅玄又有《烛赋》，赋序曰"顾帷烛之自焚以致用，亦犹杀身以成仁矣"。作者将烛的燃烧比拟为儒家君子的杀身成仁。赋文曰"尔乃延僚属，酌醇清，讲《三坟》，论《五经》"，这是作者所盼望的在烛光照耀下的生活。"讲《三坟》，论《五经》"显然是儒士的生活方式，可见作者受儒学思想的浸润之深。

美颂珍宝之作不见于两汉赋作。两汉赋家多注意于政治，又因贵游文学在两汉的表现为词臣献赋的形式，故多寄托讽颂之旨，而珍宝玉器多属奢侈

---

① （清）陈元龙编：《历代赋汇》卷八十六，凤凰出版社 2004 年版，第 359—360 页。

② （清）陈元龙编：《历代赋汇》卷百二，凤凰出版社 2004 年版，第 423 页。

③ （晋）杜预：《春秋左传集解》，上海人民出版社 1977 年版，第 429—430 页。

物品，因此较难进入赋家视野。魏晋以后，君臣共赏，相互唱和，珍宝玉器才逐渐进入赋家视野，同题共作现象较为普遍，比如曹魏时期的《玛瑙勒赋》《车渠椀赋》皆属此类。总观魏晋的珍宝玉器之赋，大约包括玛瑙勒、车渠椀、玉器、琉璃椀、翡翠、宝刀等题材。因为玉器珍宝的贵重以及色泽的温润纯淑等品质，所以赋家常以其比拟君子的品德，正如《诗经·秦风·小戎》所咏"言念君子，温其如玉"一样①。现以傅咸的《玉赋》《污卮赋》为例，试加说明。《玉赋》序曰："《易》称乾为玉，玉之美与天合德。其在《玉藻》，仲尼论之备矣。"②作者引《周易·说卦》与《礼记·玉藻》以颂扬玉之德。《周易·说卦》云："乾为天，为圜，为君，为父，为玉……"③《礼记·玉藻》亦曰："古之君子必佩玉。……君子无故，玉不去身。君子于玉比德焉。"④赋曰：

> 万物资生，玉禀其精。体乾之刚，配天之清。故能珍嘉在昔，宝用罔极。夫岂君子之是比？盖乃王度之所式！其为美也若此。当其潜光荆野，抱璞未理，众视之以为石，独见知于卞子。旷千载以遐弃，倏一旦而见齿。为有国之伟宝，礼神祗于明祀。岂连城之足云，嘉遭遇乎知己。知己之不可遇，譬河清之难俟。既已若此，谁亦泣血而刖趾？⑤

作者赞美玉乃禀万物精华而生，有清刚之德，不仅君子比玉，又为先王法度所准则。接下来，作者笔锋一转，开始哀叹只有卞和才能真正识得玉的品德，甚至刖足而无惜，因此作者感叹"知己之不可遇"，也暗示自己的不遇之思。《污卮赋》亦有序，其文曰：

---

① （清）阮元校刻：《十三经注疏·毛诗正义》卷六，上海古籍出版社1997年版，第370页。
② （清）陈元龙编：《历代赋汇》卷九十六，凤凰出版社2004年版，第398页。
③ （清）阮元校刻：《十三经注疏·周易正义》卷九，上海古籍出版社1997年版，第94页。
④ （清）阮元校刻：《十三经注疏·礼记正义》卷三〇，上海古籍出版社1997年版，第1482页。
⑤ （清）陈元龙编：《历代赋汇》卷九十六，凤凰出版社2004年版，第398页。

> 人有遗余琉璃卮者，小儿窃弄，堕之不洁，意既惜之，又有感
> 物之污辱，乃丧其所以为宝。况君子行身，而可以有玷乎？①

作者认为即使是宝物如琉璃卮者，一旦有玷污，即"丧其所以为宝"。君子立身行事如琉璃卮一样，不能有玷污品德之行，突出作者对君子名节的宝重。赋曰："有金商之玮宝，禀乾刚之淳精。叹春晖之定色，越冬冰之至清。爰甄陶以成器，逞异域之殊形。猥陷身于丑秽，岂厥美之不惜！与觞杓之长辞，曾瓦匜之不若。"作者首先描述琉璃卮的物理品性，然后批评其一旦"陷身于丑秽"就连瓦匜都比不上了。

傅咸《仪凤赋》取意与张华《鹪鹩赋》完全不同，赋序云："《鹪鹩赋》者，广武张侯之所造也。以其形微处卑，物莫之害也。而余以为物生则有害，有害而能免，所以贵乎才智也。夫鹪鹩既无智足贵，亦祸害未免；免乎祸害者，其唯仪凤也？"②可见作者笔下的仪凤与"形微处卑"的鹪鹩是不同的，鹪鹩才短智乏，不足以与"德备五灵"③的仪凤相比。赋文极力夸赞仪凤的德行：

> 仰天文以弥观兮，览神象乎太清。伊仪凤之诞育兮，禀朱行之
> 淳精。故能体该众妙，德备五灵。……若乃龙飞九五，时惟大明。
> 阐隆正道，既和且平。感圣化而来仪兮，赞《箫韶》于九成。随时
> 宜以行藏兮，谅出处之有经。岂以美而贾害兮，固以德而见荣。旷
> 千载而莫睹兮，忽翻尔而来庭。④

---

① （清）陈元龙编：《历代赋汇·补遗》卷十二，凤凰出版社 2004 年版，第 701 页。

② （清）陈元龙编：《历代赋汇》卷百二十八，凤凰出版社 2004 年版，第 513 页。

③ 所谓"五灵"，指古代传说中的五种神物：麒麟、凤凰、神龟、龙、白虎。晋人杜预《春秋经传集解序》云："麟、凤五灵，王者之嘉瑞也。"唐人孔颖达疏曰："麟、凤与龟、龙、白虎五者，神灵之鸟兽，王者之嘉瑞也。"（参阅"十三经注疏"之《春秋左传正义》）

④ （清）陈元龙编：《历代赋汇》卷百二十八，凤凰出版社 2004 年版，第 513 页。

凤凰又名朱鸟，故作者称赞仪凤之诞育秉承了凤凰的精华，囊括了麒麟、凤凰、神龟、龙、白虎"五灵"的优点。"龙飞九五"（皇帝即位）之时，天下政治清明。《尚书·益稷》曰"《箫韶》九成，凤凰来仪"，言凤凰"感圣化而来仪"，这是千载以来才看得到的瑞兆。像凤凰这样的祥鸟怎么可能会因美而受害，倒实在是以德而见荣。一方面，作者强调凤凰来仪，天下清明，为皇帝（晋武帝）即位提供合理性依据；另一方面，作者以儒家思想塑造了一个颇具儒学意味的凤凰意象。赋中写仪凤："阐隆正道，既和且平。"可知这是一只遵循正道，性情平和的凤凰。而且"感圣化而来仪兮，赞《箫韶》于九成"，可知此凤是应和天下清明的圣德而显现其身的，是一只能够"以德而见荣"的瑞鸟。

（三）傅咸咏物赋的用世渴望

傅咸是抱有积极进取精神的赋家典型。在他创作的咏物赋中，多有儒家建功用世情志的寄托。如《鸣蜩赋》云："曷时逝之是感兮？感年岁之我催。孰知命之不忧？咏梁木之有摧。生世忽兮如寓，求富贵于不回。且明明以在公，唯忠谠之是与。佚履道之坦坦，登高衢以自栖。"[①] 作者感叹人生如寄之余，净净直言以明其志。"明明以在公"出《诗经·鲁颂·有駜》"夙夜在公，在公明明"[②]，"明明"，勤勉之意。"履道之坦坦"出《周易·履》"九二，履道坦坦，幽人贞吉"[③]。作者引《诗经》《周易》之语表达自己即使面临巨大的危险，也坚持勤勉自励，忠正直言，躬行正道的原则，以此揭示作者的积极用世情怀。

《栉赋》序曰："大才治世，犹栉之理发也。理发不可以无栉，治世不可以无才。"[④] 这里所指的"理发"非今日所言剃发，乃指理顺、梳理头发之意。作者以"理发"比拟治国，以梳子比拟贤才，强调治国当以任用人才为上。

---

① （清）陈元龙编：《历代赋汇》卷百三十八，凤凰出版社 2004 年版，第 550 页。

② （清）阮元校刻：《十三经注疏·毛诗正义》卷二，上海古籍出版社 1997 年版，第 610 页。

③ （清）阮元校刻：《十三经注疏·周易正义》卷二，上海古籍出版社 1997 年版，第 27 页。

④ （清）陈元龙编：《历代赋汇·逸句》卷一，凤凰出版社 2004 年版，第 644 页。

赋文曰："我嘉兹栉，恶乱好理。一发不顺，实以为耻。虽日用而匪懈，不告劳而自己。苟以理而委任，斯竭力而没齿。"① 作者明确宣示了自己的用世之志，如果委任自己担当"理发"的重任，自己一定竭力终生。而且只要一发不顺，则日夜不懈，也体现了作者用世的决心。凡此，皆儒家用世思想之流露。傅咸的《萤火赋》也是如此。赋曰：

> 哀斯火之湮灭兮，近腐草而化生。感诗人之悠怀兮，览熠耀于前庭。不以姿质之鄙薄兮，欲增辉乎太清。虽无补于日月兮，期自照于陋形。当朝阳而戢景兮，必宵昧而是征。进不竞于天光兮，退在晦而能明。谅有似于贤臣兮，于疏外而尽诚。盖物小而喻大兮，固作者之所旌。假乃光而喻尔炽兮，庶有表乎忠贞。②

傅咸为人"刚简有大节"，竭尽其力以事君上，其精神犹如赋中所咏萤火虫，不以姿质之鄙薄而欲增辉太清，虽无补于日月而自竭其形。即使处于阴晦之所也要照明其地，就像贤良之臣，虽遭疏远而仍禀忠诚之志。《扇赋》云："下济亿兆，上宁侯王。是曰安众，清暑作凉。蒙贵幸于斯时，无日夜而有忘。谓洪恩之可固，终靡弊于君傍。"③ 所谓"下济亿兆，上宁侯王"正体现了自己效忠君上，有所作为的愿望。

　　傅咸的用世渴望还表现为对奸佞宵小的讥刺。在以皇帝为圆心的同心圆结构的传统社会中，士人的遇与不遇最终决定于皇帝的圣明与否。然而士人出于自身安危的利益计算，不会直接将批判的矛头指向皇帝，却常常将造成士人失志与不遇的原因归结为小人的横行。傅咸《青蝇赋》有云："幸从容以闲居，且游心于典经。览诗人之有造，刺青蝇之营营。无纤芥之微用，信作害之不轻。既反白而为黑，恒怀蛆以自盈。秽美厚之鲜洁，虫嘉

① （清）陈元龙编：《历代赋汇·逸句》卷一，凤凰出版社 2004 年版，第 644 页。
② （清）陈元龙编：《历代赋汇》卷百三十八，凤凰出版社 2004 年版，第 552 页。
③ （清）陈元龙编：《历代赋汇》卷八十七，凤凰出版社 2004 年版，第 362 页。

肴之芳馨。满堂室之蓑蓑，孰闺寓之得情。"① 作者斥责青蝇"无纤芥之微用，信作害之不轻"，既反白为黑，又污美为秽。"览诗人之有造，刺青蝇之营营"，语本《诗经·小雅·青蝇》："营营青蝇，止于樊。岂弟君子，无信谗言。"《毛诗序》云："《青蝇》，大夫刺幽王也。"郑玄笺曰："蝇之为虫，污白使黑，喻佞人变乱善恶也。"② 可见作者引《诗经》之语刺蝇为小人而颠倒黑白，惑乱天下，也从另一方面体现了作者对统治者的讽谕和规谏。

三、成公绥《乌赋》对儒家孝德的揄扬

在儒学比德观念的影响下，魏晋咏物赋往往以咏物为寄托，或抒发个人情志以寄托对儒家道德伦理的追求，或剖析社会现实以寄托对儒家政治理想的向往。

成公绥（231—273）"幼而聪敏，博涉经传"③，是一位颇具儒学修养的西晋赋家，其赋作多突显儒家经典意识，或者表达儒家政治理想，或者颂扬儒家道德伦理。

《天地赋》以天人感应与君命天授的观念寄托了成公绥对儒家王道政治理想的追求，以及对大一统政治模式的向往。《易经》为群经之首，兼以魏晋南北朝时谶纬盛行，故天象之赋往往牵合纠缠《易经》与谶纬，歌颂天地祥和之祯瑞以及四海一统之王道。《天地赋》曰：

> 于是六合混一而同宅，宇宙结体而括囊。浑元运流而无穷，阴
> 阳循度而率常。回动纠纷而乾乾，天道不息而自强。统群生而载
> 育，人托命于所系。尊太一于上皇，奉万神于五帝。故万物之所

---

① （唐）欧阳询：《艺文类聚》卷九十七，上海古籍出版社1965年版，第1682页。

② （清）阮元校刻：《十三经注疏·毛诗正义》卷一四，上海古籍出版社1997年版，第484页。

③ （唐）房玄龄等：《晋书·文苑传·成公绥传》卷九十二，中华书局1974年版，第2371页。

宗，必敬天而事地。①

天地四方混同为一，大道运行既变化无穷，又遵循规则。天道不息而自强，群生万民托命于天地而有所依靠。尊崇太一之神为上天最高的皇帝，而五帝则统辖万神，所以万物尊崇之本源在于敬天事地。作者将天地万物统摄于太一上皇，谓敬事天地为天经地义之事，此神秘玄虚之一统观念映射于人间地上则为皇帝一统天下，万民敬仰，这正是儒家法天则地思想之反映。又细究文本，作者措辞多以《易经》为则，如"太极既殊，是生两仪""天动以尊，地静以卑""坤德厚以载物，乾资始而至大"等赋句皆来源于《易经》，由此可见作者融合儒经与天人观念的写作意图，其根本目的还是在于宣扬关于皇权天授的儒家统治思想。

成公绥作《乌赋》以乌"反哺识养"的德性而宣扬儒家孝德。赋序曰：

> 有孝乌集予之庐，乃喟然而叹曰："余无仁惠之德，祥禽曷为而至哉！夫乌之为瑞久矣，以其反哺识养，故为吉鸟。是以《周书》神其流变，诗人寻其所集。望富者瞻其爱止，爱乌者及其增叹，兹盖古人所以为称。若乃三足德灵，国有道则见，国无道则隐，斯乃凤鸟之德，何以加焉。服，恶鸟，而贾生惧之；乌，善鸟，而吾嘉焉。惧恶而作歌，嘉善而赋之，不亦可乎？"②

赋序明确赞美乌为"孝乌""吉鸟""善鸟"，尤其是"乌"所具有的"反哺识养"的孝德为作者所称颂，故作者明言"嘉善而赋之"。不仅如此，作为祥瑞之鸟的"乌"还与国运盛衰有关，所谓"国有道则见，国无道则隐"，所以《周书》与诗人皆叹其神。赋文曰："嗟斯乌之克孝兮，心识养而知慕。同《蓼

---

① （清）陈元龙编：《历代赋汇》卷一，凤凰出版社 2004 年版，第 1 页。

② （清）陈元龙编：《历代赋汇》卷百二十九，凤凰出版社 2004 年版，第 518 页。

莪》之报德兮，怀《凯风》之至素。雏既壮而能飞兮，乃衔食而反哺。"《蓼莪》乃《诗经·小雅》篇名，有诗句云："父兮生我，母兮鞠我。抚我畜我，长我育我，顾我复我，出入腹我。欲报之德。昊天罔极！"[①] 作者引以为赞颂乌有报恩之德。《凯风》乃《邶风》中的诗篇名，诗序云："美孝子也。"[②] 作者引《诗经》以为美颂乌之孝德也。

成公绥又作《弃故笔赋》，借故笔之弃用以喻自己不遇之遭际，表达自己的用世理想。赋序曰："治世之功，莫尚于笔。……圣人之志，非笔不能宣，实人天之伟器也。"[③] 赞美笔可以扬治世之功，可以宣圣人之志，功莫大焉。赋曰：

> 注玉度于七经，训《河》《洛》之谶纬；书日月之所躔，别列宿之舍次。乃皆是笔之勋，人日用而不寤。伦尽力于万机，卒见弃于行路。[④]

笔可以从《七经》中引用法度，可以训解《河图》《洛书》中的吉凶祸福之预言，可以辨别日月星宿之轨迹与位置。虽然笔拥有巨大的功勋而人不能领悟，于是"尽力于万机"之后即弃之于途路，可见作者以故笔弃用比拟士人不遇之旨归。

四、刘劭《嘉瑞赋》及缪袭《青龙赋》对曹魏政权的祥瑞书写

汉末以来天下板荡、王朝更替频仍，各朝代的统治者无不为自己的统治寻找合法、正统的理由与依据。于是"受命之符，天人之应"的祥瑞征兆就

---

① （清）阮元校刻：《十三经注疏·毛诗正义》卷一三，上海古籍出版社1997年版，第460页。
② （清）阮元校刻：《十三经注疏·毛诗正义》卷二，上海古籍出版社1997年版，第301页。
③ （清）陈元龙编：《历代赋汇》卷六十三，凤凰出版社2004年版，第262页。
④ （清）陈元龙编：《历代赋汇》卷六十三，凤凰出版社2004年版，第262页。

成为众多执政者用来诱导民心，鼓吹王道正统的有力工具。大体说来，赋家对祥瑞观念的宣扬具有以下具体的政治功能：首先为王朝禅代提供合法性依据。魏晋时期朝代更迭如此频繁，以至于禅让成为了每一位士人都必须面对和思考的现实问题。赋家亲眼目睹了各种政治力量的尖锐对立与残酷斗争，不得不接受王朝禅代的事实，因此赋家在其赋作中宣扬"禅让"之德。其次为王权的正统性提供辩护。魏晋时期，伴随着王权频繁更替，王权正统问题成为一个敏感而重要的问题，历朝历代统治者都试图尊奉本朝以及它所继承的政权为正统，这就有必要通过各种祥瑞现象来确认和佐证。

祥瑞观念在魏晋南北朝的盛行，有力地促进了歌功颂德的祥瑞赋创作。具体说来，祥瑞赋的写作主旨主要表现为两个方面：第一，对"五德终始"历史观的歌颂。这是赋家颂扬君命天授的有力工具，并以此确立君王政权的正统性以及君王执政的合法性。在五行理论的基础上确立的"五德终始"论认为：五行的木、火、土、金、水分别代表五种德性。此"五德"周而复始，循环运转，朝代的历史变迁、王朝兴衰就以此为顺序依次更替，比如汉为火德，魏为土德，那么以魏代汉正是以土德代火德，所以"五德"史观为君权奉天承运提供了最有力的证据。第二，祥瑞赋认为帝王清明的统治感动天地而有祥瑞之征相应。比如天象、动植物、宝物以及其他罕见的祥瑞之兆。具体说来，祥瑞包括甚广：或为星象、祥云，或为甘露、醴泉，或为芝草、嘉禾，或是神马、青龙，或为凤凰、麒麟，或是宝鼎、珠玉，又或是海清、河晏等，不一而足。

（一）刘邵《嘉瑞赋》对魏文帝的歌颂

曹魏祥瑞赋主要集中在魏文帝和魏明帝两个时期。魏文帝以魏代汉，即皇帝位，此乃曹魏政权的重要事件，故刘邵（生卒年不详）作《嘉瑞赋》以奉魏为正朔且以美颂文帝。《嘉瑞赋》罗列了魏文帝登基之后所出现的一系列祥瑞之物：

> 乾坤交泰，嘉瑞降灵。皓雉呈其洁质，素威效其仁形。白兔杨

其翰耀，黄龙燿其神精。章光列之焞燿，显休征之有成。昔圣王之降瑞，或卓尔而弗经。犹著美于篇籍，贻来业而垂名。实明德之所隆，宜允纳而是丁。信无思而不服，又何远之不宁。方将收麒麟于玄圃，栖凤皇于轩樨。舞鸾鸟于中唐，聆鸑鷟之和鸣。弄蕙蒲之华芳，翫朱草之丹荣。承灵祚而建基，垂遐福于亿龄。超三五而无俦，与泰初乎齐声。①

由上引赋文"承灵祚而建基，垂遐福于亿龄"可知此赋大约作于魏文帝代汉之初，即公元 220 年之后。自汉献帝建安、延康至魏文帝即位之初，天下祥瑞屡现，当时著述和史书记载甚详。《三国志·魏书·文帝纪》记载了魏文帝即位前的祥瑞之征：延康元年三月，"黄龙见谯"；夏四月，"饶安县言白雉见"；八月，"石邑县言凤凰集"。② 尤以延康元年三月的"黄龙见谯"之瑞征记载甚详。《三国志·魏书·文帝纪》曰：

> 初，汉熹平五年，黄龙见谯。光禄大夫桥玄问太史令单飏："此何祥也？"飏曰："其国后当有王者兴，不及五十年，亦当复见。天事恒象，此其应也。"内黄殷登默而记之。至四十五年，登尚在。三月，黄龙见谯，登闻之曰："单飏之言，其验兹乎！"③

汉熹平五年为公元 176 年，延康元年为公元 220 年，前后相隔 45 年而有魏文帝代汉即位。《三国志》的记载颇为神秘，以此论证魏文帝受汉之禅乃上应天命之举。《艺文类聚·祥瑞部》也引《魏略》言文帝欲受禅，天下祥瑞毕现。如"文帝欲受禅，郡国奏甘露三十七降"，又"黄龙十三见""白雀十九见""白雉十九见""白鹿十九见""白虎二十七见"等。凡此种种，虽

---

① （唐）欧阳询：《艺文类聚》卷九十八，上海古籍出版社 1965 年版，第 1695—1696 页。
② （晋）陈寿：《三国志》卷二，中华书局 1959 年版，第 58、59、61 页。
③ （晋）陈寿：《三国志》卷二，中华书局 1959 年版，第 58 页。

间有实录，亦不免附会编造之说，为曹丕登帝位制造舆论。朝中王公大臣也有上书祝贺者，如《三国志·魏书·文帝纪》裴注引太史丞许芝《上魏王书》："（延康元年）七月四日戊寅，黄龙见，此帝王受命之符瑞最著明者也。……是以黄龙数见，凤凰仍翔，麒麟皆臻，白虎效仁，前后献见于郊甸；甘露醴泉，奇兽神物，众瑞并出。……观汉前后之大灾，今兹之符瑞，察图谶之期运，揆河洛之所甄，未若今大魏之最美也。"①又曹植作于黄初三年（222）《龙见贺表》曰："臣闻凤凰复见邺南，黄龙双出于清泉，圣德至理，以致嘉瑞。将栖凤于林囿，豢龙于陂池，为百姓旦夕之观。"②刘劭《嘉瑞赋》罗列了"皓雉（白雉）""素威（白虎）""白兔""黄龙""麒麟""凤皇""鸾鸟""鹭鹭（凤凰之一种）""蓂蒲""朱草"等祥瑞之物，以此歌颂魏文帝的圣明之德，称赞文帝"超三五而无俦，与泰初乎齐声"，文帝的德声超越三皇五帝，可与"太初齐声"。

（二）刘劭《龙瑞赋》与缪袭《青龙赋》对魏明帝的赋颂

据《三国志·魏书·明帝纪》载："青龙元年春正月甲申，青龙见郏之摩陂井中。二月丁酉，（帝）幸摩陂观龙，于是改年，改摩陂为龙陂，赐男子爵人二级，鳏寡孤独无出今年租赋。"③魏明帝统治时期为曹魏政权最为鼎盛之时，且明帝颇有"追秦皇汉武"之志④，故刘劭、缪袭分别作《龙瑞赋》《青龙赋》以歌颂魏明帝青龙元年的青龙之瑞，且借此美颂明帝君德之盛明。刘劭《龙瑞赋》序云："太和七年春，龙见摩陂。行自许昌，亲往临观。形状瑰丽，光色烛耀。侍卫左右，咸与睹焉。自载籍所纪，瑞应之致，或翔集于邦国，卓荦于要荒，未有若斯之著明也。"⑤"太和七年"，即青龙元年。青龙元年（233）二月，因青龙现于郏之摩陂，于是改元。赋序叙述了魏明帝亲

---

① （晋）陈寿：《三国志》卷二，中华书局1959年版，第63页。

② 赵幼文：《曹植集校注》，人民文学出版社1984年版，第250—251页。

③ （晋）陈寿：《三国志·魏书·明帝纪》卷三，中华书局1959年版，第99页。

④ （晋）陈寿：《三国志·魏书·明帝纪》卷三，中华书局1959年版，第115页。

⑤ （清）陈元龙编：《历代赋汇》卷百三十七，凤凰出版社2004年版，第544页。

往摩陂，临观青龙。作者称赞说自有典籍记载以来，祥瑞之兆没有比得上这次青龙现身这么显著的。青龙年间，正是曹魏政权的鼎盛时期，而青龙自然成为了曹魏鼎盛的象征。赋文将青龙之征与明帝之德关联起来以歌颂明帝的圣明，如赋曰"有蜿之龙，来游郊甸。应节合义，象德效仁"，又云"昔太昊之初化，首帝德以表名。暨明后之隆盛，又降见以扬声"①。歌颂青龙的出现合乎节义，应征着君上的仁德，所以等到圣明隆盛的明帝时，象征吉祥的青龙就降而现身了。

缪袭（186—245）《青龙赋》作于青龙元年（233）。青龙之瑞发生时，缪袭为文学侍臣，故作赋以颂，其旨归乃在借青龙现而美颂魏明帝之君德。《青龙赋》首赞青龙乃"火辰之精，木官之瑞"，然后极写青龙应圣明之时而现的嘉祥：

> 懿矣神龙，其知惟时。览皇代之云为。袭九泉以潜处，当仁圣而觌仪。应令月之风律，照嘉祥之赫戏。敷华耀之珍体，耀文采以陆离。旷时代以稀出，观四灵而特奇。是以见之者惊骇，闻之者崩驰。②

赋文赞颂青龙应时而现，可知今上所为甚为圣明。本是潜处九泉之下的青龙，应圣上仁德而显现仪行。顺应吉月历象，展现光明的瑞兆。青龙通体光彩闪耀，华美绚丽。四灵历时久远，少有出现，故而闻见者惊骇不已。接下来赋文特意铺写青龙其形如"容姿温润，蜿蜿成章；繁虯虹蟉，不可度量"之类，最后赞美道："焕璘彬之瑰异，实皇家之休灵。奉阳春而介福，赉乃国以嘉祯。"青龙光彩缤纷珍奇，实乃皇家吉兆；敬受上天所赐予的大福，给予魏国吉祥的嘉征。

---

① （清）陈元龙编：《历代赋汇》卷百三十七，凤凰出版社 2004 年版，第 544 页。

② （清）陈元龙编：《历代赋汇》卷五十五，凤凰出版社 2004 年版，第 233 页。

（三）胡综《黄龙大牙赋》对东吴孙权的美颂

三国时期，除魏国外，其他政权也有类似歌功颂德之祥瑞赋作者。如吴国胡综（184—244）作《黄龙大牙赋》以颂美孙权。孙权于黄武八年（229）夏，因黄龙出现在夏口，遂改年号为黄龙。《三国志·吴书·吴主权》记载黄龙元年，"夏四月，夏口、武昌并言黄龙、凤凰见"①。于是孙权南郊即皇帝位，改年为黄龙。可见孙权也以黄龙现而作为登帝位的瑞兆，胡综受命作《黄龙大牙赋》。《三国志·吴书·胡综传》载："黄武八年夏，黄龙见夏口，于是权称尊号，因瑞改元。又作黄龙大牙，常在中军，诸军进退，视其所向，命综作赋。"②"黄龙大牙"，指旗杆上饰以象牙的大旗，为主帅标识。历来类书节录其文以入"兵器部"，少有视为祥瑞之赋的。今观其赋，实为颂美黄龙大牙之旗指挥六军的功用，如赋文曰："桀然特立，六军所望"，"军欲转向，黄龙先移。金鼓不鸣，寂然变施。暗谟若神，可谓秘奇"。然而此赋创作的旨归乃在于颂吴。赋云："黄、农创代，拓定皇基。上顺天心，下息民灾。高辛诛共，舜征有苗，启有甘师，汤有鸣条，周之牧野，汉之垓下，靡不由兵，克定厥绪。明明大吴，实天生德，神武是经，惟皇之极。"③作者将孙吴政权与黄帝、神农、帝喾、舜、夏启、商汤、周武王、汉高祖诸帝王相提并论，以歌颂东吴建国以来的赫赫武功。最后赋文曰：

> 在昔周室，赤鸟衔书。今也大吴，黄龙吐符。合契《河》《洛》，动与道俱。天赞人和，佥曰惟休。④

赋文引周文王为西伯侯时，有赤色鸟衔丹书止于其户，授以天命的典故来比拟孙权即帝位的庄重性与合理性。今日吴国，黄龙现身，与河出图、洛出书

---

① （晋）陈寿：《三国志·吴书·吴主权》卷四十七，中华书局 1959 年版，第 1134 页。
② （晋）陈寿：《三国志·吴书·胡综传》卷六十二，中华书局 1959 年版，第 1414 页。
③ （晋）陈寿：《三国志·吴书·胡综传》卷六十二，中华书局 1959 年版，第 1414 页。
④ （晋）陈寿：《三国志·吴书·胡综传》卷六十二，中华书局 1959 年版，第 1414 页。

之吉兆相契合，动静皆合天道。所以"天赞人和"，皆曰吉庆。由此可知，《黄龙大牙赋》虽明写黄龙大牙之旗，实颂吴主顺应祥瑞以即帝位之正统。

曹魏时期除了专为赋嘉瑞以颂君上的祥瑞赋之外，事实上某些京殿大赋也有关于祥瑞的歌颂。如何晏《景福殿赋》云："故能翔岐阳之鸣凤，纳虞氏之白环。苍龙觌于陂塘，龟书出于河源。醴泉涌于池圃，灵芝生于丘园。总神灵之贶佑，集华夏之至欢。"① 赋中所写凤鸣岐阳为周兴之象，西王母献白环为舜德之象，而苍龙、龟书、醴泉、灵芝则为现实所见。作者将历史传说中的符瑞与现实中的符瑞结合起来，以此歌颂魏明帝为"方四三皇而六五帝，曾何周夏之足言"，颂言魏明帝之德可与三皇五帝、周夏之君相媲美。左思《三都赋》虽然不是曹魏时期的作品，但也对魏文帝代汉出现的祥瑞之征加以美颂曰：

> 德连木理，仁挺芝草。皓兽为之育薮，丹鱼为之生沼。矞云翔龙，泽马于阜。山图其石，川形其宝。莫黑匪乌，三趾而来仪；莫赤匪狐，九尾而自扰。嘉颖离合以尊尊，醴泉涌流而浩浩。显祯祥以曲成，固触物而兼造。盖亦明灵之所酬酢，休征之所伟兆。②

左思所言并非全无依据，比如《文选》李善注曰："延康元年，木连理，芝草生于乐平郡，白鹿白麞见于郡国，赤鱼见于太原郡。黄初元年十一月，黄龙高四五丈，出云中，张口正赤。矞云者，外赤内青也。泽马见于上党郡。瑞石灵图出于张掖之柳谷，始见于建安，形成于黄初，文备于太和，周围七寻，中高一仞，旁厚一里，苍质素章，龙马凤凰仙人之象，粲然盛著，是以有魏诗云鸟之书。黄初二年，醴泉出河内郡，玉璧一枚。延康元年，三足鸟、九尾狐见于郡国，嘉禾生，醴泉出。"③ 然而以实理论之，左思所赋仍有

---

① （梁）萧统编，（唐）李善注：《文选》卷十一，中华书局 1977 年版，第 179 页。

② （梁）萧统编，（唐）李善注：《文选》卷六，中华书局 1977 年版，第 105 页。

③ （梁）萧统编，（唐）李善注：《文选》卷六，中华书局 1977 年版，第 105 页。

附会编造之处，亦非全为实录，其目的乃在于借这些祥瑞之兆以歌颂魏承汉统的正当性。

五、傅玄《雉赋》与王廙《白兔赋》对两晋"君命神授"的王道阐释

两晋之时，祥瑞之赋集中出现在两个时期：一为晋武帝受魏禅即帝位之时；二为东晋立国江左的所谓"中兴"时期。歌颂晋武帝即皇帝位的祥瑞赋有傅玄《雉赋》、左芬《白鸠赋》等；歌颂东晋"中兴"的赋作有王廙《中兴赋》《白兔赋》等。

（一）傅玄《雉赋》与左芬《白鸠赋》对晋武帝的美颂

傅玄（217—278）作《雉赋》以颂西晋及武帝司马炎之君德。雉乃德鸟，王道大盛则雉见。《雉赋》曰："禀炎离之正气，应朱火之祯祥。……感天和而贻瑞，进据鼎而祚商。乐周道之方隆，敷皓质于越裳。"① 可见雉乃祥鸟，上应天命。"感天和而贻瑞，进据鼎而祚商"引武丁祭成汤，有雉飞鼎耳而鸣之典。《艺文类聚》引《尚书大传》曰："武丁祭成汤，有雉飞鼎耳而雊，问诸祖己。曰：雉者野鸟也，不当升鼎；升鼎者，欲为用也。远方将有来朝者乎。武丁思先王之道，辫发重译至者六国。"② "乐周道之方隆，敷皓质于越裳"引周公制礼乐而越裳风化之典。《后汉书·南蛮传》曰："周公居摄六年，制礼作乐，天下和平，越裳以三象重译而献白雉。"③ 作者以历史人物武丁、周公实行王道比拟晋武帝之君德，可见作者颂美之旨。

西晋创作祥瑞赋的赋家除了傅玄之外，还有晋武帝的贵嫔左芬。左芬（？—300）所作《白鸠赋》残佚严重，仅存数句。据《晋书·后妃传上·左贵嫔》载左芬为晋武帝贵嫔，"姿陋无宠，以才德见礼"，"帝重芬

---

① （唐）欧阳询：《艺文类聚》卷九十，上海古籍出版社1965年版，第1572页。

② （唐）欧阳询：《艺文类聚》卷九十，上海古籍出版社1965年版，第1569页。

③ （南朝·宋）范晔：《后汉书·南蛮西南夷列传》卷八十六，中华书局1965年版，第2835页。

词藻，每有方物异宝，必诏为赋颂，以是屡获恩赐焉"①。可知左芬之作多为应诏而作。《白鸠赋》仅存赋文曰："太始八年，鸠巢于庙阙，而孕白鸠一双，毛色甚鲜，晋金行之应也。"按"五德终始"史观，魏为土德，晋为金德，那么以晋代魏正符合土德终而金德始的禅代观念。此赋正是歌颂白鸠见于庙阙的祥瑞之兆，以此颂美晋武帝受魏之禅而即帝位的正当性。

（二）东晋"中兴"与王廙《中兴赋》《白兔赋》的祥瑞书写

西晋倾覆之际，众多士人都表现出重建家国、中兴晋室的强烈愿望。这样的政治局势在文学上的反映就是东晋初年的"中兴"题材的出现，表现出对晋室中兴的期盼与歌颂。刘勰《文心雕龙·时序》云："元皇中兴，披文建学，刘、刁礼吏而宠荣，景纯文敏而优擢。逮明帝秉哲，雅好文会，升储御极，孳孳讲艺，练情于浩策，振采于辞赋；庾以笔才逾亲，温以文思益厚，揄扬风流，亦彼时之汉武也。"②刘勰赞扬东晋元、明两帝时的文教之盛，罗列了众多文士如刘隗、刁协、郭璞、庾亮、温峤等东晋文人的成就。从现存作品来看，东晋初期较为兴盛的文体是大赋。这些大赋对中兴的歌颂首先体现在对东晋地缘政治的认同，包括对都城建康的美颂。比如郭璞作有《江赋》《南郊赋》以歌颂东晋王朝的山川之美以及祭祀之盛，庾阐、曹毗作有《扬都赋》以颂美东晋政治中兴建康等。其次，赋家宣扬中兴符瑞，表达对晋室中兴的期盼。在司马睿为晋王尚未登基帝位之前，"四方竞上符瑞"，以祥瑞之兆劝其早登帝位。王廙的《中兴赋》《白兔赋》等赋作就是这一政治期望在文学创作中的体现。

王廙（276—322）《中兴赋》直接以"中兴"名篇，明确地表现出对"中兴"的颂扬。据《晋书》卷七十六王廙本传记载，晋元帝即位，王廙奏《中兴赋》，上疏曰：

---

① （唐）房玄龄：《晋书》卷三十一，中华书局 1974 年版，第 958、962 页。

② （梁）刘勰著，范文澜注：《文心雕龙注》，人民文学出版社 1958 年版，第 674 页。

> 天诱其愿，遇陛下中兴。……又臣昔尝侍于先后，说陛下诞育
> 之日，光明映室，白毫生于额之左，相者谓当王有四海。又臣以壬
> 申岁见用为鄱阳内史，七月，四星聚于牵牛。又臣郡有枯樟更生。
> 及臣后还京都，陛下见臣白兔，命臣作赋。时琅邪郡又献甘露，陛
> 下命臣尝之。又骠骑将军导向臣说晋陵有金铎之瑞，郭璞云必致中
> 兴。……明天之历数在陛下矣。①

王廙罗列了一系列的祥瑞之征以证司马睿即皇帝位正当其时，比如：晋元帝
出生即有白毫生于左额、“四星聚于牵牛”和“枯樟更生”等。除此之外，
尚有白兔、甘露、金铎之瑞。最后王廙在《上疏》中说：“臣少好文学，志
在史籍，……谨竭其顽，献《中兴赋》一篇。虽未足以宣扬盛美，亦是诗人
嗟叹咏歌之义也。”②王廙明确表示作《中兴赋》的旨意在宣扬元帝盛美之意，
可惜《中兴赋》赋文已佚，有不得观其全貌之遗憾。

王廙又作《白兔赋》宣扬祥瑞以歌颂司马睿即位的正统性。王廙《白兔
赋》序曰：“丞相琅邪王始受旄节，作镇北方，仁风所被，回面革心。昔周
旦翼成，越裳重译而献白雉，著在前典，历代以为美谈。今在我王，匡济皇
维，而有白兔之应，可谓重规累矩，不忝先圣也。”③赞扬司马睿为丞相时有
仁德，且以周公居摄“越裳重译而献白雉”的典故比拟司马睿，又兼以白兔
之瑞，为司马睿登帝位鼓吹颂扬。《白兔赋》曰：

> 曰皇大晋，祖宗重光。固坤厚以为基兮，廓乾维以为纲。方将
> 朝服济江，传檄万国。反梓宫于旧茔兮，奉圣帝乎洛阳。建中兴之
> 遐祚兮，与二仪乎比长。于是古之有德，则纳瑞而永安，无德则不
> 胜而为灾。赤乌降于周文兮，尚称曰休哉。桑穀生于殷庭兮，中宗

---

① （唐）房玄龄：《晋书》卷七十六，中华书局 1974 年版，第 2003 页。

② （唐）房玄龄：《晋书》卷七十六，中华书局 1974 年版，第 2004 页。

③ （唐）欧阳询：《艺文类聚》卷九十五，上海古籍出版社 1965 年版，第 1650 页。

克己以成仁。雏雉登夫鼎耳兮，武丁责躬而教纯。①

赋文歌颂晋室中兴，认为东晋国祚长久可与天地比长。期盼东晋能收复北方失地，"反梓宫于旧茔兮，奉圣帝乎洛阳"。又以周文王、殷代国君中宗太戊、武丁拟于晋元帝司马睿。有意思的是，作者特意提到殷中宗太戊，太戊为商朝第九位国王，据说在位时，举贤人尹陟、巫咸为丞相，天下大治，诸侯归附，其庙号为"中宗"。一般说来，开国君主成为"祖"，继嗣君主有治国才能者为"宗"。晋元帝司马睿（276—323）为中兴之君，故庙号"中宗"。作者将殷中宗与晋中宗并论，绝不是巧合，而是作者有意为之，以此赞颂司马睿的才德。

综上所述，魏晋时期的祥瑞赋往往集中出现在两个时期：一为新政权建立之初，一为"中兴"时期。比如曹魏时期，刘劭《嘉瑞赋》歌颂魏文帝曹丕受汉禅而建立魏的初创之功，缪袭《青龙赋》、刘劭《龙瑞赋》则是颂美魏代中兴之主魏明帝的圣明之治；两晋之时，傅玄《雉赋》等赋作乃为歌颂晋武帝建国之功；王廙《中兴赋》《白兔赋》则是歌颂东晋"中兴"。

第六节　儒家《诗》教讽颂意识在南北朝赋中的延续

南北朝儒学虽不及两汉发达，然亦非荒芜不可说。南朝儒学之盛集中于宋、梁二代。宋文帝好学，元嘉十五年（438）立儒学馆于北郊，后五年又立国子学，当时裴松之等人均以儒学有名，谢灵运、颜延之亦颇染儒学之气而为文。梁武帝天监四年（505）诏立国子学，置五经博士。北朝儒学以北魏为盛，道武帝拓跋珪始立都邑即以经术为先，立太学，置五经博士。太武

---

① （清）陈元龙编：《历代赋汇·补遗》卷八，凤凰出版社2004年版，第682页。

帝始光三年（426）起太学于城东，人多励经术。献文帝时诏立乡学，每郡置博士。太和中，建明堂、辟雍，诏立国子太学及四门小学。孝文帝颇好儒学，奖励经术。北魏儒学自是郁然勃兴，日本学者本田成之《中国经学史》曰"文教之郁郁乎殆是两汉之亚"①。

因为南北朝儒学的延续，导致以讽颂为主要内容的儒家《诗》教观在南北朝辞赋创作中得以延续。与南北朝儒学兴衰状况相一致的是，南北朝赋作与经典的关系也相应呈现出离合疏密等状态。比如南朝·宋、梁二朝兴重儒术，故赋作颇多颂美君王以及儒家道德伦理之旨。北朝儒学颇见兴盛，故北朝赋（包括十六国时期）多承汉赋讽颂之旨，承袭儒家《诗》教"美刺"传统。如十六国时期的相云《德猎赋》讽谏后秦姚兴（366—416）"好游畋，颇损农要"，段业作《龟兹宫赋》讽刺龟兹王大修宫室之举。又如北魏张渊作《观象赋》，多载祥瑞符应之征以宣扬天人感应观念，盛赞圣君德行而谴告昏悖之君。元顺（494—528）作《蝇赋》云"妖姬进，邪士来，圣贤拥（壅），忠孝摧"②。讽谕君上弃奸邪而进忠贤。卢元明（生卒年不详）作《剧鼠赋》以刺宵小奸佞等，皆体现了北朝赋作对儒家《诗》教讽颂传统的继承。

一、颜延之《白鹦鹉赋》《赭白马赋》对南朝·宋"新兴"的颂美

宋是南朝的第一个朝代（420—479），也是南朝延续时间最久、国力最强盛、疆域最辽阔的王朝，当时号称"七分天下，而有其四"。宋高祖刘裕在东晋末年的乱世中趁势崛起，先后平定各方割据势力，又灭桓楚、西蜀、南燕、后秦等割据政权。不仅统一了南方，还收复了山东、河南、关中等地，最终取代东晋而建立宋朝，定都建康。对于这样一种政治局面和形势，颜延之的《白鹦鹉赋》应时而生，旨在歌颂新兴的王朝。

---

① ［日］本田成之著，孙俍工译：《中国经学史》，漓江出版社 2013 年版，第 174 页。

② （清）严可均辑：《全上古三代秦汉三国魏晋六朝文·全后魏文》卷十八，中华书局 1958 年版，第 3600 页。

颜延之（384—456）作《白鹦鹉赋》序曰"余具职崇贤，预观神秘，有白鹦鹉焉，被素履玄，性温言达，九译绝区，作瑞天府"，赋文又屡言"充美于华京"、"达美于天居"。由此可知，作者作赋的目的乃在于赞美白鹦鹉显现及时的祥瑞之兆，暗示了宋高祖刘裕以宋代晋的正当性。

刘宋前期，社会安定，刘裕大力推行改革，集权中央，抑制豪强兼并，整顿吏治，重用寒门，发展生产，轻徭薄赋，废除苛法，振兴教育，举善旌贤。刘裕死后，宋文帝刘义隆继续实行刘裕的治国方略，元嘉年间一片繁荣，史称"元嘉之治"。这一时期有众多文士如颜延之、谢庄等纷纷作赋以颂，比如颜延之有《赭白马赋》，谢庄有《赤鹦鹉赋》《舞马赋》等赋作。

颜延之《赭白马赋》算是同类赋作中的代表作。赋序曰："骥不称力，马以龙名。……实有腾光吐图，畴德瑞圣之符焉。是以语崇其灵，世荣其至。我高祖之造宋也，五方率职，四隩入贡。秘宝盈于玉府，文驷列乎华厩。乃有乘舆赭白，特禀逸异之姿，妙简帝心，用锡圣皁。服御顺志，驰骤合度。"① 一方面，歌颂宋高祖刘裕时代的富足繁荣；另一方面，赞颂宋文帝的乘舆赭白马应验了"畴德瑞圣之符"。"实有腾光吐图，畴德瑞圣之符焉"正是赞颂皇帝可以等齐君子之德，祥瑞圣人之道。赋文曰：

> 惟宋二十有二载，盛烈光乎重叶。武义粤其肃陈，文教迄已优洽。泰阶之平可升，兴王之轨可接，访国美于旧史，考方载于往牒。昔帝轩陟位，飞黄服皁。后唐膺箓，赤文候日。汉道亨而天骥呈才，魏德概而泽马效质。伊逸伦之妙足，自前代而间出，并荣光于瑞典，登郊歌乎司律。所以崇卫威神，扶护警跸。精曜协从，灵物咸秩。暨明命之初基，馨九区而率顺，有肆险以禀朔，或逾远而

---

① （清）陈元龙编：《历代赋汇》卷百三十五，凤凰出版社 2004 年版，第 536 页。

纳照。…信圣祖之蕃锡，留皇情而骤进。①

"惟宋二十有二载"即宋文帝十七年（440），国势强盛，文治武义皆为肃陈优洽，天下太平，中兴之王轨可接前圣。故而众瑞并集，"灵物咸秩"，终得白马之瑞。作者又罗列历史传说中的神马之瑞，如帝轩陟位、唐尧膺箓皆有神马"飞黄""赤文"受命而至，汉兴有"天骥"、魏盛有"泽马"等，而这些在前朝出现的瑞征咸见于本朝，足见东晋王朝的兴盛。于是四方顺遂，皆来王庭。不仅如此，赋文又歌颂皇帝曰：

> 然而般于游畋，作镜前王。肆于人上，取悔义方。天子乃辍驾回虑，息徒解装。鉴武穆，宪文光。振民隐，修国章。戒出豕之败御，惕飞鸟之跱衡。故祗慎乎所常忽，敬备乎所未防。舆有重轮之安，马无泛驾之佚，处以濯龙之奥，委以红粟之秩。服养知仁，从老得卒。加弊帷，收仆质。天情周，皇恩毕。②

作者言天子悔于般游，乃"辍驾回虑，息徒解装"，且"振民隐，修国章"，似有讽谏之意。又言天子对白马的重视和爱护，使得白马终得"从老得卒"。最后作者总结说"惟德动天，神物仪兮"，对赭白马能为皇帝所用，终得天年表示赞赏，也歌颂了宋文帝的圣德。

南朝·宋时期，颜延之作《白鹦鹉赋》以歌颂宋武帝刘裕建立刘宋王朝，颜延之《赭白马赋》、谢庄《赤鹦鹉赋》《舞马赋》则为颂美宋文帝刘义隆的中兴之治。赋家在歌颂帝王圣德和治下清明的时候，一方面，赋家常常吸收谶纬学说，颂赞君命天授的合法性；另一方面，赋家又习惯在赋作中连篇累牍地罗列祥瑞之兆，以此颂扬朝政圣明、君上仁德。

---

① （清）陈元龙编：《历代赋汇》卷百三十五，凤凰出版社2004年版，第536页。

② （清）陈元龙编：《历代赋汇》卷百三十五，凤凰出版社2004年版，第536页。

二、萧衍《孝思赋》对儒家“孝道”的揄扬

魏晋号称“以孝治天下”，梁代亦承其绪。“孝”不仅是维持父子伦理关系的准则，也不仅是子女孝敬父母的美德，事实上还是一种治国方式。例如潘岳在《藉田赋》中说：“夫孝，天地之性，人之所由灵也。昔者明王以孝治天下，其或继之者，鲜哉希矣！逮我皇晋，实光斯道。”①一方面，作者明确认为孝乃天地赋予人的本性；另一方面，作者揭示了“以孝治天下”是历代英明之主的治国方略，尤其到了晋代更是如此。

南北朝时期专以“孝”名篇的赋作，最具代表性的作品无疑是南朝梁萧衍所作的《孝思赋》。萧衍以帝王之尊撰写《孝思赋》，不仅抒发怀念父亲之思，揭示儒家伦理“孝道”之义，同时还有以“孝”德风化天下之功用。梁武帝萧衍（464—549）虽以武力夺取政权，然而建立梁朝以后，他深知儒学对于维护宗室团结以及调和君臣关系起到重要的作用，所以积极提倡儒术，《梁书·武帝本纪》称梁武帝萧衍“少而笃学，洞达儒玄。虽万机多务，犹卷不辍手，燃烛侧光，常至戊夜”②，尝撰写《制旨孝经义》、《周易讲疏》，以及六十四卦、二《系》《文言》《序卦》，又有《乐社义》《毛诗答问》《春秋答问》《尚书大义》《中庸讲疏》《孔子正言》等共二百余卷，“并正先儒之迷，开古圣之旨”③。萧衍尤为尊崇孝道，屡次表彰孝悌。除了亲自撰写《孝经义》之外，并置《孝经》助教一人，生十人，专通梁武帝所释《孝经义》。④萧衍所作《孝思赋》即为宣扬儒家孝道的一篇赋作。但是萧衍此赋又并未一味说教，而是联系自身的遭遇现身说法，有血有肉，动人肺腑。赋开篇即言“每读《孝子传》，未尝不终轴辍

---

① （梁）萧统编，（唐）李善注：《文选》卷七，中华书局 1977 年版，第 118 页。

② （唐）姚思廉：《梁书》卷三，中华书局 1973 年版，第 96 页。

③ （唐）姚思廉：《梁书》卷三，中华书局 1973 年版，第 96 页。

④ （唐）姚思廉：《梁书》卷三，中华书局 1973 年版，第 76 页。

书悲恨，拊心呜咽"，然后详细描述"先君"病危，自己星夜兼程赶回家中探望"先君"的情形。赋文先说"先君体有不安，昼则辍食，夜则废寝，方寸烦乱，容身无所，便投刺解职，以遵归路"，刻画自己因为父亲生病的缘故而寝食俱废，惶惶不安的情形，接着写自己"奔波兼行，屡经危险，仅而获济。及至戾止，已无逮及。五内屠裂，肝心破碎，便欲归身山下，毕志坟陵"①。作者虽然奔波兼行，还是没有来得及看上父亲一眼而父亲已病逝，所以悲伤得五内屠裂，五脏俱碎，只想着归隐山下一生陪伴父亲的坟茔。赋序曰：

> 念子路见于孔丘曰：由事二亲之时，常食藜藿之食，为亲负米百里之外。亲殁之后，南游于楚，从车百乘，积粟万钟，累茵而坐，列鼎而食。愿食藜藿之食，为亲负米，不可复得。每感斯言，虽存若亡，父母之恩，云何可报？慈如河海，孝若涓尘。……不能遗《蓼莪》之哀，复于宫内起至敬殿。竭工匠之巧，尽世俗之奇，水石周流，芳树杂沓。限以国事，亦复不能得朝夕侍食，唯有朔望，亲奉馈奠。虽复得荐珍羞，而无所瞻仰。内心崩溃，如焚如灼，情切于衷，事形于言，乃作孝思赋云尔。②

《孔子家语·致思》曰："昔者由事二亲之时，常食藜藿之实，为亲负米百里之外。亲殁之后，南游于楚，从车百乘，积粟万钟，累茵而坐，列鼎而食，愿欲食藜藿，为亲负米，不可复得也。"③ 萧衍赋作对《孔子家语》的原文不做改变而加以引用以表达自己不能报父母之恩的悔恨和伤感。又引《诗经·小雅·蓼莪》篇名表达自己不得终养父母的哀痛，于是修筑"至敬殿"祭奠父母以寄托哀思。《毛诗序》说《蓼莪》"刺幽王也，民人劳苦，孝子不

---

① （清）陈元龙编：《历代赋汇》，凤凰出版社 2004 年版，第 587 页。
② （清）陈元龙编：《历代赋汇》，凤凰出版社 2004 年版，第 600 页。
③ 陈士珂辑：《孔子家语疏证》，上海书店 1987 年版，第 48 页。

得终养尔"①，一方面，《毛诗序》秉持儒家《诗》教美刺观念认为此诗是"刺幽王"而作；另一方面，《毛诗序》也揭示了《蓼莪》一诗"孝子不得终养"的悔恨之旨。萧衍《孝思赋》云"不能遗《蓼莪》之哀"，显然寄托了作者对父亲不能尽到终养责任的悔恨。赋文又对自己的哀伤之情加以渲染云：

> ……目触事而破碎，心随感而断绝。无一息而缓念，与四时而长切。年挥忽而莫反，时瞬睒其如电。想慈颜之在昔，哀不可而重见。痛生育之靡答，顾报复而无片。悲与恨其俱兴，涕杂血其如霰。②

作者每每念及亡故的父母，"内心崩溃，如焚如灼"，故作此赋以抒哀伤之情。作者睹物思人，常常想起亡故的父母，而时光已逝，永不复返。作者内心哀伤，悲恨交集，以致于涕泣出血。最后作者罗列了丁兰、刘镇、顾长沙、王祥、隤通、盛彦、邢渠等孝子的事迹以勉励孝道。纵观全赋，作者极力宣扬儒家"孝道"，讴歌孝子，是一篇地地道道的颂扬传统儒家伦理道德观的作品。事实上，萧衍《孝思赋》所述情形并不只是文学性的一味夸饰，《梁书·武帝本纪》记载曰：

> 高祖生知淳孝。年六岁，献皇太后崩，水浆不入口三日，哭泣哀苦，有过成人，内外亲党，咸加敬异。及丁文皇帝忧，时为齐随王咨议，随府在荆镇，仿佛奉闻，便投劾星驰，不复寝食，倍道就路，愤风惊浪，不暂停止。高祖形容本壮，及还至京都，销毁骨立，亲表士友，不复识焉。望宅奉讳，气绝久之，每哭辄欧血数升。服内不复尝米，惟资大麦，日止二溢。拜扫山陵，涕泪所洒，

---

① （清）阮元校刻：《十三经注疏·毛诗正义》卷一三，上海古籍出版社1997年版，第459页。
② （清）陈元龙编：《历代赋汇》，凤凰出版社2004年版，第600页。

松草变色。及居帝位，即于钟山造大爱敬寺，青溪边造智度寺，又于台内立至敬等殿。又立七庙堂，月中再过，设净馔。每至展拜，恒涕泗滂沱，哀动左右。①

据《梁书·武帝本纪》记载，梁武帝自小生性纯孝，丁文皇帝忧，不复寝食，销毁骨立，每至于哭泣则呕血数升。服内不食米饭，仅以大麦为食。登帝位以后，又修寺庙宫殿以祭祀先父，且每至展拜，涕泗滂沱，令人动容。

三、李暠《述志赋》及阳固《演赜赋》的用世之志

北朝辞赋大体上仍受着两汉赋风的影响，赋作多与时代政治关系密切，赋作思想仍承袭"美刺"传统，辞赋多叙志、讽刺之作，如南朝一样涉及婚姻爱情、悼亡离别、吟咏山水之类的赋作则较少。

（一）李暠《述志赋》书写"拯凉德于已坠"的壮志

李暠（？—412），为西凉太祖。《晋书》称其"少而好学，……通涉经史，尤善文义"②。李暠建立西凉以后，颇为重视儒学，一时造成以敦煌为中心的"五凉文化"的兴盛。《述志赋》渲染自己壮志凌云、整肃天下之志。后凉末年，李暠受群雄拥戴，大展霸图，兵不血刃而有千里之地。他曾认为河西十郡的统一指日可成，然而南凉君主秃发傉檀进占姑臧，沮渠蒙逊的地盘逐渐扩大，兵力都较强盛，屡次攻伐西凉，于是李暠慨然而作《述志赋》。赋曰：

采殊才于岩陆，拔翘彦于无际。思留侯之神遇，振高浪以荡秽。想孔明于草庐，运玄筹之周滞。洪操檠而慷慨，起三军以激锐。咏群豪之高轨，嘉关张之飘杰，誓报曹而归刘，何义勇之超出。

---

① （唐）姚思廉：《梁书》卷三，中华书局1973年版，第96页。

② （唐）房玄龄等：《晋书》卷八十七，中华书局1974年版，第2257页。

据断桥而横矛，亦雄姿之壮发。辉辉南珍，英英周鲁，挺奇荆吴，
昭文烈武，建策乌林，龙骧江浦。摧堂堂之劲阵，郁风翔而云举，
绍樊韩之远踪，侔徽猷于召武，非刘孙之鸿度，孰能臻兹大祜。①

上引赋文抒写自己希望广揽贤才、成就大业的抱负。赋文赞美的多是三国时
的风云人物，包括刘备、诸葛亮、关羽、张飞和孙权、周瑜等，称颂他们君
臣遇合，以及他们所建立起来的赫赫功勋。作者所处时代的河西地区三凉鼎
立，类似汉末的三国鼎立，李暠深知，如要统一河西，必须延揽一批文武双
全、忠勇兼备的僚属。所以，作者的咏史，实际上是自我襟怀的流露。赋
文结尾曰："赳赳干城，翼翼上弼，恣馘奔鲸，截彼丑类。且洒游尘于当阳，
拯凉德于已坠。"表达了作者充满斗志，击杀丑类的决心。作者引用《诗经》
与《左传》之语，使赋文更显典正有力。"赳赳干城"引自《诗经·周南·兔
罝》："赳赳武夫，公侯干城"②，表达了作者捍卫国家的力量和斗志。"当阳"，
古称天子南面而治理天下。引自《左传》文公四年"昔诸侯朝正于王，王宴
乐之，于是乎赋《湛露》，则天子当阳，诸侯用命也"③。又"凉德"，薄德，
缺乏仁义。语出《左传》庄公三十二年"虢多凉德，其何土之能得"④。李暠
后来也成了西凉的立国君主，这篇赋中已经透露出即将成为君主的作者的豪
迈用世之志。

（二）阳固《演赜赋》的"不遇"之慨与儒家式自广

北魏阳固（467—523），史载"折节好学，遂博览篇籍，有文才"⑤。主
要活动于世宗宣武帝时期，这一时期政局相对稳定，然而也少了高祖孝文帝
励精图治的锐气。阳固敏锐地察觉到这个时代的弊病，便以传统儒家的仁政

---

① （清）严可均辑：《全上古三代秦汉三国六朝文·全晋文》卷一百五十五，中华书局 1958 年
版，第 2356 页。

② （清）阮元校刻：《十三经注疏·毛诗正义》卷一，上海古籍出版社 1997 年版，第 281 页。

③ （晋）杜预：《春秋左传集解》，上海人民出版社 1977 年版，第 439 页。

④ （晋）杜预：《春秋左传集解》，上海人民出版社 1977 年版，第 209 页。

⑤ （北齐）魏收：《魏书》卷七十二，中华书局 1974 年版，第 1603 页。

思想为出发点提出一系列的政治主张，上《谠言表》以劝世宗"举贤良，黜不肖"，"省徭役，薄赋敛，修学官，遵旧章，贵农桑，贱工贾"，"存元元之民，救饥寒之苦"① 等。他的赋作也表现了这样的基本倾向。《魏书》本传称世宗好桑门释道，不理朝政，以致外戚专权、大臣疏薄、庶民劳敝。阳固遂"作《南北二都赋》，称恒代田渔声乐侈靡之事，节以中京礼仪之式，因以讽谏"②，可惜赋文不传。

阳固赋今存《演赜赋》，先叙述自己对正直之士的不幸命运和对佞邪小人的憎恶，然后写作者远游大荒之域及神仙之境，最后又回到现实人间，选择琴书耕钓的生活方式。作者对古人的不遇处境深表同情，赋曰"伤艰踬之相承兮，悲屯塞而日臻。心恻怆而不怿兮，乃有怀于古人"。于是作者罗列了众多古人的遭遇，比如孔子、墨子："孔栖栖而不息兮，终见黜于庶邦。墨驰骋而不已兮，亦举世而不容"；伯夷、叔齐："有鸾孤而争国兮，有让位而采薇"；比干："以患蹇为福兮，痛比干之残躯"；司马迁："以举士而受赏兮，悼史迁之腐刑"等。作者既是演说历史，也寄托了自己不遇的情怀。赋最后说："诵风雅以导志兮，蕴六籍于胸襟。敦儒墨之大教兮，崇逸民之远心。播仁声于终古兮，流不朽之徽音。进不求于闻达兮，退不营于荣利。"③表达了作者最后所选择的儒家式的生活方式，诵儒典，敦儒墨，既不求闻达，也不谋荣利。

四、圣君政治与张渊《观象赋》依《易》而立论的祥瑞观

张渊（生卒年不详），曾仕前、后秦，后入北魏。《观象赋》大抵作于入魏之前。全赋在写作策略上效法西晋成公绥《天地赋》，牵合《易经》以及

---

① （北齐）魏收：《魏书》卷七十二，中华书局 1974 年版，第 1604 页。

② （北齐）魏收：《魏书》卷七十二，中华书局 1974 年版，第 1604 页。

③ （清）严可均校辑：《全上古三代秦汉三国魏晋六朝文·全后魏文》卷四十四，中华书局 1958 年版，第 3732 页。

南北朝盛行的谶纬观，以明其儒学政治观念，尤以天人感应及谶纬祯祥观念宣扬圣君贤臣的儒家理想政治模式。赋序开首即引《易经》语以证成作者关于天人感应的论述。赋《序》曰："《易》曰：'天垂象，见吉凶，圣人则之。'又曰：'观乎天文以察时变，观乎人文以化成天下。'然则三极虽殊，妙本同一；显昧虽殊，契齐影响。寻其应感之符，测乎冥通之数，天人之际，可见明矣。"① 赋文结尾曰：

> 美景星之继昼，大唐尧之德盛。嘉黄星之靡锋，明虞舜之不兢。畴吕尚之宵梦，善登辅而翼圣。钦管仲之察微，见虚、危而知命。叹荧惑之舍心，高宋景之守政。壮汉祖之入秦，奇五纬之聚映。……寻图籍之所记，著星变乎书契。览前代之将沦，咸谴告于昏世。桀斩谏以星孛，纣酖荒而致彗。恒不见以周衰，枉蛇行而秦灭。谅人事之有由，岂妖灾之虚设。诚庸主之难悛，故明君之所察。尧无为犹观象，而况德非乎先哲。②

上引赋文铺叙了作者关于祥瑞的论述。尧之德能致景星现，而舜将受禅于尧时，黄星圆而无锋芒，明其不以兵事争竞。作者又从正反两个方面论述征应之事：一方面，王朝将兴必有符瑞。比如吕尚未遇文王时夜梦北斗辅星告以伐纣之意；管仲见三星聚虚危之分，知齐将有霸主而投桓公；宋景公不从史韦之言，退荧惑而延政二十年；汉高祖入秦而五星相聚辉映。另一方面，前代将要沦亡亦有征兆谴告。如桀、纣昏惑而致孛彗作，孛彗作而祸乱兴。恒星不见而周衰，枉矢出而蛇行以示秦将灭。作者认为这些凶兆的出现并不是虚妄无据的，实际上与人事优劣有关，那些昏庸之君不会明白，只有明君能够觉察。连尧这样的圣君都要观天象以从事，何况那些德不及古圣君者。作

---

① （清）陈元龙编：《历代赋汇》卷一，凤凰出版社 2004 年版，第 3 页。

② （清）陈元龙编：《历代赋汇》卷一，凤凰出版社 2004 年版，第 3 页。

者借祯祥之应宣扬儒家明君政治之旨归可谓显明而不虚。其实赋文中时有儒家式政治观念的论述，如"右则少微、轩辕，皇后之位，嫔御相次，尊卑有秩。御宫典仪，女史执笔。内平秉礼以伺邪，天牢禁恣而察失"。这种尊卑有序，以礼为正的描述正是儒家政治理念的反映。

五、庾信、颜之推、杜台卿的经典化写作

庾信与颜之推都是由南入北的赋家。庾信自梁而西魏而北周，颜之推自梁而北齐而北周而隋，庾、颜二人皆由南朝梁而入北朝，故而在文化心理上均表现出对南朝故国的依恋，对南朝具有较强的认同感。因此当他们长期滞留于北国的时候，即使在政治与生活上享受着北朝君主所给予的优渥待遇，也难以消除他们心头的沉重与失落感。二人入北以后，往往以正宗华夏文化之代表而自许，兼以北朝君主多向往儒学，故庾信、颜之推的赋作常常依经立义，对儒学多有服膺。

（一）庾信"尤善《春秋左氏传》"与其赋作

清人倪璠《庾子山集注》收庾信赋作十五篇，马积高先生称庾信赋"淫放、轻险"，认为"这是文学在摆脱经学、玄学、史学的束缚而独立时所走的必由之路"。① 虽然马积高先生对庾信赋作辞藻秾丽多所体谅，称其为摆脱经学等束缚所必然经历的途径，客观上对庾信赋与经典的关系并不持肯定态度。然而翻检庾信赋作，可知庾信赋多与儒家经典有着紧密的关系。

《北史·文苑传·庾信传》称庾信（513—581）"聪敏绝伦，博览群书，尤善《春秋左氏传》"②。庾信既然"博览群书"，故其赋作于经史典籍多所援引。例如《三月三日华林园马射赋》曰：

---

① 马积高：《赋史》，上海古籍出版社 1987 年版，第 247—248 页。
② （唐）李延寿：《北史》卷八十三，中华书局 1974 年版，第 2793 页。

　　　　皇帝以上圣之姿，膺《下武》之运，通乾象之灵，启神明之德。

　　夷典秩宗，见之三礼；夔为乐正，闻之九成。克己备于礼容，威风

　　总于戎政。加以卑躬菲食，皂帐绨衣，百姓为心，四海为念。西郊

　　不雨，即动皇情；东作未登，弥回天眷。……①

上引赋文几乎句句依经典而立义。《下武》为《诗经·大雅》篇名，《毛诗序》曰："《下武》，继文也。武王有圣德，复受天命，能昭先人之功焉。"《下武》诗云："下武维周，世有哲王。"②庾信引以颂美周武帝。"乾象之灵"暗引《周易·乾》"象"曰："天行健，君子以自强不息。"③作者引以为歌颂皇帝的九五之尊以及皇帝的盛美君德。"三礼"出于《尚书·舜典》："帝曰：咨！四岳，有能典朕三礼？'"孔传："三礼，天、地、人之礼。"④"夔为乐正"出《尚书·舜典》："帝曰：'夔，命汝典乐，教胄子。'"⑤"闻之九成"出《尚书·益稷》："箫韶九成，凤凰来仪。"⑥作者引《尚书》语以颂美皇帝重礼而致天下礼乐隆盛。"克己备于礼容"出于《论语·颜渊》："颜渊问仁。子曰：'克己复礼为仁。一日克己复礼，天下归仁焉。为仁由己，而由人乎哉？'"⑦"卑宫菲食"语出《论语·泰伯》："禹，吾无间然矣！菲饮食，而致孝乎鬼神；恶衣服，而致美乎黻冕；卑宫室，而尽力乎沟洫。"⑧庾信引《论语》以颂美皇帝有"克己复礼"以及卑俭之德。又赞颂皇帝以百姓为心，以四海为念，"西郊不雨"与"东作未登"均牵动着皇帝的挂念。其中"西郊不雨"出自《周易·小畜》："密云不雨，自我西郊。"又见于《周易·小过》："密云不雨，自

---

① （北周）庾信撰，（清）倪璠注：《庾子山集注》，中华书局 1980 年版，第 3 页。

② （清）阮元校刻：《十三经注疏·毛诗正义》卷一六，上海古籍出版社 1997 年版，第 525 页。

③ （清）阮元校刻：《十三经注疏·周易正义》卷一，上海古籍出版社 1997 年版，第 14 页。

④ （清）阮元校刻：《十三经注疏·尚书正义》卷三，上海古籍出版社 1997 年版，第 131 页。

⑤ （清）阮元校刻：《十三经注疏·尚书正义》卷三，上海古籍出版社 1997 年版，第 131 页。

⑥ （清）阮元校刻：《十三经注疏·尚书正义》卷三，上海古籍出版社 1997 年版，第 144 页。

⑦ （宋）朱熹：《四书章句集注·论语集注》卷六，中华书局 1983 年版，第 131 页。

⑧ （宋）朱熹：《四书章句集注·论语集注》卷四，中华书局 1983 年版，第 108 页。

我西郊。"①"东作未登"语出《尚书·尧典》："寅宾出日，平秩东作。"孔传："岁起于东，而始就耕，谓之东作。东方之官，敬导出日，平均次序，东作之事以务农也。"②由此可见，庾信援引经典之密。

赋文又曰："于时玄鸟司历，苍龙御行；羔献冰开，桐华萍生。皇帝幸于华林之园。玉衡正而泰阶平，阊阖开而勾陈转。"③"玄鸟"一语见于《左传·昭公十七年》："玄鸟氏，司分者也。"又见于《诗经》《诗经·商颂·玄鸟》："天命玄鸟，降而生商。"④《礼记·月令》亦云："（仲春之月）玄鸟至。""苍龙御行"见于《礼记·月令》："天子居青阳左个，乘鸾路，驾苍龙。"⑤而"羔献冰开，桐华萍合"则是化用《诗经》和《礼记》之辞而来。古人在开窖取冰之前有献上羔羊和韭菜以祭祖的仪式。《礼记·月令》："仲春，天子乃鲜羔开冰，先荐寝庙。"《诗经·豳风·七月》："二之日凿冰冲冲，三之日纳于凌阴，四之日其蚤，献羔祭韭。"孔颖达疏曰："四之日其早，朝献黑羔于神，祭用韭菜而开之，所以御暑，言先公之教，寒暑有备也。"⑥又《礼记·月令》有"季春之月，桐始华，田鼠化为鴽，虹始见，萍始生"的记载。"玉衡正而泰阶平"出于《尚书·舜典》："璇、玑、玉衡，以齐七政。"孔传："七政，日月五星各异政。"孔颖达疏云："七政，其政有七，于玑衡察之，必在天者，知七政谓日月与五星也。"⑦可见庾信赋引经典极为紧凑隐秘，颇

---

① （清）阮元校刻：《十三经注疏·周易正义》卷二、卷六，上海古籍出版社1997年版，第26、72页。

② （清）阮元校刻：《十三经注疏·尚书正义》卷二，上海古籍出版社1997年版，第119页。

③ （清）倪璠注：《庾子山集注》，中华书局1980年版，第4页。

④ （晋）杜预：《春秋左传集解》，上海人民出版社1977年版，第1420页；（清）阮元校刻：《十三经注疏·毛诗正义》卷二〇，上海古籍出版社1997年版，第622页。

⑤ （清）阮元校刻：《十三经注疏·礼记正义》卷一五、一四，上海古籍出版社1997年版，第1361、1355页。

⑥ （清）阮元校刻：《十三经注疏·礼记正义》卷一五，上海古籍出版社1997年版，第1362页；（清）阮元校刻：《十三经注疏·毛诗正义》卷八，上海古籍出版社1997年版，第392页。

⑦ （清）阮元校刻：《十三经注疏·礼记正义》卷一五，上海古籍出版社1997年版，第1363页；（清）阮元校刻：《十三经注疏·尚书正义》卷三，上海古籍出版社1997年版，第126页。

有令人不察之处。

庾信"尤善《春秋左氏传》"，故其赋作多引《左传》语，如《小园赋》曰："虽复晏婴近市，不求朝夕之利；潘岳面城，且适闲居之乐；况乃黄鹤戒露，非有意于轮轩；爰居避风，本无情于钟鼓。"① 其中"晏婴近市，不求朝夕之利"典出《左传·昭公三年》："景公欲更晏子之宅，曰：'子之宅近市，湫隘嚣尘，不可以居，请更诸爽垲者。'辞曰：'君之先臣容焉，臣不足以嗣之，于臣侈矣。且小人近市，朝夕得所求，小人之利也。'"② "黄鹤戒露，非有意于轮轩"典出《左传·闵公二年》："卫懿公好鹤，鹤有乘轩者。"③ "爰居避风，本无情于钟鼓"典出《左传·文公二年》："仲尼曰：臧文仲，其不仁者三，不知者三。下展禽，废六关，妾织蒲，三不仁也。作虚器，纵逆祀，祀爰居，三不知也。"④ 庾信引《左传》之典以明志。懿公好鹤，故鹤有乘轩，而黄鹤非有意于轮轩；臧文仲不知，故祀爰居，而爰居本无情于钟鼓。庾信引以为喻，魏、周强欲己仕，而自己本无意于仕禄。

庾信赋作引《左传》尤以《哀江南赋》为最，其引《左传》竟达百余次之多，作者大量引用《左传》事典以写其春秋迭代，人事浮沉之悲。例如《哀江南赋》曰："华阳奔命，有去无归"，即暗引《左传·成公七年》楚申公巫臣使子重、子反一岁七奔命的典故。《左传》载子重、子反杀巫臣之族而分其室，巫臣遗二子书曰"余必使尔罢于奔命以死"，后巫臣使于吴，说吴伐楚，于是子重、子反一岁七奔命⑤。庾信引《左传》语以表明自己出使长安而江陵沦陷，不得不奔命北国的命运。又如《哀江南赋》曰"三年囚于别馆"，即引《左传·昭公二十三年》叔孙婼执于晋的典故。《左传》记载叔孙婼如晋，晋人执之，馆诸箕。庾信引以为表达自己奉使长安，而江陵沦陷为魏所

---

① （清）倪璠注：《庾子山集注》，中华书局 1980 年版，第 20 页。
② （晋）杜预：《春秋左传集解》，上海人民出版社 1977 年版，第 1223 页。
③ （晋）杜预：《春秋左传集解》，上海人民出版社 1977 年版，第 222 页。
④ （晋）杜预：《春秋左传集解》，上海人民出版社 1977 年版，第 429—430 页。
⑤ （晋）杜预：《春秋左传集解》，上海人民出版社 1977 年版，第 689 页。

执的悲困。① 又《哀江南赋》云"信年始二毛"之"二毛"一语即出《左传·僖公二十二年》，宋襄公曰："君子不重伤，不禽二毛。"杜预注曰："二毛，头白有二色。"② 庾信引以为抒发自己奉使北国而皓首不归的感伤。又如《哀江南赋》曰："钟仪君子，入就南冠之囚；季孙行人，留守西河之馆；申包胥之顿地，碎之以首。"③ 作者先引《左传·成公七年》钟仪南冠之典言己本楚人而来秦地，若南冠之囚；接着引《左传·昭公十三年》季孙移馆西河的典故言己遂留长安而不能归的苦恼；最后引《左传·定公四年》申包胥哭秦庭之典以明完成使命的决心。总之，《哀江南赋》引《春秋左氏传》甚伙，此不赘述。

（二）颜之推"习《礼》《传》"与《观我生赋》对华夏文化命运的悲叹

北齐颜之推（531—约591）出生于儒学世家，颇有家学渊源。《北齐书·文苑传·颜之推传》载："世善《周官》《左氏》学，之推早传家业。……习《礼》《传》，博览群书，无不该洽。④"颜之推服膺儒学，著有《颜氏家训》，全书多用"礼"字，达60余次；直接援引《礼记》《周礼》达14处，又引《左传》达13次，可见颜之推对《礼》《传》的熟习。颜之推在《颜氏家训》一书中也自称"吾家风教，素为整密。昔在龆龀，便蒙诱诲"而读"《礼》《传》"的经历⑤。颜之推崇尚儒学，故反对魏晋以来的玄学清谈之风，批评何晏、王弼之流"皆以农黄之化，在乎己身。周孔之业，弃之度外"，认为玄学"非济世成俗之要也"⑥。不仅如此，颜之推还颇不雅好庄老之学，《北齐书》记载他"年十二，值绎自讲庄老，便预门徒，虚谈非其所好"⑦，还习儒学。《颜氏家训》也载其少时从湘东王萧绎习庄老之学的经历，"颇预末筵，亲承音

---

① （晋）杜预：《春秋左传集解》，上海人民出版社1977年版，第1495—1496页。

② （晋）杜预：《春秋左传集解》，上海人民出版社1977年版，第326—327页。

③ （清）倪璠注：《庾子山集注》，中华书局1980年版，第99页。

④ （唐）李百药：《北齐书》卷四十五，中华书局1972年版，第617页。

⑤ 王利器：《颜氏家训集解》，中华书局1993年版，第47页。

⑥ 王利器：《颜氏家训集解》，中华书局1993年版，第186—187页。

⑦ （唐）李百药：《北齐书》卷四十五，中华书局1972年版，第617页。

旨，性既顽鲁，亦所不好”①。

《观我生赋》将作者个人的人生遭遇与华夏礼乐文化的衰微命运紧密连接起来。赋题由《周易》"观卦"化出，"观卦"曰："观我生，君子无咎。观其生，君子无咎。"②《观卦》本来说的是君王施政既要体察本族意向，又要考察异族动向，方能做到治国无咎，而颜之推强调"观我生"，独尊华夏本族，不能不说别有用意。《观卦》"象传"曰："'观我生'，观民也。'象传'曰：'大观在上，顺而巽，中正以观天下。……圣人以神道设教，而天下服矣。'"③可见《观卦》提倡君王观四方生民以及天道运行法则而教化天下之旨。正如孔颖达云："九五居尊，为观之主。四海之内，由我而观，而教化善，则天下有君子之风；教化不善，则天下着小人之俗。故则民以察我道，有君子之风着，则无咎也。……谓观民以观我，故观我即观民也。"④因此，"观我"非考察个体命运，实乃观民之群体。

《观我生赋》开篇云：

> 仰浮清之藐藐，俯沉奥之茫茫。已生民而立教，乃司牧以分疆。内诸夏而外夷狄，骤五帝而驰三王。⑤

赋开篇强调生民立教而统治天下的王者之治。赋文"内诸夏而外夷狄"正是《公羊》学"大一统"思想的反映，《春秋公羊传·成公十五年》云：

> 《春秋》内其国而外诸夏，内诸侯而外夷狄。王者欲一呼天下，曷为以内外之辞言之，言自近者始也。（何休注曰："明当先正京师，

① 王利器：《颜氏家训集解》，中华书局1993年版，第187页。
② （清）阮元校刻：《十三经注疏·周易正义》卷三，上海古籍出版社1997年版，第36页。
③ （清）阮元校刻：《十三经注疏·周易正义》卷三，上海古籍出版社1997年版，第36页。
④ （清）阮元校刻：《十三经注疏·周易正义》卷三，上海古籍出版社1997年版，第36页。
⑤ （清）严可均校辑：《全上古三代秦汉三国魏晋六朝文·全隋文》卷十三，中华书局1958年版，第4088页。

乃正诸夏，诸夏正，乃正夷狄，以渐治之。"）①

王道教化乃由内而外，由夏及夷而渐行化之的，故以夏变夷为正道，以夷变夏则是反动。华夏文化在春秋之后多受外夷侵蚀，作者身处魏晋南北朝荡乱之际，故而尤为代表华夏文化正宗的梁终亡于胡族之手而深感悲哀。作者不嫌冗繁，历叙春秋以来自赵武灵王、汉灵帝到西晋末年的"五胡乱华"、梁武帝时期的"侯景之乱"，以及西魏踏破扬都等一系列的以夷变夏的反动趋势。故赋文结束曰：

> 余一生而三化，备荼苦而蓼辛；鸟焚林而铩羽翮，鱼夺水而暴鳞；嗟宇宙之辽旷，愧无所而容身。……远绝圣而弃智，妄锁义以羁仁，举世溺而欲拯，王道郁以求申。既衔石以填海，终荷戟以入榛，……而今而后，不敢怨天而泣麟也。②

作者一生秉持儒家仁义之道，远弃老庄之术，然而自己却如同鸟被焚林而铩羽，鱼被夺水而暴鳞一样，宇宙虽大，竟无处容身。悲愤不遇之感充塞字里行间，令人扼腕。"泣麟"典出《春秋公羊传·哀公十四年》："麟者，仁兽也。有王者则至，无王者则不至。……孔子曰：'孰为来哉！孰为来哉！'反袂试面，涕沾袍。……孔子曰：'吾道穷矣。'"何休注曰："麟者，太平之符，圣人之类。时得麟而死，此亦太告夫子将没之征。故云尔。"③则获麟预兆圣人将死，其道将亡。颜之推援引公羊派"泣麟"典故作结，与赋文开头"内诸夏而外夷狄"相呼应，再次揭示其赋旨所在。作者既然将个人的命运与华夏

---

① （清）阮元校刻：《十三经注疏·春秋公羊传注疏》卷十八，上海古籍出版社1997年版，第2297页。

② （清）严可均校辑：《全上古三代秦汉三国魏晋六朝文·全隋文》卷十三，中华书局1958年版，第4090页。

③ （清）阮元校刻：《十三经注疏·春秋公羊传注疏》卷二八，上海古籍出版社1997年版，第2352—2353页。

文化紧紧联系在一起，那么象征着圣人与华夏正统文化的麒麟已死，于是自己一生的追求也随之云散。故华夏亡而己亦不存，读之令人泫然。

（三）杜台卿《淮赋》依《诗经》以立论

杜台卿（生卒年不详）由北齐历北周而入隋，是一位典型的北朝赋家，其赋仅存《淮赋》残篇。考其所作《淮赋》，虽然赋文残佚严重，然其赋序完整，其赋序多引《诗经》以立论，几由《诗经》之集句拼凑而成。赋序曰：

> 古人登高有作，临水必观焉。吟咏比赋，可得而言矣。《诗·周南》云："汉之广矣，不可泳思；江之永矣，不可方思。"《邶风》云："泾以渭浊，湜湜其沚。"《卫风》云："河水洋洋，北流活活。"《小雅》云："滔滔江汉，南国之纪。"《大雅》云："丰水东注，惟禹之绩。"《周颂》云："猗与漆沮，潜有多鱼；有鳣有鲔，鲦鲿鰋鲤。"《鲁颂》云："思乐泮水，薄采其芹。"此皆水赋滥觞之源也。①

此赋序几乎描述了魏晋南北朝江海赋的创作史。作者将江海赋的源头上溯至《诗经》，体现了作者以《诗》为赋之源的赋学观念。另外，赋序不仅罗列了《诗经》中涉及江河湖水的众多诗篇名，如《周南》《邶风》《卫风》《小雅》《大雅》《周颂》《鲁颂》等；还不厌其烦地摘引《诗经》中描写江河湖海的诗句，全序洋溢着浓厚的经典意识，亦可见出作者创作《淮赋》时以儒家经典《诗经》为原典的意识自觉，体现了作者经艺化的书写特征。

---

① （清）严可均校辑：《全上古三代秦汉三国魏晋六朝文·全隋文》卷二十，中华书局 1958 年版，第 4133 页。

结　语

　　赋无疑是受经典影响最大的文学作品之一，尤其以京殿苑猎题材为代表的大赋，除了担负起"体国经野""义尚光大"的政治责任之外，甚至成为了经典思想在文学创作中的载体。即使是以抒发个人悲欣起伏为主旨的抒情言志小赋，抑或是触兴致情、象其物宜的咏物小赋，也表现出经典的渗透和遗留。纵观汉唐赋创作，至少可以从四个方面考察出赋与经典关系的发生。

一、经典与作家

　　在儒术独尊以后的中国传统文化背景下，几乎所有的文人学子，无不以读圣贤之书，阐经典之旨为毕生第一要务。儒家经典成为了中国古代绝大多数知识分子最基本的知识结构和信仰法则，为数众多的赋家或者自觉信奉经典，或者在不自觉中受到儒家经典的熏染，由此形成的经典观念对于他们的辞赋创作必然产生直接的影响。作为儒家思想载体的经典所蕴含的儒家精神刺激着赋家以及他们的创作，从而造成赋作浓厚的经典意识。比如儒家经典所含蓄的忠君孝悌观念、积极建功的入世精神，以及固守君子之道的儒士品格等无不渗透进赋家的精神世界，刺激着赋家的社会责任感，或颂美时代，或讽谏君王。例如西汉扬雄作《羽猎》《长杨》等赋，或讽或劝，以期达成作赋之旨。东汉班固《两都赋序》则认为赋家应担负起"润色鸿业"的赋颂责任，"或以抒下情而通讽谕，或以宣上德而尽忠孝"，充分发挥辞赋所起的政治功用，其作品《两都赋》正是出于"先臣之旧式，国家之遗美"不可或缺的目的，又见汉明帝之时"海内清平，朝廷无事，京师修宫室，浚城隍，起苑囿，以备制度"，故而雍容揄扬敷衍成文。

从赋家的知识结构与思想体系考察，绝大多数赋家都具有儒学背景。很多赋家如贾谊、董仲舒、虞丘寿王、刘向、马融、郑玄等本就是经学家，他们集"出入经史"与"铺采摛文"于一身。还有很多赋家虽不是严格意义上的经学家，但也饱读诗书，比如司马相如曾受《七经》；司马迁曾从董仲舒习《公羊春秋》，从孔安国习《古文尚书》；王褒"讲论六艺群书"；冯衍"年九岁能诵《诗》"等。即使是号称儒学衰微的魏晋六朝，大多赋家仍然具备浓厚的儒学修养，例如刘劭就曾执经讲学；号称玄学名士的何晏作《论语集解》十卷；曹植年十岁即能"诵读《诗》《论》及辞赋数十万言"；王肃尝为《尚书》《诗经》《论语》《左传》《三礼》诸经作传注等，他如傅玄、傅咸、成公绥等均有着深厚的儒学修养。至于唐代，实行科举试赋，赋题从内容到形式皆与经典相关，故而赋家常常熟习儒家经典，具有深厚的儒学造诣，例如韩愈、柳宗元、白居易、元稹等莫不如是。

二、经典与赋作的题材、体制

以经典为核心的传统中国文化刺激着汉唐赋写作的题材与体制。就汉唐大赋而言，其所具备的美颂品格正是传统儒家美颂精神的反映和投射。一方面，汉大赋多以京殿苑猎等与帝国和君王有着紧密关联的对象为写作题材；另一方面，汉大赋的体制必然形成"包括宇宙，总览人物"，以及"体国经野""义尚光大"的格局。对于汉大赋的美颂品格以及格局气象，李泽厚先生在《美的历程》中说：

被后代视为类书、字典、味同嚼蜡的这些皇皇大赋，其特征也恰好是上述那同一时代（即汉代）精神的体现。"赋体物而浏亮"，从《子虚》《上林》到《两都》（西汉）、《两京》（东汉），都是状貌写景，铺陈百事，"苞括宇宙，总览人物"的。尽管有所谓"讽谕劝戒"，其实作品的主要内容和目的仍在极力夸扬、尽量铺陈天上人间的各类事物，其中又特别是现实生活中的各种环境事物和物质对象：山如何，水如何，树木如何，鸟兽如何，城市如何，宫殿如何，美女如何，衣饰如何，百业如何……它们所力图展示的，不仍然是这样一个繁荣富强、充满活力、自信和对现实具有浓厚兴趣、关注和爱好的世界图景么？①

李泽厚先生认为这些"皇皇大赋"尽管呆板堆砌，"但它在描述领域、范围、对象的广度上，却确乎为后代文艺所再未达到"。从李泽厚先生这段话中，我们可以看出，被称为"皇皇大赋"的往往是那些京殿苑猎题材的大赋，只有这些大赋才具有"苞括宇宙，总览人物"的气象和格局，而大赋所采用的表达方式非得是"极力夸扬、尽量铺陈"不可，只有这样才能描绘"一个繁荣富强、充满活力、自信和对现实具有浓厚兴趣、关注和爱好的世界图景"，也只有这样才能真正达到儒家所提倡的"雍容揄扬"的颂美功用。比如歌颂大一统时，非得如司马相如撰写《天子游猎赋》一样极尽夸耀铺陈之能事，才能足够显示出天子的威仪以及达到震慑四方诸侯的文学效果。又比如赋家表达对帝国盛世的颂美时，非得如班固《两都赋》、张衡《二京赋》、左思《三都赋》一样才能展现出帝国的壮盛与君王的伟绩，所以"劝百讽一"才是大赋的真正风貌。到了唐代，经典甚至以国家意志的方式渗透进律赋的写作，无论是赋题、赋韵，还是赋文，均依经立义行文。可以说离开经典，几不能成律赋。

---

① 李泽厚：《美的历程》，文物出版社 1989 年版，第 79—80 页。

三、经典与赋作的思想内容

以经典为载体的儒家思想在汉唐赋作中有普遍的展示。由于传统赋家所受到的儒家思想文化的影响，其儒学观念往往自觉或不自觉地在赋作中折射出来。比如在汉唐赋作中普遍存在的颂君意识以及对帝国的颂美，赋作中的"大一统"思想，以及汉唐赋家所追求的以圣君贤臣为基本结构的政治理想模式等，无不是儒家经典意识的反映。又如汉唐赋作对礼乐思想的崇尚，对儒家君子人格的尊崇（如忠孝、仁义、循礼、节俭、好学、守节等），以及对积极用世愿望的表达（如资政、讽谕、刺世、不遇等）等，同样也是儒家经典意识的体现。总之，儒家经典在汉唐赋作中的渗透确实是一个不争的事实，我们要做的就是去发掘儒家经典意识在汉唐赋作中的呈现和折射。

四、经典与赋作的表现形式

首先，经典为赋作提供了话语渊薮。刘勰《文心雕龙·宗经》称"文能宗经"："三极彝道，训深稽古。致化归一，分教斯五。性灵熔匠，文章奥府。渊哉烁乎，群言之祖。"[1] 刘勰认为五经可以熔铸人的性灵，是文章之奥府，群言之始祖。而作为文章之一的"赋"正是依经典而立言的。考察汉唐赋作，大量援引经典成语入赋，或者是化用经典话语入赋，经典文本成为赋家写作话语生成的有机土壤和言语渊薮。即使是号称儒学中衰的魏晋赋家在写作抒情言志赋时，也不能不以经典话语入赋。例如曹魏时期的赋家韦诞作《叙志赋》自言其志。赋文曰：

胤鸿烈之末流，蒙祖考之余德。奉过庭之明训，纳微躬于轨

---

[1]　（梁）刘勰著，范文澜注：《文心雕龙注》卷一，人民文学出版社 1858 年版，第 23 页。

则。勉四民之耕耘，遂能辩乎菽麦。自弱冠而立朝，无匡时之异才。每寤寐以叹息，思损已而降阶。①

上引赋文中援引自经典的词语为数众多，比如"祖考"，出自《左传》襄公十四年："今余命女环，兹率舅氏之典，纂乃祖考，无忝乃旧。"②"过庭之明训"，化用孔子之子孔鲤过庭受训的典故，出于《论语·季氏》。"四民"出于《穀梁传》成公元年："古者有四民：有士民，有商民，有农民，有工民。"③"菽麦"，语出《诗经·豳风·七月》："黍稷重穋，禾麻菽麦。"④"勉四民之耕耘，遂能辩乎菽麦"整句还暗用了《论语·微子》所载荷蓧丈人批评孔子"四体不勤，五谷不分"的典故，表达自己能事稼穑，能识五谷。"弱冠"语出《礼记·曲礼上》："二十曰弱，冠。"⑤"寤寐"则语出《诗经·周南·关雎》："窈窕淑女，寤寐求之。"⑥由此可见，离开经典，赋不成文；也可见赋作依经造辞的话语模式。

其次，赋作铺陈丽辞的写作方式也与经典有着密切的关系。古人既以赋为诗"六义"之一，于是作为文体的赋也就具有了铺陈的写作特征。《文心雕龙·诠赋》称"赋者，铺也，铺采摛文，体物写志也"。⑦明确认为赋应当铺叙辞藻：

> 观夫荀结隐语，事数自环；宋发夸谈，实始淫丽；枚乘《菟园》，

---

① （唐）欧阳询：《艺文类聚》卷二十六，上海古籍出版社 1965 年版，第 471 页。

② （清）阮元校刻：《十三经注疏·春秋左传正义》卷三十二，上海古籍出版社 1997 年版，第 1958 页。

③ （清）阮元校刻：《十三经注疏·春秋谷梁传注疏》卷十三，上海古籍出版社 1997 年版，第 2417 页。

④ （清）阮元校刻：《十三经注疏·毛诗正义》卷八，上海古籍出版社 1997 年版，第 391 页。

⑤ （清）阮元校刻：《十三经注疏·礼记正义》卷一，上海古籍出版社 1997 年版，第 1232 页。

⑥ （清）阮元校刻：《十三经注疏·毛诗正义》卷一，上海古籍出版社 1997 年版，第 273 页。

⑦ （梁）刘勰著，范文澜注：《文心雕龙注》卷二，人民文学出版社 1958 年版，第 134 页。

举要以会新；相如《上林》，繁类以成艳，贾谊《鹏鸟》，致辨于情理；
子渊《洞箫》，穷变于声貌，孟坚《两都》，明绚以雅赡；张衡《二京》，
迅发以宏富，子云《甘泉》，构深玮之风；延寿《灵光》，含飞动之势：
凡此十家，并辞赋之英杰也。①

　　刘勰所标举的十家"辞赋之英杰"，大多以创作大赋而闻名，且为刘勰所称
颂的原因主要是赋辞的宏富壮丽。儒家经典所蕴含的美颂意识在辞赋创作的
形式上体现为铺陈的表达方式以及丽词雅言的语言风格，这也是典型的赋颂
方式。

　　虽然经典与赋的关系极为密切而全面，但自两汉经由魏晋南北朝以至于
唐代的辞赋在接受经典的影响时，无论是接受的广度，还是影响的深度均表
现出复杂而丰富的情形。

　　两汉时期儒学独尊，经学鼎盛，故而大赋极为发达，如司马相如《子虚》
《上林》、扬雄《羽猎》《长杨》、班固《两都》、张衡《二京》均为气象阔大，
赋辞壮丽之作，承担着赋颂当世的文学责任。魏晋六朝，儒学中衰，大赋的
题材、气象均不能与两汉大赋比肩，然而尚有左思《三都赋》洛阳纸贵，对
两汉大赋传统有所承续。唐代大赋并不发达，但因为唐代统一《五经》，且
以科举试赋的缘由，儒家经典思想以国家意志与行政手段的方式与唐代辞赋
发生关系，因而唐代赋作与经典的关系极为深厚广博，无论古赋和律赋，均
表现出与经典极为紧密的关联，比如帝德、典礼、治道、祥瑞、朝贡、临幸
等赋类的繁荣，均为汉魏六朝无法比拟。

　　两汉赋家常常在儒家经典意识的背景下抒发不遇之感，从而寄托作者的
用世渴望。魏晋南北朝的抒情咏物小赋极为发达，赋家常以此寄托用世理想
以及对儒家美政的渴望，大量的咏物赋以"比德"的方式表达了赋家对儒家
君子高洁品行的向往以及对儒家道德的坚守。这一时期又出现了独立的典礼

① （梁）刘勰著，范文澜注：《文心雕龙注》卷二，人民文学出版社 1958 年版，第 135 页。

赋与祥瑞赋，这与两汉时期将典礼、祥瑞包蕴在大赋中进行书写的情形是不相同的，这或许从另一角度说明了魏晋南北朝时期赋与经典关系的黏合。唐代的抒情言志小赋在初盛唐时期主要呈现为对用世理想的渴望，在中晚唐以后则主要呈现为讽刺小赋，其讽刺的辛辣程度为两汉魏晋南北朝所未有。

　　至于宋元明清以后的赋作，无论是赋的题材内容，还是赋的思想内涵，抑或是赋的讽颂功用，均不能超越汉唐赋作，这也正是本书选择以两汉魏晋南北朝赋作为考察对象的主要原因。

参考文献

一、古籍

（一）经部

[1]（清）阮元校刻：《十三经注疏》，上海：上海古籍出版社，1997 年。

[2]（南宋）朱熹注：《周易》，上海：上海古籍出版社，1987 年。

[3]（清）李道平：《周易集解纂疏》，北京：中华书局，2011 年。

[4]（汉）毛亨传，（汉）郑玄笺，（唐）陆德明音释：《毛诗注疏》，上海：上海古籍出版社，2013 年。

[5]（清）马瑞辰：《毛诗传笺通释》，北京：中华书局，1989 年。

[6]（清）王先谦：《诗三家义集疏》，北京：中华书局，2011 年。

[7]（汉）孔安国传，（唐）孔颖达正义：《尚书正义》，上海：上海古籍出版社，2007 年。

[8]（清）孙星衍：《尚书今古文注疏》，北京：中华书局，2016 年。

[9]（汉）郑玄注，（唐）贾公彦疏：《周礼注疏》，上海：上海古籍出版社，2010 年。

[10]（汉）郑玄注，（唐）贾公彦疏：《仪礼注疏》，上海：上海古籍出版社，2008 年。

[11]（汉）郑玄注，（唐）孔颖达正义：《礼记正义》，上海：上海古籍出版社，2008 年。

[12]（清）孙希旦：《礼记集解》，北京：中华书局，1989 年。

[13]（清）陈澔集说：《礼记》，上海：上海古籍出版社，1987 年。

[14]（清）王聘珍：《大戴礼记解诂》，北京：中华书局，1983 年。

[15] 方向东：《大戴礼记汇校集解》，北京：中华书局，2008 年。

[16]（西晋）杜预：《春秋左传集解》，上海：上海人民出版社，1977 年。

[17] 杨伯峻：《春秋左传注》，北京：中华书局，1990 年。

[18]（南宋）朱熹集注：《四书章句集注》，北京：中华书局，1983 年。

[19]（清）刘宝楠：《论语正义》，北京：中华书局，1990 年。

[20]（清）焦循：《孟子正义》，北京：中华书局，1987 年。

[21]（唐）李隆基注，（宋）邢昺疏：《孝经注疏》，上海：上海古籍出版社，2009 年。

[22]（清）皮锡瑞：《经学历史》，北京：中华书局，2008 年。

[23]（汉）许慎撰，（清）段玉裁注：《说文解字注》，上海：上海古籍出版社，1988 年。

（二）史部

[1]（汉）司马迁撰，（南朝·宋）裴骃集解，（唐）司马贞索隐，（唐）张守节正义：《史记》，北京：中华书局，1959 年。

[2]（汉）班固撰，（唐）颜师古注：《汉书》，北京：中华书局，1962 年。

[3]（南朝·宋）范晔等撰，（唐）李贤注：《后汉书》，北京：中华书局，1965 年。

[4]（西晋）陈寿撰，（南朝·宋）裴松之注：《三国志》，北京：中华书局，1959 年。

[5]（唐）房玄龄等：《晋书》，北京：中华书局，1974 年。

[6]（南朝·梁）沈约：《宋书》，北京：中华书局，1974 年。

[7]（南朝·梁）萧子显：《南齐书》，北京：中华书局，1972 年。

[8]（唐）姚思廉：《梁书》，北京：中华书局，1973 年。

[9]（唐）姚思廉：《陈书》，北京：中华书局，1972 年。

[10]（北齐）魏收：《魏书》，北京：中华书局，1974 年。

[11]（唐）李百药：《北齐书》，北京：中华书局，1972 年。

[12]（唐）令狐德棻等：《周书》，北京：中华书局，1971 年。

[13]（唐）李延寿：《南史》，北京：中华书局，1975 年。

[14]（唐）李延寿：《北史》，北京：中华书局，1974 年。

[15]（后晋）刘昫等：《旧唐书》，北京：中华书局，1975 年。

[16]（北宋）欧阳修、宋祁：《新唐书》，北京：中华书局，1975 年。

[17]（北宋）薛居正等：《旧五代史》，北京：中华书局，1976 年。

[18]（北宋）欧阳修撰：《新五代史》，北京：中华书局，1974 年。

[19] 徐元诰：《国语集解》，北京：中华书局，2002 年。

[20]（西汉）刘向集录：《战国策》，上海：上海古籍出版社，1998 年。

[21] 王贵民、杨志清编著：《春秋会要》，北京：中华书局，2009 年。

[22]（南宋）徐天麟：《西汉会要》，北京：中华书局，1985 年。

[23]（南宋）徐天麟：《东汉会要》，北京：中华书局，1978 年。

[24]（北宋）王溥：《唐会要》，北京：中华书局，1955 年。

[25]（唐）杜佑：《通典》，北京：中华书局，1988 年。

[26]（唐）刘知几撰，（清）浦起龙释：《史通通释》，上海：上海古籍出版社，2009 年。

[27]（南宋）郑樵：《通志二十略》，北京：中华书局，1995 年。

[28]（元）马端临：《文献通考》，北京：中华书局，1986 年。

[29]（清）章学诚著，叶瑛校注：《文史通义校注》，北京：中华书局，1985 年。

[30] 陈国庆编：《汉书艺文志注释汇编》，北京：中华书局，1983 年。

[31]（清）徐松：《登科记考》，北京：中华书局，1984 年。

[32]（南宋）陈振孙：《直斋书录解题》，上海：上海古籍出版社，2015 年。

[33]（清）永瑢等：《四库全书总目》，北京：中华书局，1965 年。

[34]（唐）吴兢：《贞观政要》，北京：上海古籍出版社，1978 年。

（三）子部

[1]（魏）王弼注，楼宇烈校释：《老子道德经注校释》，北京：中华书局，2008 年。

[2] 朱谦之撰：《老子校释》，北京：中华书局，1991 年。

[3]（清）孙诒让：《墨子间诂》，北京：中华书局，2017 年。

[4] 吴毓江撰：《墨子校注》，北京：中华书局，2006 年。

[5] 黎翔凤撰：《管子校注》，北京：中华书局，2004 年。

[6] 张纯一校注：《晏子春秋校注》，北京：中华书局，2014 年。

[7]（清）郭庆藩撰，王孝鱼点校：《庄子集释》，北京：中华书局，2004 年。

[8]（清）王先谦撰：《荀子集解》，北京：中华书局，2013 年。

[9]（清）王先慎撰：《韩非子集解》，北京：中华书局，2013 年。

[10] 许维遹撰：《吕氏春秋集释》，北京：中华书局，2009 年。

[11]（西汉）陆贾著，王利器校注：《新语校注》，北京：中华书局，2012 年。

[12]（西汉）贾谊著，阎振益、钟夏校注：《新书校注》，北京：中华书局，2014 年。

[13]（西汉）董仲舒撰，（清）苏舆义证：《春秋繁露义证》，北京：中华书局,2015 年。

[14]（西汉）桓宽著，王利器校注：《盐铁论校注》，北京：中华书局，1992 年。

[15]（西汉）扬雄著，汪荣宝义疏：《法言义疏》，北京：中华书局，1987 年。

[16]（西汉）刘向著，石光瑛校释：《新序校释》，北京：中华书局，2009 年。

[17]（西汉）刘向著，向宗鲁校证：《说苑校证》，北京：中华书局，1987 年。

[18]（西汉）桓谭著，朱谦之辑校：《新辑本桓谭新论》，北京：中华书局，2009 年。

[19]（东汉）班固撰，（清）陈立疏证：《白虎通疏证》，北京：中华书局，1994 年。

[20]（东汉）王符撰，汪继培笺，彭铎校正：《潜夫论笺校正》，北京：中华书局，2014 年。

[21]（东汉）王充撰：《论衡》，上海：上海人民出版社，1974 年。

[22]（魏）王肃注：《孔子家语》，上海：上海古籍出版社，1990 年。

[23] 陈士珂辑：《孔子家语疏证》，上海：上海书店，1987 年。

[24] 傅亚庶校释：《孔丛子校释》，北京：中华书局，2011 年。

[25] 郭沂校注：《孔子集语校注》，北京：中华书局，2017 年。

[26]（晋）葛洪著，杨明照校笺：《抱朴子外篇校笺（上）》，北京：中华书局，1991 年。

[27]（晋）葛洪著，杨明照校笺：《抱朴子外篇校笺（下）》，北京：中华书局，1997 年。

[28]（南朝·宋）刘义庆撰，（南朝·梁）刘孝标注，余嘉锡疏：《世说新语笺疏》，上海：上海古籍出版社，1993 年。

[29]（北齐）颜之推撰，王利器集解：《颜氏家训集解》，北京：中华书局，2013 年。

[30]（南朝·梁）萧绎撰，许逸民校笺：《金楼子校笺》，北京：中华书局，2011 年。

[31]（唐）欧阳询撰，汪绍楹校：《艺文类聚》，上海：上海古籍出版社，1965 年。

[32]（唐）徐坚撰：《初学记》，北京：中华书局，1962 年。

[33]（唐）刘肃：《大唐新语》，北京：中华书局，1984 年。

[34]（南宋）洪迈撰：《容斋随笔》，上海：上海古籍出版社，1978 年。

[35]（清）何焯撰：《义门读书记》，北京：中华书局，1987 年。

[36]（清）汪中著，李金松校笺：《述学校笺》，北京：中华书局，2014 年。

（四）集部

[1]（唐）李善注：《文选》，北京：中华书局，1977 年。

[2] 日本足利学校藏六臣注：《文选》，北京：人民文学出版社，2008 年。

[3]（北宋）李昉等编：《文苑英华》，北京：中华书局，1966 年。

[4]（南宋）章樵注：《古文苑（丛书集成初编）》，北京：中华书局，1985 年。

[5]（清）董诰等编：《全唐文》，北京：中华书局，1983 年。

[6]（清）严可均编：《全上古三代秦汉三国六朝文》，北京：中华书局，1958 年。

[7]（清）严可均编：《全上古三代秦汉三国六朝文》，上海：上海古籍出版社，2009 年。

[8]（清）严可均编：《全上古三代秦汉三国六朝文》，北京：商务印书馆，1999 年。

[9] 逯钦立编：《先秦汉魏晋南北朝诗》，北京：中华书局，1983 年。

[10]（清）陈元龙编：《历代赋汇》，南京：凤凰出版社，2004 年。

[11]（南宋）洪兴祖撰：《楚辞补注》，北京：中华书局，1983 年。

[12] 刘永济：《屈赋通笺、笺屈徐义》，北京：中华书局，2007 年。

[13] 吴广平编注：《宋玉集》，长沙：岳麓书社，2001 年。

[14]（西汉）贾谊：《贾谊集》，上海：上海人民出版社，1976 年。

[15]（西汉）司马相如著，金国永校注：《司马相如集校注》，北京：中华书局，1993 年。

[16]（西汉）司马相如撰，朱一清、孙以昭校注：《司马相如集校注》，北京：人民文学出版社，1996 年。

[17]（西汉）扬雄著，张震泽校注：《扬雄集校注》，上海：上海古籍出版社，1993 年。

[18]（东汉）张衡撰，张震泽校注：《张衡诗文集校注》，北京：中华书局，2009 年。

[19]（三国魏）曹植著，赵幼文校注：《曹植集校注》，北京：人民文学出版社，1984 年。

[20] 黄节注：《曹子建诗注 阮步兵咏怀诗注》，北京：中华书局，2008 年。

[21] 俞绍初辑校：《建安七子集》，北京：中华书局，2005 年。

[22]（三国魏）嵇康著，戴明扬校注：《嵇康集校注》，北京：中华书局，2014 年。

[23]（三国魏）阮籍著，陈伯君校注：《阮籍集校注》，北京：中华书局，2006 年。

[24]（西晋）陆机著，金涛声点校：《陆机集》，北京：中华书局，1982 年。

[25]（西晋）陆云著，黄葵点校：《陆云集》，北京：中华书局，1988 年。

[26]（东晋）陶渊明著，逯钦立校注：《陶渊明集》，北京：中华书局，1979 年。

[27]（南朝·宋）鲍照著，钱仲联增补集说校：《鲍参军集注》，上海：上海古籍出版社，2005 年。

[28]（南朝·齐）谢朓著，曹融南注：《谢宣城集校注》，上海：上海古籍出版社，1991 年。

[29]（南朝·梁）刘勰著，范文澜注：《文心雕龙注》，北京：人民文学出版社，1958 年。

[30]（南朝·梁）刘勰著，黄叔琳注，李详补注，杨明照校注拾遗：《文心雕龙校注》，北京：中华书局，2005 年。

[31]（北周）庾信著，（清）倪璠注：《庾子山集注》，北京：中华书局，1980 年。

[32]（南朝·梁）何逊著，李伯齐校注：《何逊集校注》，北京：中华书局，2010 年。

[33]（明）张溥著，殷孟伦注：《汉魏六朝百三家集题辞注》，北京：中华书局，2007 年。

[34]（明）张燮著，王京州笺注：《七十二家集题辞笺注》，上海：上海古籍出版社，2016 年。

[35]（明）吴讷、徐师曾：《文章辨体序说·文体明辨序说》，北京：人民文学出版社，1982 年。

[36]（明）吴讷著，凌郁之疏证：《文章辨体序题疏证》，北京：人民文学出版社，2016 年。

[37]（清）刘熙载撰：《艺概》，上海：上海古籍出版社，1978 年。

[38]（清）浦铣撰，何新文、路成文校证：《历代赋话校证》，上海：上海古籍出版社，2007 年。

[39]（清）林联桂撰，何新文、佘斯大、踪凡校证：《见星庐赋话校证》，上海：上海古籍出版社，2013 年。

二、今人著述

（一）著作

B

[1] 北京大学中国文学史教研室选注：《先秦文学史参考资料》，北京：中华书局，1962 年。

[2] 北京大学中国文学史教研室选注：《两汉文学史参考资料》，北京：中华书局，1962 年。

[3] 毕万忱、何沛雄、罗忼烈选编：《中国历代赋选》，南京：江苏教育出版社，1990 年。

[4] 毕庶春：《辞赋新探》，沈阳：东北大学出版社，1995 年。

[5] [美] 本杰明·史华慈：《古代中国的思想世界》，南京：江苏人民出版社，2008 年。

[6] [日] 本田成之著，孙俍工译：《中国经学史》，桂林：漓江出版社，2013 年。

C

[1] 陈去病：《辞赋学纲要》，上海：国光书局，1927 年。

[2] 陈钟凡：《中国韵文通论》，上海：上海书店，1936 年。

[3] 曹淑娟：《汉赋之写物言志传统》，台北：文津出版社，1987 年。

[4] 曹道衡：《汉魏六朝辞赋》，上海：上海古籍出版社，1989 年。

[5] 迟文浚、许志刚、宋绪连主编：《历代赋辞典》，沈阳：辽宁人民出版社，1992 年。

[6] 程章灿：《魏晋南北朝赋史》，南京：江苏古籍出版社，1992 年。

[7] 蔡守湘、江风主编：《历代诗话论两汉诗赋》，武汉：武汉出版社，1993 年。

[8] 蔡尚思：《中国辞赋史话》，合肥：黄山书社社，1997 年。

[9] 曹明纲：《赋学概论》，上海：上海古籍出版社，1998 年。

[10] 陈庆元：《赋：时代投影与体制演变 》，桂林：广西师范大学出版社，2000 年。

[11] 程千帆：《程千帆全集》，石家庄：河北教育出版社，2001 年。

[12] 曹虹：《中国辞赋源流综论》，北京：中华书局，2005 年。

[13] 程章灿：《赋学论丛》，北京：中华书局，2005 年。

[14] 曹胜高：《汉赋与汉代制度——以都城、校猎、礼仪为例》，北京：北京大学出版社，2006 年。

[15] 曹胜高：《汉赋与汉代文明》，长春：东北师大出版社，2009 年。

[16] 陈桐生：《礼化诗学》，北京：学苑出版社，2009 年。

[17] 曹明纲：《赋学论稿》，上海：上海古籍出版社，2012 年。

[18] 池万兴:《六朝抒情小赋概论》,北京:人民出版社,2013 年。

[19] 池万兴:《史记与小赋论丛》,上海:上海古籍出版社,2015 年。

D

[1] [美] David R. Knechtges.*The Han Rhapsody A Study of the Fu of Yang Hsiung(53B. C.-A.D.18)* .Cambridge: Cambridge University Press,1976.

[2] [美] David R. Knechtges.*Wen xuan or Selections of Refined Literature. Volume one. Rhapsodies on Metropolises and Capitals*. Princeton: Princeton University Press, 1982.

[3] [美] David R. Knechtges. *Wen xuan or Selections of Refined Literature.Volume two. Rhapsodies on Sacrifices, Hunts, Travel,Palaces and Halls, Rivers and Seas.* Princeton: Princeton University Press, 1987.

[4] [美] David R. Knechtges :《汉代宫廷文学与文化之探微:康达维自选集》,苏瑞隆译 .北京:北京大学出版社,1993 年。

[5] [美] David R. Knechtges.*Wen xuan or Selections of Refined Literature.Volume three. Rhapsodies on Naturel Phenomena, Birds and Animals, Aspirations and Feelings, Sorrowful Laments, Literature, Music, and Passions,* Princeton: Princeton University Press,1996.

F

[1] 范文澜:《中国通史简编》,北京:人民出版社,1964 年。

[2] 范文澜:《中国通史》,北京:人民出版社,1978 年。

[3] 费振刚、胡双宝、宗明华辑校:《全汉赋》,北京:北京大学出版社,1993 年。

[4] 伏俊连:《敦煌赋校注》,兰州:甘肃人民出版社,1994 年。

[5] 冯良方:《汉赋与经学》,北京:中国社会科学出版社,2004 年。

[6] 费振刚、仇仲谦、刘南平校注:《全汉赋校注》,广州:广东教育出版社,2005 年。

[7] 方孝岳:《中国文学批评 中国散文概论》,北京:生活·读书·新知三联书店,2007 年。

[8] 伏俊连:《俗赋研究》,北京:中华书局,2008 年。

[9] 冯小禄:《汉赋书写策略与心态建构》,北京:人民出版社,2010 年。

[10] 冯莉:《文选赋研究》,北京:北京语言大学出版社,2016 年。

G

[1] 郭绍虞:《中国历代文论选》,上海:上海古籍出版社,1980 年。

[2] 高步瀛:《文选李注义疏》,北京:中华书局,1985 年。

[3] 高光复:《赋史述略》,长春:东北师范大学出版社,1987 年。

[4] 高光复：《汉魏六朝四十家赋述论》，哈尔滨：黑龙江教育出版社，1988年。

[5] 龚克昌：《汉赋研究》，济南：山东文艺出版社，1990年。

[6] 高光复：《历代赋论选》，哈尔滨：黑龙江人民出版社，1991年。

[7] 郭维森、许结：《中国辞赋发展史》，南京：江苏教育出版社，1996年。

[8] 郭建勋：《汉魏六朝骚体文学研究》，长沙：湖南教育出版社，1997年。

[9] （日）冈村繁：《周汉文学史考》，上海：上海古籍出版社，2002年。

[10] 郭建勋：《辞赋文体研究》，北京：中华书局，2007年。

[11] 龚鹏程：《汉代思潮》，北京：商务印书馆，2007年。

[12] 龚鹏程：《唐代思潮》，北京：商务印书馆，2008年。

[13] 龚克昌、苏瑞隆评注：《全汉赋评注》，济南：山东大学出版社，2011年。

[14] 龚克昌、周广璜、苏瑞隆评注：《全三国赋评注》，济南：齐鲁书社，2013年。

H

[1] 何沛雄编：《赋话六种》，香港：香港三联书店，1982年。

[2] 黄侃：《文选平点》，上海：上海古籍出版社，1985年。

[3] 何耿镛：《经学概说》，武汉：湖北人民出版社，1985年。

[4] 何沛雄：《汉魏六朝赋论略》，台北：学生书局，1986年。

[5] 黄瑞云编：《历代抒情小赋选》，上海：上海古籍出版社，1986年。

[6] 何沛雄：《汉魏六朝赋论集》，台北：联经出版事业公司，1990年。

[7] 霍旭东等编：《历代辞赋鉴赏辞典》，合肥：安徽文艺出版社，1986年。

[8] 何新文：《中国赋论史稿》，北京：开明出版社，1993年。

[9] 霍松林、徐宗文主编：《辞赋大辞典》，南京：江苏古籍出版社，1996年。

[10] 黄水云：《六朝骈赋研究》，台北：文津出版社，1999年。

[11] 何新文：《辞赋散论》，北京：东方出版社，2000年。

[12] 胡学常：《文学话语与权力话语——汉赋与两汉政治》，杭州：浙江人民出版社，2000年。

[13] 韩晖：《初盛唐赋风研究》，桂林：广西师范大学出版社，2002年。

[14] 侯立兵：《汉魏六朝赋多维研究》，北京：人民出版社，2007年。

[15] 韩格平等校注：《全魏晋赋校注》，长春：吉林文史出版社，2008年。

[16] 胡大雷：《中古赋学研究》，桂林：广西师大出版社，2011年。

[17] 何新文、苏瑞隆、彭安湘：《中国赋论史》，北京：人民出版社，2012年。

[18] 何新文著：《古典文学与目录学综论》，北京：中国社会科学出版社，2017年。

J

[1] 金秬香：《汉代辞赋之发达》，上海：商务印书馆，1934年。

[2] 简宗梧：《汉赋源流与价值之商榷》，台北：文史哲出版社，1980 年。

[3] 姜书阁：《先秦辞赋原论》，济南：齐鲁书社，1983 年。

[4] 姜书阁：《汉赋通义》，济南：齐鲁书社，1989 年。

[5] 简宗梧：《汉赋史论》，台北：东大图书股份有限公司，1993 年。

[6] 简宗梧：《赋与骈文》，台北：台湾书店，1998 年。

[7] 简宗梧等编：《全唐赋》，台北：里仁书局，2011 年。

K

[1] 康金声：《汉赋纵横》，太原：山西人民出版社，1992 年。

[2] 邝健行：《诗赋合论稿》，南京：江苏古籍出版社，2002 年。

L

[1] 李泽厚：《美的历程》，北京：文物出版社，1981 年。

[2] 鲁迅：《鲁迅全集》，北京：人民文学出版社，1982 年。

[3] 刘大杰：《中国文学发展史》，上海：上海古籍出版社，1982 年。

[4] 罗根泽：《中国文学批评史》，上海：上海古籍出版社，1984 年。

[5] 刘师培著，舒芜校点：《中国中古文学史 论文杂记》，北京：人民文学出版社，1984 年。

[6] 刘祯祥等编：《历代辞赋选》，长沙：湖南人民出版社，1984 年。

[7] 林纾：《林纾选评古文辞类纂》，杭州：浙江古籍出版社，1986 年。

[8] 李曰刚：《辞赋流变史》，台北：文津出版社，1987 年。

[9] 刘斯翰：《汉赋：唯美文学之潮》，广州：广州文化出版社，1989 年。

[10] 廖国栋：《魏晋咏物赋研究》，台北：文史哲出版社，1990 年。

[11] 刘师培：《刘申叔遗书》，南京：凤凰出版社，1997 年。

[12] 李炳海：《黄钟大吕之音：古代辞赋的文本阐释》，长春：吉林人民出版社，2005 年。

[13] 刘永济：《十四朝文学要略》，北京：中华书局，2007 年。

[14] 冷卫国：《汉魏六朝赋学批评研究》，北京：商务印书馆，2012 年。

[15] 刘志伟主编：《文选资料汇编·赋类卷》，北京：中华书局，2013 年。

[16] 刘师培：《论文杂记》，上海：上海科学技术文献出版社，2014 年。

[17] ［日］铃木虎雄撰，殷石臞译：《赋史大要》，太原：山西人民出版社影印版，2015 年。

[18] 刘刚等：《宋玉研究资料类编》，北京：商务印书馆，2015 年。

M

[1] 马积高：《赋史》，上海：上海古籍出版社，1987 年。

[2] 马积高、万光治主编：《赋学论文集》，成都：巴蜀书社，1991 年。

[3] 马积高：《历代辞赋研究史料概述》，北京：中华书局，2001 年。

[4] [德] 马克斯·韦伯：《儒教与道教》，南京：江苏人民出版社，2010 年。

[5] 马积高：《历代辞赋总汇》，长沙：湖南文艺出版社，2014 年。

[6] [美] 梅维恒（Victor H.Mair）主编，马小悟、张治、刘文楠译：《哥伦比亚中国文学史》，北京：新星出版社，2016 年。

P

[1] 裴晋南等编：《汉魏六朝赋选注》，上海：上海古籍出版社，1983 年。

[2] 彭红卫：《唐代律赋考》，北京：社会科学文献出版社，2009 年。

Q

[1] 瞿蜕园：《汉魏六朝赋选》，上海：上海古籍出版社，1964 年。

[2] 钱钟书：《管锥编》，北京：中华书局，1979 年。

[3] [日] 青木正儿撰，隋树森译：《中国文学概说》，重庆：重庆出版社，1982 年。

[4] 丘琼荪：《诗赋词曲概论》，北京：中国书店影印版，1985 年。

[5] 曲德来：《汉赋综论》，沈阳：辽宁人民出版社，1993 年。

[6] 曲德来、迟文浚、冷卫国主编：《历代赋（广选·新注·集评）》，沈阳：辽宁人民出版社，2001 年。

[7] 钱穆：《中国学术思想史论丛》，北京：生活·读书·新知三联书店，2009 年。

R

[1] 饶宗颐：《选堂赋话》，香港：万有图书公司，1975 年。

[2] 阮忠：《汉赋艺术论》，武汉：华中师范大学出版社，1993 年。

S

[1] 舒芜：《近代文论选》，北京：人民文学出版社，1959 年。

[2] 孙晶：《汉代辞赋研究》，济南：齐鲁书社，2007 年。

[3] 孙绿怡主编：《春秋左传研究》，北京：中华书局，2009 年。

[4] 孙福轩：《中国古体赋学史论》，杭州：浙江大学出版社，2013 年。

[5] [美] 孙康宜、宇文所安主编：《剑桥中国文学史》，北京：生活·读书·新知三联书店，2013 年。

[6] 孙福轩、韩泉欣编校：《历代赋论汇编》，北京：人民文学出版社，2016 年。

T

[1] 陶秋英：《汉赋之史的研究》，上海：中华书局，1939 年。
[2] 谭正璧、纪馥华选注：《庾信诗赋选》，上海：古典文学出版社，1958 年。
[3] 汤炳正：《屈赋新探》，济南：齐鲁书社，1984 年。
[4] 陶秋英：《汉赋研究》，杭州：浙江古籍出版社，1986 年。

W

[1] 王国维：《观堂集林》，北京：中华书局，1959 年。
[2] 王巍编：《历代咏物赋选》，沈阳：辽宁大学出版社，1987 年。
[3] 汪小洋：《汉赋史论》，天津：天津社会科学院出版社，2000 年。
[4] 万光治：《汉赋通论》，北京：中国社会科学出版社，2004 年。
[5] 王兆鹏：《唐代科举考试诗赋用韵研究》，济南：齐鲁书社，2004 年。
[6] 王冠辑：《赋话广聚》，北京：北京图书馆出版社，2006 年。
[7] 王德华：《唐前辞赋类型化特征与辞赋分体研究》，杭州：浙江大学出版社，2011 年。
[8] 王士祥：《唐代诗赋研究》，上海：上海古籍出版社，2012 年。
[9] 吴仪凤：《赋写帝国——唐赋创作的文化情境与书写意涵》，台北：万卷楼图书股份有限公司，2012 年。
[10] 王琳：《六朝辞赋史》，西安：世界图书出版公司，2014 年。
[11] 王双：《汉唐骚体赋校辑》，北京：中国社会科学出版社，2014 年。
[12] 王士祥：《唐代应试赋研究》，北京：商务印书馆，2016 年。

X

[1] 许东海：《庾信生平及其赋之研究》，台北：文史哲出版社，1984 年。
[2] 徐志啸：《历代赋论辑要》，上海：复旦大学出版社，1991 年。
[3] 许结：《中国赋学历史与批评》，南京：江苏教育出版社，2001 年。
[4] 许结：《体物浏亮：赋的形成拓展与研究》，沈阳：辽海出版社，2001 年。
[5] 许结：《赋体文学的文化阐释》，北京：中华书局，2005 年。
[6] 许东海：《讽谕、美丽、感伤：白居易之诗赋边境及其文化风情》，台北：万卷楼图书股份有限公司，2005 年。
[7] 许道勋，徐洪兴：《中国经学史》，上海：上海人民出版社，2006 年。
[8] 许结：《赋学讲演录》，北京：北京大学出版社，2009 年。
[9] 徐复观：《两汉思想史》，北京：九州出版社，2014 年。

［10］许东海：《放逐与追逐：唐代宰相辞赋的谪迁论述及其困境问对》，台北：文津出版社，2016 年。

［11］许结：《中国辞赋理论通史》，南京：凤凰出版社，2016 年。

Y

［1］游国恩等编：《中国文学史》，上海：人民文学出版社，1963 年。

［2］尹赛夫等编：《中国历代赋选》，太原：山西教育出版社，1991 年。

［3］叶幼明：《辞赋通论》，长沙：湖南教育出版社，1991 年。

［4］俞纪东：《汉唐赋浅说》，北京：东方出版社，1999 年。

［5］于浴贤：《六朝赋述论》，保定：河北大学出版社，1999 年。

［6］尹占华：《律赋论稿》，成都：巴蜀书社，2001 年。

［7］于浴贤：《辞赋文学与文化学探微》，北京：中国社会科学出版社，2010 年。

Z

［1］张清钟：《汉赋研究》，台北：台湾"商务印书馆"，1975 年。

［2］张书文：《由文学观点谈楚辞到汉赋的发展与流变》，台北：正中书局，1980 年。

［3］郑振铎：《插图本中国文学史》，北京：人民文学出版社，1982 年。

［4］张正体、张婷婷：《赋学》，台北：学生书局，1982 年。

［5］朱光潜：《诗论》，北京：生活·读书·新知三联书店，1984 年。

［6］章沧授：《汉代辞赋之发达》，合肥：安徽文艺出版社，1992 年。

［7］张锡厚：《敦煌赋汇》，南京：江苏古籍出版社，1996 年。

［8］詹杭伦：《唐宋赋学研究》，北京：中国社会科学出版社，2004 年。

［9］赵俊波：《中晚唐分体赋研究》，北京：中国社会科学出版社，2004 年。

［10］郑毓瑜：《性别与家园——汉晋辞赋的楚骚论述》，上海：上海三联出版社，2006 年。

［11］踪凡：《汉赋研究史论》，北京：北京大学出版社，2007 年。

［12］踪凡：《司马相如资料汇编》，北京：中华书局，2008 年。

［13］詹杭伦：《历代律赋校注》，武汉：武汉大学出版社，2009 年。

［14］赵成林：《唐赋分体叙论》，长沙：湖南大学出版社，2009 年。

［15］赵逵夫主编：《历代赋评注》，成都：巴蜀书社，2010 年。

［16］周予同：《中国经学史讲义》，上海：上海人民出版社，2012 年。

［17］周予同：《经学和经学史》，上海：上海人民出版社，2012 年。

［18］周予同：《群经通论》，上海：上海人民出版社，2012 年。

［19］张峰屹：《两汉经学与文学思想》，北京：生活·读书·新知三联书店，2014 年。

[20] 踪凡，郭英德：《历代赋学文献辑刊》，北京：国家图书馆出版社，2017年。

（二）期刊论文

[1] 段熙仲：《汉大赋产生的历史背景及其政治意义》，《文学遗产》1980年第2期。

[2] 康金声：《试论汉赋的讽谕》，《山西大学学报》1981年第3期。

[3] 姜文清：《汉代经学神学对辞赋文学的影响》，《文学遗产》1981年第3期。

[4] 朱一清：《略论汉赋的思想内容》，《安徽大学学报》1981年第4期。

[5] 胡念贻：《论汉代的"京殿苑猎"赋》，《文学遗产报》1983年第1期。

[6] 万光治：《论汉赋与汉诗、汉代经学的关系》，《四川师院学报》1984年第2期。

[7] 曹明纲：《论赋与诗六义之"赋"的关系》，《江海学刊》1984年第5期。

[8] 赵辉：《汉代经学对汉赋繁荣的影响》，《华中师院学报》1985年第1期。

[9] 龚克昌：《诗赋讽谏散论》，《文史哲》1985年第3期。

[10] 何新文：《赋家之心 苞括宇宙——论汉赋以"大"为美》，《文学遗产》1986年第1期。

[11] 赵生群：《扬、马辞赋讽谏论》，《文史哲》1987年第3期。

[12] 何新文：《关于汉赋的"歌颂"》，《湖北大学学报》1987年第5期。

[13] 许结：《汉赋演变与儒道思想》，《江汉论坛》1988年第2期。

[14] 章沧授：《汉赋的民本思想》，《社会科学战线》1988年第2期。

[15] 尹砥廷：《汉大赋与汉儒学》，《吉首大学学报》1989年第2期。

[16] 曹明纲：《论诗、赋源流说的历史演变》，《古代文学理论研究丛刊》1989年第14期。

[17] 章沧授：《论汉赋与诗经的渊源关系》，《安庆师院学报》1990年第2期。

[18] 曹虹：《孟子思想对汉赋的影响》，《江苏社会科学》1990年第5期。

[19] 董治安：《关于汉赋同经学联系的一点探索——从扬雄否定大赋谈起》，《文史哲》1990年第5期。

[20] 张庆利：《汉代经学与汉大赋的流变》，《中国文学研究》1991年第1期。

[21] 雷庆翼：《从赋与诗的关系看赋的起源》，《衡阳师专学报》1991年第4期。

[22] 阮忠：《两汉讽颂赋略论》，《华中师大学报》1991年第5期。

[23] 马积高：《略论赋与诗的关系》，《社会科学战线》1992年第1期。

[24] 宗明华：《经学桎梏下的汉代赋论》，《烟台大学学报》1992年第4期。

[25] 刘周唐：《汉大赋与儒学》，《江西社会科学》1997年第3期。

[26] 刘培：《经学的演进与汉大赋的嬗变》，《南开学报》2001年第1期。

[27] 董治安：《以〈诗〉观赋与引〈诗〉入赋——两汉〈诗〉学史札记之一》，《河北师大学报》2002年第3期。

[28] 郭令原：《论〈诗经〉对东汉赋创作的影响》，《南京师大学报》2003年第2期。

[29] 胡旭：《儒学式微下的文学嬗变——东汉中后期、建安时期诗、赋变迁的历史考察》，《厦门大学学报》2004 年第 2 期。

[30] 郑明璋：《论经学与汉赋创作的关系》，《重庆师大学报》2006 年第 1 期。

[31] 刘培：《汉末魏晋时期的经学与辞赋》，《南京师大学报》2007 年第 6 期。

[32] 王思豪：《〈神乌傅〉用经、子文谫论》，《东南文化》2009 年第 4 期。

[33] 鲁洪生：《汉赋源于〈周礼〉"六诗"之赋考》，《文学遗产》2009 年第 6 期。

[34] 王士祥：《论唐代省试赋的宗经特征》，《中州学刊》2010 年第 1 期。

[35] 赵俊波：《唐代试赋的命题研究——以试赋题目与九经的关系为中心》，《四川师大学报》2011 年第 1 期。

[36] 檀晶：《由陆机赋引〈诗〉看魏晋时期〈诗经〉之接受》，《诗经研究丛刊》2011 年第 1 期。

[37] 许结、王思豪：《汉赋用经考》，《文史》2011 年第 2 期。

[38] 许结、王思豪：《汉赋用〈诗〉的文学传统》，《中国社会科学》2011 年第 4 期。

[39] 孙宝：《儒运转迁与汉晋骚体赋体式演进》，《西华师大学报》2011 年第 5 期。

[40] 金鑫：《京都赋引〈诗〉用〈诗〉的经学色彩》，《安顺学院学报》2012 年第 3 期。

[41] 孙宝：《儒家政教文艺观与魏晋赋格建构》，《河北师范大学学报》2012 年第 5 期。

[42] 胡大雷：《赋与〈尚书〉的渊源关系考说》，《江苏大学学报》2012 年第 3 期。

[43] 韩丽娟：《两汉时期的赋与〈诗经〉》，《艺术科技》2013 年第 2 期。

[44] 王学军：《汉赋用礼考辨》，《太原师范学院学报》2013 年第 2 期。

[45] 王思豪：《论汉赋文本中的"大汉继周"意识书写——以汉赋用〈诗〉为中心的考察》，《孔子研究》2013 年第 1 期。

[46] 王思豪：《一个被遮蔽的语体结构选择现象——论汉赋用〈诗〉"诗曰"的隐去》，《文学遗产》2013 年第 4 期。

[47] 王静：《〈高唐〉〈神女〉二赋与〈诗经〉的关系探源》，《名作欣赏》2013 年第 11 期。

[48] 张新伟：《蔡邕辞赋援引〈诗经〉语词祖述》，《兴义民族师院学报》2015 年第 1 期。

[49] 王思豪：《汉赋尊体与〈诗〉之"六义"》，《南京大学学报》2015 年第 1 期。

[50] 王思豪：《〈遂初赋〉用〈左传〉事典的学术史意见》，《文学评论丛刊》2015 年第 2 期。

[51] 田胜利：《汉赋用〈易〉与声韵、骈文的文学史书写》，《浙江学刊》2016 年第 3 期。

（三）学位论文

A. 博士学位论文

[1] 丁进：《周礼与文学》，上海：复旦大学，2005 年。

[2] 金前文：《汉赋与汉代〈诗经〉学》，武汉：华中师范大学，2006 年。

[3] 孙宝：《魏晋文学与儒学关系研究》，杭州：浙江大学，2008 年。

[4] 孔德明：《汉赋的生产与消费》，武汉：华中师范大学，2010 年。

B. 硕士学位论文

[1] 肖赛璐：《西汉赋与〈诗〉学传统》，石家庄：河北师范大学，2011 年。

[2] 陈曦：《汉赋引〈诗〉考论》，哈尔滨：哈尔滨师范大学，2012 年。

[3] 陈天佑：《礼制视野下的屈宋辞赋研究》，湘潭：湖南科技大学，2012 年。

[4] 胡优优：《庾信对〈左传〉的接受研究》，武汉：华中师范大学，2013 年。

[5] 马晓舟：《汉赋与汉代礼仪制度——以朝廷祭天地之礼为例》，兰州：西北师范大学，2013 年。

[6] 何凯：《〈文选〉李善注汉赋的语词溯源及经史影响》，贵阳：贵州师范大学，2014 年。

[7] 陈晓燕：《汉魏六朝赋引〈诗〉研究》，青岛：中国海洋大学，2014 年。

[10] 程景牧：《接受视域中的汉赋与〈尚书〉研究》，银川：北方民族大学，2014 年。

[11] 侯雷：《从"升高能赋"到科举试赋——先秦到唐代赋的地位变迁与文人辞赋心态变化研究》，新乡：河南师范大学，2015 年。

附　录

（一）两汉时期部分赋作援引儒家经典次数统计表

作者	赋篇名称	周易	尚书	诗经	三礼	春秋三传	论语	孟子	孝经
枚乘	七发						1		
	柳赋			3					
邹阳	酒赋	1	2	3	2		2		
	几赋			2				1	
公孙乘	月赋			1					
路乔如	鹤赋			2					
公孙诡	文鹿赋			2					
刘安	屏风赋			1					
孔臧	谏格虎赋		1	1		2			
	杨柳赋			4					
	鸮赋						1		
司马相如	子虚赋 上林赋	1	1	5	2	1	1	2	
	大人赋	1	1			1			
	美人赋			2					
董仲舒	士不遇赋	6	1	1	3		5		
刘胜	文木赋	1		3					
司马迁	悲士不遇赋		1	3			4		
王褒	洞箫赋		2		1		2		

续表

作者	赋篇名称	周易	尚书	诗经	三礼	春秋三传	论语	孟子	孝经
扬雄	甘泉赋		1	3	1				
	河东赋			2					
	羽猎赋	1		7	2	2			
	长杨赋			8	2		1		
	太玄赋	1		1		2			
	逐贫赋	1	1	6			3		
刘歆	遂初赋	2		4		20	3		
	甘泉宫赋		1	6	1	1	1		
班婕妤	捣素赋		1	9	1	1	1		
	自悼赋		2	6	1		3		
无名氏	神乌赋	1		3			5		
崔篆	慰志赋	4	3	6		2	3		
班彪	览海赋			1			2		
	游居赋	1		3		3			
	北征赋	1	1	6			4		
冯衍	显志赋		3	4	5	7	6	1	
杜笃	论都赋	6	8	1			3		
傅毅	洛都赋	1			2	2			1
	舞赋		1	13	3	1			
崔	反都赋	3				1	1		
班固	两都赋	4	13	40	30	15	9	1	1
	幽通赋	7		6	3	15	12	4	
班昭	东征赋			3	1	4	10		
李尤	函谷关赋	1	1		1	1			
	辟雍赋	1	2		1				
	东观赋		2				1		
张衡	温泉赋		1	3		1	1		
	南都赋		2	14	3	1	2		1
	二京赋	7	12	23	25	10	6	1	
	思玄赋	5	2	14	2	9	2	1	
	冢赋			5	1				1
	髑髅赋	5			1		1		
	定情赋			2					

续表

作者	赋篇名称	周易	尚书	诗经	三礼	春秋三传	论语	孟子	孝经
	观舞赋			1	2	1			
马融	长笛赋	2	2		3	5	1		
邓耽	郊祀赋		1	1	1				
王逸	机赋	1		3					
崔	大赦赋	1	1					1	
王延寿	鲁灵光殿赋	1	2	3			1		
边韶	塞赋	5			2				
侯瑾	筝赋			4	3	1	4		
赵壹	穷鸟赋	1				1			
边让	章华台赋		2	2		4	1		
蔡邕	述行赋		3			10			
	汉津赋		4						
	青衣赋			10					
	笔赋	2	4						
	弹琴赋		2	3			1		
	协和婚赋	4		4	2				
张超	诮青衣赋		3	6		11	1	1	
郑玄	相风赋	5		2	1		1		

（二）三国曹魏时期部分赋作援引儒家经典次数统计表

作者	赋篇名称	周易	尚书	诗经	三礼	春秋三传	论语	孟子	孝经
陈琳	武军赋			6	3	2			
	神武赋			3	2	2			
	止欲赋	2		8					
	大荒赋	3	1			3			
	悼龟赋	2					2		
阮瑀	纪征赋		1				2	2	
	止欲赋			2			1		

续表

作者	赋篇名称	周易	尚书	诗经	三礼	春秋三传	论语	孟子	孝经
徐幹	齐都赋	2		5	4	2	1		
杨修	出征赋		1	2	1				
	节游赋	1		3	2		1		
	许昌宫赋		2	1					
邯郸淳	投壶赋	3	2	6	19	3	2		
刘桢	遂志赋		2	4			2		
	鲁都赋	2	3	14	3	3			
王粲	登楼赋	1				1	2		
	柳赋		1	2	1	1			
	神女赋	1	1	1	1				
	酒赋	1	3	2	3				
韦诞	叙志赋	1	2	2	1	3	2		
	景福殿赋	1		7	2				
缪袭	喜霁赋	1	1	8	2	3		2	
	藉田赋		2	3	3	1			
	许昌宫赋序	1	2	3	3			2	
繁钦	愁思赋			4		1			
	撰征赋		2		1				
丁仪	厉志赋	2	1	3		1	5	1	
丁廙	蔡伯喈女赋			3			1		
曹丕	登城赋			5					
	临涡赋		1	1					
	柳赋	2	1	1	2				
	悼夭赋			1			1		
刘劭	嘉瑞赋	1		3					
何晏	景福殿赋	2	11	10	5	2	1	2	
曹植	娱宾赋	1		2			1		
	酒赋		2	5		1	1		
	感节赋		1	2	2				
	临观赋			2					
	蝉赋		1	6	1				

续表

作者	赋篇名称	周易	尚书	诗经	三礼	春秋三传	论语	孟子	孝经
卞兰	赞述太子赋	1	4	12	2	1	4	1	
	许昌宫赋			2	1		1	2	
杜挚	笳赋			5					
夏侯玄	皇胤赋			1	2	1			
阮籍	猕猴赋			1		1	1	1	
	首阳山赋			2			1		
嵇康	琴赋			3	1	1	2	1	
贾岱宗	大狗赋	1	5	2	3	2	2	1	
胡综	黄龙大牙赋		2		1				
闵鸿	羽扇赋	2		5		1			
	芙蓉赋			3			1		
杨泉	五湖赋	1	2	7	2	1			
	赞善赋	2		1	1	1	1		
	蚕赋	1	2	8	2	1	3		
	织机赋	2	2	3			1		

（三）晋代部分赋作援引儒家经典次数统计表

作者	赋篇名称	周易	尚书	诗经	三礼	春秋三传	论语	孟子	孝经
王沈	正会赋		1	1	1				
傅玄	喜霁赋	2							
	阳春赋	1		1	3				
	朝会赋	1		3					
	辟雍乡饮酒赋			1	2		2		
傅咸	中怀赋	1	1	1					
	感别赋	2							
	明意赋			1					
	镜赋			1		1			

作者	赋篇名称	周易	尚书	诗经	三礼	春秋三传	论语	孟子	孝经
	画像赋					1	1		
	烛赋	1		2		1			
	款冬赋						2		
	玉赋	1		1	2	1			
	仪凤赋	1	1						
	燕赋	1		1			1		
	鸣蜩赋	2		1					
	青蝇赋			1					
	蜉蝣赋			2					
	萤火赋			2	1				
	叩头虫赋	3	1				3		
成公绥	天地赋	8	4			1			
	琵琶赋	1	2		1				
	弃故笔赋	2							
	鸿雁赋	1	1	2					
	乌赋	2	3	2			2		
夏侯湛	愍相赋			3					
潘岳	西征赋	1	2	6		3	15	1	
	藉田赋			1	5				
	闲居赋	1	1				6		
	笙赋			2	1		3		
陆机	思亲赋			2					
	豪士赋		1			1			
	遂志赋		1	1		2			
	嘉应赋			2					
陆云	岁暮赋	2		2	1	1			
	愁霖赋			3		1			
	逸民赋			3	1				
	南征赋			2		1			
	寒蝉赋			3					
左思	三都赋	6	6	19	3	7			
李颙	雷赋	6				1			
庾阐	扬都赋		1	2					

续表

作者	赋篇名称	周易	尚书	诗经	三礼	春秋三传	论语	孟子	孝经
挚虞	思游赋	3	1	2		2	1		
张载	酃酒赋			4	2	2			
束皙	读书赋	1		5			1		
木华	海赋	2							
曹摅	述志赋						6		
陶渊明	感士不遇赋	2	1		2	1	8		
	闲情赋			3					
郭璞	江赋				2				
顾恺之	雷电赋						1	1	
湛方生	风赋						1	1	
孙承	嘉遁赋	1		1			1		
孙琼	悼艰赋			3	1				
李	述志赋	1		5	1	1	1		

后　记

先前也曾读过几篇小赋，颇为感动。比如贾谊《鵩鸟赋》"迟速有命兮，焉识其时"的无奈，司马子长《悲士不遇赋》"士生之不辰，愧顾影而独存"的落寞，赵壹《刺世疾邪赋》"所好则钻皮出其毛羽，所恶则洗垢求其瘢痕"的愤懑以及"宁饥寒于尧舜之荒岁兮，不饱暖于当今之丰年"的执着，祢衡《鹦鹉赋》"飞不妄集，翔必择林"的高洁以及"讬轻鄙之微命，委陋贱之薄躯"的哀伤，无不令人动容，悲喜与作者共之。

然而以赋为对象的研究选题颇使我惶恐和踟蹰。漫说我的胡乱读书根本不成体系，就赋而言，尚有许多赋类几乎没有阅读过，比如京殿苑猎大赋等。好在何师新文先生是研治辞赋的专家，有了先生的鼓励与支持，颇使我消退了胆怯而振奋起来。从此开始大规模、有体系地阅读汉唐赋作，也慢慢体会到大赋"荐三牺，效五牲，礼神祇，怀百灵，觐明堂，临辟雍，扬缉熙，宣皇风，登灵台，考休征"的盛大雍容的气象，这是完全不同于抒情小赋的另一种"润色鸿业""雍容揄扬"的铺张巨丽之美。

现在奉献于读者面前的即是我读赋的结晶。写作的甘苦自不必多说，然而由于作者学养的浅陋，自然少不了诸多纰缪和幼稚之谈，这是作者不得不说抱歉的。

本书是我博士论文的一部分。

还清晰地记得，当我写下了博士论文最后一个字的时候，我合上笔记本电脑，关了电灯，独坐在黑暗里。街灯的光穿窗而入，屋子里显出微明。我在黑暗里睁开眼大略一看，熟识的墙壁，凌乱的书堆，外面进行着的夜，无穷的远方，无数的人们，还有那些高远的理想以及卑微的梦，如同潮水般涌来将我淹没，使我艰于呼吸。当时想，这或许是我人生中最后一次求学了。

我以人到中年而负笈异乡，自己是颇有些觉得孤独和落寞的。然而蒙新文师不弃，颇预末筵，亲承音旨，亦余之幸。还记得四年前，我给新文师写的第一封信便引用了《搜神记》"吴中书生"的故事：

> 吴中有一书生，皓首，称胡博士，教授诸生，忽复不见。九月初九日，士人相与登山游观，闻讲书声。命仆寻之，见空冢中群狐罗列，见人即走，老狐独不去，乃是皓首书生。

在信中，我记得说了些"弟子不敏，然未尝释卷，愿立雪何门"做个"皓首书生"的话，新文师没有笑话我的迂阔，反而叮嘱我"多联系"。

等到入了校，才知道胡乱读书与正经做学问完全是两码事。记得桓谭在《新论》一书中议论扬雄作《甘泉赋》，"始成，梦肠出，收而内之，明日遂卒"。桓谭说的是作赋的艰难，其实做学问也大抵如是。殚精竭虑，甘苦冷暖，做过学问的人大约都有体会。新文师总是告诫我说"学而不思则罔，思而不学则殆"。我常常苦于自己的愚钝，在撰写学术论文的时候每每苦于立意不高，主题含混，逻辑模糊。新文师不厌其烦，除了仔细批改我的论文之外，我们师生还常常面对面交谈，先生耳提面命，苦口婆心，务必使我彻底明白问题所在而罢休。新文师乃谦谦君子，陪侍其侧，常有如坐春风之感。然而，当先生在谈论学术的时候，时而疏导，时而质疑，往往一语中的，绝不含糊，我原本以为可以侥幸遮掩的羸弱之处皆不能逃过先生法眼，一边使我觉得偷懒的羞愧，一边又使我看到了一个别样的先生。

新文先生不仅是我学术上的引路人，还是我生活中的长者。记得刚到湖北大学的第二年，学校调整宿舍。正当我苦于书籍的繁重而不知所措的时候，先生不知从哪里得来了消息，竟然爬到六楼我的住所帮我搬运书籍来了。先生自己的身体并不太好，曾经动过手术，可先生说："你是外地人，不熟悉学校的环境……"竟使我一句话也说不上来。

而先生的消瘦也使我吃惊。先生的瘦，我是原本知道的。但平时的先生总穿着整齐，并不轻易使人见到他的瘦。直到丁酉年（2017）的夏天，我才亲见。这年的夏天，武汉尤为炎热。因为一篇论文的缘故，先生预备来学校与我谈话。彼时正值暑期，天气酷热，我担心先生的身体，遂坚决不允。最后，先生在我的要求下，答应由我带着稿子前去。当我来到约定地点的时候，看见先生穿着宽松的短裤，戴着太阳帽，显得格外瘦弱。先生递给我一瓶冰酸奶，说"天气太热，你喝"。而我竟不知如何是好，只是心里不停地默想"先生真是太瘦了"。也许多年以后，在我偷懒无聊的时候，我会记起先生瘦弱的身体而羞愧于自己的怠惰，而先生研治学术的精勤又颇使我有终日乾乾而夕惕若厉之警醒。

六年来，人事荣枯，每每念及而有"春秋迭代，必有去故之悲"的伤感（庾信《哀江南赋》）。乙未秋（2015 年 9 月），先父克忠先生身染沉疴，自秋徂冬，不过二月而已，大限已殁。骨肉分离，心中哀恸，身为人子，唯不能忘养育之恩，每每念及，肠断欲绝。虽形销骨立，心魂惊碎而不能复起先父于九泉之下。然而丙申年（2016）次子牧之的出生又颇使我得以慰藉，赋予我对于新生命的欣喜和希望。悲欣交集，欣慨交噬于心，或许这就是真实的人生况味。

2018 年 3 月 23 日初稿于武昌宝积庵
2021 年 4 月 21 日修改于五溪荷载斋

责任编辑：洪琼

图书在版编目（CIP）数据

赋与经典：儒学视域下的先唐赋考察 / 张家国 著 . — 北京：人民出版社，
　2024.6
ISBN 978 - 7 - 01 - 024168 - 5

I. ①赋… 　II. ①张… 　III. ①赋 – 文学研究 – 中国 – 古代
　IV. ① I207.224
中国版本图书馆 CIP 数据核字（2021）第 256432 号

赋与经典：儒学视域下的先唐赋考察

FUYUJINGDIAN RUXUE SHIYU XIA DE XIANTANGFU KAOCHA

张家国　著

人民出版社 出版发行

（100706　北京市东城区隆福寺街 99 号）

北京中科印刷有限公司印刷　新华书店经销

2024 年 6 月第 1 版　2024 年 6 月北京第 1 次印刷
开本：710 毫米 × 1000 毫米 1/16　印张：22.75
字数：360 千字

ISBN 978 - 7 - 01 - 024168 - 5　定价：99.00 元

邮购地址 100706　北京市东城区隆福寺街 99 号
人民东方图书销售中心　电话（010）65250042　65289539